COLLECTION FOLIO

Michael Pye

L'antiquaire de Zurich

Traduit de l'anglais
par Maryse Leynaud

Mercure de France

Titre original :

THE PIECES FROM BERLIN

Michael Pye est anglais et vit au Portugal. Historien, journaliste, romancier, il est l'auteur de dix ouvrages dont *Taking lives* (*Destins violés*), traduit en plusieurs langues avant de devenir un grand film hollywoodien.

Lu en 2023

À Anna, Mario et Pasquale,
affectueusement.

1

Il dévalait vers la ville, son manteau l'enveloppait comme un cône de loden vert, il avait l'air d'un jouet en bois tout rond ; si bon, si gentil et si intelligent, si gros et si gentil que chacun voyait bien qu'il devait être vraiment heureux. Helen regardait son père longer à grandes enjambées l'ombre luisante des massifs humides et les hauts murs de la banlieue. Un moment il passait dans la flaque de lumière d'un réverbère, puis dans le noir, puis dans la lumière suivante, comme une image de lanterne magique.

Elle ferma la porte de l'appartement à double tour, descendit en courant par l'escalier au lieu d'attendre l'ascenseur et le suivit. Elle avait peur de ce qu'il risquait de faire désormais.

Le froid était douloureux sur sa peau. Un brouillard détrempé flottait entre les immeubles banals, sur les places grises de Zurich et les derniers géraniums rouges obstinés, au pied des horloges dorées qui se dressaient dans les allées piétonnes ; les tilleuls étaient dénudés, les tramways bleus suivaient les méandres de la rive, les bateaux sillonnaient le lac et, plus loin, les boutiques brillaient de tous leurs ors, derrière l'armure de leurs immenses vitrines.

Il ne fallait pas qu'il la vît.

C'était un marcheur au pas rapide, habitué à courir la montagne ; elle suivait à un ou deux pâtés de maisons, parvenait à peine à s'assurer qu'il était toujours devant elle ; cet homme rond, vieillissant, sous la coquille de son grand loden vert. Il avait les cheveux blancs et soigneusement ébouriffés : une tête de professeur. Il n'avait jamais eu honte de son gros ventre sphérique parce qu'il ne s'inquiétait pas de ce qu'on pensait de lui.

Aux arrêts des tramways, des files d'attente s'allongeaient, et ceux qui se trouvaient là avaient tous un but précis. Les premières lampes s'étaient allumées dans les boutiques et les bureaux. À cette heure vide de la matinée, encore presque dépourvue de lumière, le simple fait qu'il bouge suffisait à attirer l'attention sur lui. Helen frissonna. Son père avait renoncé à ce genre de but précis des années auparavant, il n'était pas obligé de se dépêcher, par cette matinée lugubre, alors que le gel s'accrochait encore aux arbres.

En bas de la colline il obliqua vers le lac. Il ne fit signe devant aucune des galeries d'art de la rue, pas même celle qui appartenait au mari d'Helen, Jeremy ; il ne fit pas la moindre pause. Elle se dit qu'il allait peut-être prendre un tramway au terminus de Bellevue, mais non. Il voulait avancer. Il n'avait même pas le temps d'attendre pour se faire emmener là où il allait.

Le voilà qui longeait la Limmat toute grise, tranquille et solennelle, un triangle qui se hâtait sur sa large base, sans prendre la peine de regarder la ville autour de lui. De toute façon, elle était déjà parfaitement propre, aucun préservatif, ticket, journal ou emballage de bonbon ne restait dans ces rues pour amarrer la ville ne fût-ce qu'à l'histoire de la veille.

Nicholas Müller-Rossi ne s'y trompait pas. Il avait de la mémoire, ce qui le rendait pessimiste.

Dans des circonstances ordinaires, il contribuait avec plaisir à l'officielle mémoire civique de la ville, qui voyait en James Joyce un homme aux yeux malades, en Wagner un plastronneur, et en Lénine un bon locataire tranquille, bien qu'il eût reçu des visiteurs le soir où le Palais d'Hiver tomba. Il aimait l'anesthésie de toutes ces conventions, se sentir chez lui dans une ville où la décoration des vitrines est le plus grand art, dont le poète attitré est encensé pour être un bon fonctionnaire du gouvernement, bien qu'il soit également un ivrogne.

Mais les circonstances n'avaient rien d'ordinaire. Nicholas traversa la Limmat et s'engagea dans les allées piétonnes qui menaient à l'esplanade Lindenhof. Helen ralentit, bien que le froid lui mordît les jambes. Quelques allées seulement menaient à l'esplanade, qui était petite, et elle ne voulait pas qu'il la vît.

Il pouvait prendre ses décisions tout seul, pensa-t-elle. Mais elle se disait que, peut-être, il aurait besoin d'elle.

*

Debout, il regardait la vallée en dessous de lui, les maisons alignées sur ses flancs, les petites terrasses et les places, une ville repliée sur elle-même, pleine de fontaines toutes simples.

Trois jours auparavant, Nicholas Müller-Rossi avait lu dans le journal que son père était mort, très vieux, à quatre-vingt-quinze ans, dans une petite bourgade au fond d'une vallée avec un lac.

Deux jours auparavant, il était allé voir s'il pouvait offrir une couronne ou payer des messes funèbres ; d'abord le fleuriste du bourg, puis le prêtre du bourg, lui apprirent que c'était inutile. Tout était pris en charge. Tout était organisé.

Si bien qu'aujourd'hui, il serait simple spectateur aux funérailles, sans participer, parce qu'on lui avait dit qu'il ne serait pas le bienvenu.

Helen le regarda frapper le sol d'un pied, puis de l'autre : comme un jouet à remontoir entravé par un tapis, se dit-elle. Elle aurait aimé lui donner du café, du courage, ce dont il avait besoin. Elle n'arrivait pas à savoir s'il avait décidé d'y aller ou non.

Pendant un moment, Nicholas resta sans bouger sous les arbres dénudés, sur un sentier couvert d'humus moelleux, l'air sombre.

Autrefois il avait un ami pharmacien. Tous les matins à neuf heures, cet ami prenait le tramway jusqu'au terminus et ouvrait les portes d'un confessionnal blanc et lumineux, une boutique aux murs brillants et aux tiroirs bien rangés. Il s'installait en blouse blanche amidonnée, au milieu de jeunes femmes gracieuses, parfumées à l'oxygène, attirantes et chuchotantes. Et chacun, habitants et voisins, ceux qui maintenaient une façade impeccable, ceux qui jouissaient d'une bonne réputation, d'un nom, d'un siège réservé à l'église et d'un emplacement au cimetière, venait lui faire des confidences.

Celui-là avait une plaie impossible à expliquer, telle maison convenable était envahie par une mycose, les gens les plus charmants voyaient s'installer dans leurs parties intimes des insectes minuscules à carapace dure ; celui-là avait besoin de vitamine B et de codéine pour les matins d'après boire, et celui-ci de gouttes homéopathiques numéro 2 pour les yeux, à cause des pilules ; on pouvait dresser une carte des fissures dans les mariages d'après les besoins soudains de teintures capillaires, d'antiflatulents et de fortifiants. Il connaissait même les plus terribles des secrets : les antidépresseurs, tranquillisants et barbituriques qui trahissaient un instant de doute dans l'ordre parfait d'une vie.

Puis le pharmacien prit sa retraite. Il disait que ce commerce l'avait changé : il ne pouvait même plus acheter de l'aspirine sans se demander ce que savait le pharmacien. Sa conversation se composait principalement d'allusions. Il connaissait toutes les démangeaisons de la ville.

Et puis il y avait les secrets gardés dans les coffres des antiquaires, dans les chambres fortes des banques, dans les dossiers et les archives. Nicholas Müller-Rossi contemplait le brouillard sur le lac et les nuages bas, qui lui parurent le signe extérieur, visible, de quelque grand silence collectif.

À Zurich, il est mal vu d'errer sans but ; on doit avoir un objectif, une destination. En voyage, Nicholas errait sur les canaux de Venise ou d'Amsterdam, sillonnait les boulevards parisiens, dépensait un argent imaginaire d'un bout à l'autre de New York. Mais ici, près de chez lui, avoir un but précis devenait une question morale.

Helen crut un instant qu'il allait faire demi-tour. Elle n'avait aucun talent pour se précipiter dans les encoignures de portes comme un détective privé ;

les magasins n'étaient pas encore ouverts ; si elle se mettait à courir, elle se ferait remarquer, mais il la rattraperait s'il choisissait la même allée.

De sorte qu'elle ne le vit pas quitter l'esplanade, se précipiter vers les richesses ravissantes et désertes de la Bahnhofstrasse, passer facilement devant les vitrines qui le fascinaient quand il était petit — les fruits peints, les chapeaux éclairés par des spots, de loin en loin un Chagall voisinant avec des fourrures et des dentelles.

Il acheta un billet à un distributeur de la gare centrale, manipulant les pièces avec une efficacité merveilleuse. Il consulta le panneau d'information, trouva son train entre les grands express et les rames de banlieue.

Elle savait qu'il devrait prendre le train. Elle consulta le tableau des horaires et des quais pour pouvoir le regarder attendre.

Elle ne lui proposerait pas de l'accompagner. Elle avait vu son grand-père une ou deux fois, lui avaient dit ses parents. Il était un fragment de biologie quelque part dans le passé, la condition nécessaire de son père et d'elle-même. Mais il n'était pas présent pour se faire aimer.

Nicholas s'installa dans le train pour Lucerne, au niveau supérieur.

Il était allé voir le prêtre, bien sûr, pour proposer de payer la messe du septième jour, la messe anniversaire. On lui répondit que tout était déjà arrangé. Il alla voir le jardinier du cimetière, pensant que l'employé se ferait un plaisir d'établir le contrat habituel sur vingt ans pour entretenir quelques fleurs et nettoyer la tombe, mais l'homme refusa de l'écouter.

Le train filait entre des arbres hérissés de glace.

Il avait dans la poche de son loden sa carte de condoléances : bordée de noir, incrustée d'un papier qui se voulait parchemin, avec sur la couverture une esquisse de Rembrandt représentant un pont dans un paysage noir. Il l'avait payée dix francs, ayant pris soin de faire son choix dans la gamme des prix moyens. « Sincères condoléances », disait la carte, ce qui n'était pas du tout ce qu'il voulait dire, mais toutes les cartes portaient la même phrase : la formule de circonstance.

On ne l'avait même pas prévenu.

Ses poings se serraient et se desserraient, quoi qu'il pensât. Il pouvait réciter un sonnet, ses poings se préparaient au combat. Il aurait voulu que le train soit déjà à Lucerne, pouvoir déjà prendre sa correspondance vers la petite bourgade de montagne où son père allait être enterré. Il n'avait déjà eu que trop de temps pour réfléchir.

Il appartenait à la première famille, la source du scandale, celle qu'il ne fallait pas mentionner. Quand son père et sa mère avaient divorcé, en 1945, ils avaient dû obtenir aussi une annulation ; son père était bon catholique. Il avait tout bonnement recommencé sa vie, comme employé de banque modèle à Zug, et fondé une nouvelle famille, dont les membres seraient aujourd'hui rassemblés autour de la tombe et auraient la permission de regarder le corps et de l'accompagner vers la mort par leurs prières. Cette famille avait cru, supposait Nicholas, que sa mère et lui étaient morts lors des bombardements de Berlin et ensuite, quand l'un des gosses rapporta à la maison un livre de Nicholas, sur les premières pièces historiques de Shakespeare, cette version avait été modifiée. Nicholas était comme mort, même s'il était techniquement encore en vie, et sa mère fut tout bonnement effacée de la biographie de son père.

Il trouva le nom d'un de ses demi-frères dans l'annuaire, et demanda au téléphone s'il pouvait faire quelque chose pour les funérailles. L'autre avait répondu : « Oui, tu peux ne pas venir. »

Mais Nicholas était bien trop bon pour imaginer une solidarité fondée sur l'exclusion. Une famille ne pouvait être si fragile.

Il avait faim de larmes. Il devait voir son père une dernière fois, opérer la réconciliation qui avait été impossible dans la vie ; il devait pleurer.

Quand il descendit du train à Lucerne, le souffle lui manqua un instant, comme s'il avait oublié de se concentrer sur le mécanisme de la vie.

Il n'avait pas le choix, se dit-il.

Il quitta le quai, chercha le train pour Brünig et se vit de loin : un homme de presque soixante-dix ans, trop respectable et trop vieux pour provoquer une scène, du genre auquel on se fie d'instinct quand il s'agit de garder une valise ou d'indiquer la direction des guichets. La simple idée de souffrance chez un tel homme paraîtrait ridicule aux autres voyageurs s'il venait à l'exprimer un instant ; peut-être un premier signe de démence sénile, peut-être qu'il était saoul, peut-être qu'il était simplement trop vieux pour se maintenir au présent de l'indicatif officiel et ordonné.

Il avait envie de hurler. Il s'acheta un sandwich pour se remplir la bouche et s'en empêcher.

Helen n'avait plus qu'à attendre. Elle entra dans la cuisine éclairée d'une lumière froide, sans poussière, prit des ingrédients sur les étagères, les sortit de leurs emballages : deux aubergines d'un noir brillant, quelques poireaux qui avaient l'air trop propres pour avoir poussé dans la terre, des endives rouges, des courgettes, des poivrons de serre à la peau comme une armure. Elle trancha, éminça et nettoya avec un grand couteau : elle saisit ces objets immaculés, les ouvrit et extirpa les fines graines brunes qui tachaient la chair des aubergines, les pépins et les membranes dans l'éclat des poivrons. Une légère odeur envahit la pièce. Elle goûta l'huile d'olive sur son doigt et y ajouta du poivre, de la sauce de soja et un peu de vinaigre balsamique, en enduisit les légumes, puis les mit dans une poêle à frire chaude. Et la pièce se chargea d'une fumée subtile et sucrée pour capter la lumière vive : l'air caramélisa.

Insuffisant. Le couloir brillait, mais il ne sentait pas le cèdre, la cire d'abeille, le pin. Les fenêtres étaient immaculées, elle n'y décelait pas la moindre odeur de l'ammoniaque utilisée par la femme de ménage qui venait les nettoyer deux fois par semaine.

Elle écarta le *Federbett* et se jeta sur le lit. Elle roula sur un côté, puis sur l'autre.

Elle s'enfouit le visage dans les draps. Elle fut contente de ne pas les avoir changés depuis le départ de Jeremy.

Bon sang, elle était bien trop jeune pour faire collection de souvenirs.

Allongée, elle pensa au bonheur. Mais les pensées de bonheur ont tendance à se vider instantanément, et à ne laisser que des images calculées : des pensées de roses, de jardins, d'edelweiss, de récifs coralliens, de matins roses et brillants, pas de surprise, l'opéra à sept heures et les escapades en train express, rien qui ne puisse être mis dans une brochure ou un horaire. Elle n'en voulait pas, elle voulait quelque chose qui ne soit qu'à elle.

Nicholas n'aurait pas dû aller à l'enterrement, se dit-elle. Puis elle tenta à nouveau de s'envelopper dans l'odeur des draps.

Son train arriva à neuf heures vingt-quatre. Il devrait prendre un taxi pour se rendre à l'église située dans la bourgade voisine. Il y arriverait pour neuf heures quarante-cinq. L'annonce des funérailles dans le journal indiquait dix heures, alors peut-être qu'il aurait le temps de laisser sa carte de condoléances, de voir le visage de son père dans son cercueil, une dernière fois, puis d'assister clandestinement au service religieux qui s'ensuivrait.

Il se tenait immobile à l'intérieur de son manteau : tendu et impassible. Le brouillard se levait, il apercevait l'éclat blanc et la peau noire des montagnes, et distinguait une légère coloration dans les eaux du lac.

Il n'apportait pas de fleurs. Il y avait pensé, mais le geste aurait paru provocateur, et il aurait été facile de laisser sa couronne de côté ou de l'égarer. Mais il voulait en apporter. Il y avait une boutique près de la gare, et il demanda des asters blancs, un simple bouquet de fleurs blanches, pas de couronne. La fleuriste le lui apporta subrepticement, et avec un air quelque peu méprisant, comme si elle lui vendait quelque chose d'illégal. Elle ne pouvait comprendre qu'un vieil homme en colère pût vouloir des asters blancs. S'il se rendait à un enterrement, il ne devait pas être en colère.

Il ne voulait pas lui crier après, mais il perdait du temps dans la boutique et il était anxieux. À dix heures, la famille formerait un mur dans le cimetière.

Son taxi était conduit par une femme énorme avec une dent en argent. Elle vit ses asters blancs et demanda : « L'église ? » Il répondit oui, mais dans la ville voisine. « Le cimetière », précisa-t-il.

Elle roula à une vitesse cérémonieuse, ce qui l'agaça encore plus, et le déposa près du cimetière.

Le brouillard continuait de flirter avec le sol, il se levait puis redescendait. La chapelle formait un rectangle d'obscurité. Devant l'édifice était garé le chariot qu'on utilisait pour transporter de nouveaux arbres, du vieux fumier, et maintenant le cercueil de son père. Quelqu'un avait posé un plateau pour les cartes de condoléances.

Il savait que le cercueil serait ouvert et que le visage de son père, qu'il ne connaissait pas — il avait dû changer en quarante ans —, serait visible. S'il pouvait voir ce visage, au moins il connaîtrait son père, le connaîtrait de vue, c'était tout ce qui lui restait.

Il prit ses lunettes et les essuya, distraitement, comme s'il se tenait devant une assemblée lors d'un quelconque séminaire.

Il entendit une voiture. Forcément, des voitures allaient et venaient sur la route ; on ne pouvait espérer un silence parfait pour un enterrement, même ici, dans cette cuvette entourée de montagnes blanches. Il s'avança. Un des employés du cimetière leva les yeux vers lui. Il déposa sa carte sur le plateau.

Il se déplaçait du pas lourd et délibéré qu'on adopte dans les églises. Il se retourna vers le chariot et le cercueil.

Les premiers arrivants traversaient le rideau blanc du brouillard, s'attardaient sur le sentier menant à la chapelle.

Il les vit, mais il ne voulait pas les voir. Il voulait voir son père.

L'employé du cimetière se racla la gorge.

Les membres du cortège s'avancèrent, tous vêtus du noir de circonstance. Il vit que les hommes portaient des pardessus et des costumes bien trop étroits ; ils gardaient leurs tenues noires pour les enterrements, et les enterrements n'étaient pas si fréquents dans leur vie. Ils étaient plus jeunes que lui, évidemment.

Nicholas passa devant le cercueil. À l'intérieur il vit son propre visage, mais tendu et froissé d'une façon qu'il n'avait pas encore contemplée dans le miroir du matin. Lui-même, usé jusqu'à la corde. Il eut envie d'embrasser ce visage.

Les membres du cortège se rapprochaient.

Il devait protéger la dignité de son père. Il s'éloigna d'un pas vif. Les employés du cimetière, d'instinct, se postèrent autour du cercueil.

Une des femmes regarda le plateau des cartes de condoléances. Bien entendu, il n'y en avait encore qu'une seule. Elle l'ouvrit, regarda la signature, puis la déchira.

Assis sur un banc de bois froid, il contemplait les montagnes autour de la tombe. Il se demandait si son père aurait voulu qu'il soit là.

Ils priaient, massés autour de la fosse noire creusée dans le sol. Puis le cercueil fut descendu, retenu par de fortes cordes. Ensuite ils l'aspergèrent, un par un, d'une giclée d'eau bénite. Le sol était blanc de chrysanthèmes et d'asters.

Il se rappela la dernière fois qu'il avait vu son père, sauf en passant, ou par hasard, ou en des occasions où ils n'étaient pas obligés de parler. C'était dans les années cinquante, Nicholas avait alors vingt ans et il était furieux, par principe, contre presque tout le monde réel.

Sa longue vie tout entière avait été bien remplie. Sa vie lui avait appartenu. Avec toutefois un aspect étrange : elle avait commencé lorsqu'il avait une vingtaine d'années, il avait dû abandonner tout ce qui s'était passé avant.

Son père habitait à Zug. En sortant de l'armée il était entré dans la banque, même hiérarchie, mêmes bonnes manières, meilleur salaire. L'essentiel de la population en fit autant : les hommes s'insérèrent dans un emploi, les femmes réintégrèrent leur foyer, la guerre qui faisait rage à chaque frontière n'avait pas réussi à briser la vie normale de la Suisse. Sa mère avait sa propre affaire à cette époque, et elle faisait exception ; durant la guerre, les femmes ne travaillaient qu'officieusement, en tant que pis-aller et intérimaires, de sorte qu'elles furent tout bonnement remplacées quand la paix revint. Chacun reprit sa place.

Chaque année, à l'armée, Nicholas, professeur

titulaire d'un doctorat, voulait éplucher les pommes de terre. Chaque année, tout le monde était choqué.

Le père de Nicholas avait déjà commencé sa seconde famille : deux filles, jolies quoique sans éclat. Il aimait Nicholas, mais n'avait pas envie de se souvenir de tout ce qui allait avec, sa mère comprise, de sorte que la rencontre était particulièrement tendue. Nicholas était moins un fils qu'une anomalie. Et Nicholas se posa en modèle de vertu, et il but trop de bière au déjeuner, et son père le trouva trop sensible.

Le cortège s'était éloigné de la tombe et avait gagné l'église pour le service funèbre. Le prêtre, dûment chapitré, porterait aux nues le passé du père de Nicholas, dorerait son histoire pour lui donner l'air d'un conte moral. Nicholas ne serait pas mentionné, et sa mère non plus.

À cet instant il eut l'impression qu'il pouvait se mouvoir comme un fantôme, sans être vraiment vu. Il avait les deux mains chargées d'asters, en simples bouquets. Les fossoyeurs avaient un thermos de café, peut-être additionné d'alcool de poire ; ils étaient occupés.

Il lança toutes les fleurs d'un coup dans la tombe. Elles se répandirent comme des étoiles sur la terre noire.

Il aurait aimé quelque souvenir réconfortant, mais il n'avait que l'image de son père lui tendant un calepin officiel, datant des années de guerre, à couverture marron, en lui disant qu'il avait songé à en envoyer un à la mère de Nicholas. Apparemment, puisque les hommes avaient des carnets marron où consigner leurs journées au combat, les femmes étaient censées en avoir aussi.

Alors Nicholas lut : « Notre patrie requiert notre volonté résolue de préserver notre liberté, notre honneur et notre humanité. Notre patrie, en ce moment, requiert... » Puis la liste. Premièrement : « Des femmes qui ne se plaignent pas. » Deuxièmement : « Des femmes qui acceptent de bon cœur les privations. » Troisièmement : « Des femmes qui élèvent des enfants vigoureux et prêts au sacrifice. » Quatrièmement : « Des femmes qui prennent soin des appareils ménagers. »

Il avait éclaté de rire. Son père était à moitié vexé, comme si ce credo l'avait fait glousser, mais qu'il y adhérait à demi. Il dit : « Tu comprends pourquoi je ne l'ai jamais envoyé. Continue. » Nicholas sentait bien qu'il l'observait attentivement.

Huitièmement, lut-il : « Des femmes qui, les yeux ouverts et le cœur chaleureux, remarquent les besoins de leurs voisins et portent secours à ceux qui sont en difficulté. »

Il leva les yeux vers son père, et celui-ci l'examina. À eux deux ils formaient une conspiration, convenant de ne pas se représenter trop clairement Mama Lucia aidant ses voisins d'un cœur chaleureux. Il avait poursuivi, avec un certain soulagement, à haute voix : « ... qui sont prêtes à défendre l'avenir de notre pays.

— Ce n'est pas si affreux, remarqua son père, d'être prêt à défendre l'avenir de son pays. »

Nicholas déclara qu'il devait rentrer.

« Ce n'est pas si affreux, dit son père, ce ne devrait pas être si affreux d'avoir des enfants. D'être prêt à défendre son pays.

— À condition de savoir ce que c'est, ton pays, observa Nicholas.

— Nous le savions. »

Nicholas tenta de tourner la chose à la plaisanterie, en demandant à son père d'imaginer sa mère « prenant soin des appareils ménagers ». Mais ils avaient des problèmes graves. Des problèmes entre père et fils, alimentés par la bière. Ils se mirent à marcher, fâchés.

Nicholas percevait nettement l'odeur morte de la terre, son éclat là où les pelles avaient creusé la tombe de son père.

C'étaient les rues qui avaient mis le feu aux poudres. Elles étaient propres. Elles étaient nettes. Les immeubles avaient tous l'air de bunkers massifs, gris, convenables, réguliers, mystérieusement intacts. Nicholas se disait que la ville était une nécropole, une nécropole-jardin, conçue par un architecte. Des balcons pour que les morts puissent arroser leurs pétunias. Des trottoirs pour qu'ils s'écartent de leurs voitures noires, noires. Des autobus pour les emmener avec ponctualité dans des endroits où personne ne pouvait avoir très envie d'aller.

Il enrageait, mais pour son père ce monde solennel était normal, et il souriait sans arrêt pour que personne d'autre ne remarque la fureur de son fils, ou son ivresse, ou... ou sa jeunesse irresponsable et déplacée. Il portait ce sourire comme il portait son costume et sa cravate : son uniforme-déguisement.

Et Nicholas se rappela avoir pensé : ils ne sont pas de ce siècle. Ils n'ont pas connu les bombes, la faim, la torture, le feu. L'atroce épreuve de changer et même de devenir adulte leur a été épargnée. Si bien que, quand la guerre s'est achevée, ils ne se souciaient que de rester très, très immobiles, comme des animaux acculés.

Il dit tout cela.

Il se demanda s'il existait une formule magique pour rappeler les mots entrés dans les oreilles des morts.

Son père s'était montré calme, raisonnable, comme s'il commentait le dernier cours de littérature de son fils ou le dernier livre qu'il avait lu. Mais il insistait sur ses mots. Nicholas tenta de parler plus haut que lui, mais il l'entendait quand même. Il disait qu'il avait porté l'uniforme, subi l'entraînement au combat, gagné les Alpes avec l'armée pour sauver la nation.

Et Nicholas, le modèle de vertu, de rétorquer : « Et les basses terres, où habitait toute la population ? Les femmes et les enfants qui étaient dans les plaines pendant que vous jouiez aux cow-boys dans les montagnes ? »

Son père, impassible, avait parlé de sacrifice. Du manque d'argent. Du logement que la France lui avait assigné dans une famille près de la frontière. C'est là qu'il avait rencontré sa seconde femme. Il expliqua que les gens avaient faim. Ils avaient peur.

Nicholas demanda pourquoi il n'avait jamais écrit pour raconter cette vérité-là. Comment l'aurait-il pu ? se défendit-il. Il ne pouvait rien dire approchant de la vérité dans une lettre à destination de Berlin. Il ne pouvait dire à son fils qu'ils avaient récupéré toutes les vieilles pétoires dans les caves, des armes rouillées, avec des trous de vers dans les montures. Ou que la crème de la population avait décampé quand on crut que les Allemands marchaient sur la ville — et ensuite pendant cinq ans tous les autres étaient restés là à attendre, attendre, attendre.

Nicholas insista : « Tu m'as écrit. Tu me disais que le chauffage central était coupé, et que peut-être on ne s'en portait que mieux. Et tu parlais de masques à gaz, et de black-out. »

Nicholas pensait maintenant que jusqu'à cet instant son père avait regretté la distance qui les séparait.

Mais alors il tourna les talons. Ils étaient sur les marches de quelque gros bâtiment administratif de Zug, orné de colonnes, de frontons et peut-être de lions en pierre. Le bâtiment était comme une propagande. Et il dit : « Je sais que vous étiez à Berlin. Je sais que c'était pénible. Mais ne crois pas que tu peux essayer de te comporter comme ces fichus Allemands, toujours arrogants, toujours certains d'avoir la meilleure musique, la meilleure poésie. Et puis la meilleure cruauté. Et puis le plus grand héroïsme pour affronter la meilleure douleur. »

Nicholas répondit que son père n'avait aucune idée de ce que lui et sa mère avaient enduré à Berlin. Il dit que son père n'avait pas vécu ça, et qu'il ne pouvait le compenser maintenant.

Son père s'assit sur les marches.

C'était choquant. Son père était un employé de banque convenable, qui pouvait parfaitement faire une promenade avec son jeune fils, qui avait le droit de partir en se plaignant si son fils criait trop fort, et le voilà assis par terre, sur la pierre. Il leva les yeux vers Nicholas :

« Tu appartiens à ta mère, n'est-ce pas ? » demanda-t-il.

Nicholas était si furieux qu'il ne savait plus que

dire. Il partit. Son père resta assis, le regardant s'éloigner. L'unique fois où Nicholas se retourna, il avait l'air si triste, et si choqué en même temps, comme si c'était une catastrophe de voir remises en question les surfaces parfaites de son monde.

Ce soir-là il écrivit une lettre à Nicholas. Il y énumérait les torts de sa première femme, la mère de Nicholas, après la guerre : chantage, extorsion, recel de marchandises volées. C'était tout. Avec son affection.

Les membres du cortège allaient partir déjeuner, schnaps et vin, trois plats consistants, du gibier peut-être puisque c'était la saison, et une demi-poire garnie de gelée de groseille, plus des pâtes. Nicholas sentait le goût de tous ces plats. Une bouteille de fendant. Une bouteille de dôle. Ils ne riraient pas, ne pleureraient pas, pas avant d'avoir bu le schnaps.

Il sortit du cimetière, ombre bien trop massive pour ne pas attirer l'attention. Il envisagea de revenir l'après-midi voir la tombe refermée et fleurie, mais il ne voulait pas rencontrer les autres. Il continua de marcher dans le froid, et comme le brouillard s'était levé au-dessus du lac, la lumière brillante et métallique réfléchie par les hautes pentes lui brûla le visage.

Officiellement, il était un vieil homme. Il avait des cartes pour prouver qu'il était un vieil homme. Il était veuf, père, retraité, il ne restait rien à changer dans sa vie. Il lui avait manqué un père presque toute sa vie, il avait perdu tout droit à l'attention de son père à l'âge de vingt ans, il avait fait un bon mariage, mené une vie parfaitement satisfaisante, une forteresse d'où regarder le monde. Mais maintenant que son père avait disparu, il frissonnait.

Il dut remonter la Bahnhofstrasse pour rentrer. Il passa devant la boutique de sa mère. Il se demanda si elle savait que Herr Müller, la moitié de son nom, une grande part de sa crédibilité, était mort et qu'il avait été enterré ce jour-là.

La boutique était constituée de pièces aux murs peints, aux lumières roses et dorées comme des éclairages de théâtre, une ravissante aube commerciale entre pharmacies et librairies. Un endroit à l'éclat inventorié : ses cires et ses vernis, ses verreries, ses ors et ses biscuits. Dans la vitrine, quelques porcelaines de Meissen : un nain avec des moustaches de chat, deux têtes d'enfants qui de toute évidence devaient être les originaux, un joli pichet orné d'un Chinois courbé et d'un bébé dragon. Au-delà, un mur de marqueterie, velours et dorures : des canapés enveloppants, des tables hérissées d'ornements, des bureaux de taille à fortifier plusieurs nouvelles classes sociales. Derrière ce front, l'intérieur de la boutique formait un fouillis chaleureux et accueillant de jolies choses, porcelaines et verrerie, pieds contournés et délicats, émaux et inclusions scintillant sur du beau bois de rose. Des tapisseries pendaient aux murs : un zèbre, une scène de chasse.

Il l'apercevait à travers la vitrine : figurine en porcelaine aux traits peints, dans son fauteuil rond très simple — Louis Delanois, toujours sous-évalué, pas de provenance qui vaille d'être mentionnée —, surveillant son empire, joli, profitable, agréable. Rien n'y était offensant, sauf peut-être pour le portefeuille. Elle avait passé un demi-siècle à vendre les babioles élégantes et raffinées d'une civilisation, en essayant de leur conférer une signification : une date ici, le nom d'un artisan, une place dans l'histoire pour un plat, un fauteuil, un fragment de porcelaine qui ne pourrait même pas contenir un repas.

Nicholas s'arrêta devant la porte et envisagea d'aller lui parler. Mais ils n'avaient pas l'habitude d'être spontanés l'un avec l'autre.

Une vendeuse se tenait auprès d'elle, la gardienne des clefs, qui effectuait ses vérifications du soir : le système d'alarme, les lumières et les déshumidificateurs de la réserve, la machine à café à éteindre. Nicholas compatit : ces dernières demi-heures avant la fermeture de la boutique devaient être pénibles, parce que Lucia n'était plus l'autorité, la patronne, mais un corps à inspecter de façon presque scientifique.

Elle était si vieille désormais que l'âge était devenu sa nature même. Nicholas le voyait bien. Et pourtant elle continuait de vendre, en s'appuyant sur les restes de ses yeux brillants, de ses yeux sombres. Ses cheveux étaient teints couleur de vieille flamme. Sa peau était comme une étoffe, plissée et drapée, mais sur une ossature si forte et si belle que les traits captivaient toute l'attention. Elle lui semblait sortie d'un livre de contes, dans lesquels être vieux revêt toujours une signification spéciale et obscure : la sagesse, le mal ou la magie.

Elle vérifiait le répondeur. Elle s'en chargeait toujours elle-même.

Nicholas lut sur ses lèvres. « Ce sera tout », disait-elle.

Les lumières de la vitrine s'éteignirent. Elle resta dans la lueur au fond de la boutique, dans la chaleur du bois de rose, des ors et des lumières douces, et elle se leva. Elle téléphonait.

Nicholas décida de ne pas attendre.

Elle allait rentrer chez elle et boire un verre de madère, habitude prise en vieillissant. Elle se ferait apporter des œufs.

Nicholas partit à grands pas dans les allées piétonnes de la vieille ville. Il se dit qu'il pourrait passer à nouveau la soirée avec Helen et Jeremy. Il aimait l'idée de jouer du tambour avec leur fils Henry, de monter le train en Lego et de le faire rouler.

Mais il ne pourrait supporter de parler. Alors il prit le train, puis le bus, pour Sonnenberg : chez lui, dans le foyer qu'il avait créé avec Nora, là où Nora restait vivante pour lui.

Helen arpentait les pièces blanches, à grands pas. Elle aimait l'ordre, mais elle l'aimait davantage quand Henry était là, traînant en crabe par terre sur une fesse, tapant sur ses tambours en fer-blanc, construisant son train et écartant les rails pour faire de beaux accidents. Elle voulait des traces sur les surfaces immaculées, un sentiment de souffle et d'action.

Elle pensa à Nicholas. Puis elle essaya de penser à son grand-père, qui était une absence dans son esprit ; elle ne s'était même pas donné la peine de s'inventer un grand-père moustachu, effacé et rayonnant, simplement pour combler le vide. Elle pensa au chagrin de Nicholas et, ne connaissant pas l'homme qu'il pleurait, ne put y penser qu'en termes de généralités, qui n'aident personne.

Quant à sa grand-mère, la cause de tout cela, elle ne savait rien de ce que Lucia ne voulait pas qu'elle sache.

Lucia l'avait emmenée prendre le thé dans les salles désuètes du Grand Hôtel Dolder, et parfois acheter des vêtements, ce qui n'intéressait guère sa propre mère, parfois au Kunsthaus, où elle lui parlait plutôt raisonnablement des esquisses de Giacometti, pour qui elle éprouvait une passion éclairée ; parfois pour des promenades au cours desquelles Helen pouvait avouer avec bonheur tout ce qui lui passait par la tête mais, bizarrement, ne posait jamais aucune question, et ces promenades s'achevaient toujours par un chocolat à la crème. Lucia avait des connaissances, et Lucia faisait des cadeaux. Son père et sa mère étaient si proches l'un de l'autre qu'Helen, enfant, en avait éprouvé un sentiment de claustrophobie, et cette vieille femme avait représenté la soupape, le souffle, la frivolité dans sa très jeune vie.

Elle avait toujours supposé que Lucia avait trop de travail à la boutique pour la voir souvent. Mais peut-être que ses parents rationnaient ces fêtes si enivrantes. Ils devaient avoir leurs raisons.

2

Lucia connaissait tous les endroits qu'on connaît par les cartes postales ; elle y était allée avant tout le monde, parfois même quand il restait encore quelque chose à découvrir.

Par exemple, elle connaissait Paris, mais le Paris de 1914, quand elle était toute petite.

La famille Rossi avait ses habitudes : quelques jours dans une station thermale allemande, souvent Baden-Baden, ou dans un coin de montagne suisse avec un lac, ou, pour les week-ends, la maison dans le Piémont qui se dressait au milieu de collines en forme de bol avec vue sur les Alpes, ou une maison prêtée au bord du lac de Côme ou du lac Majeur. Ils firent un bref séjour à Paris afin d'être réellement éblouis. La ville était plus lointaine, plus vaste, plus éclairée, plus majestueuse, vraiment étrangère dans sa majesté, et les parents de Lucia étincelaient de sa gloire.

Mais une guerre se préparait, tout le monde le disait. Ils durent rentrer à Milan.

La voiture se rangea devant les grandes voûtes métalliques de la gare, son père en pardessus par une chaude journée de juillet, sa mère voilée et enveloppée d'un renard ; à cause d'elle le taxi sentait la rose ; des valises massives étaient arrimées à l'extérieur de la voiture. Le hall de la gare puait, l'air stagnait là où il y avait de l'air, des foules rejetées à l'extérieur poussaient contre les portes, s'écoulaient sur la chaussée, refluaient, reculaient, s'arrêtaient net contre les murs. Certains semblaient avoir passé la nuit sur la route, même pas sur les bancs des salles d'attente. Et tous semblaient avoir l'accent italien, sauf les employés pointilleux.

Deux porteurs faisaient balancer les valises pour frayer un chemin aux Rossi : des valises à coins de métal, difficiles à manier. Une nonne se retourna, bouche bée. Au milieu de la cohue deux soldats restaient plantés, des anges blonds qui ne s'écartèrent pas pour les laisser passer. De petits hommes s'avachissaient à même le sol.

« On veut tous rentrer chez nous », protesta un homme.

Lucia, nichée dans les bras de son père, contemplait la foule comme un spectacle, elle remarqua que les gens étaient petits pour la plupart, pauvres pour la plupart, vêtus d'étoffes épaisses en plein été, que certains étaient blonds, qu'aucun ne s'était rasé le matin, sauf son père, étincelant, qu'aucune des femmes n'était tout à fait aussi jolie que sa mère. Elle contemplait, ravie.

Un tout petit bonhomme affublé d'un pince-nez, dans un uniforme des chemins de fer qui faisait des plis et des poches, essayait de chasser les voyageurs de troisième classe des salles d'attente des secondes et, pendant qu'un groupe sortait, un autre entrait, sans cesse.

Sa mère criait : « *Via ! via !* »

Son père la serrait contre lui. Les porteurs ne pouvaient plus avancer et ils n'avaient pas encore atteint le quai, sans parler du compartiment de première classe dûment réservé pour le long et pénible retour vers Milan.

Son père cria quelque chose à propos d'une enfant malade, bien qu'elle ne se fût jamais, de toute sa vie, sentie aussi éveillée et animée. Plusieurs parents hochèrent la tête, compatissants, et montrèrent leurs propres enfants malades.

Son père était plus grand que la plupart des autres hommes, remarqua-t-elle. Elle regardait les casquettes, les chapeaux, les crânes, certains presque chauves comme des têtes de moines.

Sa mère carra les épaules et chargea.

Les porteurs chassèrent des petits garçons juchés sur un chariot arrêté par la foule. Ils y entassèrent les valises, aidèrent la mère de Lucia à monter devant, ensuite son père lui tendit Lucia, les porteurs s'arc-boutèrent et tirèrent. Tout le monde sursautait, maugréait, mais ceux qu'ils heurtaient ne pouvaient rattraper le chariot, qui avançait en cahotant le long du quai. Une odeur se dégageait, oignons fatigués, sueur fatiguée, qu'elle n'avait jamais sentie auparavant dans son monde bien lavé.

Elle connaissait des mondes totalement inconnus des vendeuses de sa boutique, ces jeunes femmes brillantes au sens de l'histoire manucuré, et des marchands qu'elle fréquentait, qui ne savaient rien d'inessentiel, et même de ses clients aisés, âgés, qui tous étaient plus jeunes qu'elle. Mais elle faisait tourner ses souvenirs comme les marchandises de sa boutique, rien n'était conservé comme un trésor, tout circulait.

Elle se tenait à la fenêtre du train, observant la confusion de l'autre côté de la vitre, des hommes qui frappaient, crachaient, criaient, qui se jetaient les uns sur les autres. On aurait dit un aquarium, pensait-elle.

Lucia, plus âgée, merveille de petite fille : minuscule en robe rose, entraînée de force loin de l'éclat des vitrines alignées, sous les yeux des passants convenables, très consciente qu'elle aurait dû se montrer gracieuse et digne, tenir compte exactement de sa classe sociale. Mais l'articulation de son bras lui faisait mal.

Elle voyait la rue pleine de monde, de pancartes, de gens qu'elle ne connaissait pas. Elle entendait des cris, des coups de sifflets, des roulements de tambours. Elle avait besoin du trottoir pour parader dans sa belle robe rose, et voilà qu'on l'entraînait loin du spectacle des rues, par l'ouverture découpée dans la porte cochère, jusqu'au vestibule calme et frais.

« Bon, ma chérie, va te changer », dit sa mère. Elle devait avoir besoin d'un verre.

Lucia monta le grand escalier de marbre, se hissa sur la balustrade puisqu'il n'y avait personne pour la voir, comme un marin sur le bastingage d'un gigantesque navire, comme un singe sur ses barreaux.

Elle avait toujours vécu entourée de filigranes dorés, de sols en mosaïque imitant des tapis persans, de sculptures et de tableaux. Mais elle avait toujours su qu'il existait un monde bouillonnant juste derrière le verre frais et teinté des fenêtres. À l'intérieur, entre les tables massives et le velours décent, la famille et les domestiques se déplaçaient judicieusement, avec précaution ; dehors, même par les journées froides et sombres, la foule grouillait, se bousculait, luttait, défilait, cessait le travail, changeait de parti, manifestait sa colère et ses ambitions. Elle voyait des émeutes. Elle voyait des funérailles.

À l'intérieur papa, en bon banquier, prenait ses ordres et donnait l'impression d'être aux commandes, il écoutait ce que les Allemands lui disaient de faire, écoutait leurs comptes-rendus des besoins précis des Italiens. Dehors, des ordres entiers s'écroulaient. Les gouvernements se tenaient en équilibre sur une seule pierre. Des rumeurs faisaient état de violences dans la campagne, d'hommes matraqués, purgés à l'huile de ricin jusqu'à ce qu'ils soient brisés, perdus, et ensuite parfois fusillés pour mauvaise attitude. Des mères et des jeunes filles défilaient pour soutenir la prise de Fiume par D'Annunzio, un mouvement nationaliste fou défendu par quelques poèmes et arias, et un grand nombre de fusils extrêmement inefficaces. On voyait des trains qui restaient à quai, immobilisés par les grèves, des rues qui s'arrêtaient net, comme dans ces films fixés dans sa mémoire, quand la pellicule cessait de défiler, quand la réalité se figeait et commençait à prendre feu par le coin inférieur gauche.

En haut des marches, elle s'arrêta un instant.

Elle avait onze ans. Elle n'avait nulle part où montrer sa belle robe rose.

Elle entendait les hommes parler ; aboiements et murmures, phoques et serpents. Elle se rendait compte qu'ils parlaient à voix basse. Ils faisaient des histoires pour des mots. Ils disséquaient les phrases puis inspiraient bruyamment, l'air solennel. Ils prenaient même des notes.

Lucia, dans sa robe rose, entra en dansant dans la pièce. Ils levèrent la tête. Elle fit bouffer ses jupes en tournoyant, à gauche, à droite, puis elle les souleva, avec des gestes gracieux de ballerine, et exhiba une petite culotte blanche bien nette.

Sa robe vint lui couvrir la tête.

Les hommes toussotèrent.

Elle sourit puis sortit en courant comme une danseuse, avec plus de mesure que de vitesse.

« *Signori* », entendit-elle dire son père.

*

La maison avait la forme de sa vie : escaliers de marbre, dorures, vérandas à l'arrière avec vue sur les arbres et sentiers, et dans certaines pièces une prétention vertigineuse, des mappemondes en mosaïque au sol, une salle consacrée aux paons. Dans le plus pur style 1900, la maison comportait une frise d'énormes abeilles en cuivre : un hommage à la nature qui très vite avait viré au vert et s'était couvert de suie. Autrefois elle possédait ses propres femmes de pierre, de chaque côté de la porte cochère, mais elles étaient trop amples et avaient l'air trop amical, de sorte qu'après une crise de morale publique, elles durent être enlevées.

La maison n'impressionnait pas toutes ses camarades d'école, elles semblaient la trouver vraiment trop grandiose, trop neuve, et elles en étaient soit amusées soit intimidées. Mais cette maison avait la forme de sa vie ; si on ne l'aimait pas, on ne pouvait pas l'aimer, elle. Elle refusait de s'intéresser aux enfants des collègues de son père, et elle ne pouvait se lier d'amitié avec les filles des classes supérieures.

Le problème lui parut insurmontable jusqu'à ce qu'elle commence à s'échapper de la maison, l'après-midi et le soir.

Dix-sept, dix-huit ans. Elle allait parfois au cinéma, aux séances de l'après-midi, avec surtout des femmes dans la salle. Elle s'échappait comme un vrai garçon manqué, dans la plus pure tradition américaine. Elle allait à la Galleria, la grande cathédrale commerciale qui se dressait en face du Duomo, avec ses hautes vitres et ses voûtes métalliques dressées devant la montagne blanc sucre en marbre d'église hérissé de pointes. Elle était toujours ouverte.

Toute seule, ce n'était pas facile. Une femme ne devait pas avoir l'air disponible, mais Lucia voulait faire des rencontres. Les cafés bourdonnaient. Elle entendait des claquements de talons, continuait à marcher. Elle passait devant des femmes et des hommes qui avançaient chargés de paquets, tête baissée. Elle sentait des yeux sur elle, elle était un élément de décor pour la foule.

Elle marchait plus vite, elle ne voulait pas avoir l'air, elle, Lucia Rossi, de douter de quoi que ce fût.

C'était dur de n'être pas tout à fait au même niveau que les autres. La fille du grand banquier — mais ce n'était pas une position tellement plus éminente que celle de banquier ; les banques ne possédaient pas le genre de pouvoir qui éveille l'intérêt, comme les fabricants de tissu ou de voitures ou d'acier. Elle était d'une classe trop élevée pour certaines fêtes, mais pas assez pour les plus grandioses. Elle voyait les jeunes filles s'attarder devant les vitrines en bavardant. Elle voyait les policiers sourire sous leur casque noir. Elle voulait flirter, mais décemment.

Au moins dans la Galleria elle se sentait un peu protégée : le mauvais temps n'y pénétrait pas, ni la puanteur de moteur des rues, ni les mendiants, personne de vraiment pauvre. Elle trouverait, dans la cohue et les échos, beaucoup d'hommes qui seraient ravis de discuter avec elle, mais elle n'avait aucun prétexte pour parler à l'un d'eux en particulier.

Elle se disait que tout eût été plus facile si elle avait eu des frères car ils lui auraient prêté leurs amis.

Un jeune homme s'arrêta devant elle. Elle ne réussit pas à l'éviter. Il déclara : « *Signorina*, je suis chanteur. » Elle ne dit rien. « Je suis chanteur, répéta-t-il, et j'ai entendu les applaudissements des Français. » Comme il lui barrait la route, elle l'examina : grand, épaules étroites, poitrine trop large, jambes tubulaires, le tout enveloppé dans une cape qui aurait tenu au chaud la moitié d'une chorale. « Malheureusement, poursuivit-il, cette saison-ci, les imprésarios ont décidé de ne pas favoriser le talent. Du tout. » Elle envisagea de lui donner un coup de pied. « Je me demandais, ajouta-t-il, si je pourrais vous offrir un café. »

Elle le contempla d'un œil fixe. Elle avait déjà, mentalement, compté la monnaie dans son sac.

Ils s'assirent face à la foule, à une table environnée de plantes en pots. Lucia ne dit rien à l'inconnu, ce qui ne semblait pas poser de problème car il lui raconta par le menu sa carrière brillante mais, ces temps-ci, gâchée momentanément par le chômage. Il s'appelait Giorgio. Il était, naturellement, ténor.

Elle finit par lui offrir un plat de pâtes. Elle voyait en lui un indice : comment découvrir une autre ville, comment sortir, sans se contenter d'attendre que sa vie commence. Et pour un moment, très chastement, elle entra enfin dans la ville qu'elle n'avait qu'entr'aperçue en passant devant les cafés, une petite bohème de musiciens au repos, qui tous attendaient les contrats de la saison suivante, tous affamés d'aller chanter dans la moindre arrière-salle au fin fond du Piémont plutôt que de vivre sans public du tout.

Elle alla chez lui un après-midi, alors que ses parents la croyaient au cinéma avec des amies. Giorgio habitait à l'écart des avenues principales, dans un quartier de rues pavées sans trottoirs, du mauvais côté d'une église désaffectée.

Elle s'assit au bord d'une chaise et but le café qu'il avait préparé sur le gaz dans une cafetière en métal. Elle sentait une odeur d'eau croupie.

Elle apprit que les vedettes que ses parents écoutaient à la Scala n'étaient que des imposteurs, des escrocs, des ratés, et que seule une conspiration des directeurs de salles empêchait toute une nouvelle génération de les démasquer. Elle apprit aussi certains détails sur la façon de chanter Paillasse, mais eut l'impression qu'il ne l'avait jamais fait en public.

Elle entendit des voix, l'une après l'autre, tout l'après-midi : sopranos incertaines, basses de casseroles, une mezzo dont le souffle enflait et retombait comme une courbe de graphique. Une contrebasse jouait, juste sous la limite de son ouïe consciente. Il y avait un harpiste, sans talent.

Un des volets à la fenêtre de Giorgio claqua.

« Ne vous inquiétez pas », dit Giorgio.

Lucia se demanda pourquoi la semi-obscurité était censée l'angoisser.

« Il y a encore assez de lumière », ajouta-t-il.

Elle pensa longtemps avoir appris à cet instant tout ce qui comptait : Giorgio ne pouvait poursuivre, il pouvait à peine penser jusqu'à ce qu'elle lui fournisse un prétexte. Il la désirait, mais ne parvenait pas à la situer : elle ne travaillait pas, de toute évidence elle était de bonne famille, et donc dangereuse. Il était impossible qu'elle veuille ce qu'il voulait. Mais alors, que faisait-elle là ?

Lucia ne bougea pas.

« Sauf si vous voulez que je ferme l'autre volet », reprit Giorgio.

Mais elle avait déjà appris sa leçon. Elle se rappela qu'elle avait un rendez-vous, dit-elle. Elle partit, et ensuite Giorgio l'accompagna à la Galleria chaque fois qu'elle le désirait, la présenta à ses amis, l'emmena à quelques soirées et une fois dans une minuscule salle où lumières et sièges grinçaient de rouille, où il lui fit endurer toute une soirée de lieder massacrés.

Ils ne furent plus jamais seuls dans une pièce.

Elle regardait les autres exhiber leurs critiques, ces critiques que Giorgio continuait d'envoyer à sa famille en Vénétie même quand il s'agissait d'annonces payées, deux lires la ligne, pour quelque représentation minimale. Elle fit la connaissance d'un homme plus âgé, qui parlait de l'Opéra de Paris, du velours et de la soie qu'il portait pour chanter quelque chose dans *Faust*, du bruit des applaudissements à Londres et des perspectives à Leipzig, mais qui pour le moment travaillait à temps partiel, objet de risée, lent et traînant des pieds, parmi les serveurs d'une trattoria.

Elle étudiait, elle ne vivait pas ; elle le savait. Elle rentrait chez elle pour des soirées littéraires, des dîners, des week-ends à la campagne, des week-ends au bord du lac de Côme, pour se faire discrète dans une maison où il n'était plus rare que des politiciens s'attablent avec des banquiers.

Puis Giorgio lui présenta son ami Paolo, qui venait d'un coin d'Ombrie et jouait du violoncelle. Il était maigre, vif et petit. Il s'accrochait au violoncelle comme à une proie, se pliait pour jouer, comme si l'archet risquait de ne pas atteindre les cordes. Puis il s'étirait par un effort de volonté, et faisait résonner l'instrument.

« Il ne devrait vraiment pas jouer du violoncelle, remarqua Giorgio.

— Il joue très bien », protesta Lucia.

C'est à ce moment qu'elle commença à interroger ses amies sur la contraception. Elle crut qu'elles temporisaient parce que toute contraception venait d'être rendue illégale, mais en réalité elles ne voulaient pas montrer l'étendue de leur ignorance. Elles épluchaient les magazines de cinéma et, devant la photo d'un couple, étaient en général capables de distinguer un baiser d'une morsure, une scène d'amour du combat de dernière bobine entre l'héroïne et le méchant, mais pas toujours.

*

Paolo dansait bien, mais un peu sous le menton de Lucia. Il dansa avec elle au Blue Room, au Golden Gate, dans les panaches de fumée de cigarette où un peu de parfum tentait de couvrir l'odeur du savon bon marché. Il s'agitait avec efficacité, impeccablement, tandis qu'au-dessus de lui elle secouait ses cheveux roux qui, dans les rêves de Paolo, le ligotaient et l'étouffaient. Il la fit virevolter, et de son soupir lui chatouilla les seins.

Elle rentra dîner en famille. Il devait bien exister une solution.

Elle essaya d'écouter l'histoire de Paolo, quand il se montra enclin à la raconter. Ah bon, une petite ferme près de Todi. Des oliviers — les oliviers étaient indispensables. Des chasseurs avec des fusils, une lune haute, le chant des engoulevents. Encore des collines en forme de bol, toutes vertes. Un père cantonnier, une mère qui vendait des champignons au marché. C'était trop pittoresque pour être réel, et elle ne pouvait imaginer ce qu'on ressentait quand on venait d'un tel endroit, quand on ne pouvait claquer une bonne porte solide au nez du monde.

« Un jour, dit Paolo, il faudra que vous veniez à Todi. »

Une longue table mal équarrie, avec de grandes assiettes couvertes de tomates cuites. Elle s'imagina sourire : la mère exemplaire, l'épouse exemplaire qui pourrait un jour exister. Une rangée de visages pleins d'espoir.

Ce voyage dans une autre classe sociale devenait fastidieux.

« On devrait aller se promener », proposa Paolo.

Elle prit congé de Giorgio. Elle se retourna pour le regarder, une fois ; il passait les œuvres tardives de Rossini, et personne n'écoutait.

Elle marcha aux côtés de Paolo et, ensemble, ils forcèrent à s'écarter tous ceux qui fonçaient vers eux, tête basse. Elle tendit une main, prit celle de Paolo ; c'était une expérience, elle voulait voir ce que cela faisait de marcher ainsi en public dans la rue. C'était agréable. Paolo et elle devinrent un couple, un fait rituel sur les trottoirs étroits, à qui tous devaient respect et indulgence. En tant que partie d'un couple, elle remarqua que les mains de son ami ne recouvraient pas tout à fait les siennes, et qu'il avait les paumes merveilleusement sèches.

Ils quittèrent la rue aux vitrines brillantes. Ils s'étreignirent sur le trottoir des ruelles. Le regard de Paolo rencontra le sien, un regard avide et presque dépendant, un peu comme celui d'un enfant.

« On pourrait se promener dans le parc, proposa-t-il. Au clair de lune. »

Elle vit la maison familiale sur le Corso. Ils passèrent sous ses fenêtres, devant le grand porche avec son lourd chérubin de pierre qui toisait la rue. Très haut sur la façade — elle eut envie de glousser à cette idée — les grosses abeilles de cuivre regardaient, elles aussi. Elle envisagea de dire « Bonsoir » et de s'engager dans l'étroit passage, mais elle ne voulait pas que son nom et son adresse fussent découverts. Le prix de l'anonymat était de continuer à marcher.

De grands portails de fer, mais avec un passage sur le côté. Ils s'y faufilèrent. Paolo sentait l'odeur des tilleuls en fleur ; elle voyait de tristes silhouettes parcheminées de chaque côté d'une avenue de pierre et de sable. Derrière les arbres, un reste de lumière et des formes de buissons verts. Le jardin paraissait à la limite de tout.

Elle se regarda marcher dans l'obscurité entre les taches de lumière diffuse. Paolo la tira par la main.

Il s'assirent un moment sur un banc de bois. Comme Paolo était incapable de parler, elle l'embrassa.

Il la tira à nouveau par la main. Il l'entraîna plus loin, derrière les arbres de l'avenue, derrière les buissons, sur une pelouse. Elle s'assit. Il s'allongea. Elle s'allongea aussi, et il lui embrassa le sein gauche à travers le coton de sa robe. Elle apprécia le frottement, puis l'humidité. Il déclara : « *Ti voglio bene*. »

Sa jupe avait remonté quand elle s'était allongée, elle l'aida à remonter encore. Elle percevait une odeur de poussière, sentait de minuscules grains de sable sous ses jambes et ses fesses nues. Elle attendait, maintenant, qu'il lui montre.

Elle sentit des doigts s'insinuer en elle. Elle entendit le souffle de Paolo. Et puis :

« *Gesu !* » s'exclama-t-il. Il avait du rouge sur les doigts.

Elle le dévisagea.

« Je ne savais pas », dit-il. Il avait sorti un mouchoir de son pantalon et, ce faisant, avait taché de sang l'ouverture de sa poche ; il essuyait ses doigts et son pantalon.

« *Ti voglio bene* », dit-elle. Il avait l'air drôle, secouant sa main pour la faire sécher, pour la dégager.

Il ne pouvait se résoudre à écouter. Il s'était levé, il paniquait. Il lui fit signe qu'elle devait s'essuyer, rabattre sa jupe, se préparer à retourner dans la rue, respectable. Elle avait envie de demander : « Mais que pouvaient-ils penser que nous faisions dans les buissons, les gens, sinon cela ? »

À l'entrée du parc, Paolo annonça : « Je vais vous trouver un taxi.

— Je n'en ai pas besoin », répliqua-t-elle.

Elle le regarda disparaître dans la lumière entre les arbres.

Et elle marcha.

Elle ne voulait pas rentrer tout de suite. Elle se trahirait, sa mère devinerait. Elle se dit qu'elle pourrait retourner flâner dans les petites rues, loin du Corso, dans les quartiers où habitaient les musiciens.

Du linge oublié pendait aux balcons, en rangs serrés. On parlait aux fenêtres et sur les seuils, comme si les maisons n'avaient ni épaisseur ni lumière, comme si tout se passait juste au bord de la rue. Et elle entendit les musiciens tout autour d'elle, entendit une cacophonie désaccordée d'instruments à vent, de piano, les gammes forcées d'une soprano, des gémissements de clarinettes, des explosions de trompettes couvrant des violons et les martèlements d'un autre mauvais violoncelliste. Maintenant, elle sentait le son comme un mur, et même quand elle restait immobile, par exemple lorsqu'elle s'arrêtait pour traverser la rue ou reprendre haleine, c'était comme si elle fonçait de plus en plus vite dans ce mur. Ou alors la musique se massait contre elle, chaque moitié d'aria, chaque pièce de Bach sans accompagnement, chaque arpège mutant, pianotés sur un clavier dans l'humidité, la forçait à reculer, à s'éloigner.

Elle se boucha les oreilles. Elle se mit à courir.

En rentrant elle se lava et se relava.

*

Tant qu'elle eut peur, elle resta dans sa jolie boîte dorée. Puis ce fut l'hiver, un hiver milanais, composé essentiellement de brouillard, de suie et de pénombre. De sorte que tout le monde parlait de partir, d'aller skier, et elle ne pouvait vraiment pas envisager de faire du sport en compagnie de toutes ces autres familles respectables de la région, d'être celle envers qui chacun se montre poli.

Sa mère lui fit accepter une invitation : des associés étrangers de son père, des enfants de banquiers, sans rien en commun sinon un père qui manipulait de l'argent pour s'attirer le respect. Par une journée d'hiver ensoleillée, elle fut conduite à la gare centrale. Les arbres étaient dorés et les ombres si profondes qu'on aurait pu s'y noyer. Le chauffeur porta ses valises, et elle put marcher à grands pas, monter les marches, et la gare tout entière ne fut plus qu'un unique grand tunnel tout neuf de verre et de lumière, marbre et pierre, comme une église, avec un carrelage formant des images ; et les odeurs, cuir et crèmes et poisson, costumes et jupes qui n'avaient pas été lavés récemment, café, savon bon marché, papier mouillé. Puis les rails s'étirèrent au-delà du grand hall et s'élancèrent vers un immense ciel bleu et brillant.

Monza la rendit euphorique, ce qui n'est pas l'effet habituel de Monza, et elle adora la traversée de Côme. Elle était allée trop souvent à Côme en été. Si elle pouvait, tout simplement, dépasser Côme, elle ne serait plus fille de banquier, ne serait même plus milanaise.

Puis elle se retrouva de l'autre côté de la frontière, des uniformes, des douaniers inquisiteurs, et le train roulait toujours, elle était seule et peu importait que ces lacs et ces Alpes fussent ceux qu'elle connaissait déjà, qu'elle avait vus des années auparavant avec ses parents. Elle changea de train, puis rechangea de train, toujours dans l'éclat de la vapeur et la fumée, et chaque fois elle s'éloignait davantage des villes qu'elle connaissait, des noms qu'elle connaissait. Elle n'était plus responsable envers le monde derrière les vitres.

Puis elle s'assit dans un train avec un chasse-neige monté à l'avant, des rideaux de glace luisante de chaque côté des rails, et des fenêtres ouvertes pour laisser entrer l'air propre et coupant. Elle chercha des yeux la gare, et c'était un modèle parfait de gare dans un modèle parfait de village.

Le soleil couchant sur la montagne l'aveugla, de grandes flammes rouge et argent. Elle eut le vertige dans le funiculaire qui montait jusqu'au chalet. « C'est une réunion très internationale, remarqua l'épouse du collègue de son père. Des gens de tous les horizons. De jeunes Anglais. Très intelligents. Certains sont de religion juive. Aucun Italien, j'en ai peur. »

Elle vit Hans Peter Müller pour la première fois à contre-jour. Il aurait aussi bien pu être nu dans sa tenue moulante.

Elle avait vu tant d'attitudes, et tant de costumes, et tant de gens enveloppés de capes qui discutaient de leur avenir, mais le talent de cet homme-là était inscrit sur son corps. Elle observa la puissance et l'élégance de ses jambes, si assurées sur la neige même quand celle-ci se désagrégeait comme du sable sur un miroir. Et le fin scintillement de l'air alpin le magnifiait.

Ils ne pouvaient discuter. Il parlait italien mais par gros morceaux sérieux, germaniques. Elle essaya de parler allemand, et elle eut l'impression absurde d'entendre les banquiers envers qui elle s'était montrée polie toute sa vie.

Il l'aida à s'installer sur le remonte-pente, qui consistait en un crochet fixé à une chaîne fixée à un câble. Puis il l'aida à prendre pied sur la neige. Elle n'avait pas besoin qu'on la touche ; avec un équilibre parfait, elle se jeta dans la pente sans la moindre crainte. Il la suivit, la dépassa, croisant et recroisant sa route sans la presser, dansa une danse sinueuse et chuchotante autour d'elle.

La neige était encore merveilleusement déserte en ce temps-là. On avait l'impression de pénétrer dans un monde sauvage, non sur un terrain de jeux. À l'heure du déjeuner, skis rangés contre une corde, bâtons plantés dans la neige comme un vigoureux buisson de métal, on contemplait au-dehors une étendue de blanc intact.

Elle était totalement éblouie. Elle rit, immensément.

Le soir, le silence fut parfait. Les maisons emprisonnaient toute la musique et toutes les voix. Et elle marchait aux côtés de Müller sous une lune blanche, et elle vit des étoiles filantes pour la première fois de sa vie, chacune ravissante et arbitraire, inutile de les guetter.

Il skiait, cela elle le savait. Il était plus ou moins banquier ou comptable ; cela signifiait qu'il était comme son père. Le père de Lucia était un employé parfaitement ordinaire, originaire d'une petite ville du Piémont, il avait de l'ambition, de sorte que la question du statut ne se posait pas forcément. Müller était grand, dur, gracieux ; elle adorait le regarder. Elle se disait qu'elle pourrait le regretter convenablement quand elle rentrerait à Milan. Ce qu'elle avait en tête, même alors, c'était le regret.

Le dernier jour, il loua un traîneau. Ils mirent les bagages à l'arrière, les chevaux s'élancèrent et ni l'un ni l'autre n'avait décidé comment l'histoire était censée finir.

L'haleine des chevaux fumait devant eux. Les bois s'ouvrirent et ils virent d'autres vallées, d'autres rocs, de l'eau qui gelait en tombant. Ils n'étaient plus en haute montagne.

Il l'aida à monter dans le train, en gentleman. Puis il sauta à bord lui aussi. Elle ne savait pas jusqu'où il comptait aller, mais il ne descendait pas, et le train s'éloignait lentement de la montagne, entre deux rives de blancheur immobile.

Il n'avait pas son passeport, alors il descendit du second train juste avant le Saint-Gothard.

La nuit de leur mariage fut aussi la première nuit où ils firent l'amour. Lucia se rappelait intensément la merveille qu'elle s'attendait à découvrir enfin, et elle reçut de la douceur, ce qui était loin de suffire.

Müller l'enveloppa de son corps, il fut infiniment patient, attentionné et doux, il s'absorba dans sa beauté qui, vu les circonstances, n'avait que peu d'intérêt pour elle. Elle voulait être choquée et excitée, mais il l'attendait toujours.

Ses parents ne semblaient pas fâchés qu'elle quitte l'Italie. Sa mère faisait de petites plaisanteries acerbes sur les « intérêts de l'État » de nos jours, et sur Mussolini qui interdisait de montrer des femmes trop minces ou trop musclées pour porter des enfants. « C'est un délit d'être élégante, disait-elle. Penses-y. » L'autorité de son père s'était un peu empoussiérée. Il disait regretter de n'avoir pas été un vrai capitaine d'industrie, ce qui exige un héritage, plutôt que prêteur d'argent, ce qui maintient dans un rôle d'employé omnipotent. Il importait que quelqu'un fasse ce qu'il faisait, mais lui n'avait pas d'importance.

Lucia, au cours des années qui suivirent, n'eut que trop le temps de réfléchir. Elle se demanda si ses parents auraient montré la même tolérance désinvolte si elle leur avait présenté un marchand de tapis turc, un métallurgiste lillois, un paysan alsacien ; elle se demanda s'ils auraient encore été heureux de la voir partir. Au moins, elle avait présenté un comptable, qui pouvait avoir de l'ambition, et un Suisse, qui pouvait la faire sortir des rues infestées de drapeaux et des campagnes pleines de voyous, et lui offrir la sécurité.

Ainsi Lucia Rossi alla habiter avec Hans Peter Müller dans une petite ville de Bavière. Il était comptable dans une fabrique de boutons.

Il avait des connaissances : il s'y connaissait en os, en corne, en verre, en bakélite, en cuivre, il connaissait la différence de prix de revient entre les boutons à trous et les boutons à pied. Il en parlait. Un jour qu'elle était à court d'idées pour l'arrêter, il lui expliqua qu'on faisait la bakélite avec du phénol et du formaldéhyde.

Elle avait toutes les raisons de lui en vouloir. Il restait d'une implacable gentillesse. Elle s'éveillait auprès de lui, et il était gentil. Elle buvait son café avec un être doux et généreux. Et quand enfin il empruntait l'allée du jardin pour aller travailler, en examinant les cinq arbustes à fleurs, alors elle s'enfonçait dans la maison, dans les pièces intérieures, et apprenait à hurler dans les coins sans faire le moindre bruit, visage empourpré, joues gonflées, sans même un bruit de respiration.

Elle reprenait du café et lisait la rubrique mondaine : Bella Fromm, se rappelait-elle, dans le *Vossische Zeitung*. Bientôt elle fut capable de se rappeler, et non simplement imaginer, tous les dîners, comédies musicales, galas et pique-niques auxquels Bella avait assisté. Il ne se donnait guère de galas dans leur petite ville.

Et c'était une ville si petite que personne ne regardait directement personne, tout était rumeur. Le maire se suicida et tout le monde prétendit que la police l'y avait forcé, mais nul ne savait s'il était un escroc, ou un pervers, ou le meilleur ami d'Hitler, ou les trois à la fois. Chacun s'indignait de tout — le prix de la viande parce que tout devait être envoyé à Berlin, l'impossibilité d'obtenir des asperges en boîte. Lucia apprit quelque chose. Dans les petites villes, le problème n'est pas que les autres sachent tout sur vous, cela serait tolérable. Chacun vous fabrique et s'en tient à son histoire, et chacun a une version légèrement différente.

Il lui fallait s'échapper, c'était évident. Mais elle ne pouvait tout bonnement s'enfuir. Elle était une épouse, et en tant que telle elle avait sa place, garantie par des documents. Elle était étrangère, aussi. Ses parents ne voulaient pas qu'elle revienne dans la confusion de l'Italie fasciste. Elle se dit qu'elle pourrait peut-être se trouver un amant, choisir quelqu'un dans la grand-rue, à la fabrique de boutons ou à la boucherie.

Finalement elle choisit l'art.

Le Herr Doktor Professor aimait parler de la peinture de l'école de Sienne, de Beccafiumi et de la carrière romaine du Sodoma, et des porcelaines de Meissen. Il savait tout sur Meissen, et transmettait son savoir. Il affirmait aussi avec force que les nazis étaient d'excellentes personnes parce qu'ils ramèneraient le Kaiser et les grandes propriétés glorieuses, et qu'à nouveau une culture brillante se répandrait en Allemagne.

Lucia pensait qu'il se trompait. Lucia ne disait rien.

Le Herr Doktor Professor était, pour la race humaine, une sorte de note de bas de page, insistant sur chacun de ses trois titres, le ventre sillonné de lianes de poils collés, les membres comme des cigarettes mal roulées pour soutenir le ventre : l'antidote parfait si votre mari est Adonis. Elle se découvrit un appétit enveloppé de lard. Elle pouvait compter sur l'égoïsme de cet être ronchon, suant, exigeant, cet homme qui avait tellement épousé l'importance de ce qu'il avait étudié vingt ans auparavant qu'il criait des mots composés abstraits en jouissant.

Elle apprit ce qu'il avait à enseigner : que la fabrication de la porcelaine était autrefois une merveille occulte ; que Meissen aimait trop le mystère et faillit se ruiner à garder un secret que tout le monde avait déjà percé, et que Heinrich Kühn chassa les alchimistes, éclaircit le jargon et laissa entrer l'air revigorant, progressiste et scientifique du dix-neuvième siècle. Le Herr Doktor Professor aimait beaucoup les réformateurs comme Kühn ; plus ils étaient violents, mieux il les aimait. Dans son esprit, tout revenait si simplement aux splendeurs du national-socialisme que rien ne s'y rapportait plus particulièrement, alors son obsession semblait sans importance.

Elle voyait bien les drapeaux, les pancartes, les slogans, les prisonniers et les maisons désertes. Mais elle retenait surtout les conférences sur la prospérité de Meissen quand l'Allemagne était forte et unie, ou du moins sans barrières douanières, et la leçon à en tirer pour le présent, et elle se rappelait attendre, tout en écoutant, que le bon docteur lui agrippe les seins.

Il se disait heureux qu'ils fussent tous deux mariés, ce qui les rendait libres. « Tu n'as pas d'explications à donner », prétendait-il. Il se mettait toujours en quatre pour lui faire plaisir, avec des livres, des discussions sur la gloire, en la baisant vite et brutalement, et plus que tout en lui permettant d'espérer et d'attendre, ce qui la maintenait dans un état d'excitation perpétuelle bien plus efficacement que le contact physique de ses doigts boudinés, ou de sa peau exceptionnellement rêche.

Elle ne voulait pas devenir vivante ainsi. Elle savait qu'elle dépendrait de lui.

Il traînait avec lui une bizarre odeur végétale de vieille crasse incrustée. Il parlait de personnalité et de génie, de style et de tempérament, des variantes d'un motif donné et des décorations qui l'accompagnaient. Il parlait de pâte tendre, et de fleurs nuancées, en la tenant par les cheveux.

Puis elle fut enceinte.

Un homme blond et net nommé Müller, plutôt grand, et un petit professeur ventripotent plutôt brun. Il n'y aurait pas d'ambiguïté quant au père de son enfant. Elle décida tout bonnement que ce ne pouvait être que Müller. Elle ne s'autoriserait pas à penser autrement.

Le professeur aimait tâter son ventre grossissant avec des mains qui appuyaient et éraflaient. Müller prenait soin d'elle, avec douceur et calme, et selon le programme exact des heures qu'il pouvait soustraire à son travail.

Et Nicholas naquit : sans aucun doute, le fils de Hans Peter Müller.

Au début, Nicholas fut son amant portatif. Elle aimait la connexion entre eux quand il lui suçait les mamelons — quand elle arrêta il avait déjà trois ans. Elle aimait sa compagnie, son absorption totale dans son visage ; sa façon d'accepter d'être toujours à sa disposition.

Hans Peter Müller, décréta-t-elle, ne voyait rien d'autre en cet enfant que le résultat approprié du mariage. Mais elle était occupée par son professeur, et ne vit jamais Müller jouer au football avec son jeune fils aux pas incertains, ou lui apprendre à cueillir des baies par un après-midi de soleil, ou le guider dans le courant de la rivière pour qu'il nage. Elle ne s'intéressait pas aux émotions de Müller, dont elle avait décidé longtemps auparavant qu'elles ne comptaient pas, de sorte qu'elle ne vit jamais la lueur sauvage et généreuse dans ses yeux quand il regardait son fils.

Pourtant, elle avait encore besoin du professeur.

Elle avait peur de ses besoins, sauf celui de Nicholas, qui avait toute la vie pour avoir besoin d'elle.

De sorte qu'elle cessa de nourrir son fils au sein. Elle savait qu'elle aurait besoin de monnaie d'échange : son esprit, son corps, ses connaissances. Elle ne pouvait espérer que des hommes puissants l'interrogent sur les toiles de Simone Martini, ou soient impressionnés par sa maîtrise de la logique. Donc, les seins comptaient.

Tout devenait incertain. Elle n'avait jamais pensé vivre en Suisse. Elle ne pouvait rentrer à Milan. Elle choisit de feindre un sentiment de bien-être en Allemagne, puisqu'elle s'y trouvait, mais Müller ne prit jamais cette peine. Il ne vivait pas en Allemagne, il y était seulement employé.

Elle n'était pas suisse, mais à cause de Müller elle vivait comme une Suisse. Les employés qualifiés manquaient, parce que les usines faisaient des heures supplémentaires, les salaires étaient élevés ; si bien qu'ils furent entourés d'immigrants venus de Suisse ; Müller recherchait leur compagnie. Elle n'en voyait pas la nécessité.

Elle préparait le repas, achetait les bouteilles. Ils écoutaient la radio ensemble. On retransmit un match de football à Paris, les phrases précipitées des commentateurs, et les hommes assis avec leur bière, tous ensemble, sans hurlements ni exaltation mais avec un sérieux désespérant. C'était un quelconque championnat, elle ne sut jamais lequel. La Suisse était opposée à la Grande Allemagne.

Le match prit fin, il y eut un bref silence, puis il devint clair que la Suisse avait gagné.

Les hommes ne poussèrent pas de cris de joie,

même à ce moment. Ils avaient signé un contrat, en échange de leur salaire ils devaient manifester du respect. Mais ils sourirent, se levèrent comme un seul homme et trinquèrent à la victoire avec leurs chopes d'un demi-litre.

Müller lui lisait les lettres qu'il recevait de chez lui ; tous les membres de sa famille envoyaient des lettres brèves et nettes à intervalles réguliers. Après le match contre l'Allemagne, écrivirent-ils, se produisit à Bâle quelque chose qui ressemblait à une émeute, si l'on peut imaginer une chose pareille : des rues pleines de supporters criant de joie, se glorifiant de la chute temporaire du grand troisième Reich.

Et quand Müller eut lu la lettre, il emmena Nicholas dans le jardin, lui expliqua ce qui s'était passé, puis il lui prit les mains et ensemble ils dansèrent une gigue endiablée et maladroite.

Une soirée de novembre, plutôt froide. Elle se tenait à la fenêtre de la chambre et regardait la route au bout de l'allée. Il n'y avait ni feuilles ni fleurs. Elle voyait très bien la route.

Elle se dit qu'il devait s'agir d'une sorte de défilé. Des uniformes bruns. Il faisait sombre, ils étaient silencieux et restaient sur le trottoir : en très bon ordre, sans précipitation, comme s'ils allaient travailler. Ils ne se cachaient pas mais ils n'avaient pas de fanfare.

Ils dépassèrent presque tous l'entrée de l'allée. Deux d'entre eux s'arrêtèrent. Il était une heure du matin, ils étaient en uniforme, et tellement silencieux. Ils n'avaient pas bu, de toute évidence. Ils avaient reçu des ordres.

Un des adolescents — ils avaient tous l'air d'adolescents — s'arrêta juste devant sa fenêtre. Elle ne savait pas s'il la voyait. Elle pensait que non. Il scrutait la maison d'un œil fixe, comme s'il voyait le mot « étrangers » écrit sur les murs et les avant-toits. Il dit quelque chose à son compagnon, désigna la maison de la main, sembla pointer du doigt Lucia à la fenêtre, puis ils poursuivirent tous leur route.

Le lendemain matin, la petite boutique juive de la ville fut dévalisée. On aurait cru que les vitrines s'étaient désintégrées, mais la rue était jonchée d'éclats de verre. Les soies et les toiles de coton avaient été descendues de leurs présentoirs et jetées ici et là. L'effet était ravissant : toutes ces couleurs qui brillaient au soleil. Certains des adolescents en uniforme brun, des SA, traînaient autour de la boutique et à l'intérieur, et ils tiraient du chaos des objets particuliers, des objets en dentelle, des objets en soie, des mouchoirs brodés, des cravates plutôt élégantes, et ils tentaient de les offrir aux passants, comme des médailles, comme des récompenses. La plupart des gens changeaient de trottoir.

Elle n'eut jamais autant conscience d'avoir les cheveux roux foncé, d'être une femme du Sud, et très étrangère. Il devint soudain raisonnable que Müller parcoure seul une ville qui raffolait des blonds.

Elle sut que la guerre allait éclater à cause des cartes de rationnement. C'était une journée brutale d'août, chaude et sans air, et les policiers se présentèrent à chaque maison pour annoncer qu'on ne pourrait plus acheter grand-chose désormais sans cartes de rationnement. Il y en avait sept différentes, et toutes les couleurs semblaient quelque peu incongrues : bleu pour la viande, vert pour les œufs, orange pour le pain.

Müller prit note des cartes, mais ne sembla pas comprendre leur signification. « Nous sommes tous dans le même bateau », déclara-t-il, mais il ne paraissait pas convaincu.

Elle regarda la poussière dans l'air : des particules immobiles qui ne captaient pas le soleil.

Elle attendait sans crainte. Quelque chose devait se produire, simplement elle ne savait pas ce qui se produirait ensuite. La guerre, sans doute, devait tout changer.

Elle ne s'attendait pas que Müller fût mobilisé par l'armée suisse ; il n'avait jamais fait mention de cette possibilité. Peut-être jugeait-il que c'était l'évidence même, ou peut-être ne s'attendait-il pas à devoir quitter l'Allemagne.

Il paya le loyer pour deux mois et partit. Il envoya des photos. Il était beau en uniforme, sur une pente, quelque part. Il ne pouvait dire où, naturellement.

Elle se rappelait la succion consolatrice de la bouche de Nicholas sur son sein. Elle aimait lui être essentielle. Mais il n'était plus un bébé désormais. Elle devait réfléchir. Elle se trouvait dans la province allemande, son enfant pourrait avoir la nationalité allemande mais pas elle, elle avait peu de revenus parce que l'armée suisse était censée se composer de volontaires héroïques, et le fait d'être suisse et italienne ne l'avançait guère, deux mauvaises nationalités aux yeux du boucher, de l'épicier, du boulanger, du teinturier.

Alors le Herr Doktor Professor lui donna

quelques noms et adresses à Berlin, ainsi qu'un peu d'argent et les tickets dont elle aurait besoin. Il vint bien à l'esprit de Lucia qu'il voulait peut-être se débarrasser d'elle.

3

Il avait six ans. Il était assis sous des montagnes de bagages, des pics de cuir, des cascades de courroies. Le wagon sentait les autres passagers, beaucoup plus que l'air du dehors.

Un homme mangeait des sandwiches à la viande enveloppés de papier gras ; ses doigts luisaient. Il lisait un journal. Nicholas avait envie de montrer qu'il savait lire lui aussi, mais Lucia le retenait.

Puis ils arrivèrent à Berlin.

Il se rappelait comme ses yeux étaient écarquillés, cousus ouverts par ce qu'il voyait. Bien plus de gens, d'étages, de rues, de voitures, de bruit qu'il n'aurait cru possible en un seul endroit. Il avait toujours vécu dans de petites villes, son territoire était un jardin avec des géraniums ; il lui suffisait de dévaler la rue pour devenir une ombre dans les bois.

Il savait obscurément que sa mère était à sa place dans cette ville, pas lui. Elle le tenait par la main.

Il y avait des drapeaux partout, et les passants dégageaient une odeur forte. Maintenant, il aurait pu dire qu'ils sentaient bon, mais il ne savait pas à l'époque ce qu'étaient supposés sentir les savons coûteux et les parfums français à la fin d'une longue journée.

Leur premier appartement n'avait rien de grandiose : quatre pièces. La cuisine n'était pas propre. Sa jolie maman, toujours si soigneuse, l'aspergea d'eau de Javel et fit une remarque très grossière sur les gens qui se nourrissaient de friture. Elle frotta jusqu'à en avoir les mains à vif, puis haussa les épaules, et dit qu'elle se débrouillerait pour prendre une bonne.

Nicholas dominait la cour depuis la cuisine, et la rue depuis le salon. Il avait toujours habité en rez-de-chaussée auparavant.

Il y avait un couloir avec des portes, de sorte qu'il pouvait jouer à cache-cache. Il pouvait courir de pièce en pièce, bras étendus, penché comme un avion virant dans le ciel.

Le quatrième jour, des hommes en uniforme se mirent à tambouriner contre une porte au fond de la cour. Lucia lui dit de ne pas regarder, alors évidemment il le fit.

Une fenêtre à guillotine s'ouvrit très grand. Les hommes avaient dû l'enlever de son châssis.

Il vit l'extrémité d'un piano sur le rebord de la fenêtre. C'était un piano droit, bon marché, en bois clair, avec des touches décolorées.

Le piano oscilla sur le rebord. Les hommes en uniforme poussèrent. Il tomba, éclata, les ressorts jaillirent, il émit un bruit de chat martyrisé. Nicholas regarda, il ne distinguait plus la forme particulière d'un piano, on aurait dit de simples débris de contreplaqué et un fragment de vernis amoureusement lustré sur les pavés, et les touches éparpillées comme des dents.

Puis une fontaine de papiers jaillit, des partitions, qui se soulevèrent dans la brise et retombèrent lentement en bruissant.

Sa mère le tira à l'intérieur et le gifla.

« Je t'interdis de regarder », dit-elle.

Helen attendit qu'il revienne à l'appartement. Elle voulait le réconforter ; elle savait qu'il n'aurait pas envie de parler. Elle voulait le voir assis dans la cuisine pendant qu'elle préparerait le dîner, elle voulait qu'ils partagent un verre de vin.

Il ne vint pas. Donc il devait être reparti directement chez lui, et il devait être en train de se noyer dans ses souvenirs. Il ne pourrait penser à Hans Peter sans se rappeler les fantômes des infamies de Lucia, et sans que ces fantômes défilent dans sa tête.

*

Il n'était pas témoin. Il avait vécu pendant que des événements se produisaient, voilà tout. Il n'avait rien à dire qu'il fût seul à savoir. Au mieux, il ressortirait les détails ridicules, le papier toilette raide comme du kraft, dont on manquait toujours, et l'utilité de tous ces tracts en papier fin que les Anglais lâchaient sur la ville.

Il marchait sur la route de Sonnenberg. Le ciel était pur ici, et la lune haute. La neige brillait comme un miroir de chaque côté de la ligne noire de la route, les ombres bleues, les champs nivelés. Parfois la croûte de neige sur le bas-côté était fendue, et sous cette vitre grossière de gel, il apercevait des plumes de froid doux.

La maison était une ferme quand lui et Nora l'avaient dénichée, à demi en pierres massives, à demi en vieux bois sombre. Des oies s'égaillaient près de la porte. Un petit chien leur rendait visite.

Le monde était brillant comme une diapositive dans une visionneuse. Il y voyait presque clair à nouveau : de vieux yeux avec de la glace en guise de lentilles. Il serait resté, s'il avait pu, dehors dans le froid, en laissant le chien lui goûter la main et le chat se frotter contre ses jambes, épouvantail vivant, promeneur en route pour la forêt ou peut-être la ferme voisine.

Il ne fit pas ce qu'il faisait chaque fois qu'il arrivait à Sonnenberg, ne regarda pas dans la boîte aux lettres, n'alla pas voir s'il avait des messages, attendant toujours, obscurément, un message de Nora, bien qu'elle fût morte depuis six ans, ce qui pour lui n'était qu'un détail.

Il se dirigea vers la grange. Elle avait tout d'une réplique de celles dont on parle dans les livres : un solide abri de bois avec des bûches rangées comme des œuvres d'art contre un mur, une tondeuse à gazon, une machine à laver, des étagères chargées de confitures et de pots de peinture. Son histoire ne semblait pas faite d'objets cassés ou renversés. Il regarda dehors, le blanc tout autour, et pensa un moment que l'histoire de la terre, elle non plus, n'était pas affreuse ; il était si facile de la réduire à sa propre surface brillante, blanche et protectrice.

Il aimait voir les cerfs passer à l'orée de la forêt, les branches de leurs pattes et de leurs bois. Il ne les chercha même pas du regard ce soir-là.

Il se dit que le fait de disparaître, de ne laisser qu'une marque à la craie dans un monde blanc et brillant, devrait produire quelque contrepartie de calme ou de résignation. Ce serait dans l'ordre des choses.

Il avait été envoyé à l'école de l'ambassade d'Italie à Berlin quelque temps. Il savait qu'il n'était pas censé être étonné, pas par une grande maison qui semblait tout en or ; il ne soupçonna que plus tard que les balustrades pouvaient être en bronze. Il vit des portes d'un bois si noir qu'il devait être très ancien, et des sièges provenant d'églises, et les pièces étaient éclairées par des centaines de facettes de lumière piégée par magie dans le verre. Désormais il savait cataloguer la magie : lustres de Venise.

En classe il avait comme voisin un garçon nommé Luca, qui paraissait penser qu'il devait connaître les façons italiennes simplement à cause de son nom. Il expliqua que son père était suisse, raison pour laquelle il s'appelait aussi Müller, et que Niccolo ou Nicholas Müller-Rossi était né en Allemagne. Luca l'appelait *Mischling*, « métis » en allemand.

Nicholas n'aimait pas ce mot. Ensuite Luca se rendit compte que le père de Nicholas était parti, et dans la mauvaise armée. Il n'utilisa pas le fait directement parce que tous se conduisaient convenablement dans la classe : de petits gentlemen prématurés de six et sept ans. Mais ce fut toujours l'aspect intéressant de Nicholas, que son père soit dans la mauvaise armée.

Nicholas entra dans l'enfance à l'arrivée des

bombardiers, quand enfin il eut le temps et la place de jouer.

Le premier été fut chaud, exceptionnellement chaud, au dire de chacun. Tout le monde voulait aller au bord de l'eau. Lucia l'emmena à Wannsee, un jour d'août, regarder les hors-bord évoluer sur les eaux du lac. Elle lui dit qu'il pouvait nager.

Ils étaient avec quelqu'un, un homme, bien sûr, un des nouveaux amis de Lucia, rencontré à l'ambassade. Il était assez grand et jouait assez bien au football pour impressionner un gamin. Il faisait de bonnes passes, et Nicholas envoya quantités de buts entre sa veste et le panier du pique-nique.

Il voulait aller se promener dans un des petits bateaux à voile. Sa mère observa le ciel, qui était d'un côté couleur d'étain et de l'autre d'un bleu brillant. Son ami haussa les épaules. Il se disait qu'il valait mieux faire le nécessaire pour que Nicholas reste calme et occupé, et Nicholas était un enfant obstiné.

Ils s'éloignèrent de la rive et, tout d'un coup, la brise changea de nature. L'enfant sentit le vent sur tout son corps. Il vit les cheveux de sa mère, d'un beau roux à cette époque, s'envoler et flotter au vent. Ils étaient sur un minuscule bateau à voile, rien du tout, une coquille de noix comparée aux embarcations à moteur, mais ils avaient l'impression de traverser des océans entiers, d'avoir enfin découvert un endroit sauvage. Quelques jeunes filles et des soldats, en barques, riaient bien trop fort.

Nicholas s'agenouilla à l'avant, yeux écarquillés. Le vent se fit plus cinglant. La pluie s'abattit à grosses gouttes qui rebondissaient sur les eaux du lac. Le ciel noircit. Au loin le tonnerre grondait.

« C'est beau, ici, fit remarquer Lucia.

— Écoutez, on ferait mieux de rentrer, la foudre n'a rien de drôle quand on est sur l'eau comme ça, exposés », déclara son ami.

La mère de Nicholas scruta l'horizon d'arbres verts enchevêtrés, on aurait dit qu'elle appelait la foudre. Soudain jaillit une lumière blanche, comme si le ciel bleu s'était fendu, laissant apparaître la flamboyance blanche qu'il masquait. Du ciel d'étain, Nicholas crut réellement qu'elle faisait jaillir une autre sorte d'éclairs : une lumière rouge, large, tout un arbre de lumière.

Son ami se leva, ce qui fit tanguer le bateau, et ramena la petite voile, à laquelle il ne se fiait plus. « Il faut rentrer », décréta-t-il.

Le vent soulevait des ridules sur le lac. En tournant le dos à la ville, ils apercevaient la pluie qui formait un rideau ; l'ami de Lucia avait pris les rames.

« C'est beau », dit-elle.

Nicholas resta à l'avant, bien qu'il dût se cramponner quand le bateau commença à glisser et tourner — ses genoux, écorchés, saignaient quand ils regagnèrent la rive.

Sa mère le prit dans ses bras. Elle ne se mit plus en frais pour cet ami-là.

Il aimait à penser qu'il se rappelait les détails spécifiques, ce qui s'était passé devant lui. Il savait donc que le concierge faisait tinter des casseroles quand les raids aériens commençaient. Il sortait dans la cour, avec deux casseroles de fer-blanc contenant chacune une cuiller qu'il utilisait comme battant de cloche, et il parcourait les bâtiments, montait et descendait les escaliers en insistant pour que tout le monde aille se réfugier dans les abris.

Mais les enfants entendent des histoires. Ils entendaient et croyaient qu'on n'était pas toujours en sécurité dans les caves. Les habitants d'un immeuble s'étaient précipités dans l'abri, avaient barricadé les portes, vérifié que les plafonds étaient soutenus par des poutres, ils s'étaient installés pour boire un verre de lait, de schnaps ou de café froid, et s'étaient noyés, parce que les conduites avaient éclaté et qu'ils n'avaient pas pu sortir à temps.

Nicholas n'avait personne à croire. Ce qu'on savait paraissait bien plus réel que ce qu'on entendait. Il avait parfois l'impression d'être entré dans un monde de bandes dessinées.

Il passa devant une boucherie et vit un âne endormi, aux sabots brillants, qu'on transportait à l'intérieur. Il pensa que l'âne dormait parce que les hommes le portaient suspendu à une barre. Puis il regarda mieux et vit qu'il avait la gorge tranchée.

Donc il se fiait à sa mère, et elle arrangeait les choses, d'une façon ou d'une autre. Parfois elle l'emmenait sur le Kurfürstendamm. Il portait une chemise blanche très raide. C'était presque douloureux, mais il en était fier : elle prouvait qu'il était un homme. Elle avait des chaussures neuves, brillantes. Ils mangeaient du *Kuchen* avec beaucoup de crème.

Ils rentraient en métro. Une fois ils atteignirent une station, assis parmi la foule nette de l'après-midi, quand la sirène des raids aériens se déclencha :

le bruit paraissait sortir d'un mécanisme qu'il fallait remonter.

La rame s'arrêta à la station suivante. Tout le monde savait qu'il fallait descendre, si bien que tous se dirigèrent vers les portes et restèrent aux alentours.

Un homme rondouillard, un imbécile droit sorti d'un dessin animé, se mit à parler très fort. Nicholas tapota le bras de sa mère pour s'assurer qu'elle avait vu ce petit clown. Il insistait pour qu'on lui prête attention, mais était incapable de parler correctement. Il ne cessait de bafouiller. Les gens ne se moquaient pas vraiment de lui, mais ils s'impatientaient pendant qu'il leur expliquait comment survivre.

Au bout d'une minute, quand la foule commença à montrer qu'elle avait envie de se disperser, il dit : « Écoutez, je n'ai pris ce boulot que pour échapper à ma femme. Vous aussi vous auriez envie d'échapper à ma femme. »

Il avait fait taire la foule.

« Elle donne des ordres, des ordres, des ordres. Chez moi, je ne peux pas respirer sans permission. Alors accordez-moi une minute... »

La sirène de fin d'alerte retentit. Chacun remonta dans la rame.

Lucia sortait le soir, des voitures venaient la chercher. Elle partait dans un nuage de *N° 5* de Chanel — Nicholas avait le temps de lire tout ce qui se trouvait dans l'appartement, après son départ — et elle laissait derrière elle des effluves coûteux et parfaits. Parfois, très tard, elle rapportait d'un restaurant des pâtes dans un récipient.

Nicholas comprenait qu'il devait rester caché si quelqu'un venait la chercher, bien qu'elle ne laissât jamais personne entrer dans l'appartement. Elle se rattrapait auprès de lui le week-end et quand elle pouvait. Surtout en hiver, il aimait l'unique soirée bain, le samedi ou le dimanche. Le savon raclait, et ne moussait pas beaucoup ; en fait, il faisait de l'écume sur l'eau. Mais il adorait qu'elle s'occupe de lui et il adorait la chaleur intense, voluptueuse. Il était toujours bien couvert, mais il n'avait vraiment chaud que dans le bain.

D'autres soirs, Lucia s'installait au salon, vivante mais retirée dans les pages d'un livre. Elle aurait aussi bien pu être un tableau derrière une vitre. Ou alors elle faisait les cent pas dans l'appartement. Si Nicholas disait quelque chose, soit elle l'ignorait, soit, au mieux, elle répliquait : « Pas maintenant. » D'autres jours, elle lui apprenait à danser, lui si petit, tête bien droite juste au-dessus du nombril de sa mère, comptant tout bas les pas de la valse. Il essayait de se reculer, de jouer vraiment l'homme, mais son visage finissait toujours par se retrouver dans la chaleur de son ventre quand ils tournaient.

Elle essayait toujours d'être là pour les raids aériens. Il en était sûr.

Un soir elle l'emmena au cinéma, les sirènes retentirent juste au moment où ils sortaient de la salle, et ils durent gagner un abri. Il y avait un grand bunker neuf près du zoo, tout hérissé de canons antiaériens. Ses murs ressemblaient à des parois de montagne. On ne pouvait croire que quelque chose parviendrait à les ébranler.

On vérifia leurs papiers à l'entrée, et on les fouilla. Les papiers de Lucia devaient sembler un peu bizarres, une Italienne mariée à un Suisse et vivant en Allemagne. D'habitude cela n'avait pas d'importance. Mais apparemment, à l'entrée du bunker du zoo, elle ne connaissait personne.

Le bruit de la sirène enflait encore et encore. Une longue file de gens attendait de se retrouver en sûreté.

Elle tendit aux gardes d'autres documents. Il devait s'agir des papiers de Nicholas, né en Allemagne. Donc il pouvait entrer. Elle le suivit, avec un sourire gentil, et elle les laissa fouiller son sac, laissa un garde faire remarquer qu'avec cette robe il n'avait guère besoin de la fouiller. Nicholas, toute sa jeunesse, se demanda si le garde approuvait ou désapprouvait.

Il entendit des détonations. Il entendit le bourdonnement sourd des moteurs. Il entendit les sirènes. Il voulait être derrière ces murs sûrs et épais.

Chacun gardait son chapeau. Les lumières n'étaient pas nombreuses, mais elles brillaient comme des éclairages de théâtre, et les chapeaux faisaient des ombres bizarres sur les murs de brique claire, transformant les personnes entre deux âges en pharaons, Turcs, infidèles en général. Il fallut une éternité pour avancer, niveau par niveau, à travers la foule de ceux qui ne voulaient pas s'éloigner des portes, qui avaient encore, à cette époque de la guerre, ce vieil instinct animal qui leur ordonnait de rester près de la terre et de l'air. Quand les canons antiaériens firent feu, le sol trembla sous eux.

Plus tard, Nicholas apprit les effets de l'air, sa façon de se masser après la chute des bombes et se répandre dans la ville comme une vague aveugle, jetant des flammes autour de lui, renversant ce que les bombes elles-mêmes n'avaient pu détruire. Mais à ce moment-là il se sentait en sécurité. Il regardait un homme et une femme au-dessus de lui dans l'escalier en spirale, enroulés ensemble, chacun jouant avec les doigts de l'autre, et il se sentait en sécurité.

Dans son lit à Sonnenberg il rêva d'un homme qui s'éloignait d'un pas régulier, délibéré, sans s'arrêter malgré Nicholas qui criait, criait, criait. L'homme ne lui accordait aucune attention, pas même en l'ignorant.

Il avait toujours détesté ces moments dans les spectacles de magie, lorsque jaillissent un éclair, un panache de fumée, et que quelqu'un disparaît. Le public applaudissait, poussait des cris de joie, riait. Nicholas, lui, avait envie de pleurer.

Il avait un grand talent d'imagination, mais il était quand même très seul. Officiellement, il n'avait pas le droit de sortir une fois qu'il faisait nuit, et l'hiver il faisait nuit quand l'école finissait. Lucia sortait souvent. Il n'y avait pas beaucoup d'enfants dans l'immeuble. Parfois il entendait un bébé.

Il aurait voulu un chat.

Il pensait que sa mère n'accepterait jamais, ne voudrait même pas en discuter. Il sentait que ce serait la goutte de trop. De plus, elle n'était pas sentimentale.

Il ne savait où trouver un chat, s'il existait des boutiques de chats. De toute façon il n'avait pas d'argent. Il envisagea de déposer une soucoupe de lait devant la porte d'entrée et de la laisser ouverte la nuit, mais elle devait être fermée et verrouillée.

Le second hiver à Berlin fut très froid. Les radiateurs claquaient et cliquetaient, mais malgré tout du givre se formait parfois sur les vitres, à l'intérieur. Il tenta de laisser une fenêtre entrouverte, au cas où un chat aurait envie d'entrer, mais un poignard de froid s'enfonça dans la pièce et il dut refermer.

Il eut sa propre clef à huit ans. Il lui en fallait une, dit Lucia, parce qu'il risquait de devoir aller aux abris avant qu'elle rentre, et elle risquait de devoir passer la nuit dehors.

Il ne lui dit jamais qu'il sortait, lui aussi.

Ces soirs-là étaient comme l'obscurité dans un cinéma avant le début du film, les mêmes quintes de toux et éclats de rire émanant d'un endroit qu'on ne pouvait tout à fait situer, la même impression de foule, d'inconnus en mouvement, tâtant le sol du pied, un pas après l'autre.

Les voitures circulaient précautionneusement, avec des yeux d'animaux : une fente de lumière à travers la feutrine fixée sur les phares.

Il ne voulait pas s'éloigner de la maison. Il voulait simplement prendre l'air, et voir d'autres gens. Il regardait le dos des hommes qui s'éloignaient, et parfois il s'imaginait avoir juste manqué son père.

Il perdit son chemin.

Cette ville n'était pas la sienne. Il la connaissait à peine de jour. Il ne savait plus très bien de quel côté aller. Il ne pouvait appeler parce que, il le savait, il valait toujours mieux ne pas se faire remarquer.

Il savait que d'autres devaient se déplacer autour de lui. Il ne savait pas qui ils étaient, ni ce qu'ils voulaient. De rares lampes torches apparaissaient, masquées de rouge ou de bleu, et quelques passants avançaient en tapotant le sol comme les aveugles.

Il vit les jambes d'une femme : des jambes longues, élégantes, soyeuses, uniquement ses jambes, dans la lumière rouge d'une lampe torche. Il se dit qu'elle pourrait l'aider, alors il lui toucha le dos et elle pivota sur elle-même, éclairant des visages avec sa lampe, et dit : « Oui, petit ?

— Je voulais...

— Écoute, je travaille. »

Et elle reprit sa pose, en maintenant la lumière de sa lampe torche sur ses longues jambes soyeuses.

Il s'adossa à un mur.

Un homme criait, en fait il ne criait pas, il émettait des sons inarticulés, très fort, pour que les autres sachent qu'il était là.

Il ne savait pas quel uniforme portait son père, si bien qu'il ne savait pas à quel uniforme se fier.

Il entendit un tramway approcher. C'était bon signe : une ligne de tramway passait dans la rue voisine de la leur. Il entendit l'engin rouler sur ses rails, un bruit déchirant, et il entendit des crépitements au-dessus de lui.

Une vive lumière bleue éclaira soudain la rue, plantée dans les roues du tramway ; des masses de lumière dans l'obscurité silencieuse. Nicholas, tout à fait immobile sur le trottoir, distinguait la forme des voitures. Il vit les vitres, les passagers assis dans une lueur glaciale, très faible, qui donnait l'impression qu'ils étaient déjà morts et que leurs visages commençaient de s'estomper.

Puis l'obscurité se referma là où les flamboiements électriques l'avaient déchirée.

Nicholas avait vu le magasin à l'angle de la rue, il savait enfin où il était. Il écouta le tramway s'éloigner.

Il entendit un chaton gémir derrière un tas de pierres écroulées. Il écarta les pierres, attrapa l'animal, qui gigota dans sa main puis se calma. Il l'enfouit dans son manteau et le chaton lui pissa dessus.

Il réussit à le cacher quelques jours. Il garda des morceaux de viande au dîner du dimanche. Il coupait des lamelles de fromage. Il espérait que Lucia rapporterait des huîtres, car il y en avait toujours trop, un des effets curieux de la guerre, bien qu'il ne sût pas si les chats mangeaient des huîtres. Il nettoyait derrière le chaton, et l'animal restait merveilleusement silencieux, sauf qu'il ronronnait si fort, couché au chaud contre Nicholas, que celui-ci avait l'impression qu'il allait faire trembler l'appartement.

Mais alors Lucia engagea une bonne, comme tout le monde, et elle finit par savoir.

Parfois il dressait un inventaire de ce qu'il avait forcément su. Il ne connaissait pas les vraies règles du football, mais il s'y connaissait en incendies, en déflagrations, en bombes. Il savait ce que cela signifiait. Il n'avait jamais appris à lancer un ballon, parce que les jeux de ballon auraient causé du désordre dans les rues, mais il savait viser avec une pierre pour faire tomber le plâtre d'un mur en ruine. Il voyait des uniformes, et aussi des morts.

Lucia trouva un emploi aux studios de cinéma de la Ufa, l'Universum Film AG, elle prenait le train tous les jours. Il ne découvrit jamais pourquoi elle n'était plus à l'ambassade, il se disait qu'il lui poserait la question un jour. Elle lui expliqua que son travail consistait à assurer l'approvisionnement des cinémas en dessins animés, ce qui semblait plutôt une bonne idée, bien qu'il n'ait jamais été très impressionné par tous ces baisers dans *Blanche-Neige*. Il disait qu'elle devrait couper ces passages dans ses films.

La bonne s'appelait Katya. Elle venait de quelque part à l'Est. Elle ne parlait pas bien allemand. Elle avait un visage boursouflé, ne souriait pas. Elle avait un derrière merveilleusement gros, une épopée de chair massive. Nicholas était fasciné quand elle s'asseyait, ou quand il la voyait marcher de dos.

Elle semblait n'avoir jamais de congés. Elle était autorisée à sortir quelques heures le vendredi, et il supposait qu'elle allait au cinéma, mais quand il lui demanda si elle allait voir un film elle répondit : « *Verboten*. » Il ne la questionna plus.

Il trouva un nom pour le chat : Gattopardo. Il aurait de loin préféré lui donner le genre de nom qu'un ami aurait pu porter, mais un après-midi Katya l'emmena au zoo — elle voulait toujours l'emmener au zoo, c'était un prétexte pour sortir et voir du monde — et il vit un guépard qui avait exactement les même taches que son chat. Katya lui montra la pancarte et il demanda à sa mère ce que c'était, elle lui répondit en italien. Et ainsi le chat devint Gattopardo.

Il observait Katya pour observer quelqu'un d'autre. Elle lavait l'appartement à la serpillière, un bruit doux et mouillé qu'il pouvait suivre de pièce en pièce. L'appartement n'en paraissait guère plus propre. Il se rappelait ce qu'elle mangeait, des plats lourds, à base de pommes de terre, toujours des pommes de terre : boulettes de pommes de terre, gâteaux de pommes de terre, une douzaine de soupes aux pommes de terre.

Un après-midi que Katya était sortie, Lucia confia à Nicholas qu'elle ne savait pas tout sur les pommes de terre. Elle en prit trois, jongla avec, puis les pela, les trancha et déclara : « Chut, tu ne dois en parler à personne. » Elle prit le fer à repasser dans le placard, le fit chauffer et posa dessus les pommes de terre en tranches. « Pommes de terre frites », annonça-t-elle, avant d'en tendre une à Nicholas. Elle était un peu crue au milieu, mais bien dorée, et elle lui parut parfaite. « Rappelle-toi cette recette », lui dit-elle.

Nicholas riait davantage quand sa mère était là. Il riait plus avec elle qu'avec ses amis d'école, car avec eux il avait entrepris la tâche infiniment sérieuse de conquérir la ville, au moins aussi loin que leurs jambes ou parfois un train pouvaient les emmener. Il connaissait déjà Alexanderplatz. Il savait ce que signifiaient les fenêtres passées au blanc de chaux parce qu'un de ses camarades le lui avait expliqué : familles gitanes. Il connaissait les vitrines des fleuristes qui ruisselaient en été pour rafraîchir les roses qu'on distinguait à peine à l'intérieur : des flottements de couleurs. Il aimait regarder les tortues évoluer dans les bassins de l'aquarium dans la Budapesterstrasse.

Il avait huit ans et demi, de sorte qu'il se retrouva automatiquement dans une sorte de gang. Ils étaient six. Ils se promenaient dans leurs vêtements chics et nets : de petits gentlemen. Ils souriaient beaucoup. Dans n'importe quelle autre ville, ils auraient paru incongrus et menaçants, mais dans ce Berlin, ils apparaissaient simplement comme un phénomène de plus dans les rues frénétiques.

Ils décidèrent d'être explorateurs. Ils ne pouvaient voyager, alors ils exploraient les endroits où les bombes étaient tombées. Ils rampaient entre les poutres effondrées, les madriers brisés, au fond des nouveaux cratères dans ce qui avait été des rues chic. Ils trouvèrent une sorte de trésor dans les racines d'un arbre à moitié arraché, mais le trésor ne se composait que d'une vieille boîte à cacao en fer-blanc remplie des billes d'un petit garçon inconnu. Ils jouèrent avec un moment sur le trottoir, appelèrent leur jeu un championnat, jusqu'à ce que quelqu'un les fasse déguerpir.

En ce temps-là ils n'avaient pas peur le jour. Ils avaient appris à devenir prudents, puis nerveux, puis à retenir leur souffle seulement quand il faisait vraiment nuit et que les bombardiers arrivaient. Tout le reste de sa vie, au coucher du soleil, même en sécurité dans une maison solide en Suisse, feu crépitant, dîner en préparation et lumières allumées, Nicholas tremblerait.

Un jour ils virent une vieille femme habillée de noir avec une étoile jaune, qui portait un canari en cage. Nicholas la suivit un moment, parce qu'on n'emmène pas un oiseau en promenade, et les autres le suivirent. Elle dut les remarquer parce qu'elle s'arrêta soudain. Elle se tourna vers Nicholas, et il crut un moment qu'elle allait lui donner la cage, puis il remarqua sa fureur et sa fatigue.

« Qu'est-ce que tu veux, toi ? » demanda-t-elle, en insistant sur le « toi » comme si tout le monde la suivait et la harcelait — et maintenant c'était une bande de jeunes gentlemen à la queue leu leu.

« Je n'ai jamais vu personne emmener un oiseau en promenade, dit Nicholas.

— Tu aimes les oiseaux ?

— Oui, oui, mais j'ai un chat.

— Il me faut un certificat, expliqua-t-elle.

— Un certificat ? Pour prouver que votre oiseau est en bonne santé ?

— Je dois avoir un certificat prouvant qu'il est mort. Nous n'avons plus le droit d'avoir des animaux de compagnie. »

Et l'oiseau se mit à chanter.

Il ne pouvait jamais poser de questions à Lucia sur des sujets pratiques, matériels, et encore moins sur des sujets d'ordre moral ou sur ce qu'il voyait dans les rues. Il aurait voulu avoir un père à interroger. Mais comme Müller était parti faire son devoir, comme les pères allemands des enfants allemands, supposait-il, il ne pouvait que tenter d'assembler le monde réel d'après les fragments qu'il en apercevait.

Au-dessous de chez eux habitait un vieil homme qui parfois laissait sa porte ouverte dans la journée. Les appartements étaient assez grands, mais étouffants, conçus pour éviter tout courant d'air. Nicholas supposait qu'il avait besoin de respirer.

C'était quelqu'un qu'il pouvait interroger, et Nicholas descendait souvent le voir.

Il avait des livres. Il disait qu'il connaissait bien Lucia. Il dit à Nicholas que Goethe et Schiller étaient de grands écrivains, Bach et Beethoven de grands musiciens, il avait un disque rayé des premières *Variations Goldberg*. Il disait ces choses comme si Nicholas avait besoin qu'on les lui dise, mais il était difficile de savoir s'il trouvait Nicholas trop étranger pour qu'on les lui eût enseignées convenablement.

Une fois il demanda à Nicholas de lui faire une course, à quatre rues de chez eux. Il devait tirer une sonnette trois fois, attendre et la tirer encore une fois. La porte ne s'ouvrait toujours pas. Il avait envie de tambouriner de toutes ses forces mais le vieil homme lui avait dit de ne pas le faire.

Une vieille femme ouvrit au bout d'un moment. « Dis-lui que je n'en trouve plus, dit-elle. Dis-lui que c'est tout ce que j'ai dont je n'ai pas besoin. » Elle donna à Nicholas une petite boîte en fer-blanc, une boîte de bonbons pour la gorge, qui cliquetait.

« Qu'est-ce que c'est ? s'enquit-il.

— Ça ne te regarde pas. » Puis : « On appelle ça des pastilles juives.

— Mais je ne suis pas juif.

— Alors tu n'aimeras pas ça. »

Il rapporta la boîte à M. Goldstein, qui escamota les pastilles juives d'un geste de prestidigitateur.

Nicholas raconta l'anecdote à sa mère. Il voulait en discuter un peu. Elle se contenta de dire qu'il ne devait plus faire ce genre de choses. Puis elle descendit elle-même parler à M. Goldstein, et depuis l'appartement du dessous il entendit de la musique ; il savait que c'était du Bach, un des *Concertos brandebourgeois*, et il était fier de savoir le nom, parce que M. Goldstein le lui avait dit.

« Qu'est-ce qui se passe ? demanda-t-il à sa mère quand elle revint.

— Rien. Rien d'extraordinaire. » Et elle avait raison. L'ordinaire s'accélérait, devenait frénétique et menaçant, mais c'était l'ordinaire.

Quelques jours plus tard, Katya se plaignit de devoir nettoyer un tapis qui était apparu subitement : une jolie chose rouge et or. Lucia promit de régler le problème. « Je pourrai le mettre au garde-meuble », déclara-t-elle. Il remarqua l'apparition d'autres jolies choses.

Il avait toujours la clef dans sa poche. Il avança précautionneusement, descendit l'escalier sur la pointe des pieds. Il espérait à moitié que la porte de M. Goldstein serait encore ouverte, bien qu'il sût que tous les adultes s'enfermaient à clef la nuit ; il avait pris soin de vérifier les verrous de sa propre porte.

Les escaliers étaient encore très propres, la peinture était délavée, éclairée par un terne néon gris. Il n'aimait pas les ombres, à l'époque, et elles étaient peu nombreuses car la lumière se trouvait en hauteur. Parfois il se sentait plus en sûreté dans l'escalier que dans l'appartement.

Sur le palier du dessous, il s'arrêta devant la porte de M. Goldstein. Il la poussa. Elle s'ouvrit. M. Goldstein ne semblait pas l'avoir ouverte pour laisser entrer de l'air, mais elle n'était pas verrouillée.

Il devait le prévenir, dire quelque chose, mais il ne voulait pas s'avancer davantage. Cependant le gramophone marchait et s'il appelait, M. Goldstein risquait de ne pas entendre.

La lumière était éteinte dans le couloir, mais il apercevait une faible lueur, comme celle d'une bougie, dans le salon.

Il savait qu'il devait s'arrêter là. Il regarda en arrière, la porte rebondit sur ses gonds et claqua.

Il était encore un aventurier. Il connaissait M. Goldstein, et M. Goldstein serait content de le voir. Surpris, mais content. Il était un aventurier brave et intrépide, et il devait s'engager dans ce couloir.

Il devait faire demi-tour.

Si quelque chose avait bougé dans l'escalier, cela expliquerait pourquoi il avait perdu son sang-froid. Mais il n'avait en mémoire aucun mouvement, aucun bruit de pas. Tout ce qu'il se rappelait, c'était d'avoir soudain commencé à courir vers cette faible lumière dorée au bout du couloir, s'être arrêté net juste devant la porte et avoir entendu l'aiguille du gramophone déraper dans le sillon.

Maintenant, M. Goldstein allait se lever de son fauteuil et avancer le bras du gramophone. Mais M. Goldstein ne bougea pas. L'aiguille craquait et crachotait dans le sillon.

Nicholas avait plus peur de tourner les talons que d'avancer. Devant lui une lumière brillait, derrière s'ouvrait une gueule de ténèbres, prête à l'avaler.

La lumière changea. La bougie, dont la flamme vacillait jusque-là dans un verre à hauteur de la table, était par terre.

Il ouvrit la porte. La bougie atteignit des papiers étalés sur le sol, qui brûlèrent dans un petit bouillonnement de flammes.

Il savait ce qu'il fallait faire. Il piétina les flammes. Il ramassa la bougie et la moucha entre ses doigts.

Il avait vu quelque chose dans la lumière. Il avait vu M. Goldstein, dans son fauteuil. Mais maintenant il ne voyait plus rien.

Le salon devait être très semblable à celui du dessus, les fenêtres devaient donc être sur la gauche, et garnies de volets intérieurs. S'il pouvait atteindre les volets et les ouvrir, un peu de lumière entrerait du dehors, peut-être les illuminations d'un bombardement.

Il avança à tâtons.

« Monsieur Goldstein, monsieur Goldstein, vous dormez ? » demanda-t-il.

Il débloqua maladroitement les fixations au bas des volets. Il n'était pas sûr de pouvoir atteindre celles du haut, mais c'était inutile. Les panneaux ne tenaient plus sur leurs gonds, et ils tombèrent d'eux-mêmes.

M. Goldstein était assis face à la rue. Il portait un costume, le pantalon avait un pli bien droit, la veste était arrangée soigneusement sur ses épaules. Il avait mis ses médailles. Il avait un livre dans les mains, et Nicholas comprit en voyant la taille, la reliure et la tranche dorée qu'il devait s'agir d'un des volumes de Goethe.

La petite boîte de bonbons pour la gorge était posée sur la table près de lui, avec un verre d'eau.

Il s'écarta de M. Goldstein, de son immobilité et de son indifférence aux bruits bizarres de la pièce et à l'odeur de papier carbonisé sur le tapis ; il tourna les talons et s'enfuit dans le couloir.

Il ne monta pas, il descendit. Il voulait être ailleurs, hors de l'immeuble.

Il voulait parler avec son père, sur-le-champ. Il voulait être sûr qu'il était toujours en vie.

Il faisait froid dehors. Il s'acharna sur les verrous, qui ne lui avaient jamais paru durs auparavant, et il alla attendre sa mère. Il ne voulait pas paraître inquiet, cela ne ferait que l'agacer. Ce soir-là elle apparut dans une voiture idiote, minuscule, une Topolino, une Fiat. Il lui dit qu'il aimerait bien qu'ils aient une Topolino. Il ne trouvait pas les mots pour parler d'autre chose.

Il s'écoulait souvent six semaines entre les lettres de son père. Il décrivait des montagnes et des rivières, mais ne parlait jamais de la guerre. Nicholas non plus ne jugeait pas intéressant de mentionner les bombes dans ses lettres. Il ne voulait pas inquiéter son père, qui serait auprès de lui s'il pouvait mais avait un devoir à accomplir ailleurs. Nicholas était incapable de définir le devoir, mais c'était quelque chose qui devait entraîner et piéger les hommes, il le sentait bien.

De plus, qu'aurait-il pu dire dans ces lettres ? Il n'avait pas de paysages à dépeindre. Il ne voyait des animaux qu'au zoo ou à l'aquarium. Il ne s'habituait pas aux tremblements du sol sous ses pieds. Il s'étonnait de voir que, sur tous les sujets, de la conduite de la guerre aux problèmes des Juifs en passant par le prix du charbon, chacun savait et ne savait pas, en même temps.

Il ne voulait pas que sa mère sache qu'il pouvait prendre la clef, descendre dans la rue et aller partout où ses jambes le porteraient, mais elle devait lire ses lettres avant de trouver des enveloppes et des timbres. Et pourtant, malgré tous ses vagabondages, il avait toujours conscience de dépendre de Lucia comme un nourrisson. Si elle ne rentrait pas à la maison, il mourrait.

Il expliqua néanmoins dans une de ses lettres qu'ils gardaient de pleines baignoires d'eau pour éteindre les incendies. Le sous-sol était renforcé de troncs d'arbres. Quelqu'un avait délogé des briques dans un ou deux murs pour que même le locataire le plus gros puisse sortir si les portes principales étaient bloquées. Il y avait des tables de jeu, une radio. Le sous-sol s'organisa en une suite de pièces, une pour chaque famille. Chacun avait en permanence une valise prête.

Cette lettre se perdit, ou fut censurée. Son père se plaignit ensuite de ne pas avoir reçu de réponse à son dernier courrier.

Quant aux plaisirs, aux distractions, il n'aurait pas été gentil d'en parler à son père.

Ils étaient sortis dîner, la mère et le fils, avec deux hommes qui devaient être suisses. Elle ne les touchait pas, Nicholas le remarqua. Il remarquait ces choses-là. Il se rappelait avoir mangé des huîtres, mais il voulait quelque chose qui s'appelait des langoustines. Elles arrivèrent, longues, fines et roses. Puis il prit du gibier parce qu'il avait faim de viande d'adulte, de viande crâneuse, et elle fut servie un peu saignante au milieu. Il en fut un moment rebuté mais, comme un adulte, il mangea.

Dans la rue se tenait un soldat. Il était rasé de près, mais son uniforme semblait ne pas lui aller, et il avait l'air fatigué. Il demanda à Lucia, très simplement, s'il pouvait regarder ses jolies mains.

Elle fut furieuse quand le gouvernement interdit aux femmes les permanentes. Les grandes boutiques luxueuses vraiment chères commençaient à fermer, elles aussi. Nicholas aimait cette drôle de lumière dorée qu'elles jetaient dans les rues même en plein jour. Et les cloches des églises ne sonnaient plus non plus, à cause de l'effort de guerre, disait-on. Il se rappelait les cloches, là où il habitait avant, leurs grondements, leurs rugissements.

Le monde du dehors était désormais dépouillé de jolies choses. C'était bien différent dans l'appartement. Il y avait des plats, et des assiettes, des fauteuils — parfois les fauteuils n'avaient pas leurs coussins et Nicholas demandait pourquoi. Il y avait des tapisseries, quelques tableaux. Et quand ils déménagèrent, tous ces objets cessèrent de les encombrer, comme par magie, et quelques pièces du nouvel appartement prirent un aspect de musée, ce qui déplaisait à Nicholas.

Son père cessa d'écrire — ou du moins ses lettres n'arrivèrent plus. C'était la guerre ; Nicholas reçut le conseil de ne pas être déçu, ni même surpris. Il commença par attendre son père, puis très vite se fâcha contre lui, puis le chassa — cet homme précis, compliqué, avec ses manies et ses talents — de son esprit. Il se disait qu'il avait sa ration de parents : une mère qui restait avec lui.

Il se souvenait de sa vie comme d'une galerie d'exposition : des objets et des images qui parfois avaient un sens, et parfois non. De petits moments, de petits drames, jamais reliés entre eux parce que les relier aurait rappelé que tout le monde attendait, attendait, attendait. On attendait des victoires qui ne venaient pas. On attendait le retour triomphal des soldats de Russie, et ils ne revenaient pas du tout.

On attendait, surtout, les bombardiers.

Une fois seulement, il vit un camion emmener des gens ; emmener des Juifs, apprit-il plus tard. Il apercevait leurs pieds entre la traverse du camion et la bâche, un spectacle de marionnettes inversé : certains en pantoufles, d'autres en souliers de cuir, de jolis souliers, l'un d'eux était entouré d'étoffe, comme si le pied était cassé.

Le lendemain, ou peut-être la semaine suivante, peu après en tout cas, il apprit les règles du jeu d'échecs et découvrit que de véritables épopées pouvaient se jouer dans les déplacements des pièces. Il apprit à chanter. Sa mère fut ravie, puis furieuse. « *Aprile non c'è più*, chantait-il, *È ritornato il Maggio al canto del cucù*. »

Il apprit à regarder les yeux des femmes sur les affiches de cinéma. Les yeux étaient de première importance en ce temps-là : le renoncement de Zarah Leander, les efforts de Luise Ullrich pour regagner son foyer, Ilse Werner et sa façon de manifester un scepticisme poli et fervent, et puis Marika Rökk, sa préférée. Il avait une photo d'elle dans *Kora Terry*, où elle se tournait vers la caméra, bras nus, un châle drapé sur les épaules ; la lumière jouait sur ces lèvres parfaites et ces yeux chaleureux, compréhensifs et, surtout, intéressés.

Gattopardo éclatait de santé, trop, même. Nicholas le regardait faire sa toilette avec ses pattes articulées, flexibles, trop compliquées pour être dessinées ou cartographiées, et sa langue qui allait et venait entre ses doigts.

Personne ne lui expliqua comment rassembler tous ces éléments en une enfance qu'on peut se rappeler à la mort de son père, ni comment se forger une personnalité à partir de tous ces instants, ou un code moral, ou même une stratégie pour rester en vie.

En février, il rentra de l'école un soir de froid noir. Il essaya une rue différente, pour une fois. Katya allait l'attendre, mais il n'aimait pas beaucoup Katya, et sa mère travaillait encore. Il n'avait aucune raison de se dépêcher, à part le froid.

Les branches s'entrechoquaient, un vent violent devait souffler, assez pour fouetter un peu le sang. Les réverbères étaient déjà allumés, un halo violet. Les fenêtres des immeubles étaient obscures et les balcons vides, personne n'était encore rentré. On ne pouvait même pas mettre du linge à sécher, il se serait raidi de gel.

Il entendit une douce vague de son, comme des pleurs, dans la rue. Il n'entendait jamais de pleurs. Il entendait des cris, ou des ordres, ou des bagarres, ou le silence, mais jamais de pleurs.

Il tourna au coin de la rue.

Il vit une douzaine de femmes rassemblées devant l'entrée d'un immeuble sans rien de particulier. Toutes avaient l'air jeunes, plus jeunes que sa mère. Elles portaient des manteaux en tissu, elles n'étaient pas maquillées, et elles tremblaient en sanglotant.

Il ne savait que faire. Il se dit qu'il devrait peut-être les réconforter, mais il ne pouvait pas leur prendre la main à toutes et ne savait pas quelle main prendre en premier. Et il sentait, savait peut-être, que rien de gentil ni de personnel ne pourrait jamais suffire. Il vit le deuil incarné, debout dans cette rue, simple comme un monument.

Il n'y eut personne pour l'empêcher de passer la porte de l'immeuble. Après tout, il était un enfant, et personne ne s'attend qu'un enfant prenne des initiatives, de sorte que personne n'édicte des règles pour l'en empêcher. Et, de plus, l'immeuble était une école, un endroit pour les enfants.

À l'intérieur toutes les lumières étaient allumées. La première pièce contenait quelques chaises, quelques tables. Une douzaine de berceaux y étaient installés. Tous vides. Il y avait deux médecine-balls, confortablement usés, quelques cubes colorés et, aux murs, des dessins de très jeunes enfants, des personnages-bâtons dans des maisons carrées avec des arbres en forme de sucettes.

Tout était très tranquille. De toute sa vie il n'avait entendu qu'une fois le même genre de silence, pendant une éclipse totale du soleil — la lumière devint bizarre, la vie quitta l'air, tout fut silencieux, l'obscurité prit le soleil.

Des poussettes étaient rangées en deux demi-cercles bien nets. Des bruits du dehors firent intrusion : des tramways grinçant sur le métal, un klaxon de voiture.

La nuit du 1er mars 1943, pour la première fois, les bombardiers atteignirent le cœur même de Berlin. Cette date se grava dans sa mémoire, comme un anniversaire, comme la fête d'un ami.

Jusque-là, il avait pu s'imaginer qu'il existait un ordre dans le monde, pour donner un sens à tout. Ce pouvait être l'ordre d'une prison, ou l'ordre d'une école avec toutes ses règles, ses chefs, ses rumeurs collectives et ses fantasmes, et on avait l'impression de faire partie, bon gré mal gré, de quelque grande armée civile. Mais à ses yeux, tous les adultes promenaient dans la rue leur certitude que le monde avait un sens.

Bien entendu, parfois on en voyait trop, comme

lorsque des machinistes sortent de l'obscurité entre les scènes, à l'opéra. Depuis le début de la campagne de Russie, on voyait des blessés, avec une seule jambe, un seul bras ; dans la cour, un tronc d'homme coupé à la taille, posé sur une planche munie de roulettes, s'entraînait tous les jours ; il se poussait et se tirait frénétiquement d'un côté à l'autre, sans aller nulle part. On voyait aussi des gens qui erraient sans but précis, alors que tout le monde était censé faire partie de la machinerie de la patrie, ou qui échangeaient des rumeurs aux coins des rues, ou des adultes qui faisaient des farces, ou des gens qui oubliaient toujours de dire « *Heil Hitler* ».

Un camarade d'école dit à Nicholas qu'une fois Zarah Leander était allée voir Hitler sur invitation spéciale pour lui chanter une chanson. Et la chanson était *I Know a Miracle Will Happen Some Day*[1].

Nicholas savait qu'il était pratiquement étranger, et donc décida de ne pas rire.

Le concierge vint enlever les volets de bois. Nicholas demanda pourquoi et il répondit : « Parce qu'ils prennent feu trop facilement. — Pourquoi est-ce qu'ils prendraient feu ? » demanda Nicholas.

On s'empressait de réparer les dégâts, de mettre des rideaux, de clouer des planches pour que personne ne puisse voir l'intérieur des immeubles dont seul subsistait l'extérieur, de fixer des pancartes pour annoncer que les réparations seraient entreprises sous peu par quelqu'un qu'on nommerait bientôt.

Lucia demanda à Nicholas, plutôt abruptement, s'il ne préférerait pas aller à l'école en Suisse. Il ne

1. Je sais qu'un jour un miracle se produira. *(N.d.T.)*

savait pas ce qu'elle voulait l'entendre répondre. Il demanda s'il pourrait vivre avec son père. Elle répondit que ce ne serait pas possible, parce qu'il était toujours dans l'armée suisse et qu'il défendait un col quelque part dans la montagne. « Contre qui ? » voulut savoir Nicholas.

Elle dit que la Suisse était très jolie, il s'y plairait. Elle avait toujours voulu l'y emmener. Il protesta : il se plaisait ici, à Berlin, avec elle. Elle dit que les bombes continueraient de tomber. Alors il demanda à nouveau : est-ce qu'il pourrait voir son père ? Et elle répondit qu'il devrait habiter à l'école. Il demanda si elle viendrait vivre en Suisse, mais elle répliqua qu'elle avait des choses à faire à Berlin. Et l'idée ne lui traversa jamais l'esprit qu'il était assez grand pour être envoyé en pension.

Il dit à Lucia qu'elle pourrait faire ce qu'elle voulait en Suisse. Ils pourraient aller dans les montagnes avec papa. « Il est dans l'armée », répéta Lucia.

Nicholas retourna fouiller dans le carton qui contenait toutes les lettres de son père. Il voulait des indices et n'en trouva aucun ; un soldat prend garde à ce qu'il écrit en temps de guerre. Il allait bien. Il était dans les montagnes. Une fois il avait parlé de son admiration pour les Finlandais, qui avaient essayé de vaincre les Russes. Il annonçait à Nicholas le début du black-out en Suisse, et lui racontait un film qu'on leur avait projeté à tous — l'histoire d'une fille d'aubergiste à la frontière pendant la Première Guerre mondiale, qui aide son amoureux à épouser une fille de la haute société. Il parlait d'une chanson : « *C'est la petite Gilberte, Gil-*

*berte de Courgenay, elle connaît trois cent mille soldats et tous les officiers**[1]. »

Nicholas, qui était vieux désormais, s'éveilla dans son fauteuil à Sonnenberg avec ce genre de rire qui est à moitié toux, à moitié grognement. Il se dit : « Tu ne pourrais pas chanter ça aujourd'hui, hein ? »

Tout marchait à l'envers et tout le monde le savait. Les foules auraient dû entrer dans Berlin pour l'anniversaire d'Hitler, pour les banderoles et les défilés et le beau temps du Führer qui étincelait à la mi-avril, mais tout le monde quittait la ville.

L'école était un tableau d'affichage pour rumeurs. Nicholas fut le premier à annoncer qu'on devait s'envelopper la tête d'une serviette humide en cas de bombes au phosphore, sans quoi les cheveux s'enflammaient et le cerveau grillait. Gerhard demanda pourquoi les soldats transportaient des téléphones quand ils luttaient contre un incendie, et Nicholas répondit : « Peut-être pour parler aux officiers », et ensuite qu'il ne savait pas. Gerhard reprit : « Les soldats viennent éteindre un incendie, ils se retrouvent coincés dans un immeuble et ils prennent feu. Alors ils ont besoin du téléphone pour demander qu'on vienne les achever à coups de fusil. »

Et puis il y avait toutes les histoires sur le zoo, les crocodiles qui ripostaient aux bombardiers, de sang froid à sang froid, semblait-il.

Les lilas fleurirent comme d'habitude. Les marronniers dressèrent leurs chandelles. Tout l'appareil du printemps était là, la perspective d'aller dans les

1. L'italique suivi d'un astérisque signale un mot, une expression ou une phrase en français dans le texte original.

bois, dans l'eau, mais Nicholas et ses amis étaient préoccupés. Leur petit gang sentait bien que la plupart des autres avaient eux aussi leur gang.

Un après-midi, il avait vu une femme avec un masque à gaz, poussant un landau où s'entassaient des couvertures, pour protéger le bébé de l'air. Elle se promenait près des ruines d'un cinéma.

L'année se fit de plus en plus chaude.

Lucia disait que tout le monde partait. Les noms poursuivaient Nicholas comme une litanie, une suite de mots qui devait être une formule magique parce qu'on n'arrivait pas à comprendre exactement ce qu'elle signifiait : les Meinsdorp et les Edelstem, les Rocamurros, les Della Porta et les Barros, les Furstenberg, tous partaient.

Le 1er août 1943, les écoles fermèrent. On ordonna aux femmes, aux enfants et aux malades de quitter la ville. L'ami de Nicholas, Gerhard, fut emmené à la gare, mais apparemment personne n'avait prévenu les chemins de fer de la crise ; si bien qu'aucun train ne circulait.

Le lendemain, un avis à la porte : toutes les femmes ne travaillant pas pour la guerre, tous les enfants, départ immédiat. Le lendemain, des avis venus des airs enjoignant aux femmes et aux enfants de partir. La température avait grimpé implacablement — 35° puis 40° — et la foule se heurtait à la chaleur comme à un mur. Près des gares on se bousculait toujours.

Lucia ne partait pas. Nicholas n'y comprenait rien. Elle connaissait tant de gens importants, semblait-il, tant de noms qui devaient compter, d'après la façon dont elle les prononçait, tant de diplomates et de politiciens, d'hommes qui possédaient des voitures qu'ils pouvaient envoyer la chercher pour dîner, elle devait avoir le choix. Elle était assez raisonnable pour envoyer Nicholas en Suisse dès que possible. Mais elle ne voulait pas partir elle-même.

Elle représentait encore le monde tout entier pour Nicholas. Quel autre monde peut-on avoir, quand le ciel devient rouge et que les rues s'effondrent ?

On faisait la queue pour acheter des fleurs au marché de Frankfurter Allee. Toutes ces années après, il se demandait encore ce que ces gens espéraient des fleurs. Une certaine fraîcheur, peut-être. Des couleurs distinctes, n'importe lesquelles, dans une ville qui se couvrait de la triste teinte uniforme de la suie. Elles rappelaient un monde de jardins et de choses vivantes. Ou alors, peut-être, on pouvait leur imposer ordre et discipline, on pouvait les arranger, alors que la vie échappait si manifestement à tout contrôle.

La radio passait toujours de la musique dansante. Toujours.

Il commençait à remarquer des cassures partout. Pas seulement dans les ruines, encore que celles-ci eussent cessé de servir de terrain de jeux parce que ces grands cairns qui risquaient de s'effondrer à tout instant étaient trop visiblement dangereux. Mais les gens étaient plus gentils entre eux, d'une certaine façon. La raideur, les manières se cassaient, elles aussi.

Il demanda à sa mère pourquoi, maintenant, les hommes avaient les cheveux longs et les femmes les cheveux courts.

C'était la nuit idéale pour une catastrophe — froide, pluvieuse, en novembre, les arbres dénudés, le monde changé en boue.

On se sentait en sécurité sous une pluie si battante, parce que les nuages abrégeaient sûrement le travail des bombardiers, le rendaient peut-être même impossible. Et donc Nicholas pouvait voir, à la fenêtre, le lourd rideau de cuir se balancer d'avant en arrière à l'entrée du café d'en face : sorties, entrées.

Gattopardo détestait le bruit. Il se recroquevillait. Il courait frénétiquement pour y échapper. Mais cette nuit-là, au début, était calme et il vint à la fenêtre. Nicholas le caressa sous le menton. Gattopardo lui lécha la main.

Lucia était sortie. Elle avait presque tout le temps quelqu'un à voir.

Tout le monde savait, comme on sait les choses en temps de guerre, sans que personne ne les dise, que rien ne pouvait arriver après sept heures et demie.

À sept heures et demie exactement les sirènes hurlèrent.

Le concierge passa en criant et en agitant une cloche qu'il avait trouvée quelque part. Nicholas ne descendit pas à la cave. Il ne pensait pas que le raid serait très long. Et il voulait voir de ses propres yeux.

Il entendit, d'abord. Il entendit les bombardiers au loin, d'abord un roulement de tambours, puis le bruit identifiable des moteurs, des bourdonnements, puis des rugissements au-dessus de sa tête. Le ciel s'emplit de fracas. Et cette nuit-là, il ne vint pas par vagues. Aucun intervalle n'était perceptible.

Il s'écoulait toujours un long moment entre le bruit des avions et les premiers dégâts. Gattopardo se cacha. Nicholas resta assis comme un enfant dans un film, devant la fenêtre ouverte. Il pensa tout d'abord que les bombes faisaient toutes long feu, parce que parfois on ne pouvait distinguer le moindre bruit d'impact entre le rugissement des moteurs et le bruit de la pluie.

Mais d'abord tombèrent les bombes éclairantes, lentes comme de la soie. Puis les bombes de destruction : timbales et flammes. Puis les bombes incendiaires, dont chacune s'ouvrait par magie en une flamme déjà allumée, déjà vorace.

Il vit de la lumière à quelques rues de là, une lumière rouge au milieu du violet des réverbères, un éclair vert pâle empoisonné. Il savait que le bleu signifiait bombes au phosphore. Le ciel n'était plus que néon répandu par la pluie, qui tombait toujours.

Les avions ne s'arrêtèrent pas. Il chièrent du feu sur la ville. À chaque passage, on sentait le sol un peu moins stable, l'air moins frais, la pluie désormais souillée de cendres et de scories.

Il ne s'écarta pas de la fenêtre. Il ne pouvait plus se mettre à l'abri. Les caves devaient être barricadées maintenant. Il ne pourrait se faire entendre de personne dans les épouvantables grondements, martèlements et rugissements du dehors.

Il avait neuf ans. Assis près d'une fenêtre, il regardait une ville mourir.

Il éprouvait une étrange sensation de calme, une impression de distance même quand le sol tremblait. En voyant les arbres dans la rue, il sut que le vent se levait. Si le vent se levait, il alimenterait et attiserait les incendies. Parmi les bruits de moteurs d'avions, d'air déplacé, d'immeubles déversant leur vie organisée sur les trottoirs, dans un désordre de pierre, de bois et d'acier, il croyait aussi entendre le bruit des flammes. Il était impossible d'entendre quelque chose d'aussi précis qu'un bruit de flammes, à cause de la pression brûlante de l'air.

La pluie cessa.

Après la pluie vient un instant magique où l'on voit à l'infini. Nicholas voyait trop loin.

Toute une barrière s'écroulait : une barrière qui avait été des appartements, des foyers. Un des murs se désagrégea, carrément, comme le sable se désagrège au passage de l'eau. À l'intérieur, il vit un lustre se balancer, une large masse de verre rose. Il vit le lustre osciller et tanguer, puis tomber au sol. Mais il n'y avait plus de sol, et les pendeloques de verre continuèrent de tomber, en captant la lumière rouge des flammes dans le ciel et en la réfractant, d'étage en étage, jusqu'à ce que Nicholas les perde de vue.

Les vitres se brisèrent. Des morceaux de verre tombèrent autour de lui. Quand le vent s'engouffra, et c'était toujours un vent froid malgré les incendies, la chambre changea : elle se dépouilla de toute vie, devint nue comme une chose morte, un rassemblement d'objets sur une plate-forme de bois et de tapis, rien d'autre. Le vent envahit la pièce, il n'avait plus de maison. C'était comme une lumière qui donnait à tout un aspect sinistre, impersonnel ou, surtout, étranger.

Il savait qu'il lui fallait s'abriter, mais il n'en avait pas envie. Il avait envie d'aller se planter dans l'incendie et de hurler. D'autres hommes racontent le moment où ils croient être devenus des hommes, peut-être dans un lit, peut-être dans un moment de courage ou de révélation. C'était son moment : la certitude de ne pouvoir détourner le regard, encore moins s'éloigner.

Il était un héros. Il s'était aussi fait pipi dessus.

Il voulait trouver Gattopardo, pour se réconforter avec quelque chose de chaud, de vivant, de subtil à serrer contre soi. Le chat le vit et marcha sur lui, prêt à l'attaquer. Voir cette folie aida Nicholas à garder sa raison.

Gattopardo fonça vers la fenêtre, vers les vitres brisées.

Une pluie de feu tombait tout près. Des étincelles scintillaient, jolies comme des jouets de Noël.

Gattopardo franchit la fenêtre avec une grâce infinie. Dans la lumière sanglante du dehors, il parut prendre feu, parut escalader le ciel, pattes tendues comme s'il allait le déchirer en redescendant.

Nicholas resta seul, terrifié. Il avait envie de quitter l'appartement mais s'en sentait responsable. Il voulait rejoindre sa mère, mais elle ne pourrait le retrouver que s'il restait où il était. Il voulait qu'elle le serre dans ses bras, qu'elle lui donne du lait chaud, qu'elle lui parle pour l'endormir.

Les bombardiers n'avaient pas encore fini de passer.

Il vit l'horloge : une haute caisse en acajou au sommet doré, un balancier que les tremblements de la ville n'avaient pas arrêté. Elle disait : huit heures vingt-cinq. Il ne savait pas si elle était à l'heure. Il lui semblait que les bombes tombaient depuis des jours.

Il regarda l'horloge. Une de ces bombes devait

être la dernière, le bruit des moteurs devait diminuer bientôt, s'éloigner, par pitié, bientôt. Il vit l'aiguille des minutes avancer, c'était la première fois qu'il remarquait une minute ainsi écoulée et répertoriée. Même devenu adulte, il préférerait toujours consulter sa propre montre plutôt que les pendules des chemins de fer suisses, qui elles aussi avançaient d'une secousse à la fin des minutes.

À huit heures et demie, le grondement du dernier moteur s'éloigna, devint un bourdonnement, puis le crépitement de la pluie reprit. Pendant tout ce temps, les lumières ne s'étaient pas éteintes. Mais elles s'éteignirent à cet instant.

Il ne voulait plus avoir à jouer le rôle de son père. Il voulait la présence de son père.

Lucia rentra à pied, à onze heures, d'après l'horloge.

Elle passa la porte et Nicholas, au lieu de vouloir qu'elle le prenne dans ses bras, eut envie de la frapper, de la bourrer de coups de pied et de coups de poing, de la blesser. Il n'avait jamais été aussi soulagé, aussi furieux, aussi heureux, aussi atrocement abandonné à toutes les émotions qu'il avait éprouvées jusque-là dans sa courte vie.

« Je suis allée dans la cave de l'Adlon, dit-elle, je ne pouvais pas sortir te rejoindre. »

Ses chaussures avaient l'air d'avoir été tailladées.

« Je n'avais pas l'intention de te laisser seul, pas pendant un raid... »

Nicholas ne laissait rien transparaître.

« Tu sais quoi ? Les gens se sont mis à danser, après. Ils dansaient dans la rue. »

Ses cheveux, habituellement d'un roux flamboyant, étaient incrustés de suie et de poussière.

Elle avait les yeux fatigués, sans éclat. Sa robe était intacte mais quand elle s'éloigna, il remarqua qu'elle ne portait pas de bas. Elle avait dessiné des coutures à l'arrière de ses jambes, mais le trait avait bavé.

Elle se retourna vers Nicholas et lui dit : « Je fais tout ça pour toi. »

Il savait que ce ne pouvait pas être vrai.

Il entendait Berlin.

Une ville bombardée craque. Le verre se brise, et tombe souvent. Il n'existe plus de bonnes vieilles verticales solides : elles sont toutes par terre. De nouvelles verticales apparaissent : des jets d'eau qui s'élèvent comme des cordes et retombent en panaches contre les murs en flammes, des fissures dans la chaussée qui s'élèvent en feu orange là où les conduites de gaz ont cédé, des racines d'arbres et des tortillons de câbles fondus qui pendent. Tout gronde et annonce des accidents, partout, n'importe où, au hasard. On marche vite de peur que la chute ne commence avant qu'on soit hors d'atteinte des madriers, montants de portes, linteaux volants.

Et les journaux paraissaient toujours à l'heure prévue.

Et puis il y a le bruit de l'incendie. Il ne s'éteint jamais vraiment. Si vous avez déjà vu des feux souterrains, vous connaissez ce feu qui brûle juste sous la surface, qui semble couver pendant des siècles. Le feu et la poussière, ensemble, expliquaient l'air.

La nuit où les bombes tombent, les flammes se dressent et courent. En courant, elles paraissent presser l'air déjà épaissi de poussière et de feu. L'air même devient feu.

Et les rues sont éclairées comme en plein jour, encore plus maintenant parce que les nuages et la grisaille de novembre sont repoussés par cet air qui est feu. Il ne fait jamais nuit. On a l'impression qu'il ne fera plus jamais nuit. Mais alors le jour se lève, et la fumée est si épaisse qu'on se dit qu'il ne fera plus jamais jour.

Dès qu'il semble que rien de pire ne viendra plus du ciel, les habitants sortent. Ils se glissent ici, ils se glissent là, ils transportent des objets. Des meubles sur de petits chariots. Des camions passent, peut-être pour sauver, peut-être pour voler. Il y a tant de suie, on ne distingue pas les visages, ce pourrait être des masques.

Il se rappelait une boutique d'antiquités. Elle avait brûlé durant des jours et, pendant l'incendie, les flammes avivaient l'éclat des brocarts et des soieries à l'intérieur, tout était rouge et doré.

Quant à l'appartement, les fenêtres avaient disparu. Les cadres des fenêtres, qu'on imagine solidement rivés, branlaient et grinçaient. Les portes étaient aléatoires. Il n'y avait plus de chauffage, plus de lumière, plus d'eau, plus de gaz. Sur un côté de la porte de l'immeuble, quelqu'un avait écrit à la craie : « Lucia, où êtes-vous ? Nous avons de la place pour vous. »

Il entra dans sa chambre et essaya de tirer la porte. Elle ne voulut pas se fermer complètement.

Il avait son univers de petit garçon dans cette chambre, séparé de toute la délicatesse et tout le maniérisme des autres pièces de l'appartement. Il avait affiché aux murs des photographies de machines, découpées dans des publicités, des voitures et des camions pour la plupart. Des voitures Ford garées dans une médina, sous des palmiers, des camions Ford abrités sous les moteurs d'un avion, des Ford à gazogène « Pour le front intérieur ». Des Mercedes qui surgissaient à l'horizon en rugissant sur des pistes militaires, avec des bombardiers au-dessus comme une garde d'honneur sur une tapisserie, et la couverture du *Deutsche Kraftfahrt* de juin 1939, avec deux tout-terrain Opel clairs qui roulaient dans un champ, et une affiche avec une Opel sur un pont en bois branlant renforcé par des traverses de voie ferrée.

Les vibrations n'en avaient déchiré qu'une, une page de magazine sur le mur du fond, pour Opel : « La Fiabilité. » Il aimait beaucoup cette photo. Des rayons de lumière dessinaient un parallélogramme sur un ciel obscur. En dessous, deux Opel étaient garées, pare-chocs à pare-chocs, leurs phares émettaient une lumière aussi dense qu'un courant d'eau, avec la même pente descendante. Son père avait une Opel quand il habitait en Bavière, quand il était encore un père.

Les services d'urgence arrivèrent dans la rue. Ils avaient des cigarettes et du café, ce qui paraissait stupéfiant, et des saucisses de foie, du pain beurré et de la soupe. Lucia fut ravie de recevoir des cigarettes. Elle trouva du chocolat, aussi, et un vieux salami dans le placard, qui puait mais qui, prétendait-elle, était encore bon.

Nicholas décelait une autre odeur que, sur le moment, il ne parvint pas à identifier parmi toutes celles qui accompagnent les bouleversements. Le goût, au fond de sa gorge, était celui du cœur de l'hiver. Il gâchait la respiration, comme s'il avait le pouvoir de rendre l'air trop dense pour être respiré.

Quelqu'un lui dit, plus tard, que l'odeur et le goût provenaient des incendies dans toutes les cours, la réserve de charbon de la ville tout entière pour l'hiver, en feu et impossible à éteindre.

Ils ne pouvaient même plus se fier aux bombardiers. Ils venaient et ne larguaient rien, et puis ils revenaient. Parfois ils survolaient la ville trois fois sans le moindre largage. C'était parce que les Américains avaient enfin atteint Berlin, selon les amis de Nicholas. Et si les Américains parvenaient jusque-là, ils pourraient venir avec des tanks. Et les Russes aussi.

Lucia avait toujours son emploi aux studios, mais les bâtiments étaient tous aplatis. Deux ou trois fois, elle emmena Nicholas au consulat suisse. C'était le seul bâtiment encore debout dans le quartier diplomatique.

Un jour elle se teignit les cheveux en blond, un blond sec, vicieux. Elle n'arrêtait pas de lui demander s'il aimait sa nouvelle couleur, s'il l'aimait un peu.

*

Le temps serait magnifique, comme d'habitude, pour l'anniversaire d'Hitler. Tous ceux qui pouvaient partir étaient déjà partis. La ville était à moitié vide. Mais tout était gai sous la lumière douce du printemps.

Une voiture vint : une voiture noire, imposante, peut-être officielle. Lucia était en pantalon. Elle ordonna à Katya d'aider à descendre les valises. Katya resta sur les marches du perron tandis que

Lucia et Nicholas montaient à l'arrière de la voiture.

Nicholas aurait voulu dire adieu, mais sa mère lui ordonna de n'en rien faire, et il se rappela qu'on ne devait rien dire à Katya.

Il se retourna pourtant quand la voiture démarra et il la vit, debout au même endroit. Il crut croiser son regard, et il crut y voir de la bonté, ce n'était pas du tout ce à quoi il s'attendait.

Ils arrivèrent dans une rue complètement vide, hormis quelques drapeaux portant la swastika en rouge, blanc et noir, une rue immobile, silencieuse et détruite, sauf pour les couleurs des drapeaux effilochés qui se dressaient et s'agitaient entre les pierres ; aucune fenêtre n'avait résisté, les rambardes des balcons étaient tordues, des escaliers s'interrompaient au bout de deux marches, les murs n'étaient plus que des façades devant des trous et des espaces vides, là où subsistaient des murs.

Il s'était habitué à éviter le crottin des chevaux qui traînaient des chariots dans la ville. De sorte qu'il fut stupéfait de voir sept camions garés d'un côté de la rue en ordre parfait, du plus gros au plus petit. Il les identifia comme un collectionneur : Opel Blitz, ceux qui roulaient à l'essence et non au gasoil, Ford V3000S à l'avant carré, avec, derrière la cabine, un gazogène et une caisse à bois, et Mercedes diesel avec son énorme insigne encore accroché, précairement, à la grille du radiateur.

C'étaient des camions non officiels, qui roulaient sous les restes d'une peinture hétéroclite ; l'effet était celui d'un camouflage urbain. L'un semblait dangereusement vieux, un semi-remorque jaune canari à l'arrière carré, parfait pour distribuer du pain dans une banlieue. Un autre paraissait capable de transporter les meubles de toute une vie. Deux d'entre eux portaient le nom d'une société de déménagement.

Ce matin-là, Nicholas découvrit sa mère pour la première fois : il la vit au travail. Elle commandait ce gros convoi. Elle exigeait. Elle vérifiait et faisait activer. Elle n'était plus une simple employée des studios de cinéma, ou la jolie femme qui sortait dîner et rentrait tard, ou la mère qui s'occupait de son petit garçon, quand elle pouvait. Elle appela tous les chauffeurs et leur parla pendant que Nicholas trépignait de nervosité sur le perron d'un immeuble qui n'existait plus.

Elle pénétra dans chaque camion. Le plus gros s'ouvrait sur des journaux, des tissus et des tapis, insérés entre des objets emballés. Le petit semiremorque jaune transportait des caisses serrées les unes contre les autres, protégées en haut et en bas par des couvertures. Nicholas ne savait pas que sa mère possédait tant de biens, ou qu'ils nécessitaient de telles protections.

Quand elle revint après avoir attribué les camions aux chauffeurs, elle lui demanda s'il voulait monter devant : premier camion du convoi, cabine du chauffeur. Bien sûr qu'il voulait. Il voulait être l'aventurier, l'explorateur. Il serait le garde, l'agent de renseignements. Il avalerait les grandes routes.

Il grimpa dans la cabine, serra la main du chauffeur, qui avait commencé une semaine plus tôt de se laisser pousser une belle grosse moustache, qui sentait le tabac et le café. Lucia grimpa derrière lui et claqua la portière.

Le chauffeur klaxonna et appuya sur le starter,

juste au-dessus de l'accélérateur. Lentement, laborieusement, le moteur se mit en marche et le camion chargé s'ébranla, sortit de la rue déserte.

Nicholas vit une banderole en travers de la rue. « Nos murs s'effondrent, pas nos cœurs. »

Il vit une statue tournée du mauvais côté, vers un mur.

Il savait que ce n'était pas un jour idéal pour voyager. Il se dit qu'ils allaient certainement être arrêtés.

Il venait de voir tous leurs meubles encore dans l'appartement, Katya qui commençait à les épousseter. Mais leurs meubles ne rempliraient pas tous ces camions, même s'ils avaient été chargés pendant qu'il ne regardait pas.

Il voulait voir ce qu'il y avait dans les camions. Puis il comprit que c'était la dernière chose à vouloir. « Surtout, ne regarde pas, disait toujours sa mère. Surtout, ne pose pas de questions. »

Ils avançaient lentement, dans un nuage de gaz d'échappement noirs, une vague odeur de carburant répandu. Ils devaient transporter plusieurs jerricans de carburant, car ils avaient peu de chances d'en trouver en route. Trois des camions marchaient certainement au gazogène, et arboraient de grosses bosses de réserves et de chaudière derrière la cabine du chauffeur.

Nicholas examinait la route devant lui comme s'il s'agissait d'une carte, et qu'il était responsable.

Il vit une ville dévastée, des démons de poussière qui se dressaient dans les ruines, des couleurs passées et enterrées, qui ne laissaient que des fantômes de brique et de béton.

Il se mit à chanter. Le chauffeur se joignit à lui. Lucia se joignit à eux.

Lucia surveillait la route par le rétroviseur extérieur. Elle s'agita sur son siège. Regarda en arrière à nouveau. Puis elle se pencha au-dessus de Nicholas, agrippa le volant et dit : « Arrêtez-vous. Qu'est-ce que c'est que ça ? »

Le chauffeur s'arrêta, s'appuya contre son dossier, et déclara avec une sorte de patience condescendante : « Vous auriez pu nous faire quitter la route.

— Il n'y a pas de camions derrière nous.

— Tous les camions nous suivent.

— Je ne vois rien sur la route.

— Écoutez, dit le chauffeur. Vous voulez qu'on ait l'air d'un convoi, d'en haut ? Pour les bombardiers, ça ne change rien qu'on soit des civils. Sept camions séparés, c'est plus sûr.

— J'attends les autres camions ici.

— Si nous prenons l'*Autobahn*, ils nous tuent. Sept camions ensemble, ils ne croiront jamais que nous ne sommes pas des militaires.

— Je ne me suis pas donné tout ce mal pour qu'un putain de camionneur en profite. »

Et ils attendirent que les camions les rejoignent, s'arrêtent derrière eux, et que tous les chauffeurs descendent pour demander ce qui se passait.

Ensuite, Lucia insista pour que les véhicules restent groupés et s'arrêtent souvent, et à chaque arrêt elle descendait et ouvrait les portes de chaque camion pour vérifier le chargement. Les hommes buvaient de la bière et du café froid très fort, en mangeant du pain et des saucisses.

Ils roulèrent toute la journée vers le sud, en évitant les lieux habités. Et ils n'empruntèrent pas les *Autobahn*, déjà détruites par les bombes ; ils prenaient les vieilles routes, les routes secondaires, chaque fois qu'ils pouvaient.

Nicholas vit des soldats à cheval, des soldats endormis dans un fossé. Il s'attendait à moitié à voir des piques, des lances, des obusiers sortis tout droit d'une tapisserie ; il regardait par les vitres, et il regardait en arrière dans le temps.

Le chauffeur remarqua qu'ils avaient de la chance que ce soit le printemps. En hiver il fallait chauffer le moteur à la lampe à souder et ensuite secouer toute cette satanée carcasse pour mettre en branle les pistons et l'arbre de trasmission. Nicholas écouta chaque détail. Il nourrissait un fétichisme de petit garçon pour le fonctionnement des machines, pour les chiffres et les spécifications : deux litres, six cylindres, tant de chevaux. Il pouvait faire rentrer la machine entière dans sa tête, et d'une certaine façon en contrôler les performances sur ces routes douteuses.

Ils continuèrent de rouler après la tombée de la nuit, phares braqués vers le bas, moteurs couvrant tout bruit d'avions au-dessus d'eux. Parfois, ils croisaient d'autres convois en mouvement, des ombres de l'autre côté des vallées, de grosses machines fumantes, métalliques, surgissant d'un bois : des convois officiels, gris, tendus vers leur but. À trois heures du matin, plus personne n'arrivait à rester éveillé, alors ils se garèrent au bord de la route sous des arbres et Nicholas dormit avec sa mère dans la cabine. Le chauffeur prit une couverture et s'installa par terre.

Avant de s'endormir, il cala des pierres sous les pare-chocs avant et arrière. Il expliqua que les pierres soulageraient les suspensions et empêcheraient le camion de tanguer durant la nuit.

Tout d'abord Nicholas ne dormit pas. Il pouvait surveiller les arbres par la vitre. Il tendait l'oreille, à l'affût de bruits de moteurs d'avions, du vent dans les branches, d'animaux, d'oiseaux, des quintes de toux et des ronflements des chauffeurs, et il guettait des lumières. Mais il dut s'endormir, parce qu'il n'y a rien dans sa mémoire avant son réveil soudain face à un visage inconnu, sous une casquette, avec un manteau d'uniforme au col relevé, le genre de visage qu'on voit derrière un comptoir, un bureau.

Lucia aussi s'éveilla.

Son comportement fut très curieux. Elle fit la moue et maugréa un peu, comme si elle avait été surprise en tenue légère par un homme qui lui plaisait beaucoup. Nicholas ne comprenait pas ces choses-là, mais il remarqua l'étrangeté de sa réaction — pas de choc, ni même de surprise, rien qu'une concentration totale pour capter l'attention de l'homme penché à la vitre.

Elle dit à Nicholas de rester dans le camion.

Deux voitures étaient garées sur la route, longues et noires : des voitures d'état-major. Des cabriolets Mercedes, avec des ailes larges, un haut radiateur et d'énormes phares, occultés. Comme d'habitude, Nicholas identifia les modèles. La première avait l'air d'une 320, elle devait donc appartenir à quelqu'un d'important.

Six hommes se tenaient près des voitures, en

long manteau de cuir. Il devait y avoir de la lumière — la lune ou les étoiles — parce qu'il se rappelait distinctement les reflets sur les manteaux, comme s'ils étaient vernis. Lucia argumentait, en faisant des gestes.

Il lui fallait se fier complètement à elle. Ils étaient au milieu d'un bois, les alentours étaient déserts ; six hommes avec des revolvers et de grosses voitures officielles, imposantes, et elle devait expliquer pourquoi ces sept camions civils circulaient, pourquoi une femme dirigeait le convoi, pourquoi une femme suisse et italienne se trouvait là, pourquoi quelqu'un se dirigeait légitimement vers la Suisse, parce que Nicholas savait qu'elle ne pouvait mentir. Elle ne disposait ni du temps ni des matériaux nécessaires au mensonge.

Le ciel revenait lentement : comme un tissu clair, puis tout envahi de rose, puis illuminé.

Les hommes paraissaient amusés. Nicholas ne savait pas si c'était bon signe ou non. Ils semblaient prendre plaisir à faire parler Lucia au bord de la route, à l'inquiéter, à l'inciter à flirter, bavarder, déployer son charme, pour la retenir.

Nicholas regardait le ciel virer au rouge derrière les arbres.

Lucia haussa les épaules très haut. Elle revint à la cabine et prit une épaisse enveloppe de documents à leur faire lire.

L'un des hommes, le plus âgé, fit claquer ses talons et dit « *Madame** » avec une voix de terrain de manœuvre, comme s'il était sincère. C'était bien « *Madame* », il essayait de se montrer respectueux envers une étrangère.

Le ciel était bleu-vert. Quand elle revint dans la cabine, Lucia sentait la transpiration.

Il aurait dû lui demander, mais il n'aurait jamais su comment formuler ses questions. Qu'est-ce qu'on transporte, pourquoi on le transporte, pourquoi c'est important, pourquoi nous ont-ils laissés passer ? Pour pouvoir poser ces questions, il aurait dû avoir déjà appris la méfiance, et il lui fallait encore dépendre de Lucia.

De plus, il voyait bien comme elle était grave. Ce n'était pas le moment de poser des questions.

Bien des années plus tard, il lui arriverait de s'éveiller au cours d'une longue nuit, yeux écarquillés, cerveau à l'arrêt, en se demandant comment de telles choses pouvaient avoir le moindre rapport avec lui — mais, alors, il aurait d'autres êtres à protéger. Il voulait que sa femme et son enfant, toutes ces années, vivent à leur guise sans s'inquiéter d'un convoi se faufilant dans les Alpes. Il ne voulait pas les contaminer de ses doutes.

Mais le doute grandit jusqu'à lui voler son sommeil. C'était un homme réaliste, et il savait qu'il n'avait jamais eu le choix — un petit garçon dans les bois pendant la guerre —, pourtant il était sûr qu'on ne pouvait se fier à quelqu'un qui prétend que la morale ne s'applique pas à son cas au motif qu'il n'a pas le choix. Année après année, il apprit à se défier de sa propre histoire, puis à se défier de lui-même.

*

Les voitures officielles s'éloignèrent. Les chauffeurs s'éveillèrent, bougonnèrent, s'enfoncèrent dans le bois et revinrent avaler un café froid. L'un d'eux voulut faire du feu, mais Lucia, du pied, envoya des feuilles humides sur les premières flammes et lui ordonna de reprendre son camion.

Ils contournèrent Magdebourg, Dessau et Weissenfels. Ils évitèrent Bayreuth, Nuremberg et Augsbourg. Ils prenaient les petites routes, fonçaient sur les *Autobahn* quand ils pouvaient puis retournaient sur les routes secondaires qu'ils encombraient pendant des heures. Lucia marmonnait qu'elle ne savait pas s'il était pire de se faire bombarder par les Alliés ou haranguer par les paysans devant et derrière eux. Elle ajouta à « paysans » un mot grossier.

Ils virent la fumée s'élever de Stuttgart.

Lucia se disputa avec le chauffeur ; elle ne voulait pas qu'il fasse le moindre geste sans un ordre de sa part. Elle soutenait qu'il serait plus rapide de traverser le lac de Constance, qu'il s'obstinait à appeler le Bodensee. Il protestait : elle était folle de croire que les ferries fonctionneraient normalement. Elle rétorqua qu'il n'avait pas assez confiance dans le Reich. Il répondit : « Et vous, vous avez tellement confiance que vous partez pour la Suisse ? »

Elle conclut : « Alors nous allons passer par Thayngen et Schaffhouse. »

Lucia ne voulait pas s'arrêter. Le chauffeur insistait. Une cacophonie de cris et d'avertisseurs retentit. Quand le camion ralentit, quand le freinage commença à sembler une opération longue, lente et hasardeuse, tous trois regardèrent en arrière.

Cinq camions les suivaient. Ils auraient dû être six.

« On en a perdu un », remarqua le chauffeur d'un ton satisfait.

Lucia lui donna un grand coup de pied dans le tibia. Il garda sur le visage cette expression douce, un peu énamourée, comme s'il était heureux de travailler pour cette grande dame, mais Nicholas se demanda si sa mère avait bien fait.

« Alors trouvez-le », ordonna-t-elle.

Un des autres chauffeurs, un homme d'un âge déjà avancé, qui transportait toute une vie de bière devant lui, les rejoignit d'un pas chaloupé.

« Il vient de quitter la route, annonça-t-il. Il va falloir un câble de remorquage pour le sortir.

— Allez-y », dit Lucia.

L'homme au gros ventre regarda le chauffeur, simplement pour voir sa réaction, simplement pour savoir ce qu'il devait faire. Il n'en savait rien parce que les manières de Lucia et son accent se faisaient la guerre.

Elle s'assit sur un muret. Elle regarda le convoi, son convoi personnel, faire demi-tour. Nicholas ne lui avait jamais vu un visage si nu, si tendu et si furieux.

Rien ne serait en sécurité avant que tout soit passé de l'autre côté de la frontière. Et elle voulait être en sécurité.

Un oiseau noir se posa dans le champ d'à côté, puis un autre. Ils entendaient, malgré les pétarades de moteurs à cinq cents mètres de là, des moutons bêler dans un pré. Ils entendaient le vent.

« C'est joli, ici, remarqua Nicholas, qui cherchait

quelque chose d'innocent à dire. C'est aussi mignon en Suisse ? »

Elle s'en prit à lui : « Mignon, ici ? » Elle cracha. Il ne l'avait encore jamais vue cracher. « Ce n'est que du... » Elle chercha un mot suffisamment fort. « ... paysage.

— Mais les oiseaux..., commença Nicholas.

— Certains aiment les oiseaux, répondit-elle. Certains aiment la vie.

— Il y a de la vie, ici.

— Ce qu'il y a de vivant ici est en train de chier la queue en l'air. C'est tout. »

Nicholas se leva. « Ça me plaît », s'obstina-t-il.

Elle refusa de répondre. Il lisait une sorte de mépris dans ses yeux : il avait cédé, il ne se battait plus. Il aimait les champs, les oiseaux, les paysages ; il n'accordait pas d'importance à la volonté, aux projets, à l'organisation.

Son souffle se noua dans son estomac.

Et elle le laissa. Elle s'éloigna vers la route où les hommes avaient amarré le véhicule perdu à un câble, et où le plus gros camion l'aidait à sortir de la boue du bas-côté.

Il n'avait pas envie de la suivre. Il se rassit sur le muret et écouta, plus attentivement que jamais auparavant. En ville, tous les bruits s'imposaient ; ici, il fallait chercher le bruit et en percer le code.

Il percevait une sorte de chuchotis.

Il se retourna. Le chuchotis était un rugissement lointain, comprit-il. De l'autre côté de la vallée, une cascade surgissait du rocher et tombait comme un panache de fumée solidifiée, la fonte du printemps jaillissait, sortait de son trajet habituel et décrivait un arc dans les airs.

Il se mit à fredonner tout bas : « *Cucù, cucù, Aprile non c'è più...* »

Le plus gros des camions commençait à peiner, un bruit si énorme qu'il bouchait la vue et faisait fuir les oiseaux. Puis le bruit cessa. Nicholas regarda la route et vit le convoi, de nouveau en ordre parfait.

Lucia criait. Nicholas écoutait l'eau. Lucia gesticulait.

Il remonta dans la cabine du camion, de nouveau à sa place dans le convoi ; le petit panache typique des fumées d'essence et de bois tachait le lever de soleil rose et doré.

Deux hommes vêtus de la familière chemise brune, fusil à l'épaule, ceinture chargée de munitions. Un pont fermé par un barbelé qui avait l'allure d'un rosier en automne, dénudé, tordu et épineux.

Des hommes en procession, marchant avec des pelles, d'un pas sans vigueur ni entrain ; ils ramenaient chez eux leur corps fatigué, c'était tout. Un garde en uniforme les accompagnait.

De l'autre côté du pont, des hommes en uniforme suisse, sous des drapeaux suisses. Les arbres et les poteaux portaient des pancartes blanches qui ordonnaient : « Halte ! Territoire suisse ! Interdiction de passer la frontière. Toute infraction sera réprimée par les armes. »

Lucia mit un chapeau.

Une des chemises brunes et un des gardes suisses de l'autre côté vinrent lui parler. Elle répétait sans cesse : « Des meubles. » Puis ce fut la chemise brune qui prononça ces mots, puis le Suisse, qui ensuite secoua la tête, et Lucia reprit fermement : « Objets personnels. » Puis elle sortit tous ses papiers.

La chemise brune salua. Nicholas n'en fut aucunement surpris. Si elle pouvait faire reculer une bande de prédateurs dans la forêt, elle saurait se défendre contre ces gardiens de poulailler frontaliers, aux armes purement ornementales.

Le Suisse demanda les passeports. Lucia présenta le sien, qui, par son mariage, était suisse. Le Suisse dit, un peu sèchement : « Bienvenue au pays. »

Puis Lucia présenta d'autres documents, dans une mince enveloppe. Il les consulta et se montra démocratique envers Lucia, mais il n'était plus sec.

Une brève discussion s'éleva au sujet des chauffeurs : pouvait-on leur faire confiance pour repartir ? Lucia promit. Les gardes suisses n'étaient pas convaincus. Lucia pouvait passer, elle était la bienvenue. Nicholas pouvait passer, les camions ou leur contenu ne posaient aucun problème. Mais les chauffeurs, c'était une autre histoire.

Le pont était enfin une véritable frontière, un endroit de soupçons et de délais, d'administration s'humectant le doigt pour tourner les pages des passeports, de fonctionnaires se consultant hors de portée de voix des civils sur la route.

Les chauffeurs présentèrent tous les papiers qu'ils possédaient.

Les soldats suisses avaient des casquettes comme des carapaces de tortues, des fusils dans le dos, des pantalons éclaboussés de boue. L'un d'eux porta les sacs de Lucia de l'autre côté du pont.

Elle ne semblait pas heureuse d'avoir passé la

frontière. Elle ne cessait de regarder en arrière, vers les camions, moteurs arrêtés maintenant, lourdes masses figées dans la lumière basse du soir.

« Nous y voilà », déclara Nicholas. Puis il regretta d'avoir dit quelque chose d'aussi vide. C'était, sans aucun doute, insuffisant pour détourner le regard de Lucia des camions.

Elle semblait vouloir leur faire rallumer leurs phares, démarrer leur moteur, faire traverser tout le convoi sur le pont, vers son brillant avenir.

4

Le week-end suivant il remisa ses souvenirs et ne fut plus que rusticité : tablier marron, bedaine, cheveux gris en bataille. Il pela les pommes de terres cuites deux jours plus tôt pour le *Rösti*. La cuisine de Sonnenberg avait toujours été le territoire de Nicholas. Même Nora ne la lui disputait pas.

Il tendait l'oreille, guettant la voiture d'Helen sur la colline. La journée était fraîche, le ciel avait l'air d'une photographie, une brise devait souffler : il espérait qu'ils pourraient aller se promener. Et Henry venait, ce qui signifiait qu'il serait difficile de s'isoler pour discuter tranquillement.

La voiture s'arrêta. À travers la vitre il apercevait Henry et sa poussette, qu'Helen sortait de la voiture, sur le côté de la route. Le petit garçon regardait avec de grands yeux les oies qui claquaient du bec autour de lui. Les oies récriminaient, Helen tenait un lion en peluche par une patte.

Henry, bien élevé, solennel, toqua à la porte.

Nicholas fit un immense sourire, il étreignit Helen comme s'il en avait besoin, et souleva Henry dans ses bras ; le petit garçon dit : « Les oies » et gigota.

Puis il mit du beurre dans une poêle et fit glisser les pommes de terre en grandes masses jaune doré. Helen essaya de prendre sa place, menaça gaiement de s'emparer de la râpe ou de l'économe, mais il résista. « Je n'ai jamais personne à dorloter », protesta-t-il.

Henry monta l'escalier pour s'exercer à le descendre, il avait encore du mal à escalader les marches.

« Je t'aurais accompagné, dit Helen.

— Ils ne voulaient pas de toi non plus. »

Elle avait envie de lui demander comment s'était passé l'enterrement, ce qu'il avait vu, s'il avait reçu d'autres insultes en plus du fait simple et sordide de son exclusion, c'était tellement visible. Mais elle entendit Henry dévaler l'escalier bruyamment, sur les fesses ; elle se précipita pour vérifier qu'il n'avait rien et après le temps des questions était passé.

Le *Rösti* était accompagné de foie et d'une salade de chou adouci tout l'hiver par le gel.

« C'était un enterrement de campagne. Très simple. Des fleurs blanches et un déjeuner ensuite. »

Henry contemplait un panier d'œufs et se demandait ce qu'il pourrait en faire : construire un château de pommes de terre, lancer, presser, écraser.

« J'ai regardé, dit Nicholas.

— Je ne le connaissais pas.

— Non, répondit Nicholas. Moi non plus, en fait. »

Il entreprit de débarrasser la table.

« Il n'y a rien à dire, déclara-t-il fermement.

— Ce n'est pas fini. Vois ce qui t'est arrivé hier.

— Nous sommes une gêne pour une bonne famille catholique. Une anomalie.

— Ce n'est pas toi la gêne. C'est Lucia.

— Ils ne savent rien d'elle. Mon père leur a dit qu'elle était morte. Pendant les bombardements à Berlin.

— Moi non plus, je ne sais pas tout.

— Je t'ai dit tout ce que je savais. »

Elle le fusilla du regard. Elle n'aimait pas l'idée qu'il puisse préférer ne pas savoir quelque chose.

Ils écoutèrent le silence, bon moyen d'être sûrs qu'aucun d'eux ne parlerait.

Et Henry apparut à la porte, bruyant comme tout un comité, exigeant un bonhomme de neige. Ils furent tous deux soulagés, sourirent de grands sourires involontaires ; sans se presser ils suivirent l'enfant dans le jardin d'un blanc brillant.

Helen jeta de la neige à Nicholas, il s'épousseta et lui envoya en retour une boule compacte, qui se brisa contre le tronc d'un pommier. Nicholas s'inquiéta tout haut des chiures d'oies dans la neige, mais il continuait de creuser sous la croûte dure, pour atteindre la masse duveteuse.

Henry s'acharnait à lancer, simplement lancer, une grande brique de neige, mais elle retombait toujours en tas mou. Alors Helen en fit le départ d'un bonhomme, ajouta de la neige, tassa et forma un petit corps grassouillet tandis que Nicholas montrait à Henry comment former une grosse boule sur la pelouse, pour la tête.

Puis Nicholas rapporta de la grange une carotte flétrie, et Henry apporta deux petits cailloux noirs en guise de boutons, et Helen planta de petites branches pour figurer les bras et les mains.

Ils se reculèrent, suant, souriant.

Henry se mit à démolir le bonhomme de neige à coups de pied. Il criait : « Bonhomme de neige, gros bonhomme ! »

Nicholas se contenta de rire, mais Helen était sur ses gardes. Ils encadrèrent Henry pour le ramener dans la chaleur de la maison, devant le poêle en faïence et la perspective d'un bol de chocolat.

Les oies crièrent et récriminèrent. En bas, dans la vallée, un chien lança une plainte. Puis le monde du dehors se tut.

Nicholas déclara brusquement : « Elle m'a coûté mon père. »

Puis : « Je n'aurais pas dû dire ça.

— Tu ne l'avais encore jamais dit.

— Je n'y pouvais rien, tu comprends. Tout ce que je pouvais faire, c'était construire une vie pour Nora et toi, vous protéger.

— Tu l'as fait. Tu as fait tout ça.

— Ce serait merveilleux de tout résoudre. De tout régler, après si longtemps. Je ne crois pas que ce soit possible.

— S'il y avait délit...

— La loi n'a rien résolu en 1945. Pourquoi est-ce qu'elle ferait mieux maintenant ?

— Parce que les circonstances sont différentes. Parce que c'est possible maintenant.

— Mais qui a encore assez d'énergie ? » soupira Nicholas.

Elle se dit qu'il avait probablement mal dormi la nuit précédente, une fois de plus : il avait ses yeux de panda, humides et cernés de noir. Elle avait envie de le prendre dans ses bras pour qu'il se repose ; elle avait envie de le forcer à avouer ; elle avait envie de justice et elle avait envie de voir son père dormir, tout à la fois. Elle trouva une excuse à sa confusion : dévoiler les secrets a son utilité, un pouvoir de guérison.

« Je veux vraiment savoir, insista-t-elle. Je ne sais pas exactement de quoi tu m'as sauvée.

— Tu veux que tout soit reconnu, je suppose ? Tu veux que chacun assume son passé ?

— Tu ne crois pas que ce serait réconfortant ?

— Comment serait-ce possible ? »

Henry avait un toboggan à billes à plusieurs éléments. D'abord il joua avec précaution, en surveillant la progression de chaque bille, l'une après l'autre. Puis il prit les billes par poignées, elles s'entrechoquaient en faisant trembler les glissières de bois. Ils n'entendaient pratiquement plus que le bruit du verre sur le bois.

Mais Nicholas dit, très fort : « J'irai quand même à l'opéra avec Lucia. Malgré tout. »

Il avait envie que les lumières baissent, que les rideaux rouges s'écartent, que l'orchestre retentisse. Il voulait se perdre dans la masse et l'élan de la musique.

Lucia gagna sa place, au centre du premier balcon, rang deux : sa place habituelle. Elle était vieille, peut-être, mais elle avait appris à se déplacer avec infiniment de précautions, si bien qu'elle avait monté l'escalier sans trop d'efforts, sans pauses inutiles ; elle s'assit un peu en avance, pour ne pas avoir à se frayer un passage entre les autres spectateurs. Elle s'attendait à quelques attentions, mais c'était le cas depuis au moins trois quarts de siècle : son dû de belle rousse.

Il la regardait attentivement. Il se demandait toujours ce que les autres pouvaient déduire de cette apparence soignée, ce que pensaient d'elle ceux qui ne l'apercevaient qu'en de telles occasions. Peut-être que son âge suffisait à la rendre héroïque.

Elle avait proposé l'opéra quatre semaines plus tôt, deux semaines avant qu'il apprenne la mort de son père. Il lui avait envoyé une copie de l'avis de décès, par fax, à la boutique. Si elle l'avait vue, elle n'avait rien dit. Il ne s'attendait pas qu'elle s'intéresse aux funérailles, puisqu'elle avait abandonné Hans Peter Müller soixante ans auparavant, mais il pensait qu'elle pourrait le remercier pour l'information. Pourtant elle s'était bornée à confirmer la soirée à l'opéra, comme s'il devait désormais savoir qu'il lui était totalement obligé : elle constituait son unique point d'origine.

Il l'était peut-être. Il avait perdu sa femme. Il avait perdu son père. Sa fille menait sa propre vie. Ce qu'il lui restait, par la plus bizarre des circonstances, c'était une mère qui survivait à presque toute sa famille.

Les rideaux de velours s'ouvrirent. Toute l'avant-scène était recouverte de toile grise ; dans un carré découpé, un homme était assis avec une lyre. Tannhäuser, supposa-t-il.

Lucia l'avait emmené à l'Opéra quand il était petit, il adorait l'ampleur du son, l'élan de la musique, la joliesse folle du monde sur scène : toutes ces femmes de harem, ces vaisseaux fantômes lourds de sens, cette dame de pique mélodieuse. Matériel de contes de fées qu'un public entier acceptait de prendre au sérieux par un grand acte de volonté collectif. Il voulait se perdre à nouveau dans toute cette gloire déterminée. Il voulait se distraire, plus que tout.

Jusqu'à la fin des préparatifs de l'orchestre, l'esprit de Nicholas continua de fonctionner. Le mot qu'il évitait toujours, qu'il avait conscience d'éviter toujours, était « complice ». Un enfant ne pouvait être considéré comme le complice de sa mère, ni légalement ni moralement, pas sans mauvaises intentions personnelles particulières : et il savait n'avoir pas eu la moindre mauvaise intention. Il était peut-être impliqué, il n'était pas coupable. C'était une position si équivoque, insupportable.

« Merci de m'avoir prévenue pour Hans Peter », dit Lucia, très distinctement, au moment où le chef d'orchestre levait sa baguette, où la bienséance ne lui permettait plus de répondre.

Elle souriait. C'était peut-être la perspective de la musique, ou sa fine petite stratégie, ou quelque souvenir chatouillant un recoin de sa mémoire.

Ainsi elle avait décidé, une fois de plus, qu'il n'y avait rien à dire.

Tannhäuser attendait la fin de l'ouverture.

Il contempla son profil, radieux dans le déchaînement de cuivres du premier grand air, son expression concentrée, non pas absente comme chez certaines personnes âgées, quand leur maîtrise de l'autobiographie se dissout et avec elle leur personnalité même. Donc, si Lucia était Lucia, si brillante, si convaincante, alors par définition Lucia se souvenait. L'idée le fit frissonner.

Il voulait croire que les cordes en étaient responsables, elles s'élevaient avec énergie, montaient en un grand crescendo avec un contre-courant de timbales et en surface les étonnements joyeux des cymbales et du triangle. Dans le cercle rouge de la salle, où les ors captaient encore les lumières baissées, chacun était entraîné dans la musique, et se redressait sur son fauteuil à mesure qu'elle montait.

Il n'était pas encore perdu. Il était encore bien loin du Venusberg. Il était dans ce Zurich poli et simple, qui parfois lui paraissait un endroit bien plus alarmant.

Car, après Berlin, cette ville l'avait médusé. Des maisons encore entières. Des arbres toujours debout. Des conduites et des câbles bien rangés sous les trottoirs.

Il ne cessait d'attendre les accidents.

Il allait marcher, recherchait les barbelés, mais ils étaient rares. Il voyait des petits garçons qui pêchaient au bord du lac, et des bateaux qui allaient rejoindre l'autre rive. Il voyait du chocolat partout. Ce n'était plus un secret ni un privilège.

Lucia avait un magazine, une grande revue sur papier glacé, qu'elle garda dans l'appartement pendant leurs premiers jours de l'autre côté de la frontière. *Die Schweiz,* le numéro de février. Il était rempli de neige, de vacances, de trains aux fenêtres ouvertes à l'air des montagnes, de personnages joyeux et rieurs à skis, en traîneau à bœufs, dans des chalets, devant des montagnes ouvertes, brillantes. Sur la couverture il y avait une femme en tenue folklorique bleu et rouge.

Il se rappelait une foule devant un chantier de démolition, chaque homme portait un chapeau. La maison ne pouvait avoir été très grande, ce n'était qu'un élément superflu entre les nouveaux immeubles arrondis, lisses comme des pilules. La maison s'effondra sur elle-même et personne ne prit la peine de reculer. Les murs se tordirent, leurs certitudes proprettes et peintes en blanc se vrillèrent, et l'on put voir ce qui maintenait la construction debout : sable, merde, fibre. La foule approuva, retint son souffle. Quelqu'un applaudit. L'escalier tomba lentement. Les murs avaient l'air de pain frais coupé avec un couteau émoussé. Les menuiseries perdirent tous leurs angles droits.

À Zurich, quand un immeuble s'écroulait, les murs cédaient, les fenêtres éclataient, ce n'était qu'un spectacle de foire. Puis le spectacle s'achevait et on construisait autre chose.

Les sirènes murmuraient, chœur dissimulé, promesse de toutes sortes d'amours brûlantes. Tannhäuser disait qu'il en avait assez du Venusberg. Et Nicholas n'était toujours pas captivé. L'amour, sacré ou profane, n'était pas vraiment son problème, se disait-il. Il n'avait jamais eu à choisir.

Il s'inventa lui-même, par nécessité. Son père, très vite après la guerre, avait trouvé une nouvelle femme, il était prêt pour une nouvelle vie, sans Nicholas. Sa mère ne savait comment être suisse, et n'en avait cure. Elle n'était pas encore une anomalie en 1944, quand elle entra dans Zurich avec ses camions de marchandises, en ce temps-là les femmes dirigeaient les affaires à la place de leurs maris absents ; son magasin d'antiquités était presque normal. Mais elle devint vraiment, vraiment curieuse en 1946, quand les femmes eurent toutes repris le chemin du foyer. Elle n'était même plus attachée à un homme. Elle était étrangère, quoi qu'en dise son passeport.

De sorte qu'il n'y avait personne pour apprendre à Nicholas les choses ordinaires : skier, prévoir le temps dans les Alpes, attendre un travail convenable dans une banque.

Il prit de l'embonpoint très jeune, tout simplement parce qu'il n'était pas athlétique comme son père, il ne voulait pas gagner. Il devint un professeur dépenaillé plutôt qu'un banquier, et c'était réellement un effort, en ce temps-là, d'être professeur et de porter du velours côtelé. De plus, aucune coalition automatique de personnes de son âge faisant exactement le même métier ne s'était formée autour de lui. Il forgeait ses alliances laborieusement : un goût partagé pour les livres, parfois le même niveau de compétence sur une piste de ski. Il n'était jamais absolument sûr de ses amis parce que, contrairement aux copains d'une même classe, d'une même rue ou d'un même passé, ils ne savaient pas tout de leurs vies respectives.

Il ne tomba amoureux qu'une fois. Toute l'exploration que les amoureux font dans l'enthousiasme, il la fit par nécessité. Il avait besoin de la connaître. Il avait besoin que Nora le connaisse, aussi.

Il ne pouvait supporter l'idée que Nora eût disparu. Il évitait cette idée, constamment, ne la laissait jamais lui traverser l'esprit parce que cela eût trop ressemblé à une célébration du vide. Il lui parlait encore.

Il se la rappelait parfaitement. Il ne pouvait pas toujours donner certains détails d'elle parce que chaque détail était inséré dans le tout, et le tout inséré dans sa vie. Il lui fallait réfléchir en érudit pour se rappeler qu'à un moment ils s'étaient vus pour la première fois, avaient commencé un jour donné à un endroit donné. Il avait eu peur de partager tous les besoins qu'il portait en lui, la confusion d'un enfant qui connaissait la guerre et d'un homme qui ne connaissait rien, et Nora partagea tout cela immédiatement.

Elle devint le principe directeur de toute sa vie. Il ne pouvait imaginer un temps avant Nora, un temps qui lui aurait appartenu, à lui, Nicholas Müller-Rossi, ce qui signifiait qu'il n'avait pas à se préoccuper, jour après jour, du fait de Lucia et de son passé. Nora l'avait absous.

Il n'avait même pas écouté l'immense affrontement musical qui se livrait sur scène.

*

Tannhäuser était maintenant dans la montagne. Étaient apparus une soprano corsetée jouant le rôle d'un jeune pâtre, un grand chœur de vieux pèlerins, une foule de chasseurs et de chevaliers juchés sur un échafaudage de peintre habillé d'étoffe gris-vert. Trop de tableaux s'offraient aux yeux, trop de signification montée sur roulettes.

S'il s'était inquiété de questions générales, il se serait demandé pourquoi il avait eu tant besoin de Nora, si elle n'était qu'une échappatoire, plutôt que la seule réalité qu'il eût jamais connue. Mais il ne s'attachait qu'aux détails.

Les prés alpins, par exemple, les torrents, les jolis abreuvoirs taillés dans des troncs pour les vaches fortes et douces, les arbres sombres, le bruissement des lagopèdes surgissant d'un sorbier au bord d'un chemin, les prairies chinées de crocus d'automne aux teintes pâles. Il avait besoin de ces choses-là. En marchant avec Nora, il avançait comme un torrent, lumière brisée dans l'eau, ombre soudaine, et un sentier à travers une étendue d'aiguilles de pin et de minuscules pignes. Ils marchaient encore ensemble quand il rêvait.

Ils étaient tous deux partis dans la montagne, une de ces semaines où les Suisses parcourent les Alpes en tous sens à la poursuite de leur âme ; c'était un séjour pour étudiants diplômés, tirés de leurs bibliothèques pour leur remuer un peu le sang. C'était un groupe de jeunes gens intelligents, sans liens entre eux, définis par leur travail. Il savait qu'ils s'étaient rencontrés près de Glaubenberg.

Le premier jour ils sortirent en groupe, trop bruyants, chantant parfois. Il n'était guère enclin au chant en plein air. Il vit Nora. Nora le vit. Nora le connut immédiatement. Il n'eut jamais à lui raconter son histoire ; elle n'avait aucune importance. Ils s'attablèrent ensemble au dîner, tous deux furieusement affamés, enfournèrent *Rösti*, saucisses et salade trop vinaigrée. Nora déclara : « C'est très courageux de votre part. » Il demanda : « Que voulez-vous dire ? » Elle répondit : « Toute cette agitation typiquement suisse, alors que vous n'y êtes pas obligé. C'est un gros effort, non ? » Ils contemplèrent une douzaine d'intellectuels en short, aux genoux brûlés de coups de soleil, et ils éclatèrent de rire.

Ils s'écartèrent un peu du groupe, partirent un matin à neuf heures et parcoururent la crête des montagnes autour de Glaubenberg, par des pistes militaires, dans une herbe en touffes, dévalant les prés vers les chalets d'alpage, à travers forêts et champs creusés d'ornières, sur des routes déchiquetées par les tracteurs et les chargements de bois. Toute la journée chacun fut le souffle de l'autre. À cinq heures du soir, ils peinaient dans la dernière côte abrupte qui les ramenait au *Berghotel* et ils s'arrêtèrent net.

Il ne pouvait plus respirer. Elle ne pouvait plus respirer. Cela n'avait rien à voir avec l'épuisement, mais c'en était proche.

À l'entracte, Lucia prit une petite chaise dorée juste à la sortie de la salle. Une ouvreuse s'approcha, tenta de lui demander si elle désirait quelque chose, ne put achever sa phrase.

Elle avait un air parfaitement réservé, se dit Nicholas. Elle voulait bien s'approcher des autres, mais elle n'en avait pas besoin. « J'ai vu de meilleures productions, commenta-t-elle.

— Au moins, c'est simple, argua Nicholas.

— C'est toujours simple, de nos jours. » Et elle commença à se plaindre de la grotte de Vénus, qui n'était qu'une sorte de bac à sable, et du ténor, qui se traînait par terre, les fesses en l'air.

Le voilà perdu dans le chœur en grande tenue qui piétinait dans les coins vides de la scène, dans la liste des chevaliers-poètes qui se préparaient pour la joute. La musique laissait son esprit vagabonder.

Ensemble, Nora et Nicholas. Ils avaient attendu pour faire un enfant. De temps en temps, lors de ces psychobavardages thérapeutiques avec un collègue, dans un café, il apprenait que les enfants rapprochent les couples, sauvent les mariages. Mais tout cela paraissait très étranger. Lui et Nora durent apprendre à se séparer un peu pour avoir Helen. Pendant des années, ils avaient constitué une société fermée, répugnant même à accueillir un intrus biologique.

Et puis Helen naquit, et Helen était magnifique, bien sûr.

Tous trois devinrent provinciaux. Nicholas voyageait pour se rendre à des conférences, et il partait passer avec Nora des vacances sophistiquées, et Helen décida de conquérir le monde entier ; mais il ne s'agissait que de questions mineures dans leur vie. Leur place, en tout cas celle de Nora et Nicholas, était dans la province d'un appartement avec un jardin, un bureau, un lit.

Lucia, non. Lucia pouvait être aimée et respectée. Elle conservait un certain éclat, la superbe d'une femme sculptée ou peinte, une figure de proue, une ravissante fiction. Elle jouait avec Helen, l'emmenait en expédition dans la ville quand elle avait le temps, guidait ses goûts, chose qu'elle n'avait jamais tentée avec Nora. Et Helen semblait l'apprécier, la trouver merveilleuse, mais aussi redouter un peu cette façon qu'elle avait de paraître se renforcer avec l'âge, plutôt que se fragiliser. Helen s'attendait à acquérir des avantages, à devenir plus forte au fur et à mesure que Lucia s'affaiblirait, plus lucide quand son esprit lui ferait défaut, mais rien de tout cela ne s'était produit. Son sens de l'émerveillement, se disait Nicholas, s'était mué en colère légère, envahissante.

Il ne voyait jamais son père. Ils n'avaient aucune raison de se rencontrer, ils n'habitaient pas la même ville, n'exerçaient pas le même métier ; ils ne pouvaient se comporter comme s'ils se voyaient fréquemment, de sorte que chaque réunion se drapait d'une signification démesurée. Son père n'assista pas au mariage, mais il vint plus tard, seul, à la fête, et ne dit pas un mot à Lucia.

Si bien que Nicholas fabriqua son père, comme il s'était fabriqué lui-même, mais avec bien moins de matière. Il transforma l'homme en petit cliché mesquin : un être à l'âme conservatrice, qui avait pris un bon départ grâce à son corps, mais était devenu ensuite régulier, lugubre, tenace, et sans rien de remarquable dans son travail. C'était un réconfort pour quelqu'un qui avait tant manqué du fait d'un père.

Le chœur des pèlerins revenait de Rome, il réussit enfin à éloigner ses pensées. Quand les vedettes s'avancèrent devant le rideau rouge pour les rappels et les bouquets officiels, elles parurent énormes, comme vues à travers une lunette, éclairées par en dessous d'une lumière blanche et crue, spectaculairement vivantes. Il récupéra, avec reconnaissance, sa capacité d'être dupe.

*

La foule piétinait sous une grande tortue luisante de parapluies, se dirigeant vers les voitures, taxis et tramways. La voiture de Lucia attendait avec efficacité. Nicholas ne voulait pas être déposé.

Il lui fallait arrêter de penser. Il s'éloigna le long de la Limmat, sous la pluie.

Il n'était pas assez vieux pour s'éloigner de sa propre histoire. Il n'était pas vieux au point de ne plus pouvoir marcher, raisonner, se souvenir ou cesser consciemment de se souvenir.

Il devait exister un moyen d'échapper à la ville du présent. Elle ne suffisait pas. Elle ne contenait pas Nora. Elle était élégante, mouillée, luisante : des vaches abandonnées sur les toiles peintes de quelque vieux défilé, des magasins de chocolats, des cinémas porno également luxueux dans la nouvelle ville, tous riches, bien présentés, et des immeubles de sociétés bâtis en retrait, ornés d'art officiel sur le devant. Il regarda la rivière à travers la pluie, mais pas la rivière propre, rapide, moderne ; il vit la Limmat encombrée de barrages, d'îles, de moulins, de ponts et d'une prison, comme quand il était enfant. Il passa devant des boutiques, des bars, des hôtels alignés sur la rive, mais il pensait au barbier chez qui on lui faisait couper les cheveux quand il était enfant, avec ses six machines électriques à masser le crâne, l'odeur de la pommade, du lubrifiant et du talc. Il reconstruisit le bâtiment de la compagnie d'électricité qui autrefois faisait saillie au-dessus de l'eau, avec sur le côté le contour blanc, immense, d'une ampoule ; et même les champs de pommes de terre plantés ostensiblement pendant la guerre, où maintenant s'étendait une herbe bien tondue et passée au rouleau.

La pluie atteignit sa peau et la récura énergiquement. Apparemment elle ne suffit pas à le ramener à la réalité. Il se dirigeait encore du mauvais côté, s'éloignait de chez lui.

Qu'allait-il faire, ce vieillard, par une nuit de mauvais temps ? Se saouler, puis errer d'un pas trébuchant aux abords de la gare, dans cette lumière bizarre, cendreuse et sans vie du petit matin ? Se trouver une femme, payer pour se perdre une minute ou deux, mais il n'avait jamais fait cela.

Il traversa la Limmat. Il n'avait pas l'entraînement voulu pour porter tant de souvenirs. Il ne pouvait les porter tout seul.

Quand sa gouvernante partit, quand elle eut bu son lait chaud au miel additionné d'un peu de madère, Lucia s'assit au bord de son lit bien fait. C'était une étagère pour le sommeil, très simple.

Elle laissa mourir chaque partie de son visage net. C'était comme un exercice, une relaxation de la personnalité. Elle se retira sous le masque de ses propres traits, là où tout était cohérent, secret, sans inconfort, là où personne ne posait de questions.

Müller. Donc, Müller était mort vieux. Il devait être de meilleure souche qu'elle n'avait cru. Ils avaient conservé leur histoire en vie longtemps, malgré tout. Et elle avait survécu à ce salaud, en dépit de toutes ses vertus, sa discipline, sa décence convenue. Elle tenait son petit commerce, lui, il n'avait plus qu'une concession et une stèle.

Elle mit un masque oculaire. Elle ne voulait pas qu'on sache si ses pupilles bougeaient, créaient des visages pendant qu'elle dormait.

*

Henry suivait un stage très coûteux de socialisation par le jeu, et les journées recelaient de nombreux pièges. Henry était l'occupation pour laquelle Helen avait renoncé à son travail ; maintenant qu'il commençait sa propre vie séparée, elle pouvait presque s'imaginer que le travail, ce vieux travail obsédant et fascinant, était quelque chose de confortable et d'enveloppant, une structure pour les journées, une trêve à tant de café et tant d'attente.

« Conneries », dit-elle tout haut. Mais elle ne voulait pas qu'on la surprenne à parler toute seule.

Ils étaient mieux ensemble, Jeremy et elle. On ne pouvait en dire autant de tous leurs amis. De plus, elle avait bourlingué dans le monde entier pendant des années, comme si elle ne pouvait se sentir bien sans billet d'avion sur elle. Elle travaillait pour une banque, mais pas dans une banque. Elle agissait comme agent de change, brutalisait une compagnie de télévision, flirtait avec le cinéma, ou célébrait un mariage entre journaux. Elle ne pouvait tout bonnement pas continuer, pas si elle voulait un enfant.

Et la voilà, officiellement mariée, amoureuse, avec un enfant adorable. Tout le monde trouvait bien facile d'accepter la situation. Même ses anciens collègues ne lui demandaient pas quand elle reviendrait ; ils disaient envier son courage et son choix.

Jeremy, lui, n'avait pas arrêté de voyager. Jeremy était à New York, à Los Angeles, il invitait l'argent à déjeuner et tentait d'orienter ses goûts vers les œuvres qu'il avait en stock, comme par hasard. Il flirtait très consciencieusement aux cocktails, retenait l'attention des acheteurs par tout moyen à sa disposition, ses prestations ressemblaient beaucoup à celles d'Helen autrefois.

Nicholas s'était plaint un jour que Jeremy traitait Helen comme un roman qu'il n'arrivait pas à finir, mais laissait parfois traîner, en oubliant où il l'avait posé. Mais ce n'était pas cela. Ils avaient des orbites séparées, qui se rejoignaient magnifiquement. Ils pouvaient s'amuser énormément à ce jeu auquel ils jouaient à travers le monde, ou du moins à travers les villes du monde pourvues d'argent et de grands aéroports, tout en sachant qu'ils choisissaient et complotaient pour se rejoindre.

Mais désormais elle avait un domicile fixe — tous les jours de la semaine. C'était totalement satisfaisant, rien de plus.

Elle n'avait pas envie d'appeler quelqu'un, de prévoir quelque chose ; cela paraissait trop désespéré.

Elle pourrait aller dans une ou deux librairies, pourquoi pas ? Elle appartenait aux classes dépensières maintenant, une épouse riche. Elle pouvait examiner les vitrines comme des œuvres d'art populaire, étudier chaque étalage comme une pièce de musée.

Elle prit le tramway.

Les distractions des rues suffiraient pour l'après-midi, des librairies remplies d'enfants peints en rose, des boutiques réchauffées de tapis rouges, une vitrine avec un unique bouddha de pierre éclairé si parfaitement que personne n'oserait l'acheter ou le déplacer, une ou deux boutiques remplies de souvenirs d'une vie que personne n'avait jamais connue — des clochettes à vaches mélodieuses, de beaux licous — et quelques-unes proposant des jouets aussi tarabiscotés que des bijoux : un bateau, un funiculaire, une imprimerie. Dans les rues en pente, il fallait se pencher un peu pour voir dans des vitrines remplies de flacons immaculés, ou de cages à oiseaux en dentelle de métal martelé, ou de peintures jamais tout à fait assez puissantes pour traverser le vernis brun et pénétrer les yeux. Des boutiques si magnifiques que personne ne pourrait jamais être assez beau pour y pénétrer, mais où entraient des gens très ordinaires.

Des banquiers longeaient les vitrines et dévoraient des yeux les chocolats. Un tramway passa, conduit par une femme en tailleur, qui devait être la tante de quelqu'un. Une vitrine exposait des klaxons français étincelants, une autre de jolis pots, mais elle n'était pas assez intéressée pour vérifier s'ils contenaient de la confiture ou des crèmes.

Dans la foule régulière, devant l'alignement des vitrines, une femme s'était arrêtée.

Le vent était trop âpre pour qu'on reste immobile longtemps. La femme regardait une vitrine. Elle était très vieille, enveloppée profondément dans des écharpes et un manteau matelassé.

Elle pleurait.

Elle ne se touchait pas le visage. Elle laissait les larmes ruisseler, et gardait les épaules droites ; son corps se rappelait les bonnes manières qu'on lui avait inculquées.

Elle avait un visage clair d'intelligence. Visiblement, elle était désemparée, mais visiblement, pas parce qu'elle avait oublié quelque chose, ou même oublié d'oublier, et ne savait que faire. Elle ne s'était pas égarée dans le monde, ne s'y était pas perdue comme quelque vieil enfant humilié.

Elle se tenait devant la boutique de Lucia ; les jolies assiettes, les lumières accueillantes.

Elle pleurait, mais les passants la contournaient comme si elle était un obstacle inanimé, peut-être sans la voir, peut-être en refusant de la voir. Ils semblaient comprendre qu'une vieille dame sanglotant dans une rue glaciale était signe de malheur. Il suffisait de s'arrêter, de sourire, de l'aider, pour connaître son histoire, partager ses sensations.

Pourtant Helen s'arrêta. Elle ne devrait pas s'imposer. Elle ne devrait pas embarrasser cette vieille dame, qui n'avait pas l'air d'avoir besoin qu'on l'aide à sortir de ses larmes. Bien plus, elle avait besoin de pleurer.

Mais elle était frêle, seule, elle avait froid ; Helen éprouva une poussée de responsabilité. Elle n'avait rien à faire qui justifiât l'indifférence, après tout. Sa journée était vide jusqu'au retour d'Henry.

Alors elle dit : « Excusez-moi. »

La femme ne répondit pas. Helen envisagea d'élever la voix. Mais la femme s'approcha un peu plus de la grande vitre. Elle allait déclencher l'alarme, c'était certain.

Elle scrutait l'intérieur. Helen se demanda ce qu'elle voyait exactement, une merveille qu'elle avait perdue, ou sa vue même qu'elle perdait, ou quelque objet particulier qui avait déclenché ce torrent de sentiments.

La vieille dame dit : « C'était une table. Une petite table, avec des fleurs en marqueterie. Comme un jardin, d'encoignure. »

Puis elle remarqua Helen, qui suggéra : « Puis-je vous emmener prendre une tasse de thé ? » Elle devait proposer du thé, quelque chose de médicinal, de gentil.

« Une tasse de thé me ferait grand plaisir », répondit la vieille dame.

Helen lui tendit un mouchoir ; elle avait toujours des mouchoirs sur elle, pour Henry, en cas de besoin. La femme se tamponna les yeux, une fois.

« Je pensais que je serais en colère », remarqua-t-elle.

Une vendeuse, à ce moment, s'approcha de la vitrine pour chasser une poussière importune sur le bois miroitant.

La vieille dame marchait d'un pas si net et précis que personne ne voulait remarquer qu'elle avait le visage mouillé.

« J'avais si peur que quelqu'un me demande ce qui n'allait pas », dit-elle.

Puis, efficace comme quelqu'un qui aurait assisté à bien trop de réceptions, réunions et conférences, elle ajouta : « Je m'appelle Sarah Freeman.

— Helen Garvey. » Helen se montrait obligeante et attentionnée, donc elle utilisa son nom d'épouse, de mère de famille.

« Vous ne savez sans doute pas à qui appartient cette boutique ?

— Lucia Müller-Rossi. Ce n'est pas un secret. »

Finalement, Sarah Freeman commanda un café ; Helen demanda des gâteaux.

« Mais ce n'est pas le nom du magasin.

— M. Harrod n'est plus propriétaire de Harrod's.

— Elle est encore en vie, Lucia Müller-Rossi ?

— En vie et en activité. C'est ma grand-mère.

— Je suis désolée, je vous ennuie.

— Pas du tout.

— Je connais ce nom. Enfin, je la connaissais, elle. Autrefois. Je ne devrais pas vous faire perdre votre temps. Je dois rentrer. Laissez-moi payer le café...

— Vous parlez très bien allemand, remarqua Helen.

— C'était ma langue maternelle. »

« Vous êtes très aimable. Je ne devrais pas vous faire perdre votre temps.

— Je serais ravie de vous ramener chez vous, proposa Helen.

— Je ne peux pas vous ennuyer. Je ne peux pas, dit Sarah Freeman. C'est très étrange pour moi, d'être assise à une table avec la petite-fille de Lucia Müller-Rossi. Vous devez le comprendre. »

Elle se leva brusquement, son petit sac en cuir glissa de ses genoux et s'ouvrit en tombant. Helen se baissa pour l'aider à récupérer les papiers, le porte-monnaie. Mais Sarah Freeman attira les papiers vers elle, les couvrit et les rangea en hâte. Seul un reçu de carte bancaire demeura. Helen tenta de le ramasser, mais Sarah le lui arracha.

« Je veux vous aider, dit Helen. Je veux savoir.

— Tout le monde croit vouloir aider, répliqua Sarah, vouloir savoir.

— Je sais certaines choses sur Lucia. Je n'ai pas peur d'apprendre le reste.

— Non, répondit Sarah. Vous avez tous ce courage. Maintenant. »

Puis elle reprit : « Je suis impolie. Vous êtes très aimable. Je ne voudrais pas...

— C'était une table ? Une petite table décorée de fleurs ? »

Sarah enfila son manteau avec un haussement d'épaules, de sorte qu'il était difficile de savoir si le geste était censé répondre à la question d'Helen.

« Si j'étais sûre d'avoir envie de me souvenir, dit-elle, je n'aurais pas pleuré. »

Helen ne pouvait pas rester sur place pour voir quelle direction prenait le taxi. Entre les vitres étincelantes, les affiches et les auvents en métal inclinés, elle ne pouvait même pas s'assurer que Sarah Freeman s'était rendue à la station, que la vieille dame n'avait pas disparu dans la gare, vers les trains de banlieue ou les grandes lignes.

Elle pouvait être n'importe où, l'unique témoin qui n'était ni Lucia ni Nicholas et qui n'avait pas vécu cinquante ans avec ses souvenirs empaquetés et remisés.

Helen dévala les marches vers les boutiques du sous-sol et courut consulter un annuaire. Elle chercha « Freeman », Sarah séjournait peut-être chez des parents, ou alors elle habitait Zurich.

Il y avait sept Freeman. Elle appela le premier, demanda Sarah. C'était un malentendu, elle dut s'excuser. Elle essaya le deuxième, et une voix américaine, très fatiguée et furieuse, déclara qu'il n'y avait pas de Sarah Freeman à ce numéro, que ferait là une personne du nom de Freeman ? À nouveau, Helen s'excusa.

Elle n'était pas détective, elle ne savait comment s'épargner la visite de chaque immeuble, chaque hôtel et chaque pension de la ville, dans le vague espoir que quelque part se trouve une femme nommée Sarah Freeman. Elle devait supposer qu'il s'agissait bien de son nom, qu'elle avait pris une chambre d'hôtel sous ce nom ; Helen pouvait s'appeler Müller-Rossi, ou Garvey. Il suffirait d'une miette de convention sociale pour brouiller la piste.

Elle tourna les talons très brusquement. Elle avait décidé, comme dans un jeu d'enfants, que Sarah serait là. Mais non, elle ne vit que les vagues de banlieusards, parfois chargés d'un pain, ou d'un bouquet de lys, ou d'une mallette à fermoir de cuivre.

Elle pourrait appeler tous les autres Freeman en rentrant. Et elle devait rentrer, Henry serait bientôt à la maison.

Elle fit la queue à l'arrêt du tramway. Quand il arriva, quand elle fut en sûreté sur le chemin du retour, elle eut une pensée très simple.

Elle ne pouvait pas feindre de n'avoir jamais rencontré Sarah Freeman. Elle ne pouvait pas non plus retrouver facilement Sarah Freeman. Mais elle disposait de quelques infimes indices : une femme qui ne connaissait pas la boutique, mais connaissait Lucia sous le nom de Müller-Rossi, une femme qui pleurait une simple table, une femme dont l'allemand était la langue maternelle. Et une femme âgée, peut-être pas aussi âgée que Lucia, mais qui appartenait aux années dont Lucia ne parlait jamais.

Sarah Freeman devait avoir vécu à Berlin.

Mais elle ne s'appelait sûrement pas Freeman, c'était un nom bien trop anglais ; Lucia ne la connaissait peut-être pas en tant que Sarah Freeman, si tant est qu'elle se souvînt d'elle.

Quoi que sût Sarah Freeman, elle en savait plus qu'Helen ; et Helen voulait savoir. Qu'est-ce qui pouvait faire pleurer une vieille dame, en dehors de cinquante années de deuil et de regrets ? Les larmes ne peuvent être extirpées d'yeux aussi vieux que par surprise, par un incident qui vient de se produire, ou dont on vient de se souvenir, ou par quelque chose qu'on vient de voir.

Quand elle retourna à la boutique de Lucia, le lendemain, la vitrine avait été changée.

Sarah Freeman s'assit dans le salon de son hôtel propre et paisible. Les fauteuils y étaient purement décoratifs, garnis de coussins trop plats et trop nets pour avoir été utilisés, disposés en cercle autour d'un feu qui ne brûlait jamais en réalité ; une intimité feinte dans un endroit public. Personne ne s'y asseyait, sauf pour attendre un taxi et être emmené ailleurs. Dans un panier luisaient des pommes rouges.

Ce lieu lui plaisait, se dit-elle. Elle n'avait pas envie de monter déjà s'enfermer dans sa chambre. Il n'y avait rien de confortable dans sa chambre, même si elle comportait une bergère et un bon lit. Elle ne voulait pas se retrouver dans un endroit clos. Elle serait restée dans la rue si elle avait pu. Elle regretta de ne pas avoir l'énergie d'aller marcher éternellement dans le froid.

Après tout, elle n'avait pas d'amis dans sa chambre, et elle aurait eu besoin d'amis à cet instant. Là, en public, tous étaient ses amis ; le garçon qui lui apportait un verre de scotch à l'eau, la jeune fille de la réception qui essayait de ne pas la regarder, bien que regarder fît partie de son travail, le directeur intelligent, et même l'homme qui balayait le parking, dans le froid, en luttant contre le vent vif.

Le scotch lui picota la bouche. Ses yeux se mouillèrent un peu. Puis elle signa la note, et ajouta quelques francs pour le garçon, trop, pensa-t-elle. Elle avait besoin d'amis, mais quelque chose lui disait de ne pas attirer l'attention sur elle, un souvenir, peut-être.

Les portes de l'hôtel s'ouvrirent et se refermèrent. Elle sentit le froid sur ses jambes.

Elle avait été journaliste pendant des années, avait travaillé sur des faits. Les faits étaient censés guérir, apporter la justice. Les informations déterraient de grands torts immobiles, et les envoyaient valser. Mais quand il s'agissait de l'histoire d'une seule femme, quelque chose de personnel, une histoire qu'elle n'avait peut-être même pas envie de raconter à haute voix, alors aucun gros titre, aucune longueur de colonne ne venait expliquer au monde que l'affaire était sérieuse. Elle pourrait dire la vérité, et personne n'aurait à se soucier de la croire.

Elle posa le scotch sur un guéridon. Il ne l'aidait pas.

Un homme se tenait au bord du cercle de fauteuils, il attendait peut-être, un intrus. Elle avait acquis cet espace public, considérait-elle.

« Moi aussi, dit-il, je boirais bien un verre. »

Elle n'avait pas envie de l'inviter, et ne prit pas la peine de le rejeter. Alors il s'assit.

Ils occupaient des sièges voisins dans l'avion, il l'avait aidée à ouvrir le plastique entourant ses couverts, et ils avaient grimacé ensemble devant la dinde sèche et les pommes de terre sableuses. Il s'appelait Peter Clarke. Mais c'était insuffisant comme présentations. Il avait dit faire du tourisme, le même circuit qu'elle — lacs et montagnes hors saison, villes de Suisse. Il avait toujours voulu voyager, et maintenant il allait n'importe où, partout, écoulant son temps et son capital.

Il n'avait jamais acquis l'habitude d'être seul,

pensa-t-elle. Il venait peut-être de perdre une épouse après de longues, longues années de mariage.

Il s'assit, les mains posées sur les bras de son fauteuil.

Il n'était pas facile du tout à situer : cheveux blancs, veste de tweed nette et banale, de celles qu'on trouve dans les grands magasins, sur des épaules à peine voûtées, une cravate fine, le corps en assez bon état, avec la forme vague de vieux muscles jouant maintenant sous trop de peau. Anglais, assurément, un Anglais de province, parfaitement conservé, qui avait peut-être pratiqué l'aviron dans sa jeunesse, peut-être un instituteur avec un peu d'argent superflu à dépenser en cafés et en gâteaux.

Il aimait sa compagnie, c'était évident. Elle aimait la sienne. Simplement elle se demandait s'il était celui à qui elle pourrait raconter tout ce qu'elle avait besoin de raconter, celui qui en verrait l'intérêt.

« Il fait froid, dit-il. Vous ne trouvez pas ? » Il semblait sous-entendre bien des choses en disant « froid ».

Elle frissonna. Elle n'en avait pas l'intention, elle ne put s'en empêcher.

« C'est dur de faire du tourisme quand il fait froid, ajouta-t-il. On a tout le temps les yeux qui pleurent. »

Ainsi, il avait remarqué.

Elle se rappela une fête à Londres, à la fin des années quarante, un tout petit tapis où danser, un vin détestable, un homme qui fumait une cigarette dans un coin, une discussion sur Thomas Mann, ce genre-là. Elle se rappela s'être demandé si l'homme à la cigarette ferait l'affaire.

Elle s'obligea à sourire. C'était sûrement bien de sourire. Cela prouvait qu'elle était revenue au temps présent.

Elle appréciait que Peter Clarke ne fût pas le genre d'homme à se lancer immédiatement dans l'histoire de toute sa vie. Elle n'avait pas besoin d'histoires. Elle avait besoin d'un allié.

Et puis elle l'aimait bien, se rappela-t-elle.

*

Helen gardait toute une liste de numéros de téléphone, souvenirs de son autre vie : des numéros d'avocats, d'amis, de contacts à la banque ou dans les grandes compagnies. D'ordinaire, elle la rangeait dans un dossier, à côté des papiers d'assurance.

Elle allait appeler George Meier, un avocat zurichois, se dit-elle, parce que la banque le consultait autrefois. Après avoir composé le numéro, elle souhaita presque que la ligne fût occupée ou que quelque terne assistante la rabrouât. Elle se sentait gênée de n'être plus Helen Müller-Rossi, de la banque. Elle n'était qu'elle-même.

De sorte qu'elle fut un peu reconnaissante, dangereusement, quand il répondit. Ils ne savaient pas grand-chose l'un de l'autre, ils ne pouvaient discuter de la dernière grosse affaire qu'ils avaient tous deux traitée, si bien qu'ils bavardèrent un moment sur les enfants, le temps, la musique.

Helen se reprit.

« C'est bête », commença-t-elle. Mais elle n'aurait pas dit cela si elle avait encore été Helen Müller-Rossi, de la banque. Elle recommença. « J'ai rencontré quelqu'un qui a connu ma grand-mère. À

Berlin, figurez-vous. À Berlin, dans les années quarante.

— À la fin des années quarante ?

— Non, non, ce n'est pas si simple.

— Je vois.

— Je ne connais pas toute l'histoire, mais j'aurais voulu... J'aurais voulu savoir, si un procès avait eu lieu en 1944, 45 ou 46, où serait le dossier ?

— À Berne, probablement, aux Archives fédérales suisses, Archivstrasse.

— Et pour vérifier simplement si quelqu'un était impliqué ?

— Ce n'est pas professionnel, si ?

— Non, non, ce n'est pas vraiment professionnel.

— Alors je pourrais envoyer un employé regarder cet après-midi.

— Vous ne le feriez pas pour une question professionnelle ?

— Les questions professionnelles ne peuvent pas s'offrir des délais aussi courts.

— Le nom, dit Helen, est Lucia Müller-Rossi.

— Vous voulez savoir si votre grand-mère a été jugée ?

— Oui, en effet.

— Mieux vaut vérifier, dit l'avocat. Quelqu'un finit toujours par fouiller le passé. Autant être la première.

— Et s'il y a quelque chose...

— Je vous enverrai un résumé. Pas demain.

— Avant le week-end ?

— Sans problèmes. Dites, si vous voulez prendre un verre un de ces jours... »

Au dîner, Peter Clarke fut aux petits soins. Mais il n'en fit pas trop, il se contenta de montrer qu'il était entièrement de son côté.

« J'ai vu quelque chose dans une boutique aujourd'hui, c'est tout », dit-elle.

Elle se demandait encore s'il savait ce que cela signifiait d'être de son côté.

« J'ai vu quelque chose qui m'a perturbée. Qui m'a rappelé des souvenirs. »

Il ne posa pas de questions. Il savait très bien que les souvenirs sont privés ; il est trop compliqué de les expliquer à quelqu'un.

« On ne doit pas se souvenir en permanence », dit-il.

Elle changea aussitôt de sujet.

« Je ne sais pas, avoua Nicholas. Je n'en ai aucune idée.

— Je pensais vérifier dans les hôtels, dit Helen.

— Tous les hôtels ?

— Je pourrais me présenter dans tous, avec une lettre pour Sarah Freeman, voir s'ils la prennent, et, si oui, alors je l'aurais trouvée.

— Et si elle est chez des amis ?

— Je ne sais pas.

— Et pourquoi ? Pourquoi faire tout ça ? »

Helen croyait qu'elle aurait une réponse toute prête, une réponse intelligente, moralement juste. Mais non.

« La police doit savoir où elle est, dit Nicholas. Les étrangers remplissent une fiche dans les hôtels, non ?

— Je ne connais aucun policier qui regarderait pour moi.

— Tu pourrais dire que c'est une urgence.

— Mais je devrais mentir...

— Et tu ne veux pas mentir ? » demanda Nicholas. Il voulait vraiment savoir.

5

Assise à la table de Peter Clarke dans la salle du petit déjeuner, Sarah Freeman se demandait, narquoise, ce que pouvaient bien penser les vieilles dames à fourrure et leurs maigres gentlemen.

Il avait envie de se promener sur le lac. Elle objecta qu'il faisait froid. Elle remarqua qu'il lui remplissait tout naturellement sa tasse de café. Il dit que ce serait merveilleux d'être sur l'eau dans la brume, sous le soleil. Elle était un peu surprise, mais savait que les Anglais peuvent se montrer romantiques quand il s'agit de paysages.

Elle n'aimait guère l'idée de se trouver des alliés par accident, et encore moins sur le siège voisin du sien dans l'avion, et ensuite dans le même hôtel ; quelqu'un qui surgit toujours par hasard doit mijoter quelque chose. Mais elle avait besoin de quelqu'un qui l'écouterait, examinerait son histoire, lui indiquerait s'il était ou non convaincu, si c'était bien l'histoire à raconter à haute voix.

Alors elle le testa, froidement.

« Quelqu'un, dit-elle sans donner de précisions, m'a parlé de la collection Bührle. J'aimerais bien la voir de mes yeux. »

Il avait lu le guide, mais il ne se rappelait pas la collection Bührle.

« Elle est ouverte au public deux fois par semaine, je crois, dit-elle. De toute façon, il fait trop froid pour aller se promener. »

Il aimait l'idée d'être instruit par Sarah. Il s'épanouissait dans son air de légère étrangeté. Si elle ne pouvait chasser tout à fait sa suspicion envers le hasard et les inconnus, cela n'en rendait les choses que plus intéressantes : il devait la convaincre. Il avait toujours eu si bonne réputation, dans des endroits si petits, il n'avait jamais eu à convaincre auparavant.

Il partit avec elle en taxi vers une banlieue élégante, toute de feuillages sombres et luisants.

« Elle est censée être extraordinaire », remarqua-t-elle.

Quand ils y parvinrent, la maison Bührle était un monument de discrétion pareil aux autres, enveloppé de lierre, avec des pointes en métal sur les bords du toit.

Il hésitait à pousser la porte d'un si grandiose manoir de banlieue. Alors Sarah le fit.

Ils entrèrent dans une maison, non dans l'ordonnancement didactique d'un musée. Le hall d'entrée donnait sur une salle à manger ou une chambre, pas d'ostentation, pas de grandiloquence. L'escalier montait à l'étage, tout simplement. Le sol était recouvert de parquet grinçant, et les fenêtres s'ouvraient sur des pelouses hivernales, ornées d'un stuc de neige citadine.

Clarke paya les billets.

Quelqu'un réclamait d'une voix forte « notre

chauffeur ». Quelqu'un d'autre parlait de Venise, en allemand.

Clarke se rendit compte qu'il était nerveux. Sarah, elle aussi, était en alerte.

Ils pénétrèrent ensemble dans la salle de musique. Ils l'avaient pour eux seuls. Un moment, les yeux de Clarke se posèrent sur le piano à queue, le paysage à travers les fenêtres, tout sauf les peintures serrées les unes contre les autres sur les murs en une rangée ininterrompue, si nombreuses que l'œil avait du mal à en choisir une.

Sarah le fit regarder. Elle le fit approcher du mur et lui désigna les toiles, une par une.

Elle ne savait pas s'il aimait la peinture, ou se souciait de galeries et de noms connus. Mais un allié qui n'aurait pas eu le souffle coupé dans cette salle l'eût inquiétée.

Un Toulouse-Lautrec était placé dans un coin, une Messaline de théâtre, une créature mauvaise, vêtue de noir, debout, violemment éclairée, entourée d'un halo rouge comme les flammes de l'enfer. Dans un autre coin, difficile à approcher derrière un fauteuil, un Gauguin : des tournesols moribonds, et une fenêtre donnant sur une plage tahitienne. Il y avait un Van Gogh, des fleurs de marronnier, animées d'une vie débordante mais disposées dans un cadre de paix, de lumière et d'énergie. Il y avait plus d'un portrait de Cézanne, une superbe jeune fille de Renoir, un comte et ses deux filles de Degas. Oh, et puis un champ de Monet, un ciel en deuil, un village ocre rose, avec de hautes colonnes sombres d'arbres, mais devant cette élégante tristesse, un champ illuminé de coquelicots, avec de minuscules touches de bleu pour faire chanter le rouge, avec de l'herbe en vert et jaune, une prairie triomphante où de petites filles brandissaient des bouquets.

Deux dames douces, en chapeau de feutre, les yeux brillants, disaient qu'il leur fallait absolument tout voir.

« Il y en a bien davantage, venez », dit Sarah.

Tous les noms que connaissait Clarke semblaient être là. Canaletto : deux. Un Frans Hals qui à ses yeux paraissait impressionniste, quelques touches de pinceau pour un portrait. Un Tiepolo aux fesses laiteuses. Un Goya représentant une procession. Et deux femmes allongées ensemble : Toulouse-Lautrec, disait le cartouche ; l'une, seins nus, se tournait vers son amie en jupe, aux cheveux courts, dont la main s'activait quelque part entre ses jambes. Et Picasso, derrière le comptoir des cartes postales, Delacroix dans l'escalier, des chevaux et des danseuses de Degas, et un Braque, et un Rembrandt, et les beaux argents de la Seine vue par Matisse. Et encore, et encore, en quantité supportable uniquement parce que chaque peinture était si belle.

Il distinguait le vertige dans les yeux de Sarah. Elle s'arrêta dans l'escalier. Quant à lui, il regardait attentivement ; ç'avait été son travail toute sa vie, et voilà que s'offrait à lui le luxe de ne regarder que pour lui-même. Mais il ne savait pas très bien quelle émotion éprouver. Il attendait que son cœur rattrape ses yeux.

Sarah se mit à parler, doucement : « Je me suis toujours demandé ce que je ferais pour posséder une de ces toiles. Ce que je ferais pour les avoir toutes, toutes celles qui sont ici.

— Oui, répondit Clarke. Je n'ai jamais pensé que je posséderais quelque chose.

— Vous savez qui était Emil Georg Bührle ?

— Je n'ai jamais entendu parler de lui. »

Il laissait son regard jouer avec une jeune fille de harem, potelée, debout, en chemise, qui paraissait exotique jusqu'à ce qu'on se rende compte, à ses mamelons calculés et sa touffe accentuée, qu'elle n'était qu'une employée, dans le costume choisi par Manet.

« Au début de la Seconde Guerre mondiale, dit Sarah avec une clarté saisissante de professeur, il pesait peut-être un million de francs suisses. À la fin de la guerre, il en pesait cent soixante-dix. Qu'est-ce que vous en dites ? »

Il ne voulait pas attirer l'attention, alors il marchait, lentement, pendant que Sarah lui parlait à l'oreille.

« Il avait une entreprise de machines-outils et il fabriquait des armes. Et ses meilleurs clients étaient en Allemagne. Il fabriquait le canon antiaérien de 20 mm, qui a fait de lui l'homme le plus riche de Suisse, plus riche que les banquiers, plus riche que les marchands d'art. »

Ils entrèrent dans une pièce qu'ils n'avaient pas remarquée jusque-là, la salle Louis XVI.

« La voilà, dit Sarah : le portrait de Mme Camus au piano. »

*Madame** regardait vers eux, de sa main droite elle jouait quelques notes derrière son dos, une vive partition de Beethoven sur le lutrin, qui ressortait dans la lumière diffuse autour de sa petite silhouette sombre. La pièce peinte était confortable, prévisible : un miroir doré, une applique dorée au mur, un coussin aux pieds de Mme Camus, une pile de partitions sur le côté, la bordure d'un tapis de qualité.

Clarke savait que la source de lumière se trouvait quelque part derrière le peintre à son travail : une lampe, peut-être, une source unique et domestique, qui touchait la partition sur le piano et le visage de la femme. Mais l'impression était différente. Dans cette pièce calme et prudente, la musique elle-même semblait donner de la lumière. Sous son effet une figurine rose ordinaire jetait des ombres d'ange ailé. Elle captait le détail d'une main au bout d'une longue manche noire et lui donnait vie. Elle transformait le joli visage mat de Mme Camus en une sorte d'énigme, parce que l'épouse du bon docteur était éclairée de musique autant que de lumière. Elle semblait effacée et fragile, mais elle avait trouvé, et allait trouver à nouveau, toute la passion dans la partition.

Il consulta le catalogue qu'il tenait. Il n'aimait pas se passer d'un livre contenant les opinions des autres, cela sollicitait trop ses propres yeux.

Sarah lui prit le livre.

« Provenance, dit-elle. L'atelier de Degas, évidemment. Première vente, mai 1918, Paris ; ajouté au catalogue. Vendu trente-deux mille francs. Puis la collection d'Alphonse Khan, Saint-Germain-en-Laye, de 1924 "à au moins 1937". Puis "acheté par Bührle en 1951, à une collection française privée". Vous voyez ? »

Clarke contemplait Mme Camus.

« Il manque quelque chose. Quatorze ans », dit-elle. Elle semblait impatiente.

Clarke aurait pu tomber amoureux de Mme Camus. C'était déjà fait.

« Bien sûr, poursuivit Sarah, tout le monde se doute qu'Alphonse Khan était juif. »

Il essayait de trouver grâce et éclat à ces études pour les manches et les mains de la femme : du calme, aussi, et de la dextérité.

Sarah crut qu'il tentait d'échapper à la vraie question. Alors elle s'adressa à la salle, bien qu'elle fût vide, en dehors de Peter Clarke.

« Bührle a acheté ce tableau en février 1942, expliqua-t-elle. Les nazis étaient à Paris. Ils ont pillé les grandes collections juives, ils ont apporté les tableaux à la galerie Fischer, à Lucerne. Puis Fischer les a échangés contre les tableaux qu'aimaient les nazis : les paysages, Cranach, Ruysdael, Rubens, tout ce qui était recouvert de vernis marron. Et ensuite Fischer a vendu les toiles modernes à des gens comme Bührle.

— Mais elles avaient été volées, dit Peter.

— Ah, oui. Khan ne pouvait rien faire, il était à Londres. Et plus tard les tribunaux suisses ont décrété qu'on ne pouvait pas savoir que les nazis se conduisaient mal à Paris en 1942. Tout le monde a approuvé, surtout les marchands d'art. Apparemment, personne n'avait remarqué que les nazis avaient promulgué un décret, à la fin de l'année 1940, leur permettant de "confisquer" toutes les œuvres d'art que les Juifs avaient "abandonnées". Et personne n'avait remarqué que Bührle lui-même était à Paris en 1941, Paris occupé, et faisait des affaires avec un marchand juif un peu plus chanceux que les autres. Le tribunal a reconnu que Bührle ne pouvait rien savoir. Il était bien trop riche pour être coupable.

— Mais apparemment il en savait assez pour

consulter un avocat avant d'acheter *Madame Camus*. En tout cas il l'a acheté. Et il a continué. Il a acheté sa dernière toile volée en 1944 : un Picasso.

— J'étais dans un camp de prisonniers à ce moment-là », dit Peter Clarke.

Il était déjà bien trop amoureux de ce tableau. Dans cette salle, de si près, il sentait les mouvements qu'avait dû faire le pinceau, la façon dont la peinture avait dû sécher. Toute considération morale était suspendue à cause de la frange du tapis de qualité au premier plan, de la lumière, des yeux de Mme Camus, du satin de ses manches.

Il aurait pu ne jamais la voir, si Bührle ne l'avait pas achetée et exposée.

Il n'avait jamais pensé qu'une galerie d'art pouvait être un endroit dangereux. « Venez », dit-il. Il voulait sortir de cette maison polie. Il voulait aussi y rester pour toujours, avec ces toiles superbes aux murs. Il se demanda si Bührle n'avait pas, d'une certaine façon, sauvé ces tableaux des ruines de la guerre, s'il n'était pas une sorte de héros moral.

Dans l'escalier ils se heurtèrent à une femme du genre secrétaire de direction, la cinquantaine, si raide dans son tailleur qu'on aurait pu la nettoyer à la sableuse. Elle portait des documents. C'était comme si, quelque part dans la maison, le vieil homme continuait ses affaires : armes, tableaux, opportunités à saisir.

« Il ne dormait pas très bien, dit Sarah. C'est intéressant. Quand il était réveillé, il avait l'habitude de venir dans cette maison et de rester assis toute la nuit au milieu de ses tableaux.

— Je suppose qu'il lui fallait les meilleurs, fit remarquer Clarke.

— Est-ce que c'est moins grave, demanda Sarah, si l'on sait qu'il n'a jamais tué quelqu'un lui-même ? »

Clarke insista pour qu'ils appellent un taxi. L'après-midi s'était obscurci et rafraîchi. Quand la voiture fut là et qu'il eut installé Sarah sur la banquette arrière, il demanda : « Bon. Cette boutique dont vous parliez, c'est le même genre d'histoire ?

— Vous n'êtes pas forcé de vous impliquer.

— Je ne vois pas comment vous pouvez dire ça.

— Vous ne pouvez rien y faire. »

Plus tard, attablé à l'hôtel, il étudia les livres qu'il avait achetés. Il avait tant de clichés dans la tête, des hommes au visage dur, les bonnes affaires pendant la guerre, les marchands de mort, ce genre de choses. Il voulait voir un visage bien particulier : Bührle avec ses dents immenses, ses yeux policiers et étroits, sa mâchoire faite pour broyer.

Helen apprécia ce verre avec Meier, en milieu de journée, presque comme un rendez-vous secret, avec les heures de bureau pour alibi. Il avait les cheveux blonds, le visage reluisant, il était fort. Elle avait sans cesse envie de le humer pour vérifier si un être humain pouvait être aussi propre.

« Je n'ai pas regardé, déclara-t-il en lui tendant une enveloppe marron, carrée, attachée par de la ficelle.

— Merci.

— Comment va la vie maintenant que vous n'avez plus rien à faire ? » s'enquit-il.

Elle n'avait pas pratiqué ce genre de flirt, poli et officiel, depuis quelque temps, elle était rouillée.

« Où est Jeremy en ce moment ? »

Elle prit un taxi pour rentrer, afin de ne pas faire attendre Henry. Elle sentait encore son épaule, là où Meier l'avait touchée quand elle était partie.

Elle n'attendit pas pour lire les documents : accusations, témoignages, plaintes. Elle savait que si elle ne les lisait pas tout de suite, quitte à ce qu'ils soient encore éparpillés dans la pièce quand Henry rentrerait de la maternelle, elle se trouverait des excuses pour ne jamais savoir.

Il s'agissait de photocopies. Quelque part elle s'était attendue à des documents anciens. Ceux-là n'avaient aucune odeur d'archives, rien ne suggérait que des fragments de peau s'y étaient déposés au fil des années, les signatures n'étaient que des ombres sans la pression d'un stylo ou la couleur d'une encre.

Elle se sentit un peu comme un juge, comme si elle n'était pas liée au nom qui apparaissait sur toutes les pages : Lucia Müller-Rossi.

Cette femme ne pouvait être honnête en rien, semblait-il. Quand elle avait chargé les camions pour venir à Zurich, elle avait aussi emporté les biens de l'ambassadeur d'Italie : porcelaine décorée à la feuille d'or, bijoux et tableaux. Elle vendit tout. Ces biens appartenaient à l'ambassade d'Italie à Berlin.

Elle pensa : Lucia est une voleuse. Puis elle se mit à contempler ce que cette idée pouvait signifier. C'était davantage que l'affirmation qu'en certaines occasions Lucia avait volé des objets. Cela signifiait que sa nature même était d'être une voleuse. Et comment était-ce possible, comment la vieille dame du Dolder, la subtile initiatrice au bon goût et aux bonnes manières, pouvait-elle être réduite à une simple catégorie criminelle ?

Helen feuilleta les documents.

Certains étaient prêts à témoigner en 1946. Certains, la plupart des autres, étaient déjà morts ; leur famille dut parler pour eux, si elle savait que dire.

Une femme, qui avait confié sa dot à Lucia, était morte à Theresienstadt. Une autre avait laissé des valises pleines et, revenant à l'improviste, constata qu'elles avaient été ouvertes. Un homme qui s'était réfugié en Suède témoigna qu'il n'avait jamais rien récupéré de ce qu'il avait confié à Lucia, et une femme qui avait fait le voyage en avion depuis les États-Unis jusqu'en Suisse — c'était quelque chose, en 1946 — déclara qu'elle avait reconnu les biens de sa sœur dans la boutique de Lucia. Et sa sœur était morte à Auschwitz. Puis était venu un homme qui témoignait pour sa mère, laquelle prenait Lucia pour sa meilleure amie. Elle avait apporté ses meubles à Lucia pour que les clients puissent les voir et que les autorités ne les trouvent pas. Elle avait vendu ses tableaux, et donné l'argent à Lucia pour qu'elle l'emporte en Suisse ; et tout à coup le bureau allemand des transactions financières avec l'étranger en avait su assez pour la faire fusiller, au motif qu'elle avait de l'argent en Suisse.

Tous ces récits, selon les documents, coïncidaient avec la liste de noms que gardait Lucia.

Helen finit de lire les conclusions. Sa Lucia était une « prostituée criminelle », expression qui l'amusa un moment : peut-être que les gentlemen zurichois connaissaient une classe supérieure de putains, qui se refuseraient à tout acte sournois ou malhonnête, sauf si la demande et le paiement provenaient de gentlemen zurichois.

Lucia était poursuivie pour chantage, extorsion, commerce de marchandises volées. À la dernière minute, les charges avaient été abandonnées. Lucia se vit infliger une peine de prison de trente jours avec sursis pour avoir menti aux douanes suisses.

C'était donc au moins aussi grave que ce qu'Helen avait jamais imaginé, et cette tentative pour résoudre la question, pour énoncer les faits et gestes de Lucia et les condamner, s'était effacée.

Elle appela immédiatement Nicholas. Henry avait une séance d'activités ludiques cet après-midi-là, et elle en profita. Elle dit à Nicholas qu'elle devait le voir, de toute urgence. Il ne pouvait concevoir quelle circonstance particulière rendait leur rencontre si urgente, mais il était nerveux, il attendait, et il sut ce qu'elle voudrait lui dire.

Elle se rendit en voiture à Sonnenberg. Il lui offrit du café, du vin, des petits gâteaux. Elle dit : « As-tu déjà vu ça ? »

Elle lui passa l'enveloppe, bourrée des pièces du dossier, maintenant un peu en désordre.

« Tu étais au courant ? demanda-t-elle.

— Je ne sais pas de quoi tu parles.

— Lis. Je dois rentrer maintenant.

— Je n'ai pas l'intention de lire ça.

— Nous allons devoir... », commença Helen.

Nicholas était rond, gentil, silencieux. Sa colère avait la forme d'une immobilité parfaite.

« C'est important, dit encore Helen.

— Ne me parle pas comme ça. » Il n'y avait rien dans la voix de Nicholas, que les mots.

Elle se leva.

« J'ai rencontré une femme nommée Sarah Freeman. Je ne sais pas pourquoi elle pleurait, sauf qu'elle a parlé d'une table. Une table qui venait de Berlin, comme tout le reste. »

Nicholas avait les yeux braqués dans sa direction, mais pas sur elle : elle n'était plus qu'un trou dans la lumière.

Elle s'éclaircit la gorge, elle paraissait presque nerveuse.

« De toute évidence, reprit-elle, nous devons faire quelque chose.

— Tu ne crois pas que j'ai eu envie de faire ce qu'il fallait ? s'enquit-il d'une voix douce. D'une façon ou d'une autre ? »

Elle jeta les papiers sur la table. Il ne réagit pas.

Elle se précipita dehors.

Elle repartit dans un paysage où régnaient pleine lune, ombres trompeuses, lumière glacée. Elle ne voyait pas ce qu'elle avait fait, sinon rappeler à son père une réalité : le passé et les actes de Lucia. Bien sûr, il était essentiel d'affronter tout cela : c'était une question de santé. Et c'était moral aussi : une question de justice.

Mais son père ouvrit son armoire à archives et y rangea les documents au hasard, parmi les articles, textes de conférences, copies carbone de vieilles lettres à ses collègues. Ils avaient la taille et la teinte grisâtre du papier recyclé, ils restaient bien repérables.

Il se versa de l'eau froide et s'assit. Puis il se releva, prit une bouteille de whisky et en teinta l'eau, un peu d'or huileux se répandit dans le verre.

Il ne savait même pas par où commencer.

Helen devait savoir qu'il n'était pas toujours

confortable, ni même facile, d'écarter ce qu'on sait. Parfois on y était obligé, pour vivre. Il n'aurait pas pu passer cinquante ans à n'être que l'enfant des crimes de sa mère.

Très jeune il avait su qu'il devait se séparer d'elle. Il avait un souvenir très bizarre du grand magasin Jelmoli, un défilé de mode new look, une petite scène entourée de panneaux clairs dans un coin, à un étage. Sa mère l'avait emmené, il avait treize ans. Il était sur son trente et un ; bon nombre des souvenirs qu'il avait d'elle incluaient un col qui lui irritait le menton. Il y avait un quatuor à cordes aux cheveux lisses, des palmiers en pots, de petites tables rondes décorées de lys économiques, et les femmes, robustes, sérieuses, les hommes qui prenaient soin de ne pas sourire aux jeunes filles, même quand elles descendaient les marches d'un pas élégant, en robes à imprimé et chapeaux ornementés, et paraissaient l'espace d'une seconde avoir besoin d'un peu d'aide judicieuse. Une des jeunes filles croisa son regard et il rougit catastrophiquement.

Voilà ce qu'il savait, comment il s'en souvenait. Sa mère avait besoin qu'il fût là, pour paraître accompagnée et respectable, pour pouvoir feindre, et il devait surtout ne jamais savoir à quel point elle avait besoin de feindre. À partir de cet instant, il s'était séparé d'elle.

Il savait qu'il ne s'était pas éloigné suffisamment.

« Je suppose qu'on sera les plus jeunes, dit Sarah. Tous les autres mangeront de la salade coupée menue. Ils regarderont les montagnes, et les montagnes ne pourront pas se sauver. »

Donc Peter Clarke s'évertuait à ne pas paraître inacceptablement vieux.

Il tenta de voir ce qu'elle voyait par les vitres du train. Elle laissa passer la ville. Elle regarda une rivière tumultueuse, sans grand intérêt, des chalets d'été, petits refuges en bois ornés chacun d'un rideau à la fenêtre.

Elle s'apprêta à dire quelque chose, se ravisa.

Ils prirent le bateau à Lucerne, burent du café pendant la traversée en zigzag sur l'eau noire, échappèrent à un serveur dégoulinant de bonne volonté.

Clarke aperçut un aigle au-dessus d'eux. Sarah le vit aussi, et fronça les sourcils. Elle sentait tout ce grand esprit romantique qu'elle redoutait tant : le ciel radieux déchiré par de formidables sommets, les prés d'altitude, les forêts sombres, les maisons trop haut perchées et trop éloignées les unes des autres pour une vie sociale acceptable. Et puis Guillaume Tell, qui selon la légende s'était jeté à l'eau pour échapper au vieux Gessler, et les sentiers de randonnée symboliques de l'identité suisse ; elle se dit qu'ils seraient sans doute extrêmement bien nettoyés.

Clarke savait, obscurément, qu'il ne devait pas faire remarquer l'aigle. Alors il dit : « Je ne distingue pas ce qui est riche de ce qui est pauvre ici. C'est très perturbant pour un Anglais. Je ne peux même pas être snob. »

Cela souleva un vague intérêt. Il en fut soulagé.

« Parce que, ces chalets dans la montagne, ils paraissent si pittoresques, mais ils ne servent qu'aux hommes qui passent l'été avec les vaches et font le fromage. Et puis, les rues, elles se ressemblent toutes. Certaines doivent être plus peuplées. Certaines ont des boutiques et des tramways, donc les plus riches ne doivent pas avoir envie d'y habiter. Mais ces différences subtiles, auxquelles je suis habitué...

— Je sais », coupa Sarah. Elle ressentait un besoin de tout ce qui pourrait saboter le consensus, un sentiment pervers de platitude au milieu de toutes ces montagnes grandioses.

« Je parle trop », fit Clarke.

Elle haussa les épaules.

« On parle beaucoup quand on croit que quelqu'un est obligé d'écouter. À notre âge. On raconte des histoires. »

Elle avait quelque chose à lui dire s'il devait être son allié. Elle avait un devoir d'écoute envers lui.

« Je pourrais vous raconter une histoire, si cela vous intéresse », proposa-t-il.

Il s'était installé comme un vieillard en Touristland, enveloppé dans son manteau, guettant l'arrêt suivant, une halte du genre rustique, rien que des bois. Un troupeau coloré de marcheurs descendit.

Presque toute sa vie il avait marché, mais toujours sur les mêmes sentiers, monter, descendre, monter, descendre, sur les mêmes parcelles rectangulaires, une centaine de mètres dans un sens, environ cinq dans l'autre. Il possédait le sol avec ses pieds.

« J'étais payé pour regarder, dit-il, on appelle ça "atypiser". On cherche les différences, une tache rose sur une fleur jaune, une double parmi les simples, des points sur une fleur unie. Une anomalie, mais qui les rend utiles. » Pourtant il se rappelait les couleurs : chacun des changements et des variations de couleur que les plantes peuvent offrir. Il les regardait, les choisissait, il marquait les monstres précieux par des étiquettes en métal, sans rien y inscrire. « On les arrache au bout d'un ou deux jours, on plante une fourche quatre fois, tout autour de la plante, pour la faire sortir avec une motte de racines et de terre. Et on l'emporte.

— J'aimais beaucoup mon jardin à Londres, intervint Sarah. Je n'y passais jamais assez de temps.

— C'était ma vie, dit Clarke. J'y étais de sept heures du matin à sept heures du soir, l'été. On ne sait jamais. On obtient des points sombres sur une couleur vive et, l'année suivante, on a une fleur que personne n'a jamais vue. Il faut être à l'affût de tout. Il est sorti une queue-de-renard d'un bleu Oxford foncé parfait. Par autofécondation, on a obtenu un rouge franc. C'est comme ça que ça marche. Elle était rubis.

— Toutes ces couleurs », dit Sarah. Elle frissonna.

« Personne ne comprenait vraiment.

— Votre femme, si, je suppose.

— Elle s'était habituée à moi. »

Sarah, qui avait autre chose en tête, calcula combien de temps il leur faudrait pour parvenir dans une ville dotée d'une gare.

« Elle chantait dans la chorale de l'église, continua-t-il. Moi aussi, je chantais dans la chorale. Et je lui rappelais quelqu'un. Une chose en a amené une autre. J'étais toujours à l'église. Et Frances savait vraiment écouter. Parfois, au lit, flanc contre flanc, on avait l'impression de n'être plus qu'un seul corps de chaleur. Un seul corps.

— Pourquoi est-ce que vous vous êtes contenté de ça ? s'enquit Sarah.

— C'est une longue histoire. »

Ils étaient seuls sur le bateau, désormais ; il ne restait plus que les sommets, l'eau noire, et la progression régulière vers le bout du lac.

« Mais je revenais vers Frances. Toujours. »

Après tout, ils constituaient un système. Frances s'occupait des plantes d'intérieur, géraniums, amaryllis à Noël, soigneusement assoiffées durant l'été, azalées inclinées et attachées en forme de pyramide, cactus de Pâques qui fleurissaient trop tard en un rouge glorieux de technicolor, bulbes mis à germer dans un placard chauffé pour les ventes de l'église. Peter était responsable d'un jardin pratique, rien de plus. Chaque année, quand l'automne installait sa morosité sur le terrain plat, il commençait à enlever les plantes faibles ou mortes, à tailler sévèrement les rosiers, arracher les annuelles qui portaient encore des myriades de fleurs pâlottes pour mettre en place oignons, crocus, fèves. Chaque année, Frances sortait dans le jardin en même temps que lui, essayant de sauver telle plante qui était encore jolie, essayant d'arrêter le travail du chirurgien au sécateur et à la scie. Elle ne voulait pas discuter à haute voix, alors elle le suivait, dans un silence réprobateur. Elle détestait les feux, dont la fumée lourde restait dans l'air longtemps après que la dernière fleur eut brûlé.

« Une fois elle a cassé six assiettes pendant que j'étais dehors, dit-il. Je ne lui ai jamais demandé pourquoi. »

Sarah voulut savoir quand ils arriveraient à Flüeli. Il consulta sa montre et répondit : dans une demi-heure.

« Je suis arrivée à Londres en 1945, dit-elle. À l'époque j'étais Sarah Lindemann.

— Vous n'avez pas d'accent.

— Quel accent devrais-je avoir ? »

Elle ne pouvait lui dire ce qu'il devait le plus savoir. Elle devait s'approcher de la réalité en crabe. Elle ne pouvait laisser une telle horreur, armée d'un bec et de serres si terribles, surgir dans leur conversation, pas dans cette conversation entre deux vieux touristes par une belle journée.

« Moi aussi, je me rappelle 1945 », dit-il.

Mais elle poursuivit.

*

Elle avait eu envie d'aimer Londres, même les lourdes brumes de charbon la nuit, même les ruines et l'alimentation rationnée, la décrépitude vertueuse des rues. Très probablement, elle resterait là pour toujours.

Déjà, elle était censée ne plus parler du passé. Elle le sentait. À Londres, la guerre avait pour sens la victoire, et parfois l'orgueil d'avoir vécu dans la souffrance, mais surtout il s'agissait de recommencer, de ne pas se souvenir. À l'époque elle n'avait personne qui partageât et comprît ce qu'elle savait. Les images des camps ne l'aidaient pas : le choc réduisait tout le monde au silence.

Elle avait une minuscule chambre chez des amis d'amis de son mari. La nuit elle dormait par terre, pour que le lit et les chaises l'encerclent, et le matin elle défaisait son lit pour qu'il ait l'air d'avoir été utilisé. Elle faisait des cauchemars où elle avait la terrifiante liberté d'ouvrir des portes.

Clarke avait raison de s'interroger sur son accent. Un accent allemand n'arrangeait rien. Dans certains quartiers de Londres, on savait ce que cela signifiait, mais une fois, dans un salon de thé pourvu d'un orchestre féminin et de maigres gâteaux en libre-service, les clients s'écartèrent d'elle : la mauvaise sorte d'étrangère. On l'ignora, on la regarda de haut avec de petits bruits réprobateurs. Elle s'entendit traiter d'Allemande, de Boche, de Kraut, de Fritz, de sale étrangère, et même pas vraiment en face.

Elle rentra et se jeta dans les bras de l'épouse de l'ami des amis, Marje, une femme bardée d'énormes certitudes, encline à se montrer maternelle et dirigiste. Marje déclara savoir ce qu'il fallait faire.

Sarah Lindemann disparut.

D'abord ce fut une question de langage. Marje lui fit écouter des émissions de radio, *Women's Hour, Saturday Night Theater*, une saturation d'anglais, jusqu'à ce que les voyelles serrées et les structures informelles commencent à lui paraître presque plus naturelles que son allemand. Dans une phrase elle parvenait désormais à prononcer un mot, deux mots, avec la même exactitude qu'un speaker de la BBC. Marje lui donnait des exercices, l'installait pour les faire à une petite table. Marje avait enfin son école. Elle interrompait Sarah quand elle glissait dans une construction ou une tournure de phrase ou un ordre des mots allemands, à table, et son mari levait les yeux au ciel, mais Sarah écoutait de toutes ses oreilles.

Puis ce furent les vérifications. Marje faisait des relectures d'épreuves pour un éditeur, elle en donnait une partie à Sarah, puis revérifiait. Sarah devait repérer tous les détails erronés dans une autre langue.

Puis ce fut l'invisibilité. Sarah croyait tout savoir sur la question : elle n'était restée en vie que parce qu'elle avait disparu aux regards si longtemps. Mais l'invisibilité anglaise se révéla différente de la dissimulation, le but était de ne pas s'affirmer, même en faisant la queue à la boulangerie ou à l'arrêt d'autobus. Tout le monde se cachait de tout le monde.

Puis ce fut être ce que les autres s'attendaient qu'elle fût : être située. Les particularités de son histoire furent lentement effacées au profit d'une présence qui ne demandait aucune explication. Une veuve de guerre, seule, qui avait besoin de travailler. Parfois elle avait envie de hurler contre Marje, de lui dire qu'elle avait déjà traversé tant d'années de déni et d'anonymat, sans pouvoir être qui elle était, et qu'elle ne continuerait pas comme ça.

Et puis elle continua, parce qu'elle n'avait pas le choix.

Elle trouva du travail, grâce au mari de Marje, dans un minuscule bureau d'une petite maison de couture près d'Oxford Street, où elle classait commandes et rapports dans des armoires, et parfois tapait à la machine. En un mois, elle s'habitua si bien au clavier QWERTYUIOP qu'elle demanda à Marje pourquoi elle ne pourrait pas rester dans le secteur de la couture : une vie utile et calme.

« Quel gâchis, dit Marje.

— Ça m'est égal.

— Tu es fatiguée, c'est tout.

— Je serai fatiguée jusqu'à la fin de ma vie. »

Marje secoua la tête et ralluma la radio.

Sarah prit peu à peu conscience qu'elle devenait un exemple moral, et elle devait faire ce qu'on lui disait si elle voulait garder sa chambrette, la compagnie d'amis, quelques limites réconfortantes au monde entier qu'elle devait habiter et affronter. Si elle renonçait, elle serait seule. Et bien qu'elle fût maintenant sous couverture, une espionne dans les rues, autre que ce qu'elle paraissait, elle pouvait conserver ce qu'elle savait : les livres qu'elle avait lus, la musique qu'elle avait écoutée, ce qu'elle savait sur Klimt, Picasso, Chagall.

Elle en était capable. Après tout, même à Marje elle cachait certaines choses, par exemple les mots qu'elle répétait dans sa tête, comme un discours qu'elle devrait prononcer un jour, son désir de mourir.

Peter Clarke déclara : « Nous n'étions personne quand nous sommes revenus. »

« Je connaissais Sarah Freeman. Elle sortait dans Londres toute seule. Elle savait où aller, et elle allait là où on l'attendait, et elle faisait toujours ce qui convenait. Et puis quelquefois, elle était moi.

— Oui, dit Clarke sans vraiment comprendre.

— Et peu importait que je prie la nuit, que je dorme mal. Je savais comment gérer les journées, vous comprenez. On apprend ça quand on a vécu quelque temps dans la clandestinité. Et, à vrai dire, je n'ai jamais pris la peine de contredire tous ces hommes en complet-veston autour de moi, parce qu'au moins j'étais dans un piège confortable. J'en savais plus qu'eux, et je savais combien ç'aurait pu être pire.

— Qu'est-ce que vous faisiez ? » demanda Clarke.

Elle expliqua. Elle était entrée dans un journal du dimanche, recommandée pour sa culture et son intelligence par les amis éditeurs de Marje. C'était l'époque des journaux de huit pages, où on recoupait les articles aux bonnes dimensions, où le courrier des lecteurs appartenait aux gentlemen sortis d'Oxford ou de Cambridge et membres d'au moins deux clubs londoniens. Elle était la petite chose pas vraiment jolie au milieu des complets-vestons.

Elle relisait les épreuves. Pour cette tâche elle était chaleureusement recommandée. Tous les samedis elle s'enfermait avec du café dans une petite pièce aux murs crème où flottait encore une odeur de tabac fort, elle relisait la moitié du journal sur d'étroits feuillets à l'encre baveuse, et elle coupait ce qui lui semblait faux ou idiot, trop long ou mal orthographié. D'ordinaire, elle relisait les rubriques Culture et Étranger. On avait du mal à la situer, mais on se disait qu'elle se sentirait à l'aise dans le culturel et l'étranger.

« Je me rappelle, dit soudain Clarke. Frances vous lisait toujours. » Puis il s'inquiéta, un instant, de la correction du pronom. « Enfin, elle lisait les articles de Sarah Freeman, à haute voix. Nous ne regardions pas beaucoup la télévision, mais elle lisait toujours la critique des programmes.

— Il n'y avait pas beaucoup de femmes à l'époque dans la presse, dit Sarah. Rien que des complets-vestons. Rien que des cravates. Les clubs. Mais la télévision, c'était comme le cinéma, et le cinéma était une affaire de femmes, comme la mode. Et j'étais une femme. CQFD.

— Vous étiez très drôle. »

Le bateau vint s'arrêter près de son dernier quai.

« J'étais une très bonne Sarah Freeman. J'avais mes amis, mes amants même quelquefois. J'avais ma maison et mon jardin. J'avais une vie parfaitement remplie. »

Elle se leva, ramassa son sac, prit le bras de Clarke pour descendre l'escalier vers la sortie principale.

« Vous comprenez ce que ça veut dire, bien entendu, dit-elle. Je m'intéresse à cette table, à cette Lucia Müller-Rossi que j'ai connue à Berlin, et je suis revenue au point où je parlais comme une Allemande. J'ai travaillé si dur pour devenir Sarah Freeman, et voilà que je ne peux plus être Sarah Freeman. » La porte s'ouvrit sur la passerelle. « Vous comprenez ? »

À Zurich, à l'heure du thé, elle était encore distante. Il essaya le bavardage ; elle adopta des sourires parfaitement adéquats. Il commenta les gâteaux ; elle, non. Elle demanda un verre d'eau, puis un autre.

Elle laissa continuer un moment cette activité oiseuse, puis déclara : « Vous êtes fâché. »

Il la dévisagea.

« Je ne sais pas pourquoi vous êtes fâché », ajouta-t-elle.

Il voulait dire qu'il n'était pas fâché, pas du tout, mais il ne voulait pas lui mentir. Il était furieux d'entendre raconter les choix faits par d'autres ; il avait envie de parler de ses propres choix. Il voulait qu'elle écoute ses histoires à lui, comme il avait écouté les siennes, pour établir entre eux une égale gravité, ou alors elle était la seule dont la vie fût faite de guerre, de deuil, de douleur, de changement, de toutes les immenses questions de la vie et de la mort.

Il se concentra sur une serviette.

« C'est que... », commença-t-il. Il reprit : « Ce n'est pas facile à dire. »

Sarah sourit, du sourire d'une infirmière prévenante mais débordée.

« Moi aussi, j'ai dû faire des choix, dit-il. J'ai connu une femme, je la voyais de temps en temps. J'étais marié. Elle habitait à l'autre bout du pays. Elle est morte, et pendant cinq mois je n'ai pas su qu'elle était morte. Ses coups de fil à mon travail me manquaient, voilà tout. Officiellement, je ne la connaissais pas, donc je ne pouvais pas la pleurer, et puis ma femme est morte, et j'ai enfin eu le droit de pleurer, tout le monde s'y est trompé, personne ne demandait d'explications. Ils croyaient tous savoir.

— C'est parfois plus facile comme ça, dit Sarah.

— Inutile d'être condescendante. »

Il posa sa serviette.

« Comment vous appeliez-vous avant de devenir Sarah Freeman ?

— Avant ?

— Ce n'est pas un nom très allemand. Et vous étiez mariée. Donc, de toute façon, vous devez avoir eu un autre nom.

— Un faux nom, voulez-vous dire.

— Non, un autre nom, tout simplement. Ma femme avait un autre nom avant d'être Mme Clarke.

— Je m'appelais Sarah Lindemann. Je vous l'ai dit. Avant, c'était Sarah Becker. Je n'ai jamais eu d'autres noms. »

Jeremy appela de Los Angeles, tout excité. Il avait vu un acteur sans grand succès mais très ambitieux, chez lui, deux réalisateurs, un producteur de cinéma qui avait vraiment de l'argent et deux qui voulaient en donner l'impression. Il avait été interviewé par un agent, ce qui lui paraissait bizarre. Il avait été invité à déjeuner dans un restaurant qui servait des grillades à la chaîne par un petit directeur de musée désireux d'organiser une rétrospective Anselm Kiefer ; ils n'avaient mangé que des légumes.

« Comment vas-tu ? Et Henry ? »

Alors elle lui dit : elle était perplexe, inquiète, agitée, elle se demandait ce qu'elle devait faire à présent. Et Henry allait très bien. Mais maintenant elle avait ses propres affaires, des affaires de famille.

« Tu n'es pas obligée de faire quelque chose, dit Jeremy. Tu n'as aucune obligation légale. Je ne suis même pas sûr que tu aies une obligation morale.

— Mais c'est aussi mon histoire. »

Jeremy se tut un moment. « Tu veux vraiment que j'argumente ? demanda-t-il.

— Tu ne comprends pas.

— Tu ne me laisses pas comprendre.

— Je me suis toujours sentie mal à l'aise.

— Ce n'est pas vrai. Elle t'offrait des gâteaux à la crème au Dolder et tu étais heureuse.

— Je me sentais mal à l'aise. Personne ne parlait. À la fin, on devient sourd dans le silence.

— Tu n'as qu'un soupçon. Une supposition.

— Quelqu'un de Berlin. Une table qui est chez Lucia, c'est assez pour faire fondre en larmes Sarah Freeman. C'est très clair.

— Pas pour moi.

— Rien n'est jamais résolu, dit-elle. Je vais appeler Georg Mcier.

— Tu as toujours bien aimé Meier.

— Va te faire foutre. »

Plus tard dans la soirée, il lui envoya un fax : une courte nouvelle griffonnée, ce qu'un homme et une femme pourraient faire au bord d'un lac, très jolie dans son genre. Un flic arrivait et l'homme devait déclarer qu'il n'avait pu s'en empêcher, monsieur l'agent, et elle non plus.

Elle étreignit la feuille de papier, puis la défroissa, puis alla se coucher seule. Le lendemain, qui était le jour où Lucia n'allait pas à la boutique, elle lui rendrait visite chez elle.

Helen refusa de s'installer, de se mettre à l'aise : elle tournait en rond dans la pièce, examinait une table, un peu embarrassée de toute l'agressivité qu'elle manifestait simplement par son agitation incessante. Elle se rappelait les règles du langage physique apprises à l'époque où elle menait des négociations, la nécessité de penser, de temps en temps, à chuchoter avec son corps.

Lucia s'était positionnée dans un fauteuil à la tapisserie impeccable, devant de longs rideaux fermés.

« Je suppose que tu aimerais du café ? proposa-t-elle, très fort.

— Je ne crois pas. Il est un peu tard.

— Je suis vieille. Mais je suis parfaitement organisée. Je peux faire du café.

— Je sais. »

Lucia tambourinait sur les bras du fauteuil, dédaigneuse.

De nouveau le silence. Helen remarqua pour la première fois qu'elle fixait du regard une photographie de son propre père, dans un cadre d'argent tout simple, bon marché, mais installé à la place d'honneur.

Elle se demanda si Lucia sentait que quelque chose avait changé, que quelque chose allait se produire, mais l'idée était absurde, sauf si des avocats étaient déjà impliqués. Les avocats savent toujours quand d'autres avocats s'activent ; ils flairent les affaires.

Si Lucia ne savait rien, Helen devait rester discrète.

Mais elle cherchait l'affrontement. Elle voulait que Lucia change, qu'elle ne soit plus la charmante grand-mère, mais se comporte comme la femme qu'on avait jugée.

Elle arrangea des coussins.

Lucia pensa aux inconvénients de la vieillesse : on ne peut résister à la bonté des autres. Ils se sentent toujours autorisés à revenir. Résistez trop, et les voilà certains que cette résistance est signe de déclin, que vous leur cachez quelque chose. Résistez un tant soit peu, et ils prennent cette attitude pour de l'altruisme, la volonté de ne pas trop les déranger.

« Qu'est-ce que tu essaies de me dire ? » s'enquit Lucia.

Rien. Helen ne dit rien, ostensiblement. Puis :

« J'ai rencontré une femme nommée Sarah Freeman. Elle dit que ses amis zurichois adorent ta boutique.

— Comme c'est gentil. Je les connais ?

— Ils disent que tu as un goût parfait. Que tu as toujours su trouver exactement ce qui leur plaît. Toujours. »

Ce fut au tour de Lucia de faire fonctionner le silence dans la pièce. Pour cela elle parut s'estomper, le visage vague, comme poussiéreux, les épaules basses, les yeux presque fermés sous le poids des cils fins. Helen s'étonna du poids formidable de ses habitudes : à peu près cinquante-cinq ans à ne pas aller à la boutique le jeudi, le fossé que tous ces jeudis devaient créer dans une vie.

« Si tu veux savoir des choses, je peux t'en apprendre, dit soudain Lucia. J'ai de la mémoire, tu sais. »

Helen haussa les épaules. C'était le geste d'une enfant fâchée qui refuse une gentille proposition.

Silence. Les deux volontés s'empoignèrent : la volonté de parler de choses ordinaires, la volonté de ne rien écouter d'autre qu'une confession.

*

Mais une fois sortie de l'appartement, Helen sut exactement ce qu'elle avait à faire. Deux jours seulement s'étaient écoulés depuis qu'elle avait rencontré Sarah Freeman dans la rue. Si cette femme était descendue dans un hôtel, elle s'y trouvait peut-être encore. Elle ne pouvait pas ne rien faire alors que tous ces gens, en ne faisant rien, avaient permis à Lucia de vivre sa riche et belle vie.

Elle écrivit une brève lettre. Elle y disait à nouveau qu'elle était la petite-fille de Lucia Müller-Rossi, et qu'à ce titre elle s'inquiétait pour Sarah Freeman ; qu'elle comprendrait les soupçons de Sarah, qu'elle croyait fermement que les torts de la dernière guerre devaient être redressés. Ils auraient dû être redressés à l'époque ; cet échec devait être annulé.

Elle souhaitait offrir son aide, connaissait des avocats. Elle ferait tout pour soutenir Sarah Freeman dans ses demandes légitimes. Elle comprenait la difficulté d'affronter un système juridique étranger dans une ville qu'on connaît mal. Elle proposait, en fait, d'être sa famille.

Alors, où serait descendue Sarah Freeman ? Elle n'avait pas paru hautaine, et à son âge l'ostentation n'est pas automatique. Elle n'avait pas semblé pauvre ; si elle l'avait été, elle n'aurait pas choisi Zurich en automne. Elle ne résidait sans doute pas au Dolder, ni dans les rues bruyantes de la vieille ville. Elle avait dû descendre dans un hôtel confortable et convenable, de classe moyenne.

Helen consulta l'annuaire, puis sortit sous une pluie légère, mesquine. Ses chaussures furent bientôt mouillées, elle se dit que cela risquait de rendre les employés soupçonneux quand elle se présenterait dans les hôtels. Les porteurs de messages viennent en voiture, ils n'entrent pas trempés comme s'ils ne savaient pas où ils allaient.

Si bien que l'humidité de ses chaussures lui rappela qu'elle devait se montrer autoritaire. Elle en était capable, facilement. Elle se présenta à la réception d'un premier établissement et déclara qu'elle désirait laisser un message pour... elle devait dire « Mme Sarah Freeman », supposa-t-elle, pas « mademoiselle ».

L'employé consulta une liste, s'excusa et se remit immédiatement à vérifier des factures.

Elle se dirigea vers l'hôtel suivant, puis le suivant. Certains étincelaient de chromes, d'autres tentaient de ressembler à des intérieurs familiaux, dans l'un d'eux un panier de pommes était posé près de la porte. Certains vantaient leur restaurant, tentaient de vendre aux touristes quelque chose de « typique ». Certains étaient tapis dans des rues agréables et fleuries, mais leur parking les trahissait.

Sarah Freeman ne serait pas dans une de ces tours anonymes et banlieusardes : Helen avait déjà une impression de cette femme qui ne s'accordait pas avec un séjour dans un asile pour hommes d'affaires, un gratte-ciel standardisé et capitonné. Sous la pluie, elle eut le temps de se demander pourquoi elle en était si sûre, quelle idée d'une femme telle que Sarah Freeman était déjà toute prête dans sa tête avant même qu'elle la rencontre.

Un hôtel avec vue sur le lac. Ils regrettaient. Un hôtel qui donnait sur les voies des tramways, avec un hall si étroit que deux personnes y passaient à peine. Ils regrettaient. Un hôtel arborant le Rainbow flag et disposant d'une discothèque. Elle passa son chemin.

La pluie s'accrochait à ses cheveux et ses os, une humidité froide et misérable. Elle avait entamé une sorte de pèlerinage et elle était devenue un pèlerin convaincant : résolue, exténuée, glacée et, manifestement, indiscutablement, magnifiquement sincère. Ou du moins elle l'espérait, elle l'espérait.

Elle ne croyait pas que, de toute sa carrière à la banque, elle se fût jamais sentie si mal à l'aise. Mais alors elle vendait essentiellement un marché, une proposition, une abstraction, elle ne demandait pas à un étranger de la croire sur-le-champ, sans documents à lire ou chiffres à étudier.

Un hôtel proche du Kunsthaus : le nom leur disait quelque chose. Un employé prit la lettre. Puis il revint, secoua la tête et dit non, c'était une certaine Hermione Freeman.

Helen ne partit pas tout de suite. Hermione était un prénom absurde, elle le voyait bien, à mi-chemin entre l'aristocratie et le music-hall. Une Hermione pourrait facilement se faire appeler Sarah. Ou alors Hermione Freeman aurait pu juger peu sage de donner à une Müller-Rossi son nom complet.

L'employé demanda avec fermeté : « Puis-je faire autre chose pour vous ? »

Elle ne répondit pas.

« Voulez-vous un taxi, madame ? »

Alors elle secoua la tête et fit ce qu'on lui demandait si indirectement mais avec tant d'insistance : elle partit.

Ses pieds soulevaient la pluie sur les trottoirs. Elle se dépêcha. Elle courut, même, quelques centaines de mètres. Elle s'arrêta à un coin de rue et s'étira un instant. Elle envisagea de faire une pause, prendre un café, mais elle voulait continuer, étudier toutes les possibilités, vérifier tous les hôtels.

Elle traversa une autre cour d'entrée, pénétra dans un autre hall distingué, sans fioritures, où le comptoir de la réception était relégué sur le côté comme une fenêtre supplémentaire.

Une fois de plus elle sortit l'enveloppe de sa mallette.

« J'aimerais laisser ceci pour Mme Sarah Freeman », dit-elle.

La jeune fille de la réception, au visage angélique ouvert comme une machine à calculer, lui dit d'un ton joyeux : « Je pourrais lui dire que vous êtes là. Si vous voulez.

— Oui. Et si vous lui disiez qu'elle a une lettre ? Et alors si elle décide de descendre...

— Je peux dire qu'elle doit signer », proposa la jeune fille. Elle avait des manières agréables, étonnamment campagnardes, elle ne voulait décevoir en aucune façon.

Helen n'avait aucune envie d'attendre sur un des jolis fauteuils recouverts de chintz, alors elle resta debout au milieu du hall, fut examinée par un garçon qui portait un plateau de muesli, s'écarta au passage de deux gros Italiens aux bagages agressifs.

La jeune fille répondait au téléphone. Peut-être qu'elle n'avait pas appelé Sarah Freeman, ou que Sarah Freeman ne voulait pas descendre, ou qu'elle n'était pas la bonne Sarah Freeman.

Helen pensa aux détectives d'hôtel, au moment où ils viennent demander s'ils peuvent vous aider. L'hôtel était trop pompeux pour cela, estima-t-elle, et, de plus, elle attendait une cliente.

L'eau se rassemblait en flaque à ses pieds.

Elle entendit la porte de l'ascenseur s'ouvrir.

*

« Vous avez une lettre pour moi », dit Sarah Freeman à la jeune fille de la réception.

L'employée la lui tendit. « Elle vient de la dame, là », précisa-t-elle.

Et Sarah Freeman se retourna pour regarder Helen.

Helen sourit. Sarah ne réagit pas. Elle demanda un coupe-papier, un objet argenté. Elle fendit l'enveloppe. Elle tint la feuille de papier loin de ses yeux ; peut-être aurait-elle dû prendre ses lunettes, mais était... trop coquette, peut-être ? Helen avait besoin du moindre indice.

Sarah lut.

« Je croyais, dit-elle à la jeune fille, que je devais signer. Que c'était quelque chose d'important.

— J'aimerais beaucoup vous parler », intervint Helen.

La jeune fille de l'accueil était gênée, elle craignait une scène. Elle s'absorbait dans les casiers à courrier ; elle pouvait entendre, n'avait pas besoin de s'intéresser à la conversation.

« J'aimerais vous aider, dit Helen.

— Vous avez l'air à moitié noyée.

— Je ne savais pas où vous habitiez. Je ne savais pas si vous étiez encore à Zurich. Alors j'ai marché.

— Vous voulez que je vous fasse confiance, dit Sarah.

— J'aimerais. Si vous pouviez me faire juste assez confiance.

— Je ne comprends pas pourquoi vous vous donnez tout ce mal.

— Si je ne répare pas, qui le fera ? »

Sarah ne put pas supporter davantage de voir cette jeune femme triste et trempée, qui avait l'air d'une enfant pleine d'espoir. Elle conseilla : « Vous devez vous sécher. » Elle alla à la réception demander des serviettes, ce qui nécessita un appel à l'intendance et l'irruption d'un garçon avec un plateau chargé de tissu éponge blanc et hygiénique.

« Elle se sèchera dans ma chambre », annonça Sarah.

*

Elle était assise comme une enfant, jambes pendantes au bord du lit, cheveux enveloppés d'une serviette, manteau suspendu, robe disposée près d'un radiateur, en combinaison blanche. Mais elle avait nettement conscience qu'il ne s'agissait pas d'un simple échange de rôles, d'un subit besoin d'aide chez celle qui venait offrir son aide. Sarah Freeman n'était pas la mère qui offre douceur et boissons chaudes. Elle était assise à l'écart, devant le bureau, et observait Helen avec attention, et Helen devait tolérer cet examen, au cas où il serait le prix de la confiance.

« Tout ça pour une table, dit Sarah. Ce n'est pas important.

— Je ne connais pas cette histoire, mais j'en connais d'autres, objecta Helen. Je crois que c'est très important, en réalité.

— Vous ne comprenez pas. Si c'était vraiment important, je ne pourrais jamais me résoudre à vous faire confiance. Je peux vous faire confiance pour une table.

— J'ai un ami avocat, dit Helen.

— Oui, j'imagine. » Sarah tentait de se comporter comme sur un lieu de travail, et non dans un endroit aussi intime qu'une petite chambre d'hôtel parsemée de vêtements trempés ; elle feuilleta même les papiers sur le bureau, les brochures touristiques, menus, magazines publicitaires remplis d'objets coûteux, comme si elle risquait d'avoir à les classer dans un moment. « Je suppose, reprit-elle, que vous voudriez en savoir plus sur cette table.

— Seulement si vous avez envie de m'en parler », répondit Helen. Mais elle n'était pas sincère.

« Je ne vous raconte tout ceci qu'en guise de répétition. Je suppose que je devrai le raconter encore. »

Helen frissonna. Ses cheveux étaient encore un peu humides dans son cou. Mais le frisson avait une cause bien différente : le changement sur le point de se produire. Sarah avait été une cause, dans laquelle les questions morales étaient très claires, et elle allait devenir une personne, un individu, et ce n'était pour aucune des deux un moment confortable, ni pour Sarah, qui devrait accepter d'être si facilement généralisable, ni pour Helen, qui devrait débrouiller tous les fils de l'histoire d'une autre afin de conserver des positions claires et bien affirmées.

« J'étais mariée, autrefois. À un homme qui s'appelait Max Lindemann, à Berlin, pendant la guerre. Il était médecin. Proctologue, en fait. Il était juif, et donc on l'avait exclu de l'Ordre des médecins allemands. C'était un homme remarquable, très logique et précis. Il a trouvé un avocat et l'a convaincu que s'il ne pouvait exercer la médecine, alors il devait être remboursé de sa cotisation à l'Ordre. L'avocat est allé au tribunal, et le tribunal a approuvé. Le docteur Lindemann a gagné. On oublie que parfois les gens sont tout à fait prêts à avancer en ligne droite, même avec un point de départ grotesque.

« L'Ordre s'est senti obligé de faire appel, et l'affaire a été entendue très rapidement. Ils avaient un argument très simple : les détails ne comptaient pas parce que, légalement, Lindemann était mort. Tous les Juifs, sous le troisième Reich, étaient légalement morts. De sorte qu'il ne pouvait être un membre actif de l'Ordre et ne pouvait faire valoir aucun droit. J'imagine que leur avocat avait l'air très sûr de lui.

« Max adorait raconter cette histoire. Il la racontait à tout le monde, parce qu'il n'avait pas d'autres victoires à raconter. Vous comprenez, il s'attendait que l'Ordre réagisse de cette façon. Mais il avait compté sans son propre avocat, un homme d'esprit, dangereux. Il s'est levé pour déclarer que si le docteur Lindemann était mort, alors j'avais droit à une pension, moi, Mme Lindemann, Sarah. Et le juge l'a écouté. Il ne cessait de demander : "Comment un homme peut-il être mort quand il essaie de pratiquer la médecine, mais vivant quand sa femme a besoin d'une pension ?"

« Cette histoire a rendu Max célèbre. Il s'en est assuré. Elle n'a pas paru dans les journaux, bien sûr, mais elle a circulé partout, comme toutes les histoires tant qu'il y a quelqu'un pour écouter. Ce groupe-ci et ce groupe-là. Les maisons où devaient habiter les Juifs. »

Elle demanda : « Vous savez, pour les maisons, n'est-ce pas ? »

Helen fit oui de la tête.

« C'est merveilleux, reprit Sarah. Les gens croient qu'ils savent déjà tout. » Elle alla dans la salle de bains prendre un verre d'eau, en continuant à parler : « Sa victoire n'existait que sur le papier. Et on peut perdre les papiers. Max ne pouvait pas exercer la médecine. Il pouvait conseiller, mais il ne pouvait pas soigner. Il pouvait faire des diagnostics, il savait ce qui n'allait pas, mais il ne pouvait pas prescrire de médicaments, ni opérer, même pas les Juifs. Il savait tout et il ne pouvait rien faire pour soulager. Pauvre Max.

« Il s'est mis à croire que les choses finiraient par changer. Il n'aurait pas pu continuer sinon. Ces destructions, ces incendies deviendraient un souvenir et la vie recommencerait, comme avant.

— Et vous connaissiez ma grand-mère ? demanda Helen.

— Vous êtes impatiente. Impatiente, déjà.

— Ce n'est pas ce que je voulais dire. J'essayais d'établir un lien.

— Nous connaissions Lucia. Je suppose qu'elle nous aimait bien, à sa façon. Nous avions perdu beaucoup, nous avions vendu une partie de nos biens pour survivre, comme tout le monde, mais il nous restait quelques peintures, qui représentaient autre chose que des forêts sombres et des héros sous un vernis marron. Il nous restait des disques — du swing, du jazz, et même quelques enregistrements d'Al Jolson. En 1938, les nazis avaient publié un catalogue de musique dégénérée, avec un saxophoniste noir et une étoile de David sur la couverture, et Max l'exposait toujours à la porte. Personne ne pouvait rien dire, c'était un catalogue officiel. Personne ne l'a jamais pris.

« Lucia plaisait à Max. Il se rengorgeait quand elle arrivait, dos droit, poitrine bombée. Je ne peux pas vous dire combien j'étais contente qu'elle lui plaise. Elle était ravissante, radieuse, en pleine santé, et elle le faisait revivre, pour une heure à peu près. Alors il parlait, parlait : l'opéra à Milan, la politique de la Scala ; elle s'y connaissait en peinture de l'école de Sienne, Max et moi aussi. Encore que ce que je savais ne comptait guère.

« Elle admirait certaines de nos affaires. Elle admirait la table, je lui ai tout expliqué sur cette table, parce que j'avais le temps de m'intéresser à bien des choses à cette époque. Nous étions prisonniers, nous avions du temps. Je lui ai expliqué qu'elle avait été fabriquée par un certain Pierre Fléchy, qui avait le goût des chinoiseries, et aimait recouvrir entièrement les tables de vignes élégantes qui mystérieusement donnaient des fleurs, des pivoines. C'est peut-être moi qui ai initié Lucia à la marqueterie, je n'en suis pas sûre. Elle parlait avec tant d'autres gens.

« Mais elle avait vraiment envie de parler avec Max. Et au bout d'un moment, je me rendais compte que son dos n'était plus aussi droit, qu'elle ne le distrayait plus, il se rappelait qu'il ne pouvait plus sortir, ni aller au théâtre, garder ses livres et ses tableaux, ni soulager qui que ce fût. Alors je les interrompais, je disais que j'étais désolée, que nous n'avions rien à partager pour le dîner, et merci pour le beurre. »

Elle parlait comme un témoin au tribunal, comme un bon professeur, mais aussi, se dit Helen, elle avait eu cinq décennies pour se rappeler les détails, pour les regrouper en une suite de mots, puis une autre.

« Ils ont mis Max au travail, reprit Sarah. À cause de ses compétences médicales, ils lui faisaient fabriquer des détonateurs au mercure. C'était un travail délicat, et les risques n'avaient pas d'importance puisqu'on ne peut pas empoisonner un homme mort. Est-ce que je vous en dis plus que ce que vous désiriez savoir ? »

Helen se contenta de la regarder.

« Bien sûr. Je devrais en venir au fait, n'est-ce pas ? C'est ce que vous pensez ? »

Helen secoua la tête, mais sans vigueur.

« Pour moi, dit Sarah, ce sont les faits. Ma vie, pas seulement mes griefs.

— Je comprends », approuva Helen. Mais elle essayait si fort de se maintenir sur sa propre base morale, si élevée et bien défendue, les torts parfaits de sa grand-mère, peut-être les torts parfaits des Suisses qui l'avaient tolérée, qu'il lui était difficile d'écouter avec l'humilité requise.

« Quoi qu'il en soit, poursuivit Sarah, Max trouvait qu'on avait de la chance, vraiment. Nous avions perdu de l'argent et des bijoux, bien sûr. Il a dit que les nazis avaient l'air de penser que la seule raison qu'on puisse avoir de posséder une alliance était de faire passer de l'or en contrebande hors d'Allemagne. J'ai rétorqué : "Comme si nous avions la moindre chance de quitter l'Allemagne."

« À ce moment Lucia a cessé d'écouter. Elle a eu l'air distrait, puis elle s'est concentrée, comme une vendeuse se concentre sur la maison ou la crème de jour qu'elle vend. Elle a dit que, justement, elle avait un peu de place dans son appartement, si nous en avions besoin, et qu'elle pourrait sûrement se débrouiller pour trouver une camionnette. L'ambassade devait en avoir une. Elle a demandé si nous voulions vendre, et Max a dit simplement que personne ne prendrait la peine de nous payer. Il suffisait d'attendre et de voler.

« Je ne voulais pas qu'elle prenne quoi que ce soit. Je tenais à cette table parce qu'elle était comme un joli jardin d'encoignure. C'était mon refuge, bien à moi. »

Helen sut qu'elle devait partir. Elle s'habilla, sourit.

« Je me rappelle ce que je lui ai dit, après toutes ces années, parce que je voulais changer de sujet. J'ai dit : "Vous savez, les étoiles, si vous sortez la nuit, sous les réverbères elles ne sont pas jaunes du tout." »

Dans le hall de l'hôtel, Sarah trouva Peter Clarke qui s'agitait à la recherche d'un timbre pour carte postale et d'indications pour se rendre au jardin Chinois.

« J'imagine que vous allez repartir, dit-elle.

— Je ne suis pas obligé.

— Mais votre famille... » Elle voulait qu'il la quitte. Sinon, il était différent.

« Je peux aller où je veux. Et je peux m'arrêter où je veux, maintenant. » Il parlait comme s'il venait de découvrir cette vérité. « Je ne peux pas vous laisser vous débrouiller toute seule dans cette histoire.

— Ça coûte cher de séjourner à Zurich.

— J'ai de l'argent.

— Bien sûr. Je voulais dire...

— J'ai besoin de rester. »

Elle le regarda avec une énorme curiosité. Il parlait avec tant de sentiment qu'on aurait pu le prendre pour un amoureux essayant de se placer. Mais bien que cette hypothèse fût flatteuse, et même stupéfiante, ce ne pouvait être la seule raison.

« J'ai besoin de rester. J'ai besoin de m'assurer que... Il faut que je reste.

— Vous me faites peur.

— On nous prend ça quand on vieillit, dit-il. On ne nous laisse plus de responsabilités. On ne nous laisse plus nous impliquer. Je ne peux pas vivre comme ça. »

Elle avait besoin de compagnie. Et elle s'alarmait un peu de la présence de ce champion qui paraissait avoir si absolument besoin de son rôle.

« Je ne voulais pas vous faire peur. Si vous me laissiez vous expliquer...

— Vous ne connaissez pas mon histoire », objecta Sarah. Elle se représenta un homme dont la vie n'avait jamais comporté assez d'incidents, assez de sentiments, une vie bien remplie, arpentée chaque jour plate-bande par plate-bande, qui maintenant pouvait s'adjuger toute la gloire de l'horreur simplement en restant où il était. Il pouvait se montrer vertueux, c'était elle qui devait porter les cicatrices, et elle était contrariée.

« Je ne peux pas m'en aller », dit Peter Clarke sans ajouter « pas cette fois ».

Il détestait les explications. Il décida d'expliquer.

6

Comme il était le plus jeune, on le laissa monter dans le poste du bombardier ; un espace à l'avant de l'avion, encombré de traverses, de montants et de tubes, une arme devant chaque œil. Il y était seul, tendu sur son siège, premier à prendre l'air quand le Lancaster décolla lentement sur ses roues gigantesques.

Ses os tremblèrent. Ses oreilles se bouchèrent. Il se confondait avec la lourde machine qui le transportait. Il n'entendait rien de ce qui se disait derrière lui.

Il dansait sur son siège hydraulique, il se tournait sur la droite, sur la gauche, hurlait. Il rentrait chez lui, bon sang.

Plus haut, le ciel était rempli de lumière, pas d'ennemis. La verdure cessa et la mer commença par une ligne blanche de vagues. En dessous s'étendait un impossible espace d'eau, un canal menant vers la mer, de la mer vers l'océan, et ensuite de l'océan vers l'océan. Il était resté si longtemps entre quatre murs, dans des pièces avec des gardes, dans une vieille briqueterie à la frontière allemande, avec un sens perverti de l'ordre, des officiers à qui obéir, des fonctions à remplir. Il se lavait, se nourrissait, espérait. Et maintenant ce monde tout entier s'ouvrait, couleur encre d'écolier renversée, luisant comme le métal d'un pistolet, et il y exultait, et il était terrifié.

Un matin il n'y eut soudain plus de gardes dans l'usine. Alors, avec les autres, il partit vers l'ouest, couvertures sous le bras, plaques de chocolat et cigarettes en réserve, avec une charrette qu'il avait mi-marchandée, mi-volée dans une ferme. Tout le monde se dirigeait vers l'ouest pour échapper aux Russes, anciens prisonniers, anciens soldats, qui suivaient leur ombre le matin et l'éblouissement d'un soleil rouge le soir.

Une nuit, ils dormirent sous une voûte de peupliers. Il fut le premier à s'éveiller, il entendit un moteur et descendit vers la route. Des Américains en jeep sortirent de la plaine. Il leur fit signe de s'arrêter, appela ses compagnons à grands cris, et ils filèrent sur les routes droites jusqu'à un campement. Ils se gorgèrent de steak et de tarte, dans la même assiette, et s'excusèrent à demi d'être un encombrement. Puis il s'envola dans le ventre d'un gros avion de transport, avec des bancs rivés aux parois et des seaux rivés dans le sol, au milieu. Il attendit encore, il était entraîné à l'attente, jusqu'à ce que lui et ses copains soient regroupés sur un terrain d'aviation et que les bombardiers rugissants viennent les chercher pour les ramener chez eux.

Désormais il n'y avait plus que de l'eau, de l'eau bienveillante en dessous de lui. Il se rappelait les baignades ; l'eau froide dans le short, le claquement du corps sur la surface, le glissement sous l'épaisse vitre des vagues, la sensation des rubans d'algues autour des bras.

Il n'était plus un simple numéro sur un disque de métal : un prisonnier de guerre. Très bientôt, il pourrait aussi abandonner son numéro de matricule. Il était un homme de vingt ans, voilà tout, et c'était tout ce qu'il avait jamais voulu être.

La mer s'arrêta. Le vacarme du Lancaster n'avait plus d'importance, parce que l'air même paraissait chaud et silencieux autour de lui, et en dessous le paysage défilait, cratères, monuments, banlieues et tours, liquide et lumineux comme du vif-argent. La verdure reprit, s'insinuant dans les dunes, conquérante dans les prés. Il savait que dans le ventre de l'avion tous les autres s'inventaient un avenir, mais lui n'avait faim que de verdure.

Le Lancaster sembla perdre de l'altitude. À travers le plastique sale du pare-brise, la jolie généralité du sol se précisait. L'avion passa très bas au-dessus de jardins comme ceux qu'il connaissait autrefois, fèves, haricots à rames sur leur tuteur, maisons entourées de barrières, allées ensevelies sous les arbres. Il distinguait des maisons particulières où habitaient des gens particuliers. Il lui fallait imaginer une vie à se créer : il avait vingt ans, il faisait partie de ces innombrables jeunes héros officiels, sans appétit particulier pour le complet-veston ou un métier, et sans femme pour l'attendre, non plus. La guerre était finie, mais la guerre modelait son monde depuis qu'il était un écolier de quatorze ans, toute sa vie d'homme.

Il avait vu tant de couleurs : le sang, les uniformes, des bois, couloirs et villes inconnus. Désormais, dans le Lancaster qui s'abaissait lentement, comme un tissu se posant sur le sol, les couleurs redevenaient simples et radieuses : l'herbe luisante, les graines dorées, la végétation éclatante, toute saupoudrée de pissenlits. Le blanc profond des aubépines, écumant dans un écrin de sol vert et de ciel bleu, emplit les viseurs des mitrailleuses quand le Lancaster atterrit en cahotant.

Il s'attarda un moment devant le pare-brise. Il était rentré chez lui.

Tout le monde se précipita hors des avions, les équipages arboraient un air satisfait de parents en vacances. Des femmes offraient du thé et des sandwiches, un réconfort à l'anglaise, avec l'ordre et la patience nécessaires à l'organisation d'une file d'attente pour la distribution de bons de train, argent liquide, coupons pour six mois de doubles rations. Les places de trains furent attribuées. Les hommes se bousculèrent, s'y tassèrent. Celui-ci deviendrait professeur, celui-ci allait gagner un million, celui-ci se destinait à Oxford, et celui-ci allait entrer dans la douce fonction publique, quoi qu'il lui en coûte, et construirait une Jérusalem céleste, règle par règle.

Mais le gamin ne dit rien.

Les foules de travailleurs s'écartaient devant eux. Ils comprenaient que les hommes avaient envie de retirer les uniformes qui grattaient, de se débarrasser des sangles cirées, et de s'y mettre. Ils ne pouvaient imaginer que c'était l'uniforme qui maintenait certains d'entre eux debout, les sangles, le cirage, la hiérarchie, les ordres, que c'était tout ce qu'ils avaient connu.

Dans le train qui quittait Londres, il regarda par la vitre poussiéreuse et vit des parties de la ville brisées, déchiquetées, condamnées par des planches, laissant des vides entre les briques, et des fontaines sans fin de buddleias et d'herbes hautes, hérissées, jaillissant des maisons et des usines désertes. Il se rappela les joyeuses expéditions à Londres, ces mêmes rues avec leurs fenêtres, leurs jardins, les aperçus des vies qu'elles contenaient, tout un labyrinthe de possibilités. Mais quand le train bifurqua vers l'est en cahotant, le bitume des rues parut être un mémorial à cet ordre ancien. Il vit un clocher d'église marqué par le feu.

L'odeur de vapeur dans le train, de vêtements usés et pas très propres, de sièges fatigués, était réconfortante — comme l'odeur des campements. Il n'avait pas respiré d'air vraiment propre et libre depuis deux longues années. Il scruta les tableaux suspendus au-dessus des sièges en face de lui, un paysage sépia avec une grande église, des falaises où marchaient des promeneurs.

Il guetta l'apparition des silos à grains en briques qu'on voyait juste avant la gare du village, et des champs de graines, soucis variés, godétias luxuriants, touffes de campanules, marée blanche d'alysses, bien rangés en rectangles disciplinés de couleurs vives. Ses yeux s'éveillèrent.

Il ouvrit la porte du compartiment et descendit sur le quai. Une brise fraîche, salée, le surprit. Il se redressa et ramassa son sac.

Il longea de minuscules maisons de briques alignées en face d'une rivière paresseuse. Il se rappela avoir vu des filets dans la rivière, remplis de persil coupé mis au frais pour le train de Londres. Plus rien. Des passants agitèrent les bras. Des amoureux lui serrèrent la main, l'un après l'autre, yeux rouges de larmes. L'épicerie avait les mêmes boîtes poussiéreuses dans sa vitrine, comme si personne n'en avait eu besoin, même en temps de guerre. Dans la vitrine du boulanger trônait un gâteau rouge rosé, bleu pâle, blanc sucre, avec un grand V pour « Victoire », et une pancarte écrite à la main qui disait : « Bienvenue à nos soldats. »

Tout le monde le reconnut. « Peter Clarke, ça fait plaisir de te voir », « Peter, bienvenue au pays ». Mais il n'était pas sûr d'être encore Peter Clarke, d'être encore ce gamin qui défendait les frontières du village, la nuit, avec un fusil de calibre .300, qui savait se plaquer au sol quand les bombes volantes cessaient de gémir au-dessus de lui et se taisaient.

Il suivit la rivière pleine d'herbes penchées, passa devant le site romain où un jour il avait trouvé une pièce encore nettement gravée, puis devant le moulin qui enjambait l'eau. Les avions américains avaient largué des barils de pétrole, on pouvait en faire des canoës, il s'en souvenait. Il arriva à un bois qu'il avait aidé son père à planter, sombre et haut maintenant, mais il avait encore en tête les tout petits sapins qu'ils avaient installés à intervalles exactement réguliers, juste avant la guerre.

Il ralentit. Il remarqua les rives, couvertes de plantain. Il n'avait personne vers qui revenir, ni nom, ni adresse, ni corps particuliers, qui pourraient être son avenir, et cela lui manquait.

Il arrivait devant le portail de la maison de son père. Le romarin près de la porte était devenu énorme en deux ans, et il était semé d'étranges fleurs qui semblaient être en papier. Il l'étudia. Il repoussait le moment de frapper à la porte de son père.

Il frappa, et son père ouvrit immédiatement, comme s'il avait passé la matinée à attendre, prêt.

Les deux hommes s'étreignirent.

« Je vais te montrer », lui dit son père. Il se dirigea vers la table, tira du tiroir une liasse de papiers et les donna à Peter, puis il partit vers la cuisine, malmena les portes des placards et cria : « J'en ai pour une minute. »

Peter, debout, se mit à lire. C'était le formulaire militaire B 104-83 : Peter Clarke était « porté disparu », ce qui « ne signifie pas forcément » qu'il était mort. Si son père recevait de ses nouvelles, il devait envoyer la carte ou la lettre au Bureau central, à Warwick. Une courte notice expliquait que les listes officielles de prisonniers étaient longues à établir — des salles remplies d'employés peinant lentement — mais que les « cartes d'avis de capture » remplies par les prisonniers et envoyées à leurs familles étaient « souvent la première notification reçue dans ce pays qu'un homme était prisonnier de guerre ».

Il croyait être passé de l'ordre d'un régiment à celui d'un camp de prisonniers, avec entre les deux un simple changement de numéro. Il fut déconcerté de découvrir qu'il avait disparu des registres le 1er juillet 1943.

Formulaire militaire B 104-83A, daté du 21 septembre 1943. Son numéro de matricule, son grade, puis son nom y figuraient, avec l'information qu'il était prisonnier de guerre « dans un camp non encore précisé, numéro de prisonnier de guerre non encore communiqué, des informations complémentaires vous seront fournies à une date ultérieure ».

Puis la carte d'avis de capture avait dû arriver, et

son père avait dû l'envoyer au Bureau central. Ils le remerciaient, amarraient Peter Clarke à un nouveau numéro, et renvoyaient la carte. Il était officiellement reconstitué : un dossier classé et réglé.

Tout ce temps, il l'avait passé dans une ancienne briqueterie, dans un bureau, assis à une grande table avec un officier allemand et des prisonniers français et anglais, à régler et classer des dossiers. Il était une recrue de choix pour l'établissement de listes et l'organisation, car il était intelligent et avait une écriture nette. Il avait travaillé dans un bureau, puis s'était retrouvé au combat, puis était retourné dans un bureau.

Il ne croyait pas avoir tué qui que ce fût. Il avait tiré, rien de plus.

Son père aurait dû être au travail. Il était toujours à son travail, sauf parfois le samedi après-midi. Il cultivait des roses de serre pour boutonnières, passait des heures sur des escabeaux à éclaircir les plantes grimpantes, pollinisait les nectarines avec une queue de mouton fixée au bout d'un bâton, chargeait les chaudières, conduisait les voitures, allait à la banque à bicyclette pour encaisser les salaires, et revenait charger les fusils les jours de chasse, ou traquer les essaims d'abeilles pour mettre leur miel en pot. Il remplissait des serres de bougainvillées. Il plaçait des coiffes sur les plantes pour que la floraison corresponde aux dates des concours. Il gagnait des prix, aussi, mais ils étaient au nom du propriétaire de la maison qu'il gérait, décorait, nourrissait et même animait. Il accomplissait toutes ces tâches avec patience, et avec bonté, peut-être avec amour.

Il avait rapporté une bouteille de whisky. « Maintenant tu as l'âge », dit-il. Il tendit un verre et but dans l'autre. « C'est bon de te voir. » Il regardait son fils tenir son verre. « Ça se boit, dit-il. Bois.

— Je n'ai pas l'habitude.

— Profites-en. Il est temps que tu prennes du bon temps.

— Il ne se passe rien à la maison ? s'enquit Peter.

— Non, rien, il n'y a rien à faire. »

Peter réfléchit aux paroles de son père, il ne leur trouvait aucun sens.

« Je t'ai préparé ton ancienne chambre, dit enfin son père. Au grenier. Tu peux rester autant que tu veux. »

Depuis que la mère de Peter était morte, le cottage paraissait bas de plafond et minuscule : des murs blanchis sous un vieux toit de chaume, un jardin où se serraient tomates, asters d'automne, rosiers, abeilles et sauge. Il s'élevait au bord d'une voie ferrée unique, près de l'église en silex. Pour une raison mystérieuse, on ne l'appelait jamais « maison » et encore moins « La Maison » ; les mots ne correspondaient pas. Une maison était quelque chose qui ressemblait au grand alignement de briques qu'on apercevait au bout de la route, de l'autre côté d'un sombre massif d'arbustes anglais, avec un portail de fer, une allée de gravier, des vallonnements, et des césures dans le mur de rhododendrons longeant le chemin vers la porte d'entrée. La maison paraissait toujours étinceler, même par temps maussade, après l'absence de soleil dans l'allée.

« Je pensais aller faire une balade », dit Peter.

La sueur sous ses bras maculait sa chemise kaki,

ce qui ne semblait pas convenable pour aller à la maison. Mais deux ou trois gamins surgirent de derrière une haie et l'acclamèrent. Une vieille dame sourit d'un sourire bien trop large, comme si elle avait peur de tous ces hommes qui revenaient chez eux. Il se força à avancer dans la chaleur poussiéreuse.

Le portail, rouillé, était sorti de ses gonds. Il s'en aperçut immédiatement. L'allée était creusée d'ornières laissées par des véhicules lourds et l'ombre ordonnée des massifs s'était changée en jungle. Il n'était pas raisonnable d'être choqué, pas dans un pays rempli de barbelés, de guérites, de pièges à tanks et de terrains de tir, parmi une population qui voulait que les soldats, en revenant, voient qu'elle aussi avait vécu la guerre.

Mais il était choqué, malgré tout, que son père pense n'avoir rien à faire.

Les pelouses étaient retournées, des mottes d'argile noire. Les arbres taillés près du potager, obélisques d'ifs et boules de troènes, brandissaient de nouvelles tiges désordonnées. Il manquait une vitre à l'une des fenêtres du grand salon, et tout près le mur portait une tache sombre en forme de gros entonnoir. Une des descentes était bouchée, de toute évidence, et de toute évidence personne ne s'en souciait.

La porte principale, autrefois toujours prête à s'ouvrir, était déjà ouverte.

La maison avait été réquisitionnée pour usage militaire, toutes les grandes maisons étaient réquisitionnées pour les troupes étrangères, ou l'entraînement des soldats anglais, ou les services de renseignements. Il le savait. Mais malgré tout il se sentait embarrassé à l'idée de pénétrer hardiment par la grande porte comme si cette maison était devenue sa propriété collective, nationale. Ce n'était pas une question de déférence, parce que tout cela appartenait désormais au passé ; il était devenu un héros officiel, ce n'était probablement pas le cas du banquier qui possédait la maison. Il se dit seulement qu'il risquait d'offenser son père.

Il gagna l'arrière de la maison, les serres où il se rappelait les hampes de strelitzias, les planches d'asperges qui, d'après son père, devaient être salées une fois par mois, les merveilles et l'ordre de son enfance. Elles auraient pu tout aussi bien n'avoir jamais existé.

La guerre ne l'avait pas changé. La paix, si. Il avait toujours identifié l'instant : quand il vit une fenêtre ouverte à l'arrière de cette grande maison, et entra comme un voleur. Il n'y avait plus d'ordre dans le monde, ni rien de sûr, et il pouvait aussi bien rôder de pièce en pièce.

Dans le grand salon on avait écrit sur les murs, en rouge, la devise d'un régiment, et dessiné un soldat américain qui regardait par-dessus une barrière.

Dans la petite pièce adjacente, il se rappelait le papier peint : un zoo d'oiseaux dorés, paons et flamants roses. Les murs avaient été recouverts de planches, par sécurité. Il en tira une, simplement pour ramener quelque chose dont il se souvenait : une pièce qu'un enfant avait aperçue une fois, puis transformée en pays pour les rêves. La planche céda un peu trop facilement, comme si les clous s'étaient enfoncés dans du plâtre mou, ou qu'ils avaient déjà été arrachés. Il vit une étroite bande de mur, ornée de paons.

Quelqu'un avait découpé tous les ocelles dorés de leurs queues.

En rebroussant chemin dans les couloirs il sentit leur odeur fraîche, humide, une odeur d'extérieur ; ce n'était plus comme autrefois un abri protégé du monde, qui sentait le charbon et l'air chaud à Noël.

Il demanda à son père des fruits du jardin. Ensemble ils cueillirent des pommes, des James Grieve, dont la peau délicate s'ornait d'un lever de soleil en rose et gris. Son père y ajouta du pain, un morceau de fromage, et s'assura que Peter avait ses papiers sur lui.

Il resta à la porte un moment, regardant son fils partir. « Écoute », dit-il. Peter s'arrêta au portail. « Écoute, tu vis avec. Tu peux vivre avec.

— Ce n'est pas ça.

— Tu m'as manqué », lui dit son père.

Mais Peter s'était déjà mis en marche, et il marcha jusqu'à ce qu'il soit revenu à Londres.

Il tenta de se faire son propre jardin. L'étoffe des villes portait de grandes déchirures, là où les bombes avaient démoli murs, immeubles et usines. Il tenta d'en combler une. Il tira sur les vieilles briques pour les déblayer, repoussa les poutres tombées, trouva une pioche et souleva le béton fendu d'un ancien étage. Il arracha des buissons d'herbe à Robert, de grosses touffes charnues de saxifrage, et des enroulements de volubilis roses. Il travaillait sous des fontaines de buddleias dégingandés merveilleusement animés de papillons.

« Il y a peut-être des bombes, dit un petit garçon. Vous savez qu'il y a peut-être des bombes. Ma maman ne veut pas que je joue ici. »

Il n'avait pas pensé à cette possibilité. Il ne voulait que réparer la réalité, lui rendre son intégrité, la faire fleurir, comme son père autrefois.

« Elle vous plairait, ma maman, dit l'enfant.

— Est-ce qu'elle pourrait me prêter une pelle ? »

Il transforma le chaos de poutrelles tombées et de briques cassées en un espace dégagé, délimité par des pierres. Le métal lui tailladait les mains, les tachait de rouille et de sang. Il éleva les briques en cairns branlants, se déchirant les muscles par ce mouvement peu familier. Il se sentit très fort jusqu'à ce qu'il eût fini.

Puis il tenta de nettoyer le sol, d'abord en arrachant les mauvaises herbes, puis en brûlant ce qui restait ; la fumée s'éleva en filet mince entre les murs éventrés. Il creusa, encore et encore, retournant la terre qui était restée tassée depuis la construction de ce grand entrepôt. Ce n'était pas de la bonne terre, c'était une simple argile pulvérisée. Plus il l'ouvrait à l'air et à la lumière, plus elle s'effritait. Il savait déjà que ce sol serait bien trop alcalin pour la culture.

Il ne renoncerait pas. Il avait besoin d'eau, de fumier, de graines.

Il mêla les cendres de son feu à la terre. Il ne put trouver aucun reste qui pourrait pourrir dans le sol ; personne ne laissait de restes. Une nuit, il s'introduisit dans les jardins à l'arrière d'une rangée de maisons où quelqu'un élevait des lapins, sept, et il vola le fumier. Une des lapines le mordit, et la cicatrice lui resta, juste sous son pouce gauche.

À la graineterie, il demanda une demi-pinte de petits pois, une demi-pinte de haricots à rames. Un vieil homme irrité s'affaira sur les petits tiroirs du meuble à graines et mesura des onces de semences de carottes et de choux. Il gardait sur le comptoir un vieux catalogue de 1937, avec sur la couverture des jardiniers qui ressemblaient comme des frères au père de Peter, et des descriptions somptueuses de fleurs auxquelles maintenant personne n'accordait de place. Le catalogue servait à garantir un avenir où il pourrait à nouveau vendre de belles choses inutiles.

Il sillonna les autres sites bombardés, à la recherche de graines d'épilobes et autres espèces colonisatrices des terrains incendiés, pour planter délibérément en rangs et plates-bandes ce qui pousserait spontanément dans tout espace libre. Il trouva des lupins, que la chaleur précoce avait déjà fait monter en graine, et les planta, eux aussi. Il fabriqua une nursery avec quelques planches de bois, des pots à confiture, des boîtes de conserve coupées en deux. Il acheta une tomate dans un magasin qui voulait faire plaisir à nos soldats, l'ouvrit en deux et la laissa sécher au soleil, sous un mouchoir pour empêcher les oiseaux d'y toucher ; puis il planta les graines.

L'entrepôt, considéré comme une carcasse dangereuse, était abandonné depuis longtemps, si bien qu'il n'avait plus l'eau courante. Par endroits les canalisations semblaient avoir été arrachées — on avait dû en récupérer le cuivre — mais peut-être les dégâts étaient-ils dus aux bombes ; il était difficile de trancher. Au moins les murs ombrageaient-ils le sol juste assez pour le protéger d'un été féroce et desséchant.

Il se lava aux bains-douches publics. Il dormit près du jardin. Des chiens vinrent vagabonder, et il les chassa.

Il fallut une quinzaine de jours pour remettre un peu d'ordre entre les murs effondrés, et il travailla aussi discrètement qu'il put, laissant en place les planches aux fenêtres du vieil entrepôt et glissant entre elles ce qu'il devait garder sur les lieux. Il travaillait torse nu, sa chemise blanchissait sur des pierres au soleil.

Il était observé.

Ce n'était pas le petit garçon. Il regardait à peine le petit garçon, bien qu'il eût été triste sans sa compagnie. Il crut d'abord qu'il devait s'agir des Autorités, le mot passe-partout de son père pour désigner la police, les soldats, les inspecteurs des impôts, la bureaucratie, tous ceux qui surveillent. Mais ce n'était qu'une ombre mouvante là où les planches étaient tombées d'une haute porte.

Il pivota sur lui-même !

Le petit garçon était là. « C'est ma maman, dit-il avec enthousiasme. Elle va vous plaire, ma maman. »

Elle s'appelait Grace, et elle franchit le seuil comme une enfant s'avançant sur une scène. Elle était petite, jolie, elle parlait doucement, elle était brune mais avec ce soupçon de coquetterie, ces manières ouvertes et chaleureuses qui, pour lui, revenaient aux blondes.

« Je vais avoir besoin d'eau, dit-il.

— Je le vois bien. Venez en prendre chez moi, dit Grace. J'ai des seaux. » Il hésita. « C'est trop loin pour un tuyau, ajouta-t-elle, j'en suis sûre.

— Vous habitez par ici ?

— Évidemment. » Le petit garçon était très sûr de ce qu'il faisait.

« J'aime les jardins », dit Grace.

Elle lui fit tous ses repas de midi. Elle avait envie de compagnie, et elle avait envie d'être reconnaissante à quelqu'un pour la fin totale de la guerre, et elle avait envie d'un homme qui prendrait la place de celui qui avait eu la faiblesse de la quitter pour accomplir son devoir de citoyen et s'était fait tuer. Elle lui prêta les chemises et les pantalons de cet autre homme, d'avant la guerre, et son corps maigre de prisonnier nageait dedans.

Il charriait des seaux, dans un sens puis dans l'autre. Elle le regardait partir, bras étirés par le poids. Elle ne demandait jamais rien de personnel, pourquoi il dormait à la dure, pourquoi il faisait le jardin, pourquoi il était là, et pourquoi il était disponible.

Elle se tenait devant l'évier, manches roulées jusqu'aux muscles des bras, chemisier entrouvert sur les plis doux de ses seins, elle le regarda et elle paniqua. Elle baissa ses manches, boutonna son chemisier. Elle dit : « Vous êtes très jeune.

— Aussi jeune que vous. »

Elle plongea les mains dans l'eau savonneuse et l'aspergea de gouttelettes. Puis elle dit : « Je suis désolée » comme si elle risquait de le faire fuir. Elle se demanda s'il aimait les femmes, s'il était correct. Il ne comprenait pas pourquoi elle devait s'inquiéter, il avança et la prit dans ses bras. Elle se détendit complètement, douce comme un chat, moulée contre lui.

Il n'était toujours pas sûr. Il ne connaissait pas ces règles. Il avait éprouvé, en se dirigeant vers l'ouest à la sortie du camp de prisonniers, dans le soleil, tout ce sentiment qui avait été cloîtré pendant les années de guerre et qui maintenant se libérait. Il sentait toute cette fureur chez Grace, et il en était brûlé, mais en même temps elle dépendait de lui, le serrait contre elle. Le corps de Peter la désirait, mais son esprit se glaça ; peut-être qu'elle voulait simplement ce qu'il cultivait et, plus vraisemblablement, les doubles rations auxquelles avaient droit les anciens prisonniers pendant six mois : plus de fromage, plus de beurre pour l'enfant, l'odeur du bacon à nouveau dans la maison. Puis il ne réussit plus à être soupçonneux.

Ils baisèrent dans l'après-midi, pendant que le petit jouait dehors. Elle apprécia cette énergie qu'il avait, sa gratitude ; il aima la douceur duveteuse du corps de Grace et le besoin juteux, musclé, à l'intérieur.

Après, elle le fit venir discrètement, à cause des voisins. Ils ne devaient pas savoir pour cet homme qu'elle s'était trouvé, cet homme étrange, qui ne dormait pas dans la maison. C'était comme si elle comprenait qu'elle avait un droit pour quelque temps, mais qu'il pouvait être révoqué à tout moment.

Il ne s'était pas installé. Il ne voulait pas admettre que ce désir persistant, le fait que dans le lit de Grace le monde avait un sens, et qu'il s'y sentait complet, eussent une signification. Il n'avait pas de conquêtes passées pour comparer.

« Tu joues au cricket, déclara son fils.

— Je joue au cricket.

— Tu es lanceur. Tu envoies très fort.

— Je peux envoyer très fort. »

Le gamin semblait considérer la présence de Peter comme allant de soi, comme si c'était lui qui avait comblé quelque vide dans la maison.

Un après-midi, Grace lui demanda : « Je ne sais

pas où tu dors. Tu n'as jamais envie de dormir avec quelqu'un ?

— J'aime être seul. On ne pouvait pas être seul, au camp.

— Est-ce que tu as déjà dormi avec une femme ? Dormi vraiment ? »

Il ne répondit pas.

« Ce n'est pas une promesse, dit-elle. C'est juste une façon de se tenir chaud. »

Il aurait pu s'installer dans la maison. Il y pensa.

Mais un matin en revenant des bains-douches publics il trouva les pierres éparpillées.

Il se remit à marcher.

*

Il aimait vraiment marcher. Chaque kilomètre était un but en soi ; il n'avait pas besoin d'imaginer quelque chose de plus long ou de plus important. Les camps l'avaient enserré comme un étau, désormais il utilisait à nouveau son corps, sentait le sang revenir à des membres qui lui donnaient une saine sensation d'élasticité.

Et il était toujours en uniforme, avec une chemise donnée par Grace pour qu'il puisse se changer. Il n'avait jamais besoin d'expliquer quoi que ce fût, car tout le monde pensait qu'il rentrait chez lui. Les gens se montraient gentils, peut-être un peu inquiets. Et puis l'uniforme le rendait anonyme : un homme parmi des millions qui rentraient chez eux, à pied, en voiture, à cheval.

Il disparaissait. Il découvrit plus tard que son père avait eu plus peur pour lui que jamais pendant la guerre. À l'époque il faisait confiance à toute une machinerie officielle pour prendre soin de son fils, mais désormais il ne savait s'il pouvait faire confiance à son fils. Il revoyait ses souvenirs de tranchée, de gaz moutarde, d'âmes explosées, et il se demandait si Peter s'était brisé.

Et Peter, sur une plage, tentait de retenir un instant chaud, salé. Mais il pensait à son jardin, maintenant bruni par l'été, sans pluie ni arrosages. Il pensait à son père, se disait qu'il aurait dû se laisser accueillir chez lui. Il courut dans le ressac froid et doux des vagues, il se lava, puis sortit et s'allongea sur les galets, au soleil.

Il pourrait toujours traverser la mer, se dit-il. Il devait exister un moyen.

Il entra dans Douvres, essayant d'avoir l'air du genre d'homme qui possède les bons papiers. Il était fatigué, dépenaillé, mais tout le monde était ainsi : le temps des défilés était passé. Il était un peu hébété, semblait-il, ne connaissait pas très bien le chemin de la gare maritime. Les gens croyaient peut-être qu'il avait bu, mais pour le moment ils étaient d'humeur indulgente.

Pour traverser, il lui faudrait comprendre très précisément ce qui se passait : quels régiments, avec quelle destination. Il n'aurait pas tout à fait l'aspect voulu, mais peut-être qu'il ne serait pas contrôlé. Il descendit à la gare maritime de Douvres, dock ouest, sur les quais envahis par l'odeur de la vapeur et des lourds uniformes portés en plein été, parfois d'une cigarette et d'un feu de camp et, une fois seulement, le parfum tonique du café.

Il vit que la toiture était enfoncée, les panneaux de verre percés de trous irréguliers. Il vit une foule de gens affairés, ou qui se tenaient là, sans bouger, attendant comme s'ils attendaient depuis des heures, ou même des jours. Toute la précision d'une gare, horaires, quais et destinations, semblait en suspens, envahie par les hommes en kaki.

Sous les quais se trouvait l'appontement proprement dit, où trois navires étaient amarrés. L'un s'ouvrait à l'arrière pour avaler un train, les deux autres semblaient avoir assuré auparavant des traversées courtes. Tous avaient été dépouillés, privés de tout confort, et tous avaient été peints en gris pour se fondre dans l'anonymat précautionneux du temps de guerre.

Il voulait traverser la Manche, mais il ne pouvait le faire qu'en tant que membre de l'armée, selon les règles qui s'appliquaient en temps de guerre.

Il s'interrogea sur les bancs de sable. La Manche n'avait pas encore pu être draguée. Il se demanda s'il y avait des mines, car le passage avait dû être protégé par les deux camps contre les deux camps. Des naufrages étaient possibles. Il se sentit nerveux, s'inquiéta des regards sans curiosité des hommes qui attendaient, se demandant quand la police maritime découvrirait qu'en réalité il n'était rattaché à aucun groupe, se demandant où il devait aller. Il lui faudrait se présenter devant quelqu'un. Telle était, il le savait, la procédure militaire.

Il s'agrippa l'estomac. Il ressentait vraiment une douleur taraudante, mais en même temps il jouait la comédie. Il lui fallait quitter ces quais, s'éloigner des navires, il avait besoin de s'organiser. Il crut qu'il allait vomir, se demanda quelle pouvait être la sanction réservée à un soldat qui part du mauvais côté, enfreint des ordres qu'il ne connaît même pas.

Pour une fois il eut la bonne réaction. Il fit demi-tour.

*

Il sauta de l'autobus, comme s'il avait l'habitude de rentrer là chaque soir, s'avança dans le jardinet devant la maison, qui n'était que béton et pissenlits, et frappa à la porte de Grace.

« Oh », fit Grace. Puis : « Oh, bien. »

Quand il se fut lavé, et qu'elle lui eut préparé à dîner, il déclara : « Je ne veux plus dormir dans les ruines.

— Je suis allée voir ton jardin. J'ai essayé de l'arroser. Seulement je ne savais pas quelles plantes arracher, quelles autres laisser en place.

— Je ne suis parti que quelques jours.

— Je me suis dit que si tu revenais... Ça paraissait dommage de gaspiller tout ça, tout ce travail.

— Je peux rester ? » demanda-t-il.

Elle allait lui passer la main dans les cheveux, comme s'il était lui aussi un enfant, mais s'arrêta. L'enfant regardait, et il paraissait fatigué, pâle, anxieux.

« Viens », dit-elle.

Dans la chambre, la grande glace de l'armoire faisait apparaître des ombres. Elle s'étendit sur l'édredon luisant, se sentant plus nue que jamais auparavant. Il était comme un chien dans les creux et les fentes de son corps. Un instant elle fut certaine, un instant il fut perdu, et cela revenait au même, deux corps qui réussissaient à se charmer l'un l'autre. Ensuite ils s'installèrent sur le matelas de crin comme s'ils devaient y laisser leur empreinte pour toujours.

Hors de la maison, ce ne fut pas si facile. Elle emporta les coupons de rationnement chez le boucher, qui lui fit une remarque sarcastique, supposa qu'elle avait besoin de steak et lui lança quelques morceaux de bœuf à bouillir. Elle l'emmena au pub et se sentit très seule et visible quand il alla commander leurs boissons. L'une des voisines commenta : « Elle trouve qu'elle s'en tire bien. Il n'est pas d'ici — Il parle bien », renchérit une autre, venimeuse.

Petit à petit, il lui dit d'où il venait, ce qu'il faisait avant, comment il avait été enrôlé pour une guerre qu'il n'avait pas vraiment faite parce qu'il avait été capturé presque avant de pouvoir tirer un coup de feu. Elle lui raconta qu'elle avait été mariée, qu'il avait été tué, que parfois la nuit elle rêvait qu'il revenait, furieux, mais elle savait qu'il ne reviendrait jamais.

« Comment tu le sais ? demanda-t-il.

— On sait ces choses-là, c'est tout. »

Cette nuit-là il resta éveillé, prêt à la défendre contre cet étranger qui reviendrait certainement.

Elle se leva pour aller voir son fils qui s'agitait, se retournait, transpirait sous un drap, le souffle laborieux, comme si parfois il oubliait de respirer ; il se raclait la gorge comme un vieux fumeur. Elle revint, s'allongea contre Peter sans rien dire. Elle ne savait pas encore quel poids elle pourrait partager avec un homme si jeune.

Puisque le pub n'était pas amical, et qu'ils ne parlaient guère aux autres clients, ils formèrent un cercle étroit à deux, si profondément absorbés l'un par l'autre qu'ils n'avaient même pas de langage à eux qu'un étranger eût pu entendre. Ils n'avaient pas besoin de se toucher, de s'effleurer : ils savaient qu'ils s'appartenaient.

Les haricots et petits pois du jardin avaient besoin de tuteurs. Il ne savait où s'en procurer. Grace ouvrit le cadenas du gros appentis à bois au fond du jardin et lui montra les vieux bambous que son mari utilisait. Certains étaient pourris, certains étaient cassés, et ils sentaient l'humidité, mais il y en avait suffisamment pour soutenir les petits pois.

Il travaillait dans le jardin quand il sentit que quelque chose n'allait pas.

Il jeta les bambous, qui tombèrent en vrac sur le sol. Il passa la porte et oublia de remettre les planches. Il courut dans la rue, se heurta au passage à une demoiselle, un vicaire, un livreur de charbon, glissa en pénétrant dans le jardinet, et se rendit compte qu'il n'avait pas la clef. Il aimait bien demander à entrer, d'habitude, mais cette fois-ci il comprit qu'il n'avait pas le temps.

Il frappa à la porte d'entrée, sur le bois, puis sur la vitre dépolie. Il sonna. Il fit le tour en courant, passa le second portillon, arriva à la porte de derrière. Il martela le bois peint en vert. Il aurait attaqué la porte à la pioche s'il en avait eu une.

Durant la minute qu'il passa là, debout, à attendre que la porte s'ouvre, il tenta de concocter une histoire pour expliquer la terreur qu'il éprouvait alors, il n'avait que son instinct pour lui ordonner d'être là, de la sauver.

La porte s'ouvrit soudain. Grace dit : « C'est le petit. »

Il courut au salon. La pièce avait l'air d'un musée

de cire, tout brillait vaguement, un tapis orangé, trois fauteuils et une table recouverte de dentelle. Par cet après-midi ensoleillé, la lumière frappait la poussière en suspension du vieux feu de charbon, et l'on sentait encore une légère odeur humide de fumée dans la cheminée. Il remarqua tous ces détails comme s'il les découvrait ; il ne passait pas beaucoup de temps au salon.

Le petit était allongé par terre, dissimulant son visage. Il émettait des cliquetis, comme s'il avait un engrenage dans les poumons. Il entendit Clarke, leva la tête, son visage était bleu et pincé.

« Ça vient de commencer, dit Grace. Il ne peut pas parler. »

L'enfant ne pouvait parler, c'était clair. Il n'arrivait pas à articuler le moindre mot.

« Appelle une ambulance », ordonna Peter. Il savait seulement qu'il fallait sortir le petit garçon de la maison, où ils ne pouvaient rien pour lui. « Est-ce que quelqu'un a le téléphone ?

— La voisine d'à côté. Mais elle ne me parle pas.

— Il faudra bien qu'elle te parle. »

Le petit garçon n'arrêtait pas de bouger. Il tentait d'échapper à ce qui l'étranglait. Son visage ruisselait d'une sueur qui donnait à la teinte bleutée de ses lèvres, à la peau fine autour de ses yeux, l'aspect d'une peinture, mais qui ne restait pas à la surface, qui l'imprégnait, l'empoisonnait.

Grace alla chez sa voisine. Pendant un moment la femme ne répondit pas. Grace hurla à travers la fente du courrier qu'elle devait utiliser le téléphone. La voisine fit du vacarme dans sa cuisine, remuant des bouteilles dans une poubelle afin de ne pas entendre. Grace hurla : « C'est mon fils, bon sang. Il est en train de mourir. »

La voisine ouvrit la porte. « Vous auriez dû y penser avant », remarqua-t-elle.

Grace voyait l'appareil.

« Il y a une cabine à deux rues d'ici.

— C'est urgent. »

La femme avait l'air d'une caricature de mégère inflexible, une créature brune raidie de convenances.

« Je suis vraiment désolée de vous déranger, Mrs. Roger. J'aimerais beaucoup me servir de votre téléphone. S'il vous plaît. »

Grace avait donné satisfaction. Mrs. Roger permit.

Et le petit garçon se balançait d'avant en arrière, en train d'étouffer. Peter lui tâta les côtes ; elles semblaient séparées par de grands creux sans chair quand l'enfant soufflait, qui se remplissaient comme des ballons quand il luttait pour avaler de l'air. Et la poussière, provenant du feu et peut-être des ruines de la ville, Peter la voyait en suspension dans l'air, échantillon de ce qui avait dû se déposer dans les poumons de l'enfant. La poussière brille, découvrit-il. Elle n'est ni terne ni inerte ; elle est faite de minuscules lames.

« Il ne s'est rien passé, annonça-t-il quand Grace revint.

— Il a besoin de boire », dit Grace. Elle apporta de l'eau, mais cela ne parut lui faire aucun bien.

L'ambulance arriva, dans un bruit de cloche. Toute la rue vint se poster au seuil des portes pour jouir du spectacle, sembla-t-il à Grace. Les ambulanciers déposèrent l'enfant sur un brancard, installèrent le brancard à l'arrière, puis firent monter Grace, et elle voulait que Peter vienne aussi. Elle cria son nom.

L'enfant se redressa sur le brancard et ulula comme une chouette terrifiée : un son crissant, granuleux comme du papier de verre, qui renvoya les voisins chez eux, regarder à travers les rideaux le départ de l'ambulance.

Peter suivit. Il suivit en courant. On ne le laisserait jamais monter dans l'ambulance, il n'était que le nouveau petit ami de la mère. Mais il ne pouvait manquer d'être à ses côtés ; c'était ça, l'important. Il ne savait pas ce qu'il ferait, pas plus qu'il n'avait su que faire devant l'enfant assis, qui avait l'air d'un trombone tordu enveloppé de chair, et luttait contre quelque chose d'aussi ordinaire que l'air.

Il coupa au carrefour, près de la station de métro, dans un tunnel en briques, par une rue qui avait réussi à conserver ses platanes durant les hivers rigoureux de la guerre, continua de courir jusqu'à ce que le souffle lui manque, comme s'il était à nouveau sur une piste, courant pour la gloire.

Il arriva en nage, embarrassé, en trébuchant, aux urgences, et il trouva Grace tout de suite.

« Ils l'ont emmené, annonça-t-elle. Ils viennent juste de l'emmener. »

Tous deux s'assirent sur des chaises en bois, au deuxième rang, dans une pièce peinte en blanc, basse de plafond, environnés d'odeurs de désinfectant et d'un air frais et humide émanant de la porte, alors que dehors le soleil tapait dur.

Une infirmière demanda : « Est-ce qu'il s'est déjà produit quelque chose de ce genre ?

— Il tousse parfois. Et il a une respiration sifflante la nuit, j'ai remarqué. Bien sûr, il a toujours eu l'air inquiet, comme il a grandi pendant la guerre, ce n'est pas étonnant. Si ?

— A-t-il déjà vu un médecin pour cela ? s'enquit l'infirmière.

— Il avait l'air d'aller assez bien. Je n'ai jamais pensé à consulter un médecin.

— Nous ne voyons pas souvent d'asthme ici, déclara l'infirmière. C'est une maladie qui se soigne à domicile.

— Mais je ne savais pas... »

Grace voulait être jugée, il le voyait bien, elle voulait qu'on lui dise où elle avait mal agi, pour pouvoir agir toujours bien à l'avenir, et emmener l'enfant loin de cet endroit blanc et froid où il était confiné.

Mais l'infirmière sourit. « Il s'en sortira, dit-elle. Ça arrive quelquefois, on n'a pas le temps de dire ouf. » Puis elle pensa au visage bleui de l'enfant qui étouffait, et cessa de sourire. « On lui donne de l'éphédrine, expliqua-t-elle. Ça contrôle les poumons. On le mettra peut-être quelque temps sous une tente à oxygène, pour qu'il respire plus facilement. Il s'en sortira. Vous verrez. »

Ils ne rentrèrent pas cette nuit-là. Ils restèrent assis, sans se toucher. Une fois, on demanda à Grace de venir et à Peter d'attendre. Grace passa les portes battantes. Il crut entendre ses talons sur le linoléum du couloir. Il tenta d'imaginer ce qu'elle allait voir.

« Comment va-t-il ? demanda-t-il, quand elle revint.

— Je n'ai pas vraiment pu le voir. »

Au bout d'une minute il s'enquit : « Qu'est-ce que tu veux dire ?

— Il est dans une sorte de cabane. Un genre d'abri. Avec de l'oxygène. »

Il voulait savoir exactement ce qu'elle avait vu, pour pouvoir partager la scène et partager ses sentiments. Elle ne pouvait rien décrire. Son cœur était là-bas, il battait près de l'enfant dont la respiration était si désespérée et laborieuse.

À quatre heures du matin, il alla lui chercher du thé dans une tasse blanche épaisse. Quand elle eut terminé, il remarqua que sa tasse à lui était parfaite, alors que celle de Grace était fêlée. Il regretta de ne pas avoir pris l'autre.

Une nouvelle infirmière vint leur dire : « Vous devriez rentrer chez vous. Il n'y a rien que vous puissiez faire ici. Rentrez chez vous. » À Peter elle ajouta : « Votre frère va s'en sortir. »

Grace répondit « Merci » avant que l'infirmière puisse ajouter autre chose.

Dans le lit, Grace gisait comme une planche, le cœur d'une rigidité cadavérique. Elle ne pouvait même pas pleurer. Elle tendait l'oreille, à l'affût des nouvelles qui risquaient de venir à la porte, comme étaient venues toutes les autres : la mort de son mari sous forme d'une lettre nette, officielle, les lettres de sa famille avant et après, mais peu nombreuses après, quand elle était devenue l'anomalie que constitue une femme seule avec un enfant. Elle aurait aimé recevoir un télégramme l'informant que tout allait bien, et que tout irait toujours bien. Un télégramme du roi.

Il était allongé contre elle, à plat contre elle, la peau de leurs hanches et de leurs épaules se touchait, et leurs corps s'incurvaient séparément entre hanche et épaule. Il voulait partager la chaleur de Grace. Il voulait qu'elle partage la sienne. C'était un début. Mais la journée était torride, un soleil de cuivre faisait briller l'air, et d'ailleurs elle ne voulait pas qu'on la touche.

Il ne pouvait le supporter. La douleur de Grace le touchait, mais lui ne pouvait la toucher. Elle n'avait pas seulement peur pour l'enfant dans les prochaines heures, les prochains jours, il le savait. L'enfant avait changé pour elle, il était devenu un corps peu fiable, recelant des possibilités terrifiantes qu'elle ne pouvait gérer seule. Elle soupira très profondément, et encore, et encore.

Il lui demanda si elle voulait du thé. Il allait en faire, de toute façon. Debout sur le linoléum de la petite cuisine, il mit de l'eau à bouillir sur une plaque électrique. Il se regarda la plante des pieds, pas de saleté ; les sols de Grace étaient toujours propres. L'air n'était chargé de poussière que dans le salon.

Il fit le thé, emporta une boîte de lait condensé. Du thé chaud très sucré, voilà ce dont elle avait besoin.

À onze heures elle se leva, enfila la tenue qu'elle mettait pour l'église, déclara qu'elle allait à l'hôpital. Il l'accompagna. Elle rendit visite à l'enfant sous sa tente à oxygène, et cette fois-ci elle vit ses yeux ouverts si grands qu'ils devaient lui faire mal.

« Alors, on s'occupe bien de toi ? demanda-t-elle doucement simplement pour qu'il l'entende parler. On s'occupe de toi. Bonbonnes spéciales. Piqûres spéciales. Ils vont te remettre à neuf. » Et puis ses mots se précipitèrent. « Mieux, même, tu verras. Tu pourras de nouveau jouer au football. Tu verras. »

Peter Clarke resta assis sur le siège dur, dehors. Il voulait se rendre utile, d'une façon ou d'une autre. Il voulait porter ce fardeau qui était soudain tombé sur Grace, et aussi empêcher l'enfant d'avoir mal. Il savait qu'il avait manqué de générosité envers son propre père, qu'il s'était enfui, et maintenant il tenait à se montrer superbement bon.

Elle sortit de la salle et déclara : « Ils font tout ce qu'ils peuvent. »

*

L'enfant rentra chez lui en ambulance et il en descendit sans aide. Il sourit aux ambulanciers, qui répondirent par un éclat de rire.

« Qu'est-ce qu'il y a pour le dîner ? demanda-t-il.

— Des saucisses, répondit Grace. Je t'ai trouvé des saucisses. »

Ils s'assirent dans la cuisine. Ils parlèrent à voix basse, sauf l'enfant, et se déplacèrent avec précaution entre la table et les placards.

« Tu veux voir le jardin ? proposa Peter. Il pousse bien, maintenant.

— Tu ne dois pas le fatiguer », objecta Grace.

Le petit garçon lui tira la langue. « Je vais bien, dit-il.

— Tu dois te reposer », lui intima Grace.

Et pendant une semaine ou deux, tout alla presque bien. Le petit garçon restait assis à la fenêtre et ne semblait pas regretter de ne pouvoir se précipiter pour rejoindre les autres gamins dans la rue ; c'était un solitaire. Il alla dans le jardin, mais il n'y avait pas grand-chose à voir : quelques choux à grandes feuilles qui dépassaient du sol, le spectacle étrange d'épilobes et autres mauvaises herbes, en alignements roses.

Grace faisait dormir l'enfant avec elle. Elle disait qu'elle voulait entendre si sa respiration changeait pendant la nuit. Elle était censée surveiller si elle devenait sifflante, expliqua-t-elle, ou s'il haletait, ou inspirait par longues goulées lentes. Peter tentait de dormir sur le canapé du salon, qui n'était pas assez long pour lui.

L'inquiétude de Grace était son inquiétude. Il était presque sûr de n'être pas jaloux.

L'enfant alla prendre un bain. Il ne voulait pas que Grace vienne avec lui ; il disait qu'il était assez grand maintenant. Et elle ne pouvait rien lui refuser.

« Il va bien », dit Peter. Il tendit la main. Grace rétorqua : « C'est facile, pour toi. » Il avait envie de répondre : « Ce n'est pas facile du tout pour moi. Je sais ce que tu ressens. Moi aussi je le ressens. » « Il ne sera plus jamais en bonne santé », dit Grace brusquement.

Elle se dirigea vers un tiroir et en sortit une chemise blanche neuve. Elle l'avait méticuleusement repassée et amidonnée. « Je l'ai achetée pour lui, dit-elle. Pour plus tard. » Elle se tourna vers Peter. « Je veux qu'il ait une belle chemise blanche. Ça fait toute la différence. On te regarde... »

Ils entendirent tous deux une quinte de toux à l'étage. « Ce fichu chauffage, dit Grace. Ce doit être le gaz. Ça va déclencher son asthme. »

Presque en haut des marches, elle glissa sur le tapis, tomba en arrière contre Peter un instant et se précipita en avant. La porte de la salle de bains n'était pas verrouillée ; elle n'avait pas voulu qu'il la verrouille.

Il se tenait debout près de la baignoire, nu. Il luttait pour respirer et, provisoirement, il gagnait, une victoire ténue qui ne faisait que souligner les côtes blanches et maigres, la poitrine qui paraissait sombrer et s'enfler bien au-delà des capacités normales d'un corps d'enfant, la pâleur de son visage crispé.

« Je vais bien, affirma-t-il. Je t'assure. »

Il ne restait à l'enfant qu'un soupçon de vie, assez pour envoyer Grace courir vers les terreurs et les odeurs d'éther d'un service d'urgences, assez pour la faire souffrir quand il souffrait. Aucun miracle ne se produirait.

Peter Clarke éprouvait un sentiment de colère. C'était un nouveau monde, hein ? Un monde où tout le monde serait logé, un monde d'État providence, et peut-être même de médicaments qu'on n'aurait pas besoin de payer, où la douleur serait, d'une façon ou d'une autre, résolue, où quelqu'un au poste de commande saurait toujours quoi faire.

Alors pourquoi ne sauve-t-on pas cet enfant ? Est-ce qu'il ne compte pas dans leurs grands calculs protecteurs ? Est-ce que Grace ne compte pas ?

L'enfant avait passé deux jours au lit, Grace lui donnait des boissons sucrées, lui faisait faire des inhalations sous une serviette épaisse. Elle semblait croire que son mal était comme un rhume d'été. Il restait dans le grand lit, roulé en boule comme un chat à côté de Grace. Elle glissait un oreiller sous lui quand son dos commençait à s'arquer sous l'effet des spasmes.

« Viens t'asseoir », dit Peter, et il l'entraîna un

instant hors de la pièce. Elle s'assit, mais maladroitement, sa chair et ses muscles semblaient pendre sur ses os fatigués. Elle prit une tasse de thé, la but très vite et dit : « Il a besoin de moi.

— Il doit dormir.

— Il a besoin de moi. C'est mon fils.

— Je vais rester près de lui un moment. Repose-toi. Écoute la radio, détends-toi. Pose tes pieds sur un tabouret. »

Elle le foudroya du regard, comme si elle avait envie de lui dire qu'il avait tort, complètement tort. Elle ne pouvait pas. Alors elle dit : « D'accord, mais rien qu'un instant. »

L'instant devint une heure. Il l'entendait en bas, non pas allongée comme la raison l'aurait voulu, mais assise toute droite dans un fauteuil, respirant péniblement. Il aurait dû descendre la couvrir, mais cela aurait signifié laisser l'enfant, qui pour l'instant gisait, immobile, sur son oreiller au creux du grand lit.

C'est respirer qui va le tuer. Il va lutter pour respirer jusqu'à ce que son cœur s'arrête. Ou que le sang envahisse son cerveau. Il mourra, de toute façon.

L'enfant était calme. Peter se rapprocha. L'enfant se recroquevilla et frémit, comme si un autre corps tout entier essayait de sortir par sa bouche, et ne pouvait plus rester confiné. Il s'éveilla devant Peter, le visage blanc et crispé comme l'hiver, dans la chambre chaude. Son regard était vague, presque aveugle.

« Tout va bien », dit Peter.

L'enfant tenta d'avaler tout l'air de la pièce. Son

visage avait la teinte blanc bleuté d'une carcasse chez le boucher, quand le sang s'est écoulé.

Le temps que l'ambulance arrive, son cœur s'était arrêté. Les hommes massèrent sa poitrine fragile, lui insufflèrent de l'air, mais ils ne purent le ramener à la vie.

Grace revint de l'hôpital, et elle ne pouvait pas parler. Il essaya de prendre soin d'elle, mais elle ne le remarqua pas. Elle restait assise dans la cuisine, le dos droit, les bras sur la table pour ne pas avoir à faire l'effort de les tenir en l'air, ou de les laisser tomber, ou de les écarter. Elle resta ainsi quatorze heures — il compta. Puis il crut l'entendre renifler ou geindre, mais elle essayait de chanter tout bas, peut-être de chanter pour l'enfant, quelque chose de poignant et de sentimental, d'où tout rythme ou toute mélodie avait disparu : « Danny boy, par monts et par vaux sonnent les pipeaux... »

Puis elle dit : « J'ai fait tout ça pour lui, tu sais. »

Il ne s'attendait pas à des paroles cohérentes, vu les circonstances. Il était simplement content qu'elle puisse à nouveau lui parler.

« Il faut que tu manges quelque chose. Bois quelque chose.

— J'ai envie de gin.

— Tu ne bois pas de gin.

— Qu'est-ce que tu en sais ? »

Elle avait raison, il ne connaissait de ses goûts que ce qu'elle avait laissé échapper au cours des dernières semaines.

« Est-ce qu'il y a du gin ici ? »

Elle se mit à rire. « Tu as cherché ?

— Tu as dit que tu en voulais...

— J'ai dit que j'en avais envie. J'aimerais bien aller au pub et boire un bon verre de gin. Et pourquoi pas. Je ne rends service à personne en restant là comme une statue, si ? »

Il savait que c'était un piège. Simplement il n'avait pas vécu assez longtemps pour comprendre comment marchait le piège ou quand il se refermerait.

« C'est ce que tu penses, hein ? Tu veux que je pleure. Je ne pleurerai pas. Non. »

Elle se leva sans précautions, et après être restée si longtemps assise elle vacilla. « Je me disais que je pourrais préparer le feu dans le salon, le préparer, sans l'allumer. Ou alors je pourrais passer la serpillière. » Elle regarda autour d'elle comme si la maison l'étonnait désormais. « Qu'est-ce que tu veux que je fasse ?

— Il est en paix maintenant, dit-il.

— Tu espères que je vais être reconnaissante ?

— C'est moins cruel. Il est auprès de Dieu.

— Tu ne voudrais quand même pas que je remercie Dieu, si ? »

Il ne savait comment réagir. Ç'auraient presque pu être des accusations, mais il était pratiquement certain qu'elle n'avait pas de raison de l'accuser. Officiellement, l'enfant était mort de causes naturelles, un problème d'air sale et de voies respiratoires défaillantes. Tout ce qu'il faisait, quand il faisait quelque chose, avait pour but d'épargner Grace.

Mais voilà qu'elle se déchaînait. « J'ai fait tout ça pour lui, dit-elle. T'accueillir ici. Te faire vivre ici. C'était seulement pour qu'il ait un homme près de lui, et pour avoir plus de nourriture, pour pouvoir m'occuper de lui, lui faire une vie, pour qu'il y ait quelqu'un d'autre qui s'occupe de lui. Ne te fais pas d'illusions.

— Écoute, dit-il. Je ne suis pas obligé de rester...

— Non. Tu n'es pas obligé. »

Il avait déjà été témoin de crises d'hystérie qui passaient aussi brusquement qu'elles étaient apparues, chez des hommes et des femmes, au fil des années. Il se dit qu'elle réfléchirait peut-être après une nuit, une semaine, et qu'elle aurait peut-être à nouveau besoin de lui.

« Je dormirai dans le jardin », annonça-t-il. Il ne prit que l'uniforme qu'il portait en arrivant, rien d'autre. Pour le retrouver, il dut vider des tiroirs. Il vit la chemise blanche amidonnée qu'elle avait achetée pour l'enfant, pleine d'espoir. Il la manipula avec autant de précautions que s'il s'était agi de l'enfant lui-même.

Il s'allongea sur le sol sec entre les rangées négligées de petits pois et de haricots, avec sa veste comme oreiller.

Il aurait voulu un signe lui indiquant qu'il pouvait revenir. Il était presque sûr qu'il devrait revenir. Mais elle ne pouvait lui téléphoner, ne pouvait sourire à sa fenêtre sur son passage et il se sentait trop embarrassé pour passer dans sa rue. Elle devrait venir au jardin pour le trouver, et il savait au fond de son cœur qu'elle ne le ferait jamais, parce que ce n'était pas elle qui était en tort. Même si ce qu'il avait fait était juste, il savait qu'il ne pouvait se targuer d'avoir raison.

Trois matins plus tard, visage irrité de barbe naissante, pantalon incrusté de terre sableuse, il monta dans un train et retourna chez son père.

7

Il n'aimait pas être tenu à l'écart. Les autres se rencontraient. Les autres parlaient, en plus des allusions et des regards. L'histoire de Sarah était bien nette, mais là où il ne pouvait pas la voir, ni la lire.

Il avait, en quelque sorte, le droit de savoir.

Il avait déjà fait de la ville entière une énigme, et son activité principale. Si on lui montrait une agréable boulangerie, où des femmes fortes mangeaient des gâteaux, il tentait de reconstruire leur vie pendant la guerre. Il examinait les crimes codés dans les façades discrètes des banques privées. C'était une ligne de conduite folle : tout pouvait nécessiter une action, de sorte que tout se chargeait de drame, même le tramway qui se faufilait dans les rues, ou la jeune fille qui vendait des vitamines à la pharmacie ou les grandes salles humides d'une boutique de fleuriste remplie de tulipes et de palmiers, ou la queue aux guichets de la Hauptbahnhof.

Il attaqua son déjeuner, en alerte. Il s'empressa auprès de Sarah, au cas où elle eût attendu le bon moment pour s'expliquer.

Il flâna devant les librairies, de chaque côté de la boutique de Lucia. Il examina des cartes, des gravures, des volumes soigneusement reliés de Max Frisch, des livres de Goethe et de Rilke. Il attendait que quelqu'un entre dans la boutique de Lucia, ou que quelqu'un en sorte.

Il se demandait si cette Lucia accepterait simplement de lui parler. Il était presque du même pays, celui des très âgés ; elle lui ferait confiance. Ils appartenaient à la même conspiration contre le temps et les jeunes.

Mais il n'arrivait pas vraiment à imaginer comment il pourrait se montrer amical envers elle pendant une demi-heure, puis formuler ses questions.

Il tambourina des doigts sur sa cuisse. Il pinça l'étoffe.

Il regrettait la précision familière de ses champs, de ses plates-bandes, le spectacle des couleurs atypiques, des formes atypiques. Il rêvait de savoir exactement où il en était, jusqu'à la dernière rangée du dernier cultivar, parce qu'ici, dans cette ville polie, il lui semblait vivre dans une abstraction : des visages dont les affaires n'étaient pas ses affaires, des rues comme des idées de rues, sans spécificité, sans saleté, sans visages particuliers et exigeants, et au bout de ces rues des paysages accrochés comme des cartes postales.

Helen avait le contrôle de la cuisine pour la journée : et Sarah était assise à table en face d'elle, regardant avec perplexité les carottes qu'elle râpait, les endives qu'elle faisait braiser, comme s'ils s'agissait de pièces de musée qu'on ne voyait pas tous les jours.

Elle avait insisté pour amener Peter Clarke. Elle voyait en lui un système de protection, quelque chose qui ouvrirait les possibilités explosives que recelaient Helen et Nicholas, attablés avec Sarah, même si tous deux maintenaient qu'ils ne cherchaient qu'à l'aider, à réparer. Elle se demandait pourquoi ils n'allaient pas tout simplement voir Lucia ; mais si Lucia, en cinquante ans, n'avait pas montré le moindre signe de remords, ni de culpabilité, ni même d'anxiété, alors aller voir Lucia ne pourrait jamais suffire.

« Pourquoi ne travaillez-vous pas ? demanda-t-elle tout de go à Helen.

— Je voulais un bébé, répondit Helen.

— Vous n'avez plus de bébé. C'est un enfant, et il va à la maternelle.

— Je voulais être là quand il rentrerait à la maison. Je ne voulais pas avoir à lui dire que je partais courir le monde et que je lui enverrais une carte postale.

— Les hommes font ça tout le temps.

— Oui. Mais je ne suis pas un homme.

— Lucia n'a pas arrêté de travailler, je crois. Pas à Berlin. Et depuis elle a toujours eu la boutique, d'après vous.

— Je prends mes décisions moi-même. »

Helen avait des blancs de poulets dans les mains. Elle les lissa, les découpa en filets et les claqua contre la table, très fort. Le bruit trancha l'air de la pièce en deux, entre elle et Sarah.

« Ce Meier, reprit Sarah, c'est un ami à vous ? »

Cette précision était accidentelle. Elle disait ce qui était évident, ce qu'elle voulait savoir. Mais elle était précise, et c'était cuisant.

« Nous étions collègues.

— Dans le même bureau ?

— Il est avocat et nous le consultions parfois.
— Alors, qu'est-ce qu'il sait sur les restitutions ?
— Il s'y intéresse.
— Bien », dit Sarah. Puis elle ajouta : « Je crois que je devrais vous aider. Je crois aussi que je devrais boire un verre, mais peut-être qu'il vaut mieux que j'attende d'avoir vu Meier. Mieux vaut avoir la tête aussi claire que possible quand on est très, très vieille. »

Deux vieillards avançant d'un pas énergique dans la neige. Nicholas Müller-Rossi, si rond qu'il fût, faisait preuve d'une surprenante efficacité. Peter Clarke marchait devant, détendu. Ils formaient une conspiration pressée dans les allées noires et dégagées.

Nicholas était content d'avoir Clarke avec lui. Il lui tenait compagnie. Il était un allié pour Sarah. Mais surtout il constituait une nouveauté. Nicholas n'aimait pas les collègues de son âge, retraités, qui se sentaient désormais coupés de leur travail, et voyaient le sens de leur vie relégué dans quelque bureau universitaire. Il n'avait pas toujours envie d'aller en ville pour organiser une réunion avec ses vieux amis. Il voulait des étrangers, qui ne possédaient pas les mêmes certitudes que lui.

Quant à Clarke, il se surprenait lui-même. Il avait tellement envie d'être le champion, le protecteur de Sarah, mais il se laissa facilement entraîner dans cette discussion énergique et itinérante avec Nicholas. Il eut même le temps d'éprouver une légère rancœur : l'idée que les hommes âgés sont inoffensifs, et donc, automatiquement, des alliés.

Deux Anglais, deux Suisses, n'auraient pu se montrer aussi directs.

Clarke déclara à Nicholas : « Je ne connais pas beaucoup de professeurs. J'évitais les généticiens. Ils ne comprenaient pas ce que je faisais. »

Et Nicholas, avec une certaine générosité : « Je n'ai jamais rencontré personne qui fasse quelque chose d'aussi beau que faire pousser une fleur. Une nouvelle variété de fleur. J'aimerais bien que nous allions dans le jardin, après, pour que vous me disiez s'il contient quelque chose que vous avez sélectionné. »

Clarke sourit, reconnaissant pour cette ouverture soigneusement préparée. De toute évidence, il avait déjà fait l'objet de recherches, ou peut-être d'explications, ce qui signifiait que Sarah avait parlé de lui.

« Tout ce que je sais faire, dit Nicholas, c'est attirer l'attention sur certains livres.

— C'est très joli, ici », remarqua Clarke.

Ils ne voulaient pas ralentir dans la dernière côte de la colline, aucun des deux. Mais ils espéraient trouver, au sommet, un panorama à admirer, ce qui leur donnerait le temps de souffler.

Ils marchaient dans un paysage magnifique, balisé de poteaux indicateurs instructifs donnant tous les détails sur le prochain sommet, qui luisait de l'éclat bleuté de la neige ; mais ils arrivèrent devant un bois, un mur d'arbres. Les branches effaçaient la lumière : mortes, épaisses, noires. La neige s'arrêtait exactement là où commençaient les arbres.

Nicholas désigna un panorama de champs enneigés ; Clarke regarda avec lui.

Un bruit retentit, mi-déchirure, mi-chute. Les deux hommes restèrent immobiles.

Du bois sans vie sortit un jeune cerf, pattes écartées, regard fou, terrifié, seul. Ses flancs étaient éraflés : il s'était frayé un passage dans un enchevêtrement de ronces. Il remarqua à peine les hommes, parce qu'il courut droit sur eux, comme s'il avait une seule direction en tête et ne pouvait en changer, ou peut-être que la lumière soudaine et brillante l'aveuglait. Il prit le sentier, regarda en arrière, puis partit au galop à travers champs, à la fois vif et mal assuré, dérapant sur la glace.

Il disparut en un instant : des traces dans la blancheur.

« Bien », dit Nicholas.

Clarke sourit. Il dit aussi : « Ils ne font pas de dégâts, les cerfs ? »

Quand ils prirent le chemin du retour, ils s'étaient trouvé d'autres points communs. Ils avaient connu la même guerre, donc ils savaient tous deux que les corolles des parachutes tombent, douces et gaies comme des lumières de Noël, ils avaient vu le cône formé par un projecteur quand il fouille le ciel, le scintillement du cône à son apex quand il débusque un avion, et ensuite le *dot dot dot* des canons au sol, et la machine argentée transformée d'abord en reflet miroitant, puis en torche flamboyante qui tombe du ciel. Ils savaient tous deux que les bombes sifflent.

Tout cela, ils pouvaient le partager en quelques mots d'histoire. Nicholas à Berlin, Peter Clarke près de Londres avant qu'on l'envoie à la guerre.

Mais Clarke ne se satisfaisait pas de l'idée que ces connaissances communes les rendaient égaux ; c'était clair. Il avait envie d'écouter, mais il savait que ces avions étaient les siens, que c'était son côté qui faisait pleuvoir les bombes sur Berlin, pour de bonnes raisons, et ces engins dans le ciel au-dessus de son village étaient étrangers, des assassins ailés.

Nicholas le sentit, ou peut-être qu'il s'y attendait. Il avait l'habitude de ce sentiment général qu'aucune expérience vécue dans l'Allemagne nazie — être amoureux, manger une *Bratwurst* — ne pourrait être considérée comme totalement humaine.

Il dit même à Clarke ce que Clarke devait penser de la Suisse pendant la guerre. Il s'attendait que le monde soit furieux. Il dit qu'il tentait parfois d'expliquer que les rationnements avaient vraiment existé, que les chats qui sortaient la nuit finissaient parfois en ragoût, mais que les Suisses ne rationnaient jamais ce que mangeaient les étrangers, de sorte que les étrangers, pour la plupart, se crurent dans un pays de lait, de miel et de pommes de terre. Mais alors les étrangers comparaient le pain noir de glands et le chocolat, l'ersatz de miel (il suffit d'ajouter du sucre) et le fromage des Alpes. Les Suisses n'avaient pas souffert convenablement.

« Je ne m'excuse pas, continua Nicholas. Et je ne me vante pas.

— Et Lucia ? » s'enquit Peter Clarke.

Nicholas savait qu'il devait répondre : « Tout le monde savait. Personne ne pouvait rien faire. J'ai demandé un jour à mon père pourquoi rien n'avait été fait et il m'a répondu qu'il s'en était fallu de peu, mais que malgré tout il ne s'était rien passé.

« Il ne s'est rien passé, enfin, rien d'important. Il y a eu un procès. Ma mère avait des difficultés. Je me souviens qu'elle avait maigri, alors j'ai essayé de comprendre ce qui se passait. C'est ce que font les enfants en cas de problème. Dans mon lit, je me disais : “Ça ne peut pas être les restrictions”, l’approvisionnement était bien plus fiable qu’à Berlin, et aussi bien plus généreux. On recevait onze litres de lait par mois, et cent grammes de bacon cru, deux cents de beurre, et cinq cents de sucre ; on voyait même de la viande, du café, du chocolat, des bonbons. Rien de ce qui se passait n’était une question de manque.

« Elle était peut-être malade. Mais elle n’avait pas l’air malade. Elle avait une sorte de coquille vernie, brillante, qui ne s’ouvrait jamais et, si elle avait été malade, la coquille aurait dû commencer à se fendiller. Elle avait un regard féroce. Elle se concentrait sur le monde comme si c’était un jeu d’échecs, encore qu’elle n’était pas du genre à jouer aux échecs. »

Il s’arrêta, se mit à taper des pieds sur la route.

Ils se conduisirent en séducteurs grisonnants au déjeuner, Nicholas et Peter, jouant des coudes pour attirer l’attention de Sarah. C’était un réflexe, un peu absurde, mais qui remplissait l’immense silence laissé par la personne qu’on ne pouvait mentionner et le sujet qu’on ne pouvait aborder.

Peter parla de jardins, et Sarah avait un jardin à Londres. Puis Nicholas parla d’une production de *Périclès* qu’il avait vue, et de la traduction. Sarah en avait entendu parler. Peter proposa une nouvelle excursion sur le lac.

Soudain, Sarah dit à Nicholas : « Vous aviez un chat qui s’appelait Gattopardo.

— Oui.

— Un chat tigré.

— Oui, à Berlin, quand j'étais tout petit. »

Sarah sourit, puis elle se mit à tousser comme si elle s'étouffait, il fallut l'aider à se lever et lui donner de l'eau.

Clarke la regardait avec l'attention d'un amant ou d'un policier. Ce faisant, il remarqua que quelqu'un d'autre l'observait, nettement : Helen. Il ne savait pas avec certitude si elle avait envie de protéger sa grand-mère ou si elle s'inquiétait pour Sarah. Il se rendit compte qu'il se méfiait.

Nicholas et Peter entendirent démarrer la voiture, qui emmenait Helen et Sarah à Zurich, chez l'avocat. Les oies maugréèrent doucement. Aucun chien n'aboya.

« Et s'il valait mieux ne pas se souvenir ? » demanda Nicholas.

Aucun d'eux ne pouvait supporter cette question.

« On s'attend toujours que les Anglais parlent d'école », reprit Nicholas. Puis il se dit qu'il avait commis une erreur, s'était égaré dans les fourrés de la lutte des classes anglaise, et que Clarke n'avait pas fréquenté le genre d'école qui fournit un sujet de conversation polie. Ou peut-être qu'il se trompait sur les Anglais.

De toute façon, il était trop tard. Il devait avouer, sinon il lui faudrait écouter l'immense silence blanc.

« J'ai aimé l'école quand j'y suis entré, en septembre, raconta-t-il. Elle était très à l'écart, au-dessus des lacs et des nappes de brume. Elle avait des murs et des usages, si bien qu'on pouvait toujours rêver de s'échapper ou d'enfreindre les règles, et le ciel était magnifique. Un groupe de gros chalets hauts, serrés les uns contre les autres, quelques conifères isolés, au milieu d'un terrain inconstructible, qu'on appelait, évidemment, le parc. La chapelle avait l'air d'avoir été volée dans un village, elle était peinte d'un jaune subversif. Après, c'étaient les Alpes.

« J'ai découvert à ma grande surprise que j'aimais les livres. J'aimais être loin de chez moi. J'aimais tellement ça que peu m'importait qu'on me parle de mon caractère, de la gloire d'être bien au-dessus des villes et du brouillard, de l'importance de la foi que je pouvais avoir apportée avec moi, quelle qu'elle fût. Le plus facile, c'était de prétendre au catholicisme dont ma mère ne m'avait guère parlé.

« J'ai été impliqué dans une bagarre à la première neige, qui était poudreuse et aveuglante. J'étais dehors, entre la chapelle et le dortoir, de même qu'un des gamins allemands, un garçon toujours en colère, à la voix douce, qui s'appelait Helmut.

« "Vous nous avez laissé tomber", m'a-t-il dit. Dans la neige fraîche, il pouvait crier sans grand risque d'être entendu.

« "Qu'est-ce que tu veux dire ?" Je ne savais vraiment pas.

« "Vous, les Italiens. Vous ne vouliez pas vous battre. Vous ne saviez pas vous battre."

« Quoi que je sois, je savais que je pouvais être encore plus allemand qu'Helmut, parce que j'avais vu bien plus d'Allemagne brûlée et en ruine.

« "Vous ne savez pas vous battre, hein ?" Il s'était approché tout près de moi sur le sentier, on était tous les deux habillés chaudement.

« J'ai un peu reculé, un peu glissé. Je ne voulais pas d'ennuis.

« Il était déterminé, ça se voyait. Mes pieds me jouaient des tours dans la neige fraîche. Je ne savais pas si je pourrais résister en cas de besoin.

« "Vous ne vous battez pas, hein ?"

« Il était emmitouflé de lainages, et il avait déjà un gros torse, ce qui lui donnait un air de bourgeois corpulent. Mais la voix qui sortait de lui était celle d'un petit garçon, elle n'avait pas mué, une petite voix flûtée là où l'on attendait un grondement.

« Je me suis mis à rire.

« Il m'a poussé l'épaule.

« Je riais toujours.

« "Vous, les Italiens", a-t-il dit. Avec sa petite voix flûtée.

« Je me suis arrêté, j'ai ramassé de la neige. Je l'ai lancée au-dessus de sa tête pour qu'elle s'émiette et lui tombe sur les épaules comme une poussière mouillée.

« "Vous ne savez même pas vous battre à la loyale", a-t-il protesté.

« Cette fois-ci, je lui ai pris les deux bras, je les lui ai tirés en arrière, dans son dos, et je les ai fait remonter jusqu'à ce qu'il soit obligé de baisser la tête. Il hurlait, mais le bruit ne voulait rien dire dans la neige et le vent.

« J'ai senti quelque chose céder.

« Il pleurait, de grosses larmes chaudes entre les flocons moutonneux sur ses joues. Je l'ai lâché et il est tombé par terre, un de ses bras avait l'air de pendre.

« "Tu as réussi", a-t-il dit.

« J'ai entendu un professeur appeler : "Rentrez, les enfants." Je pensais qu'Helmut allait se plaindre, mais après avoir retiré ses bottes, dans le bâtiment principal, il a juste dit : “Mon bras est tout bizarre.”

« À l'infirmerie il a dit que c'était un accident, parce qu'il ne pourrait jamais dire qu'il avait été battu par un Italien. Et je suis devenu l'Italien violent. C'était pratique », sourit Nicholas.

Sarah Freeman se concentrait, mais comme un enfant lors d'un examen, comme quelqu'un qui essaie de voir au-delà de l'horizon. Georg Meier en prit note.

« J'ai vu une table dans le catalogue de Christie's, à Londres, raconta Sarah. Je l'ai reconnue tout de suite. Elle venait d'un magasin de Zurich et j'ai appelé Christie's pour demander si je pourrais la voir, mais on m'a dit qu'elle avait été retirée de la vente très soudainement. Le magasin appartenait à Mme Müller-Rossi, mais bien sûr je n'en savais rien.

— Et vous l'avez vue dans la vitrine ? s'enquit Helen.

— Oh non, je n'ai pas vu un objet en particulier dans la vitrine de Lucia, j'ai tout reconnu. C'était comme voir un monde mort, en exposition.

— Vous savez ce qu'il vont faire ? » coupa Meier.

Sarah examina les petites lunettes rondes, les cheveux taillés en brosse nette, le costume d'une coûteuse modestie, la peau immaculée : un homme avec un métier, mais sans expérience personnelle.

« Madame Freeman ?

— J'en ai une idée, répondit-elle.

— Ils vont insister sur votre âge. Ils vont demander votre dossier médical. Au moindre indice d'attaque, de comportement bizarre, des premiers signes de démence...

— Je ne crois pas.

— Ils peuvent simplement souligner que vous essayez de vous rappeler des événements survenus il y a soixante ans.

— Je n'essaye pas de me les rappeler. Je les ai en mémoire.

— Est-il nécessaire d'être si agressif, maître Meier ? demanda Helen en donnant toute sa force défensive au titre "maître".

— Je pourrais me montrer plus gentil, mais alors Mme Freeman ne serait pas du tout préparée à ce qui risque d'arriver. Est-ce ce que vous voulez ?

— Si c'était le cas, je ne lui aurais jamais proposé de venir vous voir, dit Helen.

— Je sais bien que ce n'est pas une partie de plaisir. J'ai vu pire. » Sarah sourit, et sourit encore plus dans le silence déconcerté qui s'installait.

L'avocat se racla la gorge. Les hommes âgés se raclent la gorge, les hommes pompeux à leur club, les juges sur leur siège ; et il ne pouvait avoir plus de... quoi ? trente-cinq ans ? Elle eut envie de rire en se voyant craindre d'avoir perdu son talent à situer les hommes.

« Très bien, dit-il. Voici une liste assez précise des questions que je dois vous poser. Qui a fabriqué cette table ? Un artisan connu ?

— Pierre Fléchy. *Maître ébéniste**. Né en 1715. Ses œuvres ont beaucoup de valeur.

— Elle n'a pas de titre, bien sûr, pas de sujet. La date, vous la connaissez ?

— Non. 1760, peut-être.

— Et le pays d'origine ?

— France.

— Type d'objet. Bon, c'est évident. La matière ?

— Bois. Marqueterie. Laque. »

Ç'avait été son jardin quand elle ne pouvait plus sortir librement : un unique objet qui prouvait qu'elle et Max n'étaient pas encore détruits, qu'ils avaient encore des yeux et un cœur.

« Et les dimensions ?

— Je ne l'ai jamais mesurée. C'était la dernière belle chose que nous avions dans l'appartement, dans un angle. Je dois pouvoir faire une estimation.

— Mieux vaut éviter les approximations. Si vous vous trompez, ça aura l'air d'une preuve que la table n'est pas la vôtre.

— Ah, fit Sarah. Ah, oui. »

La table était environnée de piles de livres. Elle se rappelait les bords irréguliers des pages, comme des feuilles d'arbres. Elle imagina les titres du dessus. Max relisait sans cesse Balzac, à l'époque, mais le Balzac magique, *La peau de chagrin*.

« Ensuite, dit Meier. La table est signée ?

— Elle avait une estampille. Elle était encore lisible quand la table était chez nous.

— Et datée ?

— Je vous ai déjà répondu.

— Est-ce qu'elle faisait partie d'une série ? Est-ce qu'elle portait un numéro ? Des inscriptions ? Des marques particulières... Est-ce que vous l'avez fait réparer ? »

Elle avait ciré cette table même quand on ne trouvait plus de cire, lui avait épargné la moindre éraflure. En y repensant, tout ce soin l'étonna.

« Elle n'a pas été réparée chez nous.

— Et son emplacement actuel ? Ou son dernier emplacement connu ?

— Dans une boutique de Zurich. Vous le savez bien.

— Pas d'autres détails ? »

Elle se demanda comment quelqu'un d'autre verrait la table. Elle n'en savait rien. Alors elle secoua la tête, doucement. Puis elle dit : « C'est ce qu'on appelle une *chinoiserie**. C'était la spécialité de Fléchy.

— Des photographies ? » Elle secoua la tête à nouveau. « Je suppose qu'elle était assurée.

— C'est Max qui s'occupait de ça. C'est lui qui gardait les contrats d'assurances. Je ne sais même pas auprès de quelle compagnie, je ne sais pas dans quelle ville et je ne connais pas le numéro du contrat. » Elle se dit qu'elle devait s'expliquer et ajouta : « Je n'ai aucun papier. Rien de cette époque.

— Ensuite, reprit Me Meier en notant quelque chose d'une écriture ronde. Informations circonstancielles. La victime était-elle présente lors du vol de l'objet ?

— Oui, répondit Sarah.

— Bon, donc nous n'avons pas à nous demander s'il avait fui son domicile.

— Si. Il savait ce qui se passait et il est allé se cacher. On appelait les gens comme lui les sous-marins.

— Mais il était là quand la table a été volée ?

— Elle n'a pas été volée. Je l'ai confiée à Lucia pour qu'elle soit en sécurité.

— Bon », dit Meier. Il tapota son crayon sur le parfait éclat minéral de son bureau. « Et si Frau Müller-Rossi déclare que votre mari lui a donné la table ? Qu'il la lui a donnée sans conditions ?

— Pourquoi aurait-il fait une chose pareille ?

— Vous reconnaissez lui avoir confié la table. Et il s'attendait à tout moment à...

— Il s'attendait à être tué.

— Frau Müller-Rossi était une femme séduisante.

— Elle était... radieuse. Et rousse. Et elle avait un sourire immense. Et de belles jambes. Oui, c'était une femme séduisante, je suppose. Une femme dont c'était le métier de séduire.

— Et votre mari aurait pu être sensible à ce genre de femme ?

— Vous voulez dire : est-ce qu'ils ont eu une aventure ?

— Je veux dire : votre mari aurait-il pu se laisser persuader, par les charmes de Frau Müller-Rossi ou par ses sentiments personnels, de lui offrir la table ? »

Sarah dévisagea l'homme reluisant. Elle aussi se dit qu'elle n'avait jamais vu quelqu'un de si propre.

« Je sais qu'il ne la lui a pas offerte.

— Savez-vous tout sur votre mari ?

— Qu'est-ce que j'aurais pu ignorer ? On ne pouvait pas sortir le soir. On ne pouvait pas aller au cinéma, ni au concert. Nous devions faire nos courses à heures fixes. »

Meier attendit. Ce n'était pas tout à fait une attente amicale.

« Nous restions dans l'appartement toute la journée, tous les jours. En compagnie l'un de l'autre. On ne se perdait pas de vue, maître. Si on se perdait de vue, on risquait de ne jamais se revoir. »

« C'est bizarre, la mémoire, vous ne trouvez pas ? »

Nicholas éternua, brusquement.

« Je me rappelle que je marchais trop vite quand j'étais à Zurich. À Berlin, on marchait vite pour passer moins de temps à chaque endroit où une bombe pouvait tomber, pour avoir plus de chances de vivre. Mais, à Zurich, les distances n'étaient pas assez grandes pour qu'on puisse marcher vite. »

Il ouvrit une nouvelle bouteille de vin.

« Je me rappelle une fois, ma mère était sortie, j'ai ouvert sa penderie, qui ressemblait plutôt à une petite pièce. Ça sentait la rose, et le vin vieux, et un peu comme dans une teinturerie. Il y avait tellement de vêtements. Certains, pas beaucoup, portaient ses initiales. Certains portaient des monogrammes comme ERK, ou SL, ou MH. J'ai compté seize monogrammes différents, et j'ai perdu le compte.

« Alors je me suis enfui. Je suis allé au lac. Il y avait des cygnes qui flânaient. Un vendeur de marrons chauds au bord de l'eau. La fumée s'attardait, amicalement. La glace était partout, elle rampait sur l'eau. »

Il ne dit pas que la glace commençait à se rompre en grandes plaques gris-blanc, chacune assez grande pour faire un bateau qu'on pourrait écarter de la berge puis rapprocher si le courant paraissait trop vif. Des gamins, perchés en équilibre précaire sur les bateaux de glace, les manœuvraient avec de longues perches. Leur aventure ne pouvait durer : bientôt la glace allait fondre ou craquer ou se retourner.

De toute façon, il devait rentrer chez lui. De

toute façon, ils ne le connaissaient pas et ne l'inviteraient pas à les rejoindre. Il rentra en pleurant de n'avoir pas d'amis.

*

« Je sais ce que Max m'a dit, déclara Sarah.

— Max vous disait toujours la vérité ? » Georg Meier traitait les interrogatoires comme des plains-chants, il ne voulait pas rater le coche.

« Il ne mentait pas plus que la plupart des hommes.

— Vous comprenez qu'un tribunal puisse supposer qu'une veuve ignore les petites aventures de son mari ? Ou qu'elle nie qu'elles aient jamais eu lieu, pour conserver le souvenir tout à elle ?

— Je veux seulement que Lucia Müller-Rossi reconnaisse qu'elle a volé cette table.

— Une dernière série de questions, reprit Meier. Est-ce que vous avez des documents à fournir concernant cette table ? Une expertise, peut-être ? Des bordereaux de transport, une facture de stockage ? Est-ce qu'on l'a photographiée pour un magazine ?

— J'ai bien peur que non. Ce n'était qu'un meuble.

— Et vous êtes absolument certaine qu'il ne peut en exister une autre pareille ?

— Je vais prêter serment. Je vais dire la vérité que je connais. Qu'est-ce que vous voulez que je fasse de plus ? Vous voulez des papiers et...

— Il est tout à fait exact qu'une facture pour cette table quand vous l'avez achetée...

— Est-ce que tout le monde doit prouver sa vie entière ? Je croyais qu'une carte d'identité suffirait.

— Non, répondit Me Meier. Pas avec le pouvoir

que vous avez de nuire à Frau Müller-Rossi. Elle perdra son affaire, devra quitter Zurich, si vous gagnez. Dans l'état d'esprit actuel. Donc les juges vont délibérer et risquent de se dire : Qu'avons-nous besoin de savoir pour faire cette chose terrible ?

— Cette chose est terrible ? demanda Sarah. Un peu de justice est pire que le crime ?

— Sarah, si vous ne voulez pas continuer..., intervint Helen.

— Une dernière chose, dit Meier. Y a-t-il quelque chose dans votre dossier médical qui pourrait laisser soupçonner une mémoire imparfaite ? Quoi que ce soit ?

— Je ne crois pas, répondit Helen.

— Qui était le ministre des Affaires étrangères britannique en 1947 ?

— Bevin, répondit Sarah.

— Quelle église se trouve derrière l'Opéra de Berlin ?

— C'est une cathédrale. Saint-Hedwig.

— Qui a peint *Les demoiselles d'Avignon* ?

— Picasso, dit Sarah. Pablo Ruiz Picasso, ajouta-t-elle pour faire bonne mesure.

— Tout le monde sait ça, s'interposa Helen.

— Oui, concéda Meier. C'est important parce qu'il nous faudrait démontrer que Mme Freeman a des connaissances en art et sur le monde, et qu'elle se les rappelle assez clairement pour identifier cette table précise. Il existe beaucoup de jolies tables.

— Je sais aussi ce que je ne sais pas », dit Sarah.

Elle ne pouvait voir que Meier qui miroitait, comme s'il était en bouteille et que la lumière jouait sur le verre.

« Je suppose que mes dossiers médicaux peuvent

être retrouvés. J'ai eu un cancer, mais on l'a décelé très tôt. Un cancer du sein. Je n'ai pas eu de problèmes mentaux, sauf — elle essaya à nouveau de le faire sourire — si je les ai oubliés. »

L'espace d'un instant, elle eut la sensation étrange de glisser dans un des fantasmes de Max. Il aimait les romans policiers anglais, il aimait leur sens de l'ordre et des convenances, les certitudes morales auxquelles on pouvait confortablement s'attendre dans les dix dernières pages, et voilà qu'elle aussi rêvait de vivre dans un monde agréable, écrit, tiré des romans anglais, où la mort avait les témoins adéquats, était analysée et prouvée, où l'on trouvait des prêtres, des médecins, des testaments lus à haute voix à des familles rassemblées autour de longues tables cirées, et des hommes de loi pour récapituler les legs et les attribuer avec toute la pédanterie subtile des rédacteurs de grands dictionnaires, ou d'annuaires.

Puis Me Meier demanda, comme si la question était anodine et sociale : « Qu'avez-vous pris au petit déjeuner, madame Freeman ?

— Du café, et un *Gipfli*. J'ai mis de la confiture de framboise sur le *Gipfli*. Pas de beurre.

— Et où avez-vous pris ce petit déjeuner ?

— Dans ma chambre.

— Je voulais dire, à quelle adresse ?

— Je vous demande pardon ?

— Quelle adresse ? Quel numéro dans quelle rue ?

— Quatre-vingt-dix-sept. Hôtel Grindelwald.

— Et la rue ?

— Ma mémoire à court terme fonctionne encore,

maître Meier. Je sais où sont les toilettes. Je sais prendre un autobus à Londres quand j'en ai besoin.

— La rue ?

— Je ne sais pas s'il est nécessaire d'aller plus loin aujourd'hui, intervint Helen.

— Il sera nécessaire d'aller bien plus loin, dit Meier. La moindre hésitation, la moindre habitude d'hésitation, toute tendance à la confusion ou l'incertitude, n'importe quoi de ce genre tendra à vous discréditer. Et sera utilisé. Peut-être pas au tribunal, mais quand les juges décideront si l'affaire justifie un procès, et quand les avocats de Müller-Rossi discuteront entre eux. Si tout ceci avait été réglé en 1945...

— Nous sommes ici justement parce que ce n'est pas le cas, rappela Helen.

— Bien sûr, répondit Meier. Mais si nous avions des témoins...

— En tant que témoin, j'ai un énorme avantage, déclara Sarah. Je suis en vie. »

Meier sourit pour la première fois.

Sarah se leva. « J'ai pris mon petit déjeuner dans la Tiefenaustrasse, ce matin. Numéro quatre-vingt-dix-sept, Tiefenaustrasse. »

En sortant, Helen sourit à Meier, mais elle ne resta pas discuter avec lui. Elle redoutait les merveilleuses possibilités d'un amant propre, mécanique, disponible.

« Ma mère n'a absolument aucun talent pour l'inquiétude, déclara Nicholas.

— Elles devraient déjà avoir appelé, dit Clarke.

— Pour elle, c'était une sorte d'échec, un aveu qu'elle ne pouvait se tirer d'affaire par la raison. Je voyais bien que quelque chose devait clocher. Je voulais l'aider. Je voulais être là. Mais je retournais à l'école, et, après le train, le funiculaire et le car, une fois réinstallé dans le dortoir avec les mêmes amis officiels, après les premiers matchs de tennis et les premiers échecs dans les noms neutres irréguliers de la quatrième déclinaison, elle s'effaçait de mon esprit. J'étudiais, je jouais, et je remarquais à peine ce qu'on disait.

« Je crois que toutes les écoles fonctionnent comme ça. Tout le monde est au courant bien avant que l'intéressé ait le moindre soupçon. Tout le monde savait que je risquais de partir, mais moi je renvoyais des balles sur le court de tennis et j'ignorais tout.

« Je voyais bien que d'autres garçons me témoignaient une gentillesse fuyante. Même les "esclaves", comme on appelait, je regrette de le dire, les femmes de ménage, manifestaient une compassion de mauvais augure, et souriaient quand je redemandais du café au petit déjeuner.

« J'avais l'habitude d'observer la forêt et l'allée qui menait à l'école par la fenêtre du dortoir. J'aimais entrevoir les oiseaux à la lisière des arbres, j'aimais l'ordre aléatoire des voitures et des camionnettes qui venaient jusqu'à la porte : la viande, les prêtres, le pain, des parents, les fruits.

« J'ai vu un taxi se garer devant la porte. J'ai vu ma propre mère.

« Elle ne m'avait pas prévenu qu'elle viendrait à l'école. Elle n'était pas censée être là. On déteste l'inhabituel quand on est enfant.

« J'ai vu les portes du bâtiment principal se refermer sur elle.

« Je suis resté assis à la fenêtre, un livre à la main, pendant une demi-heure. C'était Shakespeare, *Hamlet*. Je ne regardais pas les pages, mais c'était mon prétexte pour ne pas regarder les portes du bâtiment principal.

« Qui se sont ouvertes, violemment, je m'en souviens, et ma mère est sortie furieuse, avec son manteau qui volait autour d'elle. Elle a couru sur le chemin gravillonné des dortoirs. Elle s'est arrêtée en bas des marches et elle a crié mon nom.

« J'ai sérieusement envisagé de ne pas répondre. En fait, je me suis éloigné de la fenêtre.

« Je l'ai entendue dans l'escalier, et je suis allé à la porte, juste pour éviter une scène.

« Elle m'a dit : "Viens, viens. On enverra chercher tes affaires plus tard."

« Elle m'a entraîné dans l'escalier. Je ne voulais pas partir. À la porte, elle m'a dit : "Cette école a insulté ta mère. Il est impossible que tu restes ici."

« J'ai protesté : "Mais ce ne sont pas encore les vacances."

« Dans l'allée j'ai demandé : "Mais comment est-ce qu'on va rentrer ?" Et puis : "Il faut que je prenne mes livres" et j'ai essayé de repartir en courant mais elle m'a retenu. »

Pour Clarke, toutes ces réminiscences étaient dues au hasard, elles ne constituaient pas une confession réfléchie. Mais il était poli et prit un autre verre de vin. Lui aussi se rappellerait les détails, pour Sarah.

« Ses comptes en banque avaient été gelés. Elle n'avait plus le droit de vendre, si bien qu'elle n'avait pas pu payer mes frais de scolarité. Ils savaient parfaitement ce qu'elle était. Mais ils n'arrivaient pas à la contrer, ou peut-être qu'ils manquaient de volonté. Puis 1946 est arrivé et plus personne ne voulait parler, ou avouer, et le dossier a été classé sans suite. »

Il se dirigea vers l'armoire à archives. « Helen m'a donné ça, dit-il. J'ai honte de dire que je ne les ai jamais demandés moi-même. » Il ouvrit l'enveloppe. « Je suis désolé, vous ne lisez pas l'allemand.

— Non, répondit Clarke.

— Ils ont trouvé des lettres envoyées par des Américains, vous voyez, commenta Nicholas. Des gens qui essayaient d'obtenir des visas pour leurs parents restés en Allemagne. Des Juifs, bien sûr. Ils pensaient que Lucia pouvait les aider. »

L'espace d'un instant, Sarah Freeman paniqua.

« Je ne suis pas la bonne personne », dit-elle à Helen.

Elle se tenait près du kiosque à journaux, près de l'arrêt de tram, en face du Kunsthaus, recroquevillée à cause du froid qui semblait souffler de tous les côtés à la fois, et elle se mit à frissonner. Personne ne la croirait spécialement, tout le monde la soupçonnerait de motifs cachés, elle ne serait pas la victime convenable, décemment miséricordieuse, elle aurait tort et Lucia aurait raison simplement parce que Lucia avait continué si longtemps au-delà de ses crimes. Elle ferait tomber une grande dame très âgée pour un malheureux morceau de marqueterie avec de jolis pieds galbés.

Pire, si on la croyait, on jugerait l'affaire sans importance : une table, c'est si facile à compenser.

Elle regarda autour d'elle les visages sérieux, les

regards vides, les personnes bien emmitouflées qui attendaient toutes le même tramway.

« Vous vous croyez juste, n'est-ce pas ? Ça vous aide. Mais je suis fatiguée et j'ai froid. Je suis vieille. Et vous voulez que je sois courageuse tous les jours, tout le temps, jusqu'à ce que tout ça soit réglé. »

Elle se rendit compte qu'elle avait élevé la voix.

Elle ne voulait pas que les gens la regardent. Mieux valait se faufiler sans se faire remarquer, toujours, à Berlin, à Londres, ici. Pendant plusieurs dizaines d'années, quand elle était presque célèbre, quand chaque dimanche son esprit et son style s'éparpillaient devant les cheminées d'un million de maisons de la classe moyenne, ç'avait été une sorte de déguisement, un commerce, une représentation dans laquelle elle n'avait pas besoin de s'impliquer. Personne ne la voyait en train d'écrire.

Voilà que les passants la regardaient. Très bien, elle les ignorerait.

« Je sais que vous voulez être juste, dit Sarah, très bas. Je sais que vous n'en avez pas eu beaucoup l'occasion. »

Le tramway arriva et attendit une seconde supplémentaire qu'elle le remarque et monte. Elle ne bougea pas.

Le chauffeur fronça les sourcils.

Puis elle monta et laissa Helen dans le froid.

*

« Mon père est mort, vous savez, dit Nicholas. L'autre jour. Je ne l'ai jamais bien connu et il me manquait tellement quand il était en vie que je ne sais pas s'il me manque plus, maintenant qu'il est mort. » Il sentait le vin lui amollir la langue, la rendre inexacte par moments.

Peter Clarke ne se rappelait pas le moment où il avait perdu son père. Il trouvait un peu indécent que Nicholas vive avec un souvenir si frais.

« Elle parlait toujours de lui comme d'un grand athlète. C'est ainsi que je m'en souvenais : le grand joueur de football. Et puis il est devenu soldat dans un col de montagne. Mais quand je l'ai vu après la guerre, j'ai vu un banquier. Non, je n'ai vu que la banque. C'était un employé en costume noir sinistre avec une cravate bien nette, tout chez lui était bien brossé et ciré. Il s'asseyait toujours au bord des sièges, comme s'il n'avait pas le droit d'être avec nous, ou ne voulait pas rester.

« Il m'a emmené skier, une fois. On est montés dans le bus express des skieurs, avec les skis qui dépassent à l'arrière comme les cigarettes dans un paquet. Il a dit que je serais bon skieur, mais ensuite il est parti comme une flèche et il était bien plus rapide que moi. J'étais encore enfant.

« Quand il venait, ils trouvaient toujours quelque chose à me faire faire en dehors de la maison. Mais je les entendais. Leurs voix étaient si tendues qu'on avait l'impression qu'elles allaient casser, mais ils ne criaient jamais.

« Ils se sont disputés une ou deux fois à propos des Juifs. Il disait qu'il n'y en avait pas assez en Suisse pour que ce soit un problème. Elle disait qu'il était antisémite comme les autres. Le plus bizarre, c'est qu'elle était très fière de ne pas être antisémite.

« Et puis la guerre s'est terminée. Il ne voulait plus la voir, mais il est venu quelquefois me rendre visite à l'école.

« J'entendais les enfants suisses parler des Soviétiques aux frontières, de la révolution qui approchait, comme elle avait approché en 1918, de la nécessité de tous se tenir les coudes, et je les entendais parler des *faux Suisses**. Je me disais : "C'est ma mère. C'est moi. Pas étonnant que mon père ne vienne plus nous voir. Nous sommes les faux Suisses, ceux qui ne savent pas ce qu'ils font." »

Il but son vin, se leva en chancelant un peu, et partit chercher une autre bouteille.

« Pendant un temps je n'ai pas pu le trouver. Trop de Müller dans l'annuaire. En plus, je me disais qu'il était peut-être encore dans l'armée. J'ai pensé à la gare. Tout le monde doit prendre un train, un jour. Je cherchais les groupes de soldats.

« Ma mère n'aimait pas me voir à la boutique, donc j'étais censé être un homme et vivre ma vie. »

La nouvelle bouteille était exactement comme la précédente : sortie d'une douzaine de caisses dans la grange ; un plein coffre de voiture rapporté du Valais.

« Un soir, je me rappelle qu'il faisait froid. La glace craquait comme une couche de sucre autour des bateaux. Il faisait bien noir, un noir d'hiver, encore plus sombre à cause des lumières et des couleurs de Noël.

« Les boulangeries avaient fermé pour la nuit, alors il n'y avait plus d'épices ni de sucre dans l'air, seulement de la bière et une odeur de friture, les odeurs qui annoncent que les hommes ont pris le contrôle de la ville. J'ai pensé que je pourrais peut-être voir mon père. Je suis sorti.

« J'étais dans une ruelle avec de la neige entassée au milieu, et les empreintes de plusieurs jours de chaque côté. Les arbres étaient blancs, comme du papier. L'air était silencieux. J'avais l'impression que l'odeur de la bière allait faire fondre et tomber la neige.

« Au bout de la ruelle plusieurs personnes étaient immobiles, je ne m'attendais pas à ça, pas par une nuit froide, en ville. Si on restait immobile, on devait attendre quelqu'un.

« J'ai entendu des cloches, lourdes.

« Je suis allé jusqu'au bout de la ruelle et je suis monté sur un perron.

« La ruelle suivante était étroite, elle aussi, une pente pavée qui devait s'élargir vers le bas de la colline, je suppose. J'ai vu des lumières qui bougeaient. Les cloches sonnaient, le bruit était un peu étouffé parce qu'elles étaient portées à la main.

« Des hommes en blanc approchaient. Ils portaient des chapeaux couverts de bougies, et ils avaient des cloches. Ils étaient masqués.

« De loin, leurs visages paraissaient vides, sillonnés de lignes droites. Ils descendaient la colline à deux de front, et ils paraissaient remplir toute la longueur de la ruelle.

« Ils se sont approchés, et leur visage était terrible. Le nez de celui-ci était un triangle de carton, celui-là avait la bouche en fente de boîte aux lettres. Certains visages étaient arrondis, certains portaient des chapeaux découpés en forme de cerf, d'étoile, de fleur. L'absence d'expression, la joliesse des bougies sont soudain devenues inquiétantes. Ils apportaient la paix et le bonheur, qu'on le veuille ou non.

« J'avais envie de croire que l'un d'eux était mon père. Mais il était dans une procession de l'Avent. Alors il lui était impossible de me parler. »

Clarke commençait à avoir mal à la tête, à cause du vin, à cause de la cheminée qui fumait dans la pièce, fermée, à cause de toute cette réalité humaine que Nicholas pouvait faire défiler interminablement devant lui.

Il voulait tant être du côté de Sarah, faire quelque chose d'impeccablement juste et bon après toute sa longue vie d'équivoques. Il ne voulait pas que les problèmes deviennent trop subtils pour lui. Il voulait conserver son grand avantage sur ces gens qui étaient à Berlin pendant la guerre. Et chaque anecdote gâchait sa certitude d'être d'un seul côté, et contre l'autre. Il repensait au fardeau chrétien du pardon. Son esprit se chargeait de questions qui donnaient à l'ennemi le temps de s'échapper, des questions telles que : qu'aurais-je fait à leur place ?

« Je vais à la gare, annonça-t-il. Elles doivent en avoir fini avec l'avocat. Sarah a dû retourner à l'hôtel.

— Mais il reste tant de choses à dire, objecta Nicholas.

— Je sais. Et je n'écoute plus. J'ai autre chose à faire.

— Vous trouvez que c'est une perte de temps d'apprendre ce qui s'est passé ? »

Clarke réfléchit un instant. « Oui. Oui. Vous savez aussi bien que moi que vous ne m'avez rien dit qui puisse être utile. Rien qui puisse servir à réparer.

— On ne peut pas arranger l'histoire.

— On peut l'affronter.

— Et qu'est-ce que ça veut dire exactement ? »

Clarke se tut.

« Vous croyez que vous avez affronté l'histoire ? Toutes les nuits les bombes pleuvaient sur Berlin !

— J'ai été bombardé quand j'étais petit. Et puis je me suis retrouvé sur un champ de bataille. Et puis dans un camp de prisonniers.

— Vous voulez dire que vous avez un alibi ?

— Tout comme vous ?

— Je croyais que vous vouliez savoir, dit Nicholas. Qui d'autre écoutera ?

— Je me dis parfois que si l'on parle assez longtemps, plus personne ne sera responsable de rien. Plus de délinquants juvéniles, rien que des cas d'exclusion sociale. Plus de méchanceté, rien que du dénuement et l'incapacité de se développer moralement. Plus de nazis, rien que des victimes du totalitarisme. C'est ça que vous pensez ? »

Nicholas s'était levé, il chancelait, tête baissée.

« Je ne voulais pas me souvenir. J'avais chassé tout ça pour pouvoir me faire une vie.

— Souvenez-vous. Ne vous souvenez pas. Ça ne fait aucune différence. »

Et Clarke ajusta son manteau, jeta un pan de son écharpe en arrière. Il s'éloigna d'un pas vif, trop vif pour que Nicholas, bien qu'il fût plus jeune, le rattrape. Il ne se rappela qu'il connaissait mal le chemin qu'en arrivant au premier croisement.

Il était encore porté par sa colère en arrivant à Zurich, sa colère et le vin. Il avait concocté un plan en marchant, en attendant le train. Il affronterait Lucia Müller-Rossi lui-même. Il reprendrait la table.

En descendant du train à la Hauptbahnhof, il ne se voyait plus envahir la boutique comme un huissier. Il serait plus subtil. Il se renseignerait sur la table dans la boutique, manifesterait beaucoup d'intérêt, puis ferait quelques allusions quant aux titres de propriété de l'objet. Il interrogerait Lucia Müller-Rossi sur sa provenance.

Il fonça vers la porte. Là le processus de sécurité — la sonnette, le bourdonnement de l'ouverture — le ralentit. Puis il découvrit qu'aucune vieille dame ne se trouvait dans la boutique, seulement des personnes parfaitement lissées, en noir, qui paraissaient un peu déconcertées par ce vieux monsieur, comme s'il risquait à tout instant de heurter quelque chose de fragile.

« Je cherche une table, annonça-t-il.

— Oui, répondit une jeune fille.

— En marqueterie. Avec des fleurs. Dix-huitième siècle. » Il ne se souvenait pas bien du nom de l'artisan qui l'avait fabriquée. Il ne pouvait se montrer assez précis pour faire naître les soupçons ; c'était ennuyeux, puisque tout le plan consistait à inquiéter le vieux monstre par son savoir, son intérêt de policier. Puis il se dit qu'il était vaniteux. Il était bien trop vieux pour être policier.

Il resta là un moment, en proie à la confusion.

« Nous avons quelque chose qui pourrait vous plaire », déclara la jeune fille. Il remarqua qu'elle s'interposait entre lui et les objets de valeur.

Elle désigna une petite table : des fleurs dorées brillaient sur la laque noire, des vignes s'entrelaçaient partout.

« Pourriez-vous demander d'où elle vient ? s'enquit-il.

— J'ai peur que nous ne possédions pas cette information.

— C'est très important. » Puis, en se retournant pour sortir, il ajouta : « Demandez-le de ma part à Mme Müller-Rossi, je vous prie. »

Donc son employé, un être tout rond aux énormes yeux exophtalmiques, s'assit dans la petite pièce normalement réservée aux clients privilégiés, à l'arrière de la boutique de Lucia : une pièce simple, blanche, où l'on pouvait examiner les objets avec soin.

Par la nature des choses, c'étaient ses avocats qui venaient voir Lucia, par déférence pour son âge et son standing, mais aussi dans un souci de discrétion : les personnes telles que Lucia Müller-Rossi soulevaient toutes sortes de questions, et il valait peut-être mieux qu'elle ne se présente pas à leurs bureaux avant que toute cette pression vertueuse ne se fût essoufflée.

« J'espère que tout cela ne sera pas nécessaire », dit Lucia.

L'avocat approuva de la tête.

« Et je crois connaître la loi aussi bien que vous.

— Bien sûr, répondit-il. C'est votre travail, Frau Müller-Rossi. » Il sourit, et elle se demanda si cette réponse ne contenait pas un minuscule sous-entendu : qu'elle devait très bien connaître la loi pour en avoir évité les rigueurs.

« Pour l'amour du ciel, s'impatienta-t-elle. J'ai peut-être plus de quatre-vingt-dix ans, et j'ai peut-être beaucoup d'argent, mais je peux me tromper. »

Son employé consulta ses notes. « L'article 933 vous protège si vous avez acquis les biens de bonne foi. L'article 934 stipule que si vous avez acquis des biens qui ont été pris à leur propriétaire légitime contre sa volonté, alors le ou la propriétaire légitime a cinq ans pour faire une réclamation. Pas de réclamation, pas de restitution. Si vous avez acheté l'objet aux enchères, ou à un autre marchand, on peut vous ordonner de le rendre, mais vous devez récupérer la somme que vous avez payée. Et l'article 936 prévoit que si vous avez acquis les biens en toute connaissance de cause, alors ils peuvent vous être repris à tout moment.

— Donc, tout repose sur ma bonne foi.

— Exactement. Et je suis convaincu que n'importe quel tribunal notera que vous êtes établie ici depuis cinquante ans et plus, et ainsi de suite. Cependant, d'autres éléments entrent en compte. Si les biens ont été volés en territoire occupé, par des organisations civiles ou militaires, des forces armées ou une troupe d'occupation, entre le 1er septembre 1939 et le 8 mai 1945...

— Et si les biens ont changé de main en Allemagne ?

— Oh. Alors, c'est la loi normale qui s'applique. Tout ce qui s'est produit en Allemagne était normal. »

Lucia goûta les mots.

« Pourriez-vous me dire, demanda l'avocat, pourquoi vous pensez que la question peut être posée ?

— C'est la mode.

— Mais y a-t-il une autre raison ? »

Lucia n'expliqua pas qu'elle sentait une froideur, une activité, une curiosité dans sa famille qu'elle n'aimait pas, ni qu'un homme qui n'avait rien d'un client plausible avait posé les mauvaises questions d'une voix forte. Elle dit simplement : « J'ai cru comprendre qu'on est venu se renseigner à propos d'une table. Je l'ai depuis quelque temps, je l'ai vendue dans les années cinquante, et rachetée... pour des raisons sentimentales, je suppose. Puis je l'ai mise en vente à Londres. Et finalement j'y ai renoncé.

— Pour des raisons sentimentales ? » répéta l'avocat. Il semblait surpris.

« Apparemment quelqu'un l'a vue, reprit Lucia. Je crois que c'est une femme qui se fait appeler Sarah Freeman.

— Qui se fait appeler Freeman ?

— Quand je l'ai connue, elle s'appelait Sarah Lindemann. Mariée à un homme appelé Max Lindemann.

— Elle serait la plaignante, dans cette affaire ? s'enquit l'avocat, espérant s'amarrer à une date, un nom, une assignation.

— Pauvre Max, soupira Lucia, distraite. Un homme si plein de vitalité. Sarah s'était tout bonnement retirée dans l'appartement, et elle restait là, comme un animal en cage. Elle s'accrochait à sa chaise, si bien que personne ne pouvait la faire lever. Les yeux grands ouverts, sans se donner la peine de rien voir. Pauvre femme. Pauvre homme.

— Et vous avez fait la connaissance de Herr et Frau Lindemann à Berlin ?

— Max voulait vivre jusqu'à ce qu'il doive mourir, tout simplement. Il aimait ses amis, il aimait la musique, il aimait la peinture. C'était le seul homme que j'aie connu qui disait des choses intéressantes sur le vin, et ne se contentait pas d'aligner des adjectifs.

— La table lui appartenait ?

— Je n'ai jamais couché avec Max. Je suppose

que ça n'a plus d'importance maintenant. Mais, pour que les choses soient claires, nous n'aurions pas pu. C'était trop compliqué pour lui de sortir à la nuit tombée, et je travaillais toute la journée. »

L'avocat voulait qu'elle retrouve sa discrétion, aussi vite que possible, avant de lui fournir quelque détail compromettant qu'il ne devrait jamais connaître ; car il supposait bel et bien l'existence de quelque chose de compromettant. Il se demandait aussi si la vieille femme regrettait maintenant sa conduite vertueuse à l'égard de Max.

« Je me rappelle le soir où ils m'ont donné la table », dit Lucia.

Il tira vers lui son bloc-notes, du papier ministre américain jaune, sa petite manie.

« Je travaillais à la Ufa, les studios de cinéma, vous savez ? Vous savez ? » L'avocat hocha la tête. « C'était le soir où nous avions vu le premier film avec mon nom sur l'écran, en tout petit — par "nous", je veux dire les gens du studio. Et je suis allée chez les Lindemann avec une bouteille de *spumante* que j'avais soutirée à l'ambassade d'Italie, et une botte d'asperges. Max adorait les asperges. Vous savez que c'était un légume aryen. » Elle fit la grimace. « Rien n'avait grand sens à l'époque.

« Enfin. Max a ouvert la bouteille, j'ai expliqué le film. Je pensais qu'ils trouveraient ça ridicule, tout comme moi. C'était une histoire de grenouilles mignonnes, de chenilles proprettes, il y avait une abeille qui bourdonnait dans un pré, trouvait un gramophone et mettait son dard dans le sillon du disque en guise d'aiguille. Ce genre de choses. Mais Max n'a pas ri du tout. Il a paniqué.

« Son calme m'avait toujours étonnée. Il se laissait enterrer vivant, très lentement, comme tous les autres. Mais Sarah sortait les verres, et des assiettes pour les asperges, elle parlait d'une façon mécanique, très correcte, et Max disait : "Ça ne s'arrêtera jamais, hein ? Ça ne s'arrêtera jamais." Je n'ai rien dit, je n'avais rien à dire. Alors il m'a demandé : "Pourquoi est-ce que vous ne dites jamais ce que vous pensez ?" »

L'avocat répugnait à bousculer une cliente aussi vénérable. Mais il la coupa : « Et pour la table ?

— Je ne me souviens pas de qui venait l'idée, dit Lucia. Je voudrais bien, ce serait commode, mais je ne m'en souviens pas. C'est peut-être Sarah qui a demandé si je pouvais garder certaines choses. Ou peut-être Max, qui voulait cacher leurs plus beaux objets pour que les fonctionnaires du Parti ne les volent pas. Ou peut-être que je leur ai proposé de me confier quelques affaires, par sécurité. En tout cas, personne n'a jamais réclamé la table.

— Ah, fit l'avocat.

— Max comptait me la donner », dit Lucia.

L'avocat ne montra pas, même un instant, son inquiétude. Il voyait bien que le souvenir était désormais un plaisir pour Lucia, un petit verre pour l'esprit.

8

Elle s'assit dans son fauteuil recouvert de tapisserie, pendant que la femme de ménage encaustiquait le parquet de l'entrée, un chiffon sous le pied ; la boutique devait ouvrir dans une demi-heure. Elle aimait l'odeur de l'encaustique dans l'air, cire d'abeille, un peu de romarin. Le chauffeur viendrait la prendre dans quelques minutes, sept minutes, pour être exacte.

L'autorité de Lucia Müller-Rossi reposait sur l'immobilité, comme un monument, et ce matin-là sa main avait tremblé une ou deux fois. Ce n'était pas acceptable. Son commerce était chaque jour une obligation, et en échange il lui fournissait sa subsistance, une position, une personnalité à revêtir tous les jours.

Elle n'aimait pas avoir même sept minutes d'inactivité.

La femme de ménage fit grincer le seau sur le bois.

Elle se demanda ce que cela représentait de se battre pour survivre quand on avait déjà quatre-vingt-douze ans.

Le chauffeur sonna.

Elle aurait aimé avoir de la compagnie. Helen la jugeait, elle était en train d'en finir avec elle. Elle ne connaissait pas très bien ce mari qu'elle s'était trouvé, le marchand vagabond. Nicholas était distant, et trouvait cette distance suffisamment aimante.

Le chauffeur attendait à la porte. C'était un Turc petit et mince, d'une cinquantaine d'années peut-être, au pantalon bon marché impeccable, probablement repassé avec soin par une épouse.

Dans la voiture elle déclara : « Je veux acheter des chocolats. »

Le Turc lui demanda où elle désirait acheter ses chocolats. Elle se rendit compte qu'elle n'avait jamais su son nom complet.

« Chez Sprüngli, bien sûr. »

À onze heures du matin la queue était bien longue. Le Turc se déclara tout prêt à lui apporter tout ce qu'elle désirait, mais elle désirait, surtout, faire la queue et acheter des chocolats.

À quatre-vingt-douze ans, il est difficile d'être ordinaire ; être est en soit remarquable. Et donc la foule s'ouvrit devant elle, ce qui lui fit plutôt plaisir. Les vendeurs lui apportèrent, avec la solennité qui convenait, des zestes d'orange amère enrobés de chocolat blanc, et les disposèrent dans une jolie boîte. Elle paya, comme toujours, en liquide ; ce qu'elle achetait ne regardait personne.

Et dans la voiture, telle une petite fille, elle plongea la main dans la boîte et mangea.

Les lumières de la boutique s'allumèrent au-dessus des laques et porcelaines, dorures et incrustations, au-dessus du bois de rose chaleureux et de l'éclat des tables, vases, fauteuils et bureaux, qui tous faisaient briller l'air autour d'eux.

Elle s'installa à sa table. Elle écouta une vendeuse lui réciter ses messages. Elle se déclara disposée à examiner *Le baise-main*, un groupe en porcelaine de Meissen, 1730 environ, qui était à vendre. Selon la vendeuse, il avait l'air un peu bizarre, parce que la dame tenait à la main un bol de café surdimensionné. « Tout le bras, sûrement », observa Lucia. La vendeuse prit un air interrogateur. « Si le bras s'est cassé, le bol a dû être remplacé également. Il ne se serait pas cassé comme ça.

— Et les lèvres de l'homme ne touchent pas la main, ajouta la vendeuse.

— Ça, répondit Lucia, ça ne veut rien dire. Il y a des variantes. L'important, c'est que l'attitude soit naturelle. »

Elle n'avait pas besoin de lever la tête pour savoir qu'un client était à la porte. Elle savait, tout comme les chiens anticipent un coup de feu.

Ce n'était presque jamais elle qui parlait en premier. Elle aimait que les clients aient l'impression qu'une conversation avec Lucia Müller-Rossi constituait un privilège qui leur était offert, la promesse d'une affaire merveilleuse. Fût-elle un peu absente, ce qui n'était qu'un signe naturel de son âge, les clients n'en recherchaient que davantage son attention.

La vendeuse souriait trop, se dit-elle. Les clients doivent acheter le respect avant d'acheter autre chose.

« J'ai déjà vu quelque chose de très semblable, disait la femme, tout en lignes anguleuses.

— Oui, oui, disait son mari au visage exsangue.

— Très semblable, reprit la femme. Ceci doit être l'original. »

Lucia Müller-Rossi n'appréciait guère l'ignorance, mais elle ne répugnait pas à en tirer profit.

L'antichambre du cabinet de Georg Meier était d'un dépouillement très design : la moquette était grise, les fauteuils étaient gris, le bureau de la réceptionniste tout en verre et en chromes, les téléphones immaculés sur des supports étincelants.

Sarah Freeman aurait dû prendre rendez-vous pour ne pas être incongrue dans une pièce si soigneusement conçue. Et voilà qu'elle se présentait comme une vieille femme excentrique devenue incapable de gérer un emploi du temps ou même des dates et des heures.

La réceptionniste avait appelé la secrétaire. La secrétaire considérait la question. Il y eut une pause durant laquelle, se dit Sarah Freeman, son importance aux yeux de Georg Meier fut pesée et testée, puis mise en balance avec ce qu'il avait d'autre à faire ce jour-là, s'occuper d'un client, élaguer ou amender un contrat.

La secrétaire ne mentionnerait peut-être même pas son nom à Me Meier. Mais alors comment pourrait-on mettre au point un plan ingénieux pour se débarrasser d'elle, puisqu'elle était vieille ? Sarah gardait un instinct de journaliste pour savoir si elle avait des chances d'être reçue, d'obtenir des réponses à ses questions, ou non, et elle était nerveuse.

Elle avait elle-même provoqué cette situation où elle risquait d'être humiliée. Après tout, elle s'y attendait. Elle n'était qu'un passe-temps pour un avocat d'affaires comme Me Meier.

Elle regretta les plaisirs simples et ordinaires de

sa maison et son jardin, à Londres. Elle trouvait difficile de supporter ces longues minutes sans avoir rien de particulier à quoi penser, dans cette atmosphère anxieuse, impatiente, rigoureusement polie d'une salle d'attente d'avocat.

Une porte s'ouvrit. Une femme entra, salua Sarah brièvement — au cas où, pensa Sarah, au cas où j'aurais de l'importance — et sortit des locaux.

N'importe qui d'autre qui attendrait ici, avec un rendez-vous en bonne et due forme, aurait apporté des documents dans une mallette, passerait un coup de fil sur un mobile, déguiserait son attente. Elle, non. Elle était vieille, de toute évidence attendre était son point fort.

Au bout de dix minutes, elle demanda à nouveau si elle pouvait voir Me Georg Meier. La réceptionniste appela la secrétaire. La secrétaire écouta, et raccrocha. Sarah crut entendre l'instant de la déconnexion, la coupure.

Elle méritait d'être en colère.

Elle avait peiné la moitié de sa vie pour éviter la colère, en se disant toujours que la colère l'entraverait, lui ôterait tout moyen de défense, la rendrait bruyante et ridicule comme une héroïne ligotée sur une voie ferrée. Elle ne s'était mise en colère qu'une fois, et l'effet en avait été mémorable — ce souvenir lui faisait honte. C'était à la mort de Churchill, et un de ses collègues, un gamin joyeux et radical, avait lancé : « Bon débarras ! » Elle l'avait foudroyé du regard, s'était approchée de lui et l'avait giflé, deux fois.

Elle se rappelait la sensation que lui avait procuré cette gifle, et la vitesse à laquelle sa colère avait disparu, en manque soudain d'adrénaline. En repensant à l'épisode, elle pouvait maintenant imaginer toute une série de charges contre Churchill, mais il s'était battu contre ceux qui essayaient de la tuer, et sur l'instant elle n'avait pu supporter l'idée que ce bébé intello stupide et malin oubliât ce fait.

Les téléphones sonnèrent. La réceptionniste fit son travail.

Puis Meier sortit du couloir en hâte, en se frottant les mains, comme un chirurgien pressé.

« Je ne savais pas que vous vouliez me voir aujourd'hui, fit-il.

— Je voulais simplement vous dire que je rentre en Angleterre.

— Vous voulez bien qu'on discute ? Dans mon bureau ? demanda Meier.

— C'est pour ça que je suis venue. »

Il la fit asseoir, commanda du café. « Vous n'étiez pas en colère, si ? » s'enquit-il.

Elle comprit aussitôt qu'il voulait la preuve qu'elle pouvait se mettre en colère. Et, comme elle l'avait compris, il dut s'excuser : « Je ne voulais pas vous contrarier.

— Je suis un peu vieille pour ce genre de jeu.

— Voulez-vous poursuivre cette affaire ?

— Je rentre chez moi.

— Vous n'avez pas assez d'énergie ? Pas assez de colère ? »

Elle avait envie de dire qu'elle n'avait pas besoin de colère, qu'elle n'avait pas besoin d'être poussée sinon par une froide idée de justice.

« Moi, j'ai assez de colère, dit Georg Meier d'une façon plutôt inattendue. J'éprouve de la colère en pensant à tous les membres de ma famille qui sont morts. À l'anniversaire de la Nuit de Cristal, j'ai envie de sortir avec une batte de base-ball et de taper dans les vitrines des magasins qui appartiennent à des Allemands et de me mettre une pancarte dans le dos qui dise : Joyeuse Nuit de Cristal. »

Elle le dévisagea.

« Mais vous constatez que je peux être tout à fait calme si besoin est. Si c'est la meilleure méthode. »

Elle avait envie de lui demander : « Quel droit avez-vous aux émotions violentes que nous avons dû mettre de côté pour avoir une vie ? »

« Voulez-vous y réfléchir ? » demanda-t-il.

Elle rentra à l'hôtel en taxi. Un souvenir vint la surprendre, celui d'un homme, un réalisateur qu'elle avait connu, qui ne se mettait jamais en colère, qui supportait toutes les idioties, comme lorsqu'une actrice française avait qualifié la Méditerranée de « mer juive », qui se montrait bon envers le monde même quand celui-ci restait indifférent. Elle savait autre chose sur lui : il faisait partie des troupes qui avaient en premier pénétré dans Dachau à la fin de la guerre. Elle en déduisait — supposait, en réalité — qu'il avait à ce moment épuisé toutes ses possibilités de colère.

« J'ai mon billet, annonça-t-elle à Peter Clarke. C'est très simple. J'ai déjà appelé la compagnie.

— Vous n'avez pas vu Lucia. Vous n'êtes même pas entrée dans la boutique.

— Je n'ai pas le temps.

— Sans vous, il ne se passera rien. Enfin, pour Lucia.

— Alors rien ne change. C'est toujours plus facile quand rien ne change.

— Je vous accompagne à l'aéroport.

— Je prendrai un taxi. C'est plus facile.

— J'aimerais vous accompagner. »

Sarah reposa son couteau et sa fourchette. « Dites-moi. Pourquoi est-ce que vous imaginez tous que j'ai besoin de vous ? »

Clarke était penaud.

« Je ne voulais pas vous blesser. Je suis venue pour des raisons stupides, et j'ai fait tout ce que je voulais faire. »

Elle semblait quêter son approbation.

« Je ne peux pas faire plus, ajouta-t-elle.

— Mais...

— Est-ce que vous savez de quoi je rêve ? »

Clarke la regarda, ses vieux yeux écarquillés. Ils étaient au restaurant du Kunsthaus, de grandes tables carrées très espacées, des dîneurs par deux ou par quatre, bruyamment amicaux, et pourtant il eut l'impression que la question restait suspendue un instant, accrochée au silence.

Puis les couverts s'entrechoquèrent, les conversations enflèrent de nouveau.

« Je suis désolée », dit Sarah. Elle se mit à manger très vite, comme si elle regrettait ses paroles, puis reprit : « Je ne sais pas comment elle a pu ne pas se faire prendre, toutes ces années.

— Vous devez me dire ce qu'elle a fait. »

Sarah haussa les épaules. « Je ne sais que ce qui m'est arrivé à moi.

— Alors vous devez me dire...

— Personne ne comprend. Les gens disent qu'ils comprennent, mais ce n'est jamais vrai.

— Essayez avec moi.

— J'ai vécu dans un appentis. Les appentis construits sur les parcelles, dans les jardins d'été.

Un appentis en bois avec des rideaux, deux mètres sur trois. J'y ai vécu un an.

« Il était très encombré. Râteaux, fourches, houes, balais. Du raphia, des tiroirs, des clous et de la poussière. Des graines qui séchaient. Une pile de vieux magazines à lire l'été. Il y avait des outils pendus au mur, et parfois je m'y écorchais, et je suçais l'entaille pour essayer de stopper l'infection.

« L'appentis appartenait à un ami, un boulanger. Il apportait à manger tous les jours, presque, et il emportait les déjections dans un vieux seau. Il disait qu'il marchait à reculons dans ses traces pour qu'on ne voie pas trop où il allait tous les jours. Je ne sais pas si ça servait à grand-chose.

« On pouvait à peine bouger, dans deux mètres sur trois, et on était deux : moi et un adolescent. L'adolescent était resté pour travailler au cimetière et après il était trop tard pour partir et il avait dû se cacher, lui aussi. Parfois, l'hiver, les rats emportaient les chiffons qu'on utilisait pour boucher les trous.

« Lucia ne sait pas tout ça. J'en suis sûre.

— Elle devrait, objecta Peter Clarke, si elle est responsable. »

Sarah parlait assez bas.

« Notre ami ne pouvait pas apporter de l'eau tous les jours, il se serait fait remarquer. On ne pouvait pas à la fois se laver et boire. Alors on se lavait quand il pleuvait et que j'arrivais à déplacer quelques planches du toit, et ensuite c'était difficile de les remettre en place, alors l'eau faisait des flaques par terre, et on dormait là. Et je devais bouger les planches en silence. On toussait en silence. On chiait en silence. Je n'ai pas eu d'intimité, pas un instant, pendant un an.

« L'adolescent restait couché, et j'avais envie de lui chanter des chansons, de lui raconter des histoires, mais il fallait faire le moins de bruit possible. Jour et nuit je me demandais ce qui restait, dehors. Il y avait de vieux rideaux à la fenêtre, je ne regardais pas à travers parce que j'avais peur de voir quelqu'un me regarder de l'autre côté. »

Peter avait envie de lui prendre la main. Il pensa à des histoires de fantômes, des visages blancs, lunaires, aperçus à travers des vitres sales.

« Je suis une de ces affreuses histoires, dit Sarah. Elles deviennent si familières avec le temps. J'ai une autre histoire : l'histoire de Sarah Freeman. Je ne vais pas y renoncer simplement pour me mettre en colère à nouveau.

— Je vais récupérer votre table, promit Clarke. Je vais...

— Ça ne se résume pas à un objet. Ça concerne tout le passé.

— Parfois je vous envie, déclara Clarke. Pouvoir réclamer son passé.

— Vous m'enviez ? » dit Sarah Freeman.

Les restes du repas reposaient lourdement sur la table. Le serveur qui s'approcha pour vérifier si tout allait bien, emporter les assiettes et proposer autre chose, resta à distance.

« Ça a duré si longtemps que j'ai arrêté d'imaginer les choses. Je ne pouvais plus imaginer la sensation d'un fauteuil, d'un plat chaud, d'un lit. Rien du tout.

« Et puis il s'est passé trois journées entières.

Personne n'est venu. Je me rappelle la peau de l'adolescent, elle était fine et bleue comme du lait allongé d'eau. Et il n'y avait presque pas de bruit la nuit. J'ai vécu à Berlin pendant toute la guerre, et le silence était la seule chose que je ne pouvais pas supporter — pas de moteurs, pas de bombes, seulement le feu et le vent qui sifflaient et chuchotaient dehors, que je ne pouvais pas voir.

« J'avais l'idée absurde que je devais changer quelque chose. Mais je ne pouvais rien changer en dehors de l'appentis, alors je me suis dit que je changerais les outils de place. Le râteau à la place de la pelle. La fourche à la place de la houe. Je transformerais l'appentis, et il n'aurait plus l'air d'une prison. Mais je n'en avais pas la force. Vous savez ce que c'est que d'être d'une faiblesse extrême, d'essayer de se lever et de découvrir que vos jambes ne répondent pas ? Et, de plus, si je déplaçais les outils, nous ne pourrions plus bouger la nuit sans danger. Je ne pouvais rien faire tomber, rien heurter ; on ne devait faire aucun bruit. Et j'avais faim et je savais que je ne pouvais pas gaspiller mes forces.

« J'avais tellement envie qu'il pleuve. »

La salle de restaurant, déjà fraîche, sembla perdre ses dernières couleurs. Clarke voulait qu'elle continue, et il voulait qu'elle s'arrête, voulait lui épargner la douleur de parler, voulait qu'elle lui dise tout pour qu'il puisse... qu'il puisse, d'une façon ou d'une autre, devenir son égal dans la douleur, peut-être, ou simplement se trouver une cause, un tort à redresser. Il n'aurait pas su séparer les deux.

« J'étais certaine qu'il viendrait, mon ami. Il venait toujours. Je n'entendais jamais rien quand il arrivait, je ne pouvais pas le guetter. Je devais avoir confiance. Puis le loquet se levait brusquement, et il me fallait réapprendre à avoir confiance. Il n'y avait nulle part où se cacher.

« Mais il ne venait pas, et j'étais comme vide. Je me frottais sans arrêt les doigts les uns contre les autres, pour les empêcher de s'engourdir. Je dois le faire maintenant que je suis très vieille, mais c'était il y a cinquante ans. Plus de cinquante ans.

« Et puis j'ai commencé à réfléchir : je pouvais bouger. Je pouvais sortir. Il n'y avait probablement personne dehors. Mais j'étais restée enfermée si longtemps, recroquevillée, toujours à lutter pour un peu d'espace dont le gamin n'avait pas besoin. On aurait aussi bien pu être mariés.

« Le troisième jour est arrivé. Il ne pleuvait pas, et donc nous n'avions pas d'eau. On entendait toujours aussi peu de bruits. Je me suis dit que mon ami — mon cher, très cher ami — devait être mort. Ou alors il avait été arrêté, et nous devions partir très vite.

« Je me rappelle avoir senti le sang me monter au visage comme si j'étais épuisée, et ensuite avoir touché le métal d'une vieille pelle rouillée qui paraissait froide, vraiment froide.

« Et là je me suis mise en colère pour de bon. J'avais traversé tant d'épreuves, le gamin respirait encore, lui aussi. On ne pouvait pas gaspiller toute cette année passée à nous concentrer pour rester en vie.

« Alors j'ai forcé la porte. Un tout petit peu. Je l'ai poussée et elle a commencé à s'ouvrir, elle pourrissait sur ses gonds. Les gonds ne faisaient pas de bruit, mon ami les huilait toujours. J'ai mis tout mon poids sur mes jambes, je ne l'avais pas fait depuis très longtemps.

« Et j'ai regardé dehors. Le monde entier semblait si grand. »

Clarke intervint : « C'était pareil quand les gardes ont disparu. Au camp de prisonniers. On n'arrivait pas à s'imaginer vraiment partir sans être arrêtés par un mur. » Puis il regretta d'avoir parlé. Peut-être avait-elle davantage besoin d'être la seule à avoir vécu ce qu'elle avait vécu que de pouvoir partager son expérience, fût-ce avec un ami. Peut-être n'avait-elle pas besoin de savoir ce qu'il reconnaissait.

« J'avais imaginé ce qui se passait dehors, pendant tous ces mois. On le fait toujours, vous savez. On entend les bruits et on en fait un panorama. On entend le tonnerre et les explosions et parfois on voit les couleurs d'un incendie en ouvrant le toit pour recueillir la pluie. Et là, j'ai regardé dehors et j'ai vu... j'ai vu que tout était fini.

« Le gamin disait qu'il pouvait se lever, mais ce n'était pas vrai, même pas en se tenant des deux mains aux montants de la porte. Je lui ai dit de marcher, je ne pouvais pas l'aider. Il a lâché les montants de la porte, et il a chancelé un moment. Tout en os et en angles. Puis ses jambes se sont dérobées et il est tombé sur le seuil.

« J'étais furieuse contre lui, évidemment. Je n'avais pas la force de l'aider, et je devais le faire, je le savais. Je n'arrêtais pas de m'essuyer les mains sur ma jupe. Je n'étais même pas étonnée — un adolescent en pleine croissance, immobile toute une année, sans manger à sa faim. Je ne pouvais pas le laisser là, parce que si mon ami n'était pas venu, alors il avait dû se passer quelque chose de terrible.

« Je n'arrêtais pas de penser que c'était le silence qui n'allait pas. »

Elle prit sa serviette et la plia avec précision. « C'est mon rêve que je vous raconte, dit-elle. Ça s'est produit autrefois, et maintenant que je pense à Lucia, ça se reproduit encore et encore et encore. »

Elle fit signe au serveur. « Je vous raconterai la suite, promit-elle. J'ai simplement besoin de marcher un peu. »

Ils s'arrêtèrent devant une jolie fontaine en pierre grise, à l'eau très claire, à peine agitée. Sarah fixa l'eau un moment, reprit son calme et se remit à parler : elle marchait avec Clarke comme à la tête d'un groupe d'écoliers.

« Il y avait une charrette, dit-elle. Elle n'avait pas servi depuis des années, et les roues étaient bloquées par la rouille. Je me rappelle, j'avais une pierre, et j'ai tapé sur les roues, la rouille tombait en flocons rouges. Et après les roues grinçaient.

« Je me suis dit que je pourrais peut-être les dégripper. Je devais trouver de l'huile. Mais maintenant la porte était grande ouverte, l'appentis rempli d'air et la lune très brillante, on risquait d'être vus. Et le gamin répétait sans arrêt qu'il ne savait pas, qu'il ne savait pas ce qui se passait pour ses jambes et ses bras, et il n'arrivait pas à se résoudre à me demander de ne pas l'abandonner.

« Je pensais : si on se déplace avec la charrette, on laissera des traces. Alors on doit savoir où aller, sinon on nous arrêtera dans la rue. Être en vie sera comme une trahison.

« J'ai poussé cette fichue charrette. Je ne sais pas comment, j'ai réussi à la faire avancer dans l'herbe et les broussailles, mais elle est repartie en arrière. J'ai essayé de la tirer, j'ai glissé et je me suis écorché le genou, j'étais presque soulagée de sentir la douleur.

« Le gamin m'a aidée. Il s'est jeté sur le côté pour que la charrette se soulève et avance sur ses roues avant. Et j'ai commencé à pousser. »

Elle dit : « Vous ne me dites jamais que je peux arrêter. Vous ne me laissez jamais m'arrêter.

— Je ne crois pas que vous vouliez vous arrêter.

— J'aurai toujours ça en tête : le gamin inerte, et le grincement des roues, et les cahots sur le sol irrégulier et la grosse lune là-haut, et le silence affreux. Au début le gamin sanglotait, mais il essayait de pleurer en silence.

« J'ai vu la ville au bout des parcelles de jardins. Il n'y avait pas grand-chose à voir. D'abord des choux et de vieilles tiges brunes. Puis des gravats, de la pierre et des ruines, qui avaient l'air vraiment très vieux, comme si le vent et l'eau avaient déjà eu le temps de les user. Il n'y avait rien de net ou de pointu.

« J'ai vu une statue tournée du mauvais côté. Je me rappelle.

« Je me suis arrêtée sous la porte cochère d'un bâtiment. Je suppose que c'était un immeuble d'habitation avant, et je suppose qu'avant j'avais habité dans un endroit du même genre. Mais ce n'était plus un bâtiment. Il y avait un début d'escalier, des tronçons de murs, un ou deux cadres de fenêtres plutôt élégants qui se balançaient au vent. Et au-dessus, les étoiles et le silence.

« Il me fallait de l'eau. Mais il n'y avait pas d'eau, le robinet ne donnait que de la rouille, un peu de poudre rouge, puis plus rien. Alors j'ai continué. Il n'y avait rien d'autre à faire.

« Et maintenant, je ne sais pas ce qui va se passer si je raconte cette histoire à haute voix. Je ne l'ai jamais racontée à personne. Je me disais que si je donnais des détails, on en voudrait toujours plus. On voudrait que je parle des ulcères sur les jambes du gamin. On voudrait que mes mains glissent sur les bras de la charrette à cause du sang. C'est vrai, mais j'ai toujours refusé de devoir le dire simplement pour qu'on me croie.

« Je ne peux rien vous dire d'autre.

— Je voulais savoir, dit Clarke.

— Vous ne savez rien. Ça a duré une année, et vous en connaissez seulement une nuit.

— Je peux essayer. Je n'ai pas vécu votre vie, mais je peux au moins essayer.

— Le gamin était mort. Alors je n'avais plus besoin de la charrette. »

Elle fit ses bagages avec une précision qu'elle trouva risible, comme si elle avait décidé qu'elle pouvait tout mettre sous clef et retourner en Angleterre. Elle pourrait perdre la valise, et tous ses souvenirs avec. Elle pourrait la laisser dans cette chambre, mais elle lui serait renvoyée avec une honnêteté toute mécanique.

Elle alla chercher un verre d'eau.

Puisque son billet de retour était open, elle se dit qu'elle prendrait simplement le train pour Kloten, puis attendrait le premier vol possible. Elle ne voulait pas réserver, parce que cela risquait de la retarder et que ce qu'elle désirait le plus, c'était partir. Puis sa conscience irritante prit le dessus : peut-être qu'elle n'avait pas vraiment envie de partir, de réserver une place côté fenêtre dans l'avion de midi. Peut-être qu'elle attendait qu'on la retienne.

Mais le groom avait descendu ses valises à la réception, elle avait payé sa note et personne ne l'avait retenue.

Peter Clarke aurait dû être là. Helen aussi. Nicholas, peut-être. Elle leur avait fait savoir qu'elle partait.

Ils ne s'en souciaient pas, eux non plus.

C'était une récrimination de petite fille gâtée, elle se choqua elle-même. De toute évidence, ils s'inquiétaient. Ce pouvait être la plus parfaite preuve d'inquiétude, de la laisser partir puisqu'elle désirait partir.

Le taxi arriva. Elle s'engagea dans la porte à tambour incommode.

Les valises étaient dans le coffre. Personne ne vint.

Le taxi s'éloigna de la ville, s'engagea sous un tunnel, émergea dans une autre ville, et prit la direction de l'aéroport. Le chauffeur déposa ses valises sur un chariot, et elle se dirigea péniblement vers le comptoir d'enregistrement.

Elle n'avait pas la volonté de rester, ni dans ses muscles ni dans son esprit.

Elle se mit au bout d'une file d'attente. Il y avait six personnes devant elle, y compris l'inévitable couple aux problèmes de passeports qui avait trop de bagages et qui voulait qu'ils soient tous enregistrés pour telle destination d'Amérique du Sud sur une compagnie aérienne que personne ne connaissait.

Elle entendit son propre nom dans les haut-parleurs : Sarah Freeman est priée de se rendre au bureau d'information de l'aéroport.

Peter Clarke appela la chambre à l'hôtel, mais la voix qui répondit lui était inconnue, danoise peut-être, essayant de se montrer polie en anglais envers ce vieil homme bizarre.

Elle était partie.

Et pourquoi n'abandonnerait-elle pas ses souvenirs, ce devoir que tout le monde voulait lui imposer ? Il commençait à comprendre : c'étaient les autres qui avaient le devoir de résoudre ces questions.

Il appela Helen, mais elle n'était pas chez elle. Il appela Nicholas, qui déclara n'être au courant de rien. Clarke tenta de déchiffrer sa voix : était-il content, soulagé ou déçu que Sarah Freeman rentre chez elle ? Mais il en fut incapable. Nicholas parlait sur un rythme qu'il ne put interpréter, une cadence arbitraire.

Il appela l'aéroport.

« Je n'ai pas eu l'occasion de vous dire vraiment au revoir, dit-il.

— J'ai un avion à prendre.

— Vous êtes passée à l'enregistrement ? »

« Mon Dieu, se dit-elle. Il est si méticuleux qu'il a peur que mon billet ne soit plus valable. »

« Sinon, revenez, je vous en prie. Je voudrais que vous reveniez.

— Pouvez-vous me donner une seule bonne raison ?

— Je vous aime beaucoup. Je veux réparer.

— Je suis fatiguée et je veux rentrer chez moi. »

Elle se tenait immobile au milieu de la foule pressée, à l'un des trois téléphones du point d'information, barrant la route aux parents anxieux, aux passagers qui cherchaient le service des bagages perdus, l'infirmerie, la police, le bureau de la compagnie d'assurances. Elle avait l'impression d'être une adolescente rappelée par son amoureux, à supposer que les adolescents aiment toujours le mélodrame, ne se contentent pas de hausser les épaules et de laisser tomber.

Elle voulait bien être pendue si elle faisait demi-tour juste pour Peter Clarke.

« Helen voulait que vous rencontriez Lucia », annonça Clarke.

Ça ne pouvait pas être vrai, pensa-t-elle intensément.

« J'ai demandé qu'on vous trouve une autre chambre. »

Elle n'avait jamais affronté Lucia, ni dans sa vie précédente ni dans celle-ci. Elle voulait au maximum une procédure légale, ce qui signifiait rester à distance. Elle ne savait pas du tout ce qui pourrait se passer, face à face, ne savait pas ce qu'elle ressentait à l'époque pour Lucia, si cela ne risquait pas à présent de gâcher sa belle colère toute propre.

Lucia saurait des choses. Mais elle en savait de pires.

Elle raccrocha, et Clarke sut ce que cela signifiait. Il appela Helen pour dire qu'elle devrait être à l'hôtel quand Sarah arriverait.

« Elle pourrait avouer », dit Sarah.

Helen avait passé son bras sous le sien, elles marchaient lentement au bord du lac.

« Ça m'inquiète. Elle peut avouer et dire qu'il s'agit d'un regrettable malentendu, et pourquoi est-ce que je n'ai rien réclamé avant ? Elle pourrait me la rendre, tout bonnement.

— Elle ne fera pas ça, répondit Helen. Ce serait comme reconnaître la légitimité de toutes les autres plaintes possibles contre elle.

— Mais elle pourrait dire qu'il était impossible de me retrouver. Que j'étais à Londres, que j'avais changé de nom, que j'étais peut-être un tout petit peu célèbre, mais que ma photo n'a jamais paru dans le journal et, de toute façon, pourquoi est-ce qu'elle lirait les journaux anglais du dimanche ?

— Elle ne voulait pas savoir. » Helen respira profondément. « Elle vous croyait morte.

— Ça, vous ne le savez pas. Je ne le sais pas. »

Sarah dégagea son bras de celui d'Helen et se mit à fouiller dans son sac, glissant les doigts sous un miroir, un tube de baume pour les lèvres, quelques cartes et des pièces.

« Je le sais, dit-elle. Vous avez raison, je le sais. Et puis, pourquoi est-ce que je serais la seule à ne pas avoir le droit de tout savoir sur quelqu'un d'autre, tout d'un coup ? À Berlin tout le monde savait tout sur moi parce que j'étais juive. » Elle pencha le sac, poussa les papiers de côté. « Personne n'avait rien à prouver. Pourquoi est-ce que je dois tout prouver ? »

Du nouveau désordre de son sac elle sortit un demi-*Gipfli*, qui s'émietta dans ses mains.

« On pourrait en discuter plus tard », dit Helen.

Sarah rompit le morceau de croissant et le jeta aux cygnes qui s'agitaient dans l'eau en feignant une élégante indifférence. Ils se propulsèrent puissamment vers la rive.

« Est-ce que ça vous inquiète, demanda-t-elle, tournée vers l'eau et les oiseaux blancs, que je ne sois pas la victime parfaite et civilisée ? Pas toujours courageuse et sûre de soi ? » Elle se tourna vers Helen. « Je ne suis pas la pierre de touche idéale, hein ?

— Tout cela peut attendre.

— Je ne vivrai pas assez longtemps pour attendre. On va me demander pourquoi j'ai attendu si longtemps, non ?

— Vous ne pouviez pas savoir où était partie Müller-Rossi. »

Sarah regarda Helen. « Appelez-la Lucia. Ou Frau Müller-Rossi. C'est votre grand-mère.

— Vous ne pouviez pas savoir qu'elle avait une boutique, ni où, ni même deviner qu'elle avait fait sortir la table de Berlin. Il n'était guère probable qu'une table ait survécu à la ruine de Berlin.

— Vous croyez que ça marchera devant un tribunal ?

— Nous ne cherchons pas des recettes.

— Mais il le faut. Il faut chercher ce qui marche.

— Et puis, ajouta Helen, plus personne ne pense comme ça.

— Plus personne ?

— Je pensais comme ça avant. Il était trop tard, c'était trop difficile. Cette maison a été volée, c'est un fait, mais depuis elle a eu cinq propriétaires successifs et est-ce qu'on chasse l'homme qui l'a achetée de bonne foi, en se serrant la ceinture, et qui a besoin d'un toit pour sa famille ? Et supposons qu'une entreprise ait été volée ; en cinquante ans, elle a été nationalisée et privatisée et centralisée et maintenant probablement dégraissée. Et supposons qu'il s'agisse d'un chef-d'œuvre quelconque, qui se trouve peut-être dans un musée national, là où je veux qu'il soit. Et supposons qu'il s'agisse d'argent. Si on laisse dormir l'argent liquide assez longtemps, il redevient anonyme, c'est comme un trésor enfoui. »

Sarah chassa les miettes de ses mains.

« C'est comme ça que je pensais, avant, dit Helen.

— Et maintenant ?

— Je sais que c'est du vol. Il faut une compensation.

— Et une punition ? »

Sarah attendit. Le cygne près de la rive, Helen drapée dans ses certitudes féroces ; le cygne dans son attitude parfaite, Helen debout : ils se faisaient écho, c'était visible.

« Vous n'avez pas beaucoup de patience pour l'histoire, on dirait. L'histoire de votre père ou celle de votre grand-mère.

— On ne peut pas nous demander de nous soucier des détails maintenant. On nous les a cachés pendant tant d'années.

— Et vous ne croyez pas qu'il est bien trop tard, qu'il faut passer à autre chose ?

— Non. Je sais qu'il a fallu soixante ans pour que les gens écoutent. Tout comme en Grande-Bretagne, et en Hollande, et en Amérique, et partout ailleurs.

— Bien, dit Sarah.

— Et c'est pour ça que n'importe quel tribunal

va essayer de vous débouter, poursuivit Helen. Parce qu'ils ont déjà essayé une fois et qu'ils n'ont pas réussi à obtenir une condamnation, et qu'ensuite ils n'ont rien fait alors qu'ils savaient la vérité sur Lucia. Ils ont eu la chance de démontrer leur supériorité morale, et ils l'ont jetée aux orties, alors maintenant ils sont sur la défensive.

— C'est très clair pour vous.

— Ça ne veut pas dire que j'ai raison. »

Helen lui tendit un mouchoir en papier pour qu'elle s'essuie les mains. Sarah la remercia, comme une enfant. Helen reprit le bras de Sarah, parut la conduire sur le sentier.

« Je gaspille le peu de vie qui me reste, reprit Sarah. Je le gaspille pour une femme que j'ai presque oubliée pendant cinquante ans. »

Puis elle dit : « Quand pourrai-je la voir ? »

Nicholas alla chez Lucia après la fermeture de la boutique. Il ne se voyait pas d'autres possibilités honorables : s'il ne pouvait même pas parler avec elle, alors il n'était qu'un complice de son silence.

C'est le grand changement qu'on subit en vieillissant : on se sait impliqué. Seuls les jeunes peuvent protester, boycotter, sortir masqués dans la rue, brûler des voitures et jeter des pierres à la police, en pensant que cela leur confère raison et pureté.

Mais, assis devant son petit cognac, il ne savait plus très bien par où commencer avec Lucia. Il envia un peu les policiers, qui commencent par exhiber un uniforme pour dire qui ils sont, et des mandats pour dire ce qu'ils ont le droit de vouloir.

Il tourna autour du pot, trouva extraordinaire que tout le monde — les journaux en particulier, dit-il — parle des années quarante. Il ajouta que même les jeunes semblaient s'y intéresser, comme jamais auparavant, parce qu'il s'agissait maintenant d'une question morale, expliqua-t-il.

Il attendit Lucia. Elle ne l'aida pas. Elle demanda s'il viendrait à l'opéra le mois prochain, un spectacle français, dit-elle, Massenet. Massenet était sous-estimé, à son avis.

Un fracas désordonné se fit entendre : la sonnerie de l'interphone.

Lucia leva les yeux. Nicholas attendit qu'elle dise qui pouvait sonner, qui elle attendait. Lucia ne dit rien. Nicholas supposa qu'il devait aller ouvrir la porte.

La sonnerie retentit à nouveau.

Ce n'était pas le moment de recevoir des inconnus, mais il était impossible d'ignorer ce bruit grossier, inutile.

L'interphone grésilla. « Livraison », annonça une voix.

Nicholas ne posait jamais de questions sur les livraisons. Il entendit le roulement de l'ascenseur qui montait.

Mais il aurait dû demander à Lucia, se dit-il.

Il entendit la porte de l'ascenseur s'ouvrir. On frappa à la porte de l'appartement.

Il se sentit ridicule, à regarder par le judas. Les visages qu'il vit au-dehors ne lui apprirent rien de plus.

Ils étaient trois : deux hommes trapus et puissants, et un jeune à la veste très soignée. Il leur trouva un air légèrement déférent, donc il ouvrit.

Le jeune homme demanda : « Frau Müller-Rossi est-elle là ?

— Je vais voir. »

Lucia déclara n'avoir aucune idée de ce qu'on pouvait lui livrer. Elle ne pouvait même pas hasarder une hypothèse.

« Ce ne sont pas des roses, fit Nicholas. Ils s'y sont mis à deux.

— Je n'attends pas de roses à mon âge. Des lys, peut-être. »

Les deux hommes apportèrent leur paquet dans le séjour. Le jeune homme les suivait.

Apparemment il ne savait que dire, alors il parla très vite. « Nous avons pensé que vous préféreriez recevoir ceci à votre domicile. Vu les circonstances.

— Voulez-vous que nous le déballions ? » proposa le plus âgé.

Dans son fauteuil, Lucia les foudroya du regard. Elle n'était pas prête à recevoir des visiteurs, ses cheveux étaient un peu décoiffés, sa peau bien trop présente sous le maquillage. « Pourquoi pas », accepta-t-elle.

Les hommes ne voulaient pas regarder son visage nu. Ils se mirent à arracher le papier, le carton, le scotch et la ficelle. Le paquet avait des pieds, semblait-il, et un dessus plat. Il avait la forme d'un bureau. Dans le carton et le papier brun, le bois était protégé par du papier de soie. Les deux hommes l'ôtèrent sans le déchirer.

Le bureau était couvert d'énormes fleurs épanouies, en bois clair incrusté dans un bois plus foncé, avec des coins dorés et des poignées dorées pour le tiroir. C'était un petit jardin d'encoignure ciselé.

Lucia parut vouloir protester, mais elle voulait

encore plus garder la maîtrise de l'instant, ce qui signifiait avoir l'air de savoir ce qui se passait.

« Merci, dit-elle.

— Juste pour quelque temps, dit le jeune homme. Ça paraissait souhaitable, vu les circonstances.

— Je retourne à la boutique demain matin », annonça-t-elle avec trop de clarté et d'emphase.

Et quand ils furent partis, elle dit à Nicholas : « Tout le monde s'intéresse beaucoup à mes petites affaires, brusquement.

— Il faut bien que quelqu'un raconte ce qui s'est passé.

— Sans doute. J'ai toujours cru que tu ne voulais pas savoir.

— C'est une jolie table.

— Je l'ai vendue une fois. Et rachetée. Je n'ai pas pu me résoudre à la revendre. Mais elle était dans la boutique, tout le monde pouvait la voir. Je deviens négligente. Ou franche. Ou alors j'ai beaucoup vieilli, vraiment. »

Nicholas, qui désirait tant mener l'interrogatoire, avait désormais envie de caresser le tissu usé de son visage. Il pensa, à tort, que c'était un signe de faiblesse.

La bonne appela à huit heures et dit que Lucia voulait voir Helen.

Helen demanda pourquoi Lucia n'appelait pas elle-même mais, chez Lucia, répondre aux questions commençant par « pourquoi » n'entrait pas dans les attributions des bonnes. Celle-ci précisa néanmoins qu'elle partait tôt ce soir-là. Elle ne serait plus là quand Helen arriverait. Si Helen voulait bien donner à Frau Müller-Rossi un œuf et un peu de madère.

Alors Helen vint à pied, pour contrarier les façons impérieuses de la vieille femme. Elle reçut avec reconnaissance les premières gouttes de pluie cinglante.

Elle sonna, mais Lucia ne prit pas la peine de répondre. Habituellement, Helen ne se servait pas de sa clef, ne remettait jamais en cause l'autonomie de Lucia, mais cette fois elle n'hésita pas.

Les portes intérieures semblaient toutes ouvertes, mais aucune lumière n'était allumée. Helen entendait de la musique, le chœur des pèlerins dans *Tannhaüser*, qui arrivaient de loin et apparaissaient sur une crête du décor. Elle s'immobilisa un moment, se demandant si elle devait appeler.

Elle vit qu'une porte était fermée. Les réverbères de la rue donnaient assez de lumière bleu pâle pour lui permettre de se diriger entre les trésors de l'entrée. Elle poussa la porte fermée.

Des bougies brillaient, d'une lumière régulière et dorée. Dans le cercle qu'elles éclairaient, Lucia était assise toute droite, la musique lui hurlait dans les oreilles. Helen s'inquiéta aussitôt des voisins. Puis elle s'aperçut que Lucia était soutenue avec soin, que sa raideur ne signifiait pas nécessairement qu'elle était bien réveillée. Helen eut envie de baisser la musique pour qu'il soit possible de parler, mais elle renversa une des bougies, un peu de cire fondue s'échappa et resta allumée un moment sur le tapis. Elle l'éteignit.

Lucia souriait.

Helen trouva le bouton du volume. « Lucia », dit-elle. Lucia ne répondit pas. « Lucia, c'est dangereux. »

Lucia glissa de son fauteuil sur le sol.

Deux bougies éclairèrent son châle un moment, et une odeur de brûlé s'éleva. Helen piétina les flammes. Elle saisit Lucia par les aisselles et la releva. Elle sentit la mollesse de son corps, la volonté relâchée, morte.

Elle crut que Lucia était peut-être morte.

Le chœur des pèlerins se répéta doucement.

Elle cala Lucia dans un fauteuil. Sa bouche, jusque-là souriante, béa, comme si elle était saoule. Son dentier glissa dans sa bouche. Son visage pendait comme un vieux vêtement sur ses os.

Elle lisait Goethe. Elle avait même marqué sa page.

Ich besass es doch einmal
Was so köstlich ist !
Dass man doch zu seiner Qual
Nimmer es vergisst !

Et Helen ne fut plus perplexe, ni effrayée, ni indécise. Elle se mit en colère. Elle était une furie dans un salon. Elle agrippa les cheveux de Lucia, craignant à demi qu'elle ne porte une perruque, et elle la gifla, un peu de poudre rose lui resta sur les doigts, et elle secoua la vieille femme. Elle n'avait plus peur de lui briser les os en la touchant.

Elle était poussée, stimulée par une soudaine fureur pure. Son père lui avait raconté le suicide de Goldstein, le corps éclairé de bougies, le volume de Goethe. Elle savait exactement ce que faisait Lucia : elle volait la mort de Goldstein.

Pourtant je les ai connues,
Ces pures délices !
Faut-il que, pour son tourment,
On ne les oublie !

Il n'en était pas question. Si c'était la mort de Goldstein, alors elle avait pris des barbituriques. Alors, si elle était saoule de barbituriques, il fallait la faire bouger. Helen la ferait marcher, d'un bout à l'autre du salon, même si ses mains inertes faisaient tomber les jolies porcelaines, même si elle laissait derrière elle un sillage d'objets brisés. Après tout, c'était ce que Lucia avait toujours fait aux autres.

Elle traîna Lucia jusqu'à la fenêtre et la poussa dehors, dans la pluie froide et cinglante, qui creusa des rigoles sur son visage poudré. Elle secoua les beaux cheveux teints, comme un tissu, dans la lumière des réverbères.

Elle voulait que le monde puisse voir.

9

Lucia s'éveilla étonnée. Elle portait souvent des boules Quies pour pouvoir entendre son propre cœur, pour que tous les chocs et heurts proviennent du fonctionnement de son propre corps et non du monde extérieur. De sorte que ce ne fut pas le silence qui l'inquiéta.

Elle ouvrit les yeux. Elle voyait des murs blancs, qui n'étaient pas ses murs blancs. Le lit était plus étroit, trop serré à son goût. Ce n'était pas le bon lit.

Ils l'avaient mise à l'hôpital.

C'est absurde, se dit-elle. Elle prenait quelques cachets pour dormir quand le monde la perturbait ; elle n'avait pas, bien entendu, pris une dose sûre.

Elle voulut rejeter les couvertures d'un seul geste grandiose, une épreuve de la volonté et des muscles, mais le lit était bordé si serré qu'elle dut tirer petit à petit. Quand elle se fut libérée, elle vit la chemise de coton grossier qui lui grattait la peau, son motif délavé de fleurettes bleues.

Il n'y avait aucun appareil dans cet hôpital, pas de tubes, de manivelles, d'écrans ou de ventilateurs. La chambre avait une fenêtre, mais le store était baissé.

Ce n'était donc pas un hôpital ordinaire.

Elle ne voulait pas essayer d'ouvrir la porte. Ils ne l'auraient pas humiliée en l'enfermant à clef.

Elle s'était créé un petit moment romantique, et elle n'avait pas prévu que quelqu'un la verrait ; la vieillesse n'est pas une réduction au monde matériel. Elle avait droit à la poésie, aux chandelles, à la musique. Puisqu'elle était vieille, peut-être croiraient-ils qu'elle priait.

Tout bas elle s'entraîna un moment à parler, elle voulait que les mots sortent sans encombre, puis elle cria : « Service ! *Servizio !* »

Elle avait une peur mortelle de ce moment où plus personne ne pense seulement à écouter, où toutes les raisons deviennent visiblement déraisonnables, où l'on s'efforce de dire ce qu'on pense et où l'on reçoit du réconfort plutôt que de l'attention.

Quelque chose devait la hanter ; c'est ce que tout le monde penserait. Et désormais ce que les autres pensaient avait de l'importance, parce que ce serait la condition pour qu'elle quitte cet endroit propre et brutal.

Car elle ne voyait rien dans cette chambre de délicat ou de particulier, rien de peint, rien de galbé, seulement des angles abrupts, des draps raides, des blancs simples et le store baissé. On n'avait pas laissé de livres, ni de taches de couleur, et elle ne voyait pas où étaient ses lunettes. On lui avait laissé ses lunettes, sûrement ? Aucun tableau n'était accroché aux murs, elle supposa que les images risquaient de perturber celles censées lui parcourir l'esprit et tout révéler sur elle.

Elle n'était pas disposée à être comprise.

Elle s'était déjà prêtée à cette absurdité, bien

plus jeune, pour un groupe de trois juges dans un tribunal zurichois : une douce docilité à l'investigation, suivie d'une bonne mesure de vertu offensée, en écartant soigneusement toute trace de colère.

Elle se rappelait la méthode. Mais toutes ces années plus tard, elle ne pouvait être tout à fait sûre d'avoir encore la force, l'élasticité, la concentration nécessaires. Elle risquait d'hésiter au mauvais moment, et de tout perdre. Elle serait en colère, ou même coupable.

Elle ferma les yeux.

Elle pouvait revoir des images terribles : incendies, morts, trahisons et meurtres, une ville qui mourait sous ses yeux. Mais nul ne vint. C'est seulement dans son imagination qu'à cet instant précis sa personne tout entière fut dissoute par un comité de médecins et de parents inquiets.

Elle ne se rendrait que si la lutte était hors de question, se dit-elle. Puis elle pensa : « Peut-être bien. Peut-être que si je lutte je vais me casser des os qui ne se ressouderont jamais, me faire des entailles que je n'aurai pas assez de sang pour guérir. »

« Je suis vieille », dit-elle à haute voix. Et puis elle pensa qu'elle ferait mieux de ne rien dire à haute voix tant qu'elle était seule et surveillée.

« Je l'ai laissée là, conclut Helen. Je n'avais pas le choix. »

Peter Clarke était allé faire du thé, il déposa la tasse près d'elle. Elle avait le train d'Henry dans les mains et sur les genoux, une locomotive rouge et jaune, deux wagons généreux. Les rails formaient un ovale dans un coin de la pièce.

« Ils ont dit que, physiquement, elle va bien. Et ensuite j'ai dû la laisser. Je pourrai appeler la clinique à dix heures. »

Il se représenta Lucia à la clinique, ce qui signifiait qu'il se voyait lui-même dans une clinique, un endroit dont le nom officiel était « maison », dans un monde réduit à quatre murs carrés et parfois des gravures de paysage dans le couloir menant aux chiottes.

« J'ai prévenu Jeremy hier soir. Il est encore à New York.

— Elle se remettra », dit Clarke.

Helen fixa le wagon au wagon, et les wagons à la locomotive, tout était lié. Elle avait rêvé d'un train, elle était dedans, tout voyageait dans le train ou y était lié, tout, et elle ne pouvait pas descendre. Le train s'arrêtait, et les portes restaient verrouillées. Et ensuite le train ne s'arrêtait plus.

« Mais il sera bientôt là », reprit Clarke.

Helen sourit.

« Et Lucia se remettra.

— Vous croyez ? »

Il aurait aimé pouvoir lui prodiguer le réconfort dont elle avait besoin, mais il n'avait que des mots, pas de contact, pas d'amour, alors il devait trouver les mots justes. Il risquait de faire un faux pas et d'empirer les choses.

« Peut-être qu'elle nous prévient. Si elle est vraiment... déprimée, enfin, malade, alors je suppose que toute l'affaire doit s'arrêter là. On ne peut pas traîner une vieille femme folle et fragile au tribunal.

— Elle a gardé toute sa tête très longtemps.

— Les bougies, la musique, Goethe, c'est comme une pièce de théâtre. J'ai toujours aimé l'apparence qu'elle donnait, les vêtements, le chic. Elle a allumé ces bougies comme si elle se parodiait elle-même. »

Clarke avait envie d'en revenir à ses propres souvenirs colorés, au petit monde fermé de la famille, des champs de fleurs, des étendues colorées, des voyages à la mer. Là-bas il savait distinguer le bien du mal, cela ressemblait davantage à des questions de traditions et de règles qu'à un jugement. On savait de quel côté on se trouvait, et on obéissait à ses lois.

Et Helen était toujours dans ce train dont elle avait rêvé. Alors elle sépara les wagons de la locomotive, sur ses genoux, et les posa près de sa tasse.

« Je n'ai pas la moindre idée de ses motivations, dit-elle.

— Sarah voulait venir, annonça Peter Clarke.

— Je sais. » Et Helen croisa les mains.

« Je ne crois pas qu'on puisse arrêter maintenant, objecta Nicholas. Je ne veux pas qu'on arrête.

— Helen est inquiète, dit Clarke. Elle a peur qu'on voie dans la maladie de Lucia une façon d'échapper aux questions morales. D'éviter ce que vous et elle voulez.

— Helen veut une reconnaissance totale. Ce n'est pas une question de procès, de règlement, de publicité, rien de tout ça. » Il soupira. « C'est moi, devoir revenir sur une histoire que j'ai mise de côté il y a longtemps.

— Mais vous n'étiez qu'un enfant, à Berlin.

— Helen se sent très suisse, déclara Nicholas, inexplicablement. Je suppose que c'est moi qui lui ai appris.

— Je ne comprends pas ce que vous voulez dire.

— On est suisse parce qu'on vient de là. Ce n'est pas une question de langue, parce qu'on en a trop, et ça ne peut pas être la religion, sauf qu'on est tous des chrétiens convaincus. Ce n'est pas non plus une question de sang. Ou de race. C'est lié à ces fichues montagnes. Les glaciers. Les cols. Les lacs. On sait que les autres apprennent l'histoire à leurs enfants à l'école pour en faire des patriotes ; nous, on les emmène en montagne une semaine.

— On est comme on est né, déclara Clarke dans une démonstration bravache de bon sens. Je suis anglais. Vous, vous êtes... » Il comprit soudain que Nicholas avait dû avoir le choix, étant né en Allemagne d'une mère italienne et d'un père suisse.

« Le problème, quand on est si doué pour les merveilles naturelles, poursuivit Nicholas, c'est qu'on est incompétent en histoire. Nous nous perdons dans l'intrigue, parce qu'elle ne nous intéresse pas. Nous sommes obsédés par une seule grande déclaration : nous venons des Alpes ; d'une certaine façon, nous sommes des gens à part.

— Oui, oui.

— Je m'excuse si je ne suis pas clair. Mais parfois Helen ressent tout ça. Elle aime cet endroit. Et quand cet endroit est contaminé par son histoire elle est... désorientée. Elle veut réparer, mais, encore plus, elle veut remettre les choses où elles étaient. Elle ne s'arrêtera pas.

— Exactement. Quelque chose a été volé. Quelque chose doit être rendu. Vous n'avez pas vu Sarah pleurer... »

C'était toujours tellement particulier, pensait Nicholas. Clarke avait une histoire composée de faits particuliers, sans grande idée pour en tirer un roman ou une philosophie. Il voulait seulement savoir. Il voulait que les choses soient justes. Et toutes les autres circonstances humaines, confuses comme d'habitude, ne comptaient pas, tout simplement.

Le médecin était un homme merveilleusement courtois sans être tout à fait onctueux, affable sans perdre sa concentration ne fût-ce qu'une seconde. Il portait un costume particulièrement élégant, très cintré, et son après-rasage venait de Londres.

« Il serait sage de pratiquer quelques examens, déclara-t-il. De faire un bilan. »

Helen écouta, charmante. Tout comme le médecin jouait impeccablement son rôle de médecin, elle jouerait celui de l'interlocutrice intelligente et pleine de gratitude.

« Il est possible que votre grand-mère souffre de dépression. Elle peut avoir un problème d'ordre physique. Il est également possible qu'elle ne soit plus aussi capable qu'avant. Et il est possible qu'elle se soit tout bonnement assoupie en laissant brûler des bougies, ce qui peut arriver à chacun de nous, je pense. » Mais une chose pareille ne lui arriverait jamais, à lui, parce qu'il faudrait pour cela qu'il ferme un moment ses yeux froids et pénétrants.

« J'aimerais lui parler, est-ce possible ? demanda Helen.

— Bien sûr. Nous voulons qu'elle se sente à l'aise.

— Alors peut-être...

— Elle n'a que sa chemise d'hôpital.

— J'ai apporté des vêtements. »

Lucia vint dans le bureau du médecin vêtue de sa

chemise d'hôpital et d'une robe de chambre blanche, une infirmière sur les talons. Elle n'avait encore jamais montré à Helen son moi maculé, les marques d'un brun chaud sur son visage ; sans maquillage ni lumières, elle était tachée par l'âge.

Elle prit le fauteuil confortable en face du médecin, comme il convenait.

« Je sais combien tout cela est déstabilisant, dit le médecin à Lucia, les yeux toujours fixés sur Helen. Nous voulons simplement nous assurer qu'il n'y a pas de troubles sous-jacents. Des problèmes. »

Lucia garda le silence.

« Quand le cerveau vieillit, reprit le médecin, la matière grise subit des pertes synaptiques et neuronales progressives. Tout le monde est touché. Parfois c'est apparent dès quarante ans. Mais, au-delà de quatre-vingt-cinq ans, nous devons y faire très attention. »

Helen se surprit à approuver de la tête, sourire, faire ces petits gestes que les médecins attendent de leur public. Pour l'instant, Lucia restait immobile : horrifiée, semblait-il, par l'insulte de son discours.

« Bon. Nous avons quelques possibilités. Nous pouvons reconstituer une histoire, votre petite-fille nous aidera. Nous pouvons écarter de nombreuses hypothèses, vérifier vos médicaments, votre thyroïde, ce genre de choses. Vérifier que vous ne souffrez pas de malnutrition. Il y a un ou deux examens que nous pratiquons normalement, je suis sûr qu'ils sont inutiles, mais ils font partie du processus.

— Que voulez-vous dire ? s'enquit Helen.

— Nous faisons une recherche de syphilis tertiaire », répondit le médecin.

Il ne regardait toujours pas Lucia directement.

Elle constituait une ruine impressionnante : les cheveux toujours roux et indisciplinés, les traits d'une finesse élégante, mais elle se cachait dans une certaine vacuité. Si ce fichu médecin décidait de la déclarer irresponsable, elle attendrait pour lui prouver son erreur par une action bien réfléchie.

En attendant, elle voulait qu'il la regarde. Son autorité passait par le regard.

Le médecin reprit : « Il existe un test préliminaire très simple, Frau Müller-Rossi, vous pourriez peut-être répondre à quelques questions. »

Elle attendit patiemment, comme une enfant obéissante.

« Connaissez-vous la date — le jour, le mois, l'année ? »

Un instant elle ne put parler, la gorge bloquée par des poussières d'angoisse. Elle devait parler clairement, en faisant attention à la syntaxe ; les médecins remarquent la syntaxe. Puis elle répondit.

« Et le jour de la semaine ? Le nom de cet établissement ? Votre numéro de téléphone ?

— À la boutique ou chez moi ? demanda-t-elle.

— Quel âge avez-vous ? Quand êtes-vous née ? Quel était le nom de jeune fille de votre mère ? »

Elle répondit. Helen la trouva un peu lente, comme sous le choc. Mais Lucia était tout simplement prudente. Peu importait que cet homme la trouve vieille, mais il importerait beaucoup qu'il la trouve malade de vieillesse.

« Pourriez-vous compter à rebours à partir de vingt ? De trois en trois ? »

Helen observa le visage de Lucia, crut y déceler un soupçon d'impatience. La vieille femme pensait qu'elle allait gagner, d'une façon ou d'une autre, soit en retournant à sa vie, soit en échappant à ses responsabilités, et en donnant l'impression que sa famille moraliste préférait un compromis médical plutôt que la vérité.

« Vingt. Dix-sept. Quatorze. Onze. Huit. Cinq. Deux.

— Très bien », fit le médecin d'un ton encourageant.

L'expression de Lucia changea à peine. Elle savait, parce qu'elle connaissait des personnes âgées qui avaient été testées par des médecins, qu'elle ne devait pas sembler fâchée de ce ton paternaliste. Le médecin jugerait sa colère inappropriée. Il la déclarerait démente.

« Les personnes éduquées réussissent toujours bien ce test », dit-il à Helen.

Elle n'était pas encore sauvée.

« Parlez-moi de l'appartement de votre grand-mère, demanda le médecin à Helen. Elle a une employée de maison, je suppose ?

— Bien sûr.

— La présence d'une employée dévouée complique parfois les choses. Elle couvre les petits incidents, les oublis d'hygiène, les crises de colère. La famille n'est pas mise au courant. »

Lucia s'accrocha aux bras de son fauteuil. Elle avait appris cette astuce devant les juges : s'amarrer, et ensuite se blesser si nécessaire, pour éluder les questions.

« Je suis vieille, pensa-t-elle, et donc il sait ce que je suis. Mais il ne sait pas qui je suis. »

« Dites-moi, reprit le médecin. Êtes-vous satisfaite de votre vie, dans l'ensemble ? »

Comment pourrait-elle bien répondre à cette

question ? Elle aimait le goût du thé, le parfum des freesias, la délicatesse d'un arbre chinois dessiné en bleu sur une assiette de porcelaine ; ces choses apportaient une certaine satisfaction. Mais comment pourrait-on être satisfait de se déplacer difficilement, de parler indistinctement, d'avoir les cheveux blancs et cassants, le visage mangé de rides ?

« ... que votre vie est vide ? »

Son petit commerce l'occupait. Il devinerait peut-être que le souci de maintenir son nom était un travail sans fin. De plus, elle n'oserait jamais avoir une vie véritablement vide : il lui faudrait ouvrir sa mémoire comme une chambre forte verrouillée et la fouiller soigneusement.

« ... Êtes-vous perturbée par des pensées que vous n'arrivez pas à vous sortir de la tête ? »

Ce devaient être des questions standards. Elle voyait qu'il les tirait d'une liste imprimée. Il ne lui demanderait pas d'énumérer les pensées qui refusaient de se dissoudre, contrairement à tant de pensées maintenant simplement dissoutes dans l'oubli. Il n'attendait qu'un « oui » ou un « non ».

Mais s'il espérait qu'elle allait avouer ses problèmes de conscience, pas question.

Helen sentait un malaise au creux de l'estomac, elle était contrariée par ce processus qui transformait Lucia, sa grand-mère, en morceau de chair à analyser.

« Avez-vous peur qu'il vous arrive quelque chose ? » demanda le médecin.

Lucia prenait bien garde de ne pas regarder Helen. Elle ne voulait pas voir ce qu'il y avait dans les yeux d'Helen, voir si la petite voulait qu'elle soit en bonne santé et saine d'esprit pour pouvoir la détruire.

« ... inquiétez pour l'avenir ? »

« ... trouvez-vous merveilleux d'être en vie maintenant ? »

Et puis : « Vous inquiétez-vous beaucoup du passé ? »

Elle pensa : « Non, sauf si le monde décide de beaucoup s'inquiéter de mon passé. »

« Vous sentez-vous dans une situation désespérée ? »

Elle eut envie de rire. Elle avait en cet instant une possibilité extraordinaire : elle pouvait décider d'être vieille. Elle pouvait se retirer dans des pièces agréables, entourée de soins constants. Elle pouvait vieillir au-delà de la responsabilité.

« Savez-vous où vous êtes ? » demanda brusquement le médecin.

Et la tentation passa. Elle serait exacte.

« Je suis à l'hôpital, répondit-elle. Dans le bureau d'un médecin parce que apparemment j'ai inquiété certaines personnes. Je suis vraiment désolée, Helen. J'ai parfois du mal à dormir la nuit...

— Très souvent ? » intervint le médecin. Il refusait de perdre sa concentration.

« Vous remarquerez, docteur, que je trouve mes mots. »

Le médecin hocha la tête. « Plus tard, dit-il à Helen, comme si Lucia portait un manteau d'invisibilité plutôt qu'une robe de chambre, vous constaterez une mise en retrait de la vie courante, un manque d'intérêt. De la colère, ce qui est tout naturel, et de la dépression parce que la mémoire s'estompe. De l'indifférence pour son apparence ou ses actes. » Et là il regarda Lucia après une nuit à l'hôpital. « Les bonnes manières disparaissent. Parfois ils égarent les choses et maintiennent qu'elles ont été volées.

— J'ai parlé à sa bonne », dit Helen, qui ne voulait pas que ces tests obligatoires deviennent un problème. « Ma grand-mère est très prudente en ce qui concerne l'électricité et le feu. Elle se couche toujours seule parce que la bonne s'en va après le dîner, et il n'y a jamais eu de désordre.

— Alors que pensez-vous qu'il se soit passé hier soir ?

— Je pense que vous devriez le demander à Lucia.

— J'étais assez fatiguée, répondit Lucia. Un... problème commercial, diriez-vous. J'ai mis quelques bougies, de la musique, ouvert un livre de poésie que j'aime, et j'ai essayé de me détendre. J'ai pris un somnifère, et il a agi plus vite que je ne pensais.

— Elle a fait tout ça, souligna Helen, pendant que la bonne était encore dans l'appartement.

— Vous ne pensez pas, demanda le médecin, que cet... accident pourrait être une sorte d'agression ? »

Devant cet homme net, parfumé et impassible, Lucia n'était plus que ce que disait son dossier — pour l'essentiel, « très âgée ».

« Je crois vraiment que ma grand-mère serait mieux chez elle.

— Ce sera sous votre responsabilité, Helen, nous ne pouvons pas être absolument certains qu'elle n'a pas eu une attaque.

— Je crois que ces tests peuvent être faits très

vite. Et ensuite, en fin de journée, peut-être ma grand-mère pourrait-elle sortir. »

Cette conversation ne mettait pas Lucia très à l'aise, elle ne s'attendait pas qu'Helen se mette ainsi de son côté.

« Qu'est-ce que c'est ? » demanda le médecin directement à Lucia en montrant une souris d'ordinateur.

Lucia crut un instant qu'elle avait vraiment oublié le mot. Ce n'était pas un mot de sa génération. Elle savait qu'elle ne devait pas hésiter trop longtemps, ne pouvait se permettre de bredouiller, devait produire une phrase parfaite. « Ceci, docteur », commença-t-elle, et elle s'inquiéta du mot, l'« interrupteur », la « touche », le « rat », en français le « truc », en anglais *the « thing* », « ... est une souris d'ordinateur. » Elle ne devait sous aucun prétexte laisser paraître son soulagement.

« Je ne crois pas qu'il soit mauvais qu'elle se repose chez elle, conclut le médecin. Pour quelque temps. »

En tant que presque plus proche parente, Helen remercia la clinique pour sa discrétion, donna à penser que la santé de Lucia relevait de ce genre d'affaire secrète qui est presque sacrée pour la loi suisse, et paya immédiatement la note. Elle crut saisir un reproche dans l'œil de l'infirmière-chef, comme si tout cela n'aurait pas dû être autorisé.

Lucia était à nouveau habillée, et légèrement maquillée grâce aux produits qu'Helen avait pensé à apporter.

« Je ne comprends pas pourquoi il a fallu que tu m'amènes ici, dit-elle.

— Tu aurais préféré que je t'emmène à l'hôpital du canton, toutes sirènes hurlantes ?

— J'ai pris quelques cachets pour dormir. C'est tout.

— Et tu en as fait tout un drame.

— J'avais des rendez-vous le lendemain. Je ne les aurais jamais manqués. »

Le Turc conduisait trop lentement. Ses attentions agaçaient Lucia ; elle agita les mains.

« Je suis une femme d'affaires convenable et respectable depuis près de soixante ans dans cette ville, dit-elle à Helen. Personne n'a besoin de vérifier mes chèques. Personne n'a besoin de surveiller son mari. Ce que je vends est ce que je dis que c'est, et c'est de la bonne qualité. Je n'attire pas l'attention sur moi, seulement sur la boutique et mes marchandises, que je vends sous un autre nom, comme je l'ai toujours fait. Je suis une personne discrète et je ne veux pas que tout le monde sache ce que je fais. Tu comprends ? »

Elle était voûtée quand le Turc l'aida à descendre de voiture, et l'accompagna sur le trottoir jusqu'à l'immeuble, puis dans la cabine en métal brillant de l'ascenseur. Mais alors elle se vit dans le miroir de la paroi. Elle se redressa.

« J'espère que tu peux te payer tes principes, dit-elle à Helen. J'ai toujours eu les principes que je pouvais me payer. »

Elle ouvrit la porte de l'appartement avec sa propre clef. Elle poussa la porte violemment et déboula dans l'entrée.

Le salon était resté tel quel.

« La bonne, elle n'est pas là ? » demanda Lucia.

Le tapis était jonché de débris de porcelaine et de cire fondue, il portait des traces d'humidité. Le fauteuil de Lucia n'était pas à sa place habituelle. Une table était renversée.

« C'est intolérable, dit Lucia. Je vais la renvoyer. »

Helen regarda la vieille dame marcher dans la pièce avec précaution, examinant les traces sombres que l'humidité avait laissées sur le tapis près de la fenêtre ouverte, et les légères taches que la pluie avait faites sur les rideaux clairs.

« J'aurais tout aussi bien pu être cambriolée, remarqua-t-elle.

— Tu disais qu'il ne s'était rien passé, dit Helen.

— Cette femme aurait dû ranger.

— Je lui ai dit de ne pas le faire.

— Tu lui as dit ?

— Je voulais que tu voies tout ça. »

Lucia s'assit avec beaucoup de précaution.

« J'ai fait une erreur, dit-elle.

— Et les bougies ? »

Lucia ne répondit pas. L'espace d'un instant, Helen s'imagina qu'elle parlait d'une erreur dans le passé, quelque chose de terrible. Mais Lucia déclara : « Tu n'as jamais eu l'occasion de faire des erreurs. Tu devrais en être reconnaissante.

— Je ne veux pas d'excuses.

— J'aurai peut-être des explications.

— Je ne pourrai pas les supporter.

— Donc tu as un point faible ? » s'étonna Lucia. Elle se frotta les mains par nécessité, parce qu'elles s'engourdissaient. « Tu es tellement forte », ajouta-t-elle avec fureur.

Sarah avait la capacité d'effrayer Peter Clarke, de faire prendre conscience à cet homme respectable et tranquille que rien ne serait plus jamais simple.

« Un but, nom d'un chien, pesta Sarah. C'est un but qu'ils veulent. Ils veulent tous que je sois leur but, parce que c'est facile pour eux et qu'ils savent que j'ai raison. » Elle renversa du gin sur sa jupe et le défia du regard. « Facile. Facile. Facile.

— Vous croyez que c'est facile de penser ces choses-là de sa mère ou de sa grand-mère ? objecta Clarke.

— Et qu'est-ce qu'ils ont, hein, à part de tristes pensées sur le passé. Le passé en lui-même est une triste pensée. Ils en ont fini avec la politique, ils en ont fini avec les nations, tout ce qu'ils veulent, c'est s'amuser, avoir une jolie voiture et une vie tranquille, prendre des vacances l'hiver dans ces fichues Maldives. Il ne reste rien pour les lier à l'histoire en dehors de ce que leur famille se rappelle, et pour eux ce n'est pas tout à fait réel. Hegel.

— Je suppose.

— Hegel. Ils croient vraiment qu'ils sont arrivés au bout de l'histoire, et au bout de la politique, et à partir de maintenant ils ont juste besoin de gérants pour régler quelques problèmes fiscaux. Ils n'ont plus besoin de morale, alors ils trouvent ça intéressant, et drôle, et amusant, et... comme un jeu. Ils jouent à condamner, ils jouent à pardonner. Tout ça n'est qu'un jeu pour eux. Ils ne comprennent pas ce que ça représente pour nous autres.

— Parfois, je suis content de ne pas avoir trop lu, dit Clarke.

— Qu'est-ce que vous voulez dire ? Vous êtes

content de ne pas avoir à vous poser de questions et à vous inquiéter ?

— Je me pose des questions, répondit Clarke. Je me demande si mes jambes pourront me porter jusqu'au soir. Je me demande si mon cœur battra encore demain. Je ne m'inquiète pas, c'est vrai. Mais je me pose des questions.

— C'est différent.

— Oui. En effet. C'est fondamental.

— Je ne sais pas pourquoi je discute avec vous », dit Sarah. Elle reposa brutalement son verre sur une table en verre.

« Il faut bien parler à quelqu'un. » Plus tard, il se dirait que ces mots étaient dangereusement proches d'une déclaration.

« Sûrement », dit Sarah. C'était la réponse qu'il souhaitait.

Et ils restèrent là, vieux, raides, assis face à face.

« Si elle me demandait de lui pardonner, reprit Sarah, je ne l'écouterais pas. Si je l'écoutais, il me faudrait la traiter en égale. Elle demande, je donne.

— Elle ne demandera pas.

— Nous ne sommes pas égales. Elle a tort. Elle a mal agi.

— De nos jours, commença Clarke prudemment, les gens ne semblent pas se demander s'ils agissent mal. Il n'y a plus que la psychologie et les excuses.

— Ils aiment le mal absolu à grand spectacle, avec jeux de lumières et atrocités. Ça, ça leur plaît. Et quand le moment sera venu, ils expliqueront ça, aussi. » Elle se pencha en avant. « Et si je me contente de coexister avec cette femme, si je ne la défie pas, si je ne la poursuis pas, si je ne jette pas de pierres dans ses jolies vitrines, qu'est-ce que c'est sinon de la miséricorde, un pardon déguisé ? Et si je fais quelque chose, si je fais quelque chose...

— Avant, on disait qu'on ne devait pas s'abaisser au niveau de l'autre.

— Exactement. C'est ce que disent les moralistes. Et votre bon sens, aussi. C'est une question de position... vous vous souvenez ? Et de savoir si on a le droit de regarder quelqu'un de haut. Une question de niveau.

— Personne ne se tient là-haut avec vous. Personne d'autre n'est encore en vie. »

Il vit que ses yeux se mouillaient, mais de colère.

Il ne devait rien ajouter. Il devait commencer à réparer l'après-midi, à le remplir d'une jolie promenade, la vue du lac, la perspective d'un café avec des gâteaux, ce qu'il faudrait. Mais malgré tout il demanda : « Vous croyez qu'elle peut se pardonner elle-même ? »

Il fut stupéfait, affolé même, de voir son visage se lisser et se détendre brusquement, après s'être tordu d'émotion.

« Personne ne peut faire ça, dit-elle. Personne. Quand on pardonne à quelqu'un, on se met sur un pied d'égalité avec cette personne, mais elle se soucie toujours plus de ce qu'elle a fait que de pardon. C'est le piège du crime. »

Elle sourit. Elle avait réussi à chasser l'image d'une Lucia vieille, d'une Lucia triste, assise au milieu des flammes, sous l'influence des cachets. La pitié était inutile. Elle parut se détendre, s'appuya contre le dossier de son siège au lieu de rester crispée tout au bord.

« Vous savez, risqua-t-elle, en anglais, *you forgive, you give*. Comme en français, pardonner est proche de donner. *Geben* de *vergeben*. *Dono* de *perdono*. Le pardon est un don, et je refuse d'envisager de le lui donner, pas plus que je ne veux lui donner ma table.

— Je me disais...

— Vous êtes un bon chrétien. Ce n'est pas la seule forme de bonté. Et quand le christianisme force les gens à pardonner à ceux qui ont péché contre eux, c'est une erreur. Ça met le juste à égalité avec le mauvais, deux termes d'une même équation.

— J'ai peur de m'élever si haut. J'ai peur de m'y sentir seul.

— Vous préféreriez descendre rejoindre Lucia ? »

Clarke ne montra pas qu'il avait besoin d'y réfléchir.

*

Nicholas vint la voir, rempli de sollicitude et de pitié. Lucia le soupçonna immédiatement. Il la croyait faible, paniquée. Elle regretta amèrement son goût pour Goethe et les bougies.

Et il bavarda, comme si la substance de ce qu'il disait ne comptait pas, seulement le son, comme s'il apaisait un enfant ou un chat.

« Tu te rappelles le laitier ? Ces bidons métalliques. Ces charrettes avec des roues immenses. Les premiers temps, à Zurich, je regardais tout ce linge qui séchait au soleil sur les terrasses des toits et j'avais l'impression que la ville entière se lavait — lessivée, briquée et mise à sécher au soleil.

— Oui, dit Lucia.

— Et les victuailles dans les vitrines. Le caviar. Les bananes dans la lumière argentée. Des gâteaux en forme de chapeaux. Des chapeaux qui ressemblaient à des étoiles prises dans un filet, ou à des papillons. Un couple qui passait à bicyclette, avec une remorque et un canapé dessus. Et puis cette vendeuse de billets de loterie, dans la Bahnhofstrasse, son cylindre en métal, avec un capuchon en métal pour la tenir au sec. Et les hommes allaient faire les courses au marché, comme les femmes. De grands tentacules de carottes, comme si elles étaient sous l'eau. Et...

— Je me dis parfois que tu es plus vieux que moi, observa-t-elle.

— Simplement parce que je me rappelle ?

— Je me rappelle Berlin. J'avais une vie à Berlin.

— Parfois on quittait la ville, dans un train avec des sièges en bois. On ne sortait jamais de Berlin. Pas moi, en tout cas. Ça me faisait un peu peur, de voir combien c'était facile d'aller ailleurs, quand on est arrivés à Zurich.

— Tu étais assez grand pour avoir tes goûts personnels. Tu avais l'air d'aimer les fleurs, le grand air, la montagne.

— On mangeait dans des villages, tu te rappelles ? Dans des restaurants aux murs en bois, avec ces grands poêles carrelés qui tiennent chaud et des images de catch dans la salle, des hommes énormes, carrés, qui se jetaient par terre l'un l'autre.

— C'était bon pour toi, je suppose.

— Je me rappelle », dit Nicholas, et Lucia devinait déjà, en voyant ses yeux brillants, que ce ne serait pas un souvenir innocent, « un endroit avec de petites fenêtres et des tas de géraniums. Une grosse femme généreuse faisait le service. Il y avait un jeune homme dans un coin, et elle lui a demandé s'il voulait quelque chose de "spécial" dans son omelette. Ils n'étaient pas amis, elle l'appelait "*Mein Herr*". Tu écoutais, et quand tu as commandé, tu as toi aussi demandé "quelque chose de spécial".

« Mais je suppose que cette femme n'avait pas envie de faire de faveurs à une étrangère chic avec un enfant. Les omelettes sont arrivées nature, avec un bouquet de persil sur le côté. Alors tu as examiné l'assiette du jeune homme, d'aussi près que tu pouvais, et tu as cru voir tout un repas caché dans les plis des œufs : du bacon peut-être, du foie sûrement. Tout ça était rationné, à l'époque.

« La serveuse a apporté l'addition et on t'avait compté deux omelettes "spéciales". Tu te rappelles ? »

Lucia tripota un petit cerf en pierre à la tête appuyée contre son flanc, un bibelot bien trop sentimental pour ses goûts habituels. « Tu te rappelles ça ? » demanda-t-elle.

Nicholas ne voulait pas s'arrêter. « Tu ne voulais pas payer des omelettes "spéciales" mais la serveuse maintenait qu'elles étaient spéciales. Tu as dit qu'il n'y avait rien dedans, et la serveuse a répondu : "Bien sûr, c'est la guerre en ce moment." Alors tu as dit : "Mais le jeune homme, il a eu du foie, peut-être du bacon. Il a dû se servir d'un couteau."

« La serveuse barrait le passage. "Vous n'êtes peut-être pas au courant, madame", et on voyait bien qu'elle ne disait jamais "madame" sur un ton amical, "mais ici, en Suisse, la nourriture est rationnée." Tu as dit : "L'addition est fausse." Elle a demandé : "Allez-vous payer ?" et vous étiez comme deux statues sur une fontaine, tout d'un coup, bon droit contre bon droit, front contre front.

« Et puis la serveuse a dit : "Si vous pensez que j'enfreins la loi, je vais appeler la police."

« Et alors tu lui as donné l'argent, l'addition complète et un petit pourboire. Elle a dit : "Ah ! Ce devait être un malentendu. C'est si facile, madame, avec toutes ces langues différentes." »

Nicholas rayonnait. « C'était la première fois que je te voyais vaincue. »

Lucia laissa tomber le cerf en pierre sur le tapis. Elle le regarda un moment et dit : « Tu aimais bien ce faon. »

Nicholas le ramassa et le remit à sa place. Son visage était maintenant tout près de celui de Lucia mais, malgré toute sa colère, il ne pouvait se résoudre tout à fait à se montrer grossier. Il recula.

Donc, elle ne parlerait pas de leurs premières années à Zurich. Et il ne partirait pas avant d'avoir fait sortir quelque chose au grand jour.

Elle se dit qu'il valait mieux que ce soit Berlin.

Il dit : « Ça devait être difficile avec un enfant, et seule. »

Il n'avait pas envie de demander à haute voix : « Et étais-tu jamais seule ? »

« Toi, Niccolo. C'était comme avoir un amant dont on ne peut pas parler. Je devais sortir, et je devais te laisser, mais certains soirs je me faisais ramener alors que je n'étais qu'à quelques rues, pour pouvoir revenir dans un crissement de freins, pour que tu saches que je m'étais dépêchée. »

Il pensa : « Elle va me dire que chaque mensonge était une attention gentille, parce qu'elle veut que chaque attention gentille devienne suspecte. »

« C'était une ville animée, dit-elle. Jusqu'à ce que les bombardements empirent. Je suis devenue vivante à Berlin. J'avais vécu si longtemps dans un petit bourg. J'étais si contente de revenir dans une grande ville. Le chic, les spectacles, le gris et le noir, et le rouge de cérémonie. Tous ces monuments historiques. Des spectacles magnifiques, encore qu'on avait du mal à obtenir des billets. On pouvait toujours se procurer des pâtes, des huîtres et du gibier, parce que ça, ce n'était pas rationné. Et il y avait des hommes.

« Tous les soldats. Tous les hommes des ambassades. Le corps diplomatique. Les jeunes célibataires étaient si nombreux, et les femmes si rares. Les tables n'étaient jamais équilibrées.

— Tu as dû t'amuser. »

Elle s'interrompit. Elle aurait voulu qu'il la voie comme elle était à cette époque, les seins somptueux et les longues jambes soyeuses, évidemment, mais aussi sa façon de défier les hommes. Elle avait vraiment le goût du plaisir sexuel, mais elle paraissait toujours un peu lointaine, les hommes devaient la rendre réelle avant de l'aimer. Il fallait la ramener sur terre.

Elle pouvait lui raconter ces choses-là ; c'était la menace qui planait entre eux. Elle pouvait le forcer à écouter ce qu'il n'avait pas envie de savoir. Elle pourrait expliquer, et peut-être que son bon fils monogame avait besoin de cette explication, que quand elle criait, quand ses yeux devenaient vitreux, quand tout son corps tournait sur l'axe de l'homme en elle, cet homme n'avait toujours pas la certitude qu'elle ne jouait pas encore la comédie. Alors il devait continuer à tester, prouver, espérer.

« À la guerre », dit-elle en levant un verre. Elle avait mesuré son ironie avec exactitude. « Elle est parfois drôle.

« J'essayais toujours de t'obtenir quelque chose. Je t'ai apporté des huîtres une fois, deux douzaines. J'avais oublié que tu n'en avais jamais vu. Je pensais que c'était un plat de fête, et je ne sais pas ce que tu as pensé en les voyant, gris-vert et visqueuses — des abats, sûrement. Je t'ai dit que c'était bon, et bon pour toi, et j'en ai mangé une. Tu as regardé et tu as dit que tu voyais quelque chose bouger à l'intérieur.

« J'ai vraiment cru que tu le faisais exprès. Que c'était un caprice. Tu disais que tu voulais du salami. J'ai répondu qu'on ne pouvait pas toujours avoir ce qu'on voulait. Tu as dit que tu aimerais que je reste plus souvent à la maison. Je t'ai répondu que j'avais des choses à faire. Qu'au moins tu étais en sécurité, et que les huîtres étaient aussi bonnes que la viande. Alors tu as dit que tu voulais de la viande. Je t'ai répondu que je faisais ce que je pouvais. Et j'étais si énervée que je t'ai pincé le nez et que je t'ai mis une huître dans la bouche. »

Il ne s'en souvenait pas avant qu'elle le lui rappelle : l'impossibilité de respirer, la chose glissante et vivante dans sa bouche, et les yeux immenses de sa mère.

*

« On marchait entre les éclats de verre, dit Lucia. On avait des chaussures en paille en ce temps-là, chics et brillantes, mais en paille. On ne trouvait pas de poisson, alors on mangeait des huîtres.

— Tu allais danser. »

Lucia haussa les épaules.

« Mais tu étais là.

— On a vu davantage de femmes en noir après

le front russe. Des hommes sans jambes. On s'est mis à réserver des sièges dans les tramways et les autobus pour les mutilés de guerre. J'ai même vu des slogans communistes, une fois, sur un mur près du restaurant romain. Je m'étais demandé combien de temps ils dureraient. Quelques heures, pas plus.

— Tu ne peux pas dire que tu ne savais pas. Que tu ne devinais pas. Que tu ne voyais pas.

— Non, bien sûr.

— Comment est-ce que tu pouvais continuer...

— La vie ne s'arrête pas sous prétexte que l'histoire se passe autour de toi. On tombe amoureux. On s'escroque. On a la gueule de bois, et on déménage, et on va se baigner.

— Tu aurais pu partir.

— Ah oui ? Müller était à l'armée, pas d'argent. De plus, je n'avais pas envie de le voir. La Suisse était peut-être plus sûre, mais ce n'était pas l'impression qu'elle donnait à l'époque. Les Suisses ne parlaient que d'aller s'installer dans les montagnes et de combattre jusqu'au dernier, même s'ils ne disaient pas précisément qui ils combattraient. Et ils laissaient les femmes en bas, dans les plaines.

« Et puis je m'amusais bien. Les gens s'amusent pendant les guerres, tu sais. Ça arrive. Demande à tes amis de te parler du black-out de Londres et des choses qu'ils n'auraient jamais faites s'il y avait eu de la lumière. »

Elle se crut presque en terrain sûr.

« On rationnait les vêtements. Alors on se rattrapait sur les chapeaux, dit Lucia. Tu t'attends que je me souvienne de ça, non ? Eh bien oui. Pourquoi pas ? J'avais besoin de soigner mon apparence. Mon apparence m'apportait mes contacts, et mes contacts amélioraient ma vie, et tout ça je l'ai fait pour toi.

— Je ne sais vraiment rien sur les chapeaux.

— Et je ne pouvais rien faire. Rien.

— Pour les chapeaux ?

— Je ne pouvais rien faire pour empêcher ce qui se passait.

— Mais ils étaient tes amis.

— Max Lindemann était mon ami, parmi d'autres. J'en ai rencontré beaucoup grâce à Max. »

Le lendemain matin elle attendait dans un café, près des vitres, la salle était remplie d'air chaud, immobile, dehors elle voyait la brise agiter les arbres gris et dénudés.

Elle n'avait pas attendu d'homme depuis quarante ans, Sarah Freeman.

La mousse sur son café paraissait construite, entretenue. Les lois de la pesanteur, les lois de l'entropie, ne suffisaient pas à la faire mourir. Soigneusement, elle la versa dans la soucoupe.

À la table voisine quelqu'un remarqua son geste, et se fit un devoir de tourner la tête brusquement, pour qu'elle sache qu'il avait remarqué, mais elle s'en fichait.

Elle avait dénudé la surface de son café. Elle était beige. Elle ajouta deux, trois cuillerées de sucre. Puis une de plus. Si ce n'était pas du café, ce pourrait être une sorte de bonbon.

Les marmonnements des cloches semblaient sortir d'une grosse machine, les coups s'envolaient comme des étincelles.

On ne devient pas patient en vieillissant, pensa-t-elle. On se résigne.

Il avait intérêt à venir, ce fichu Müller-Rossi. Et il ferait bien de ne pas s'imaginer qu'elle offrirait une sorte d'absolution, ou même de secours.

Elle but son café à petites gorgées.

Elle avait pensé très fort à ne pas revenir.

Les cloches se turent. Elle crut entendre l'eau couler dans une fontaine de pierre près de la vitre. Elle n'avait pas envie de commander une autre tasse de ce café. Elle envisagea de prendre un thé, plutôt, mais elle savait que ce serait de l'eau chaude et un sachet.

Elle tenta de se rappeler qui avait dit : « *Tout comprendre, c'est tout pardonner**. » Elle savait que c'était Mme de Staël qui avait dit : « *Tout comprendre rend très indulgent**. »

La porte s'ouvrit et Peter Clarke entra avec un entrain de gros chien. Comme il ne voulait pas mettre ses lunettes, il s'arrêta un moment avant de la trouver. Il s'assit et regarda la soucoupe pleine de mousse.

« Moi aussi, je déteste le café d'ici, dit-il.

— Bonjour.

— Je vous aurais apporté un journal, mais je suppose que vous lisez les journaux suisses. »

Elle haussa les épaules.

« Ou on pourrait aller ailleurs, proposa-t-il.

— Et Nicholas ?

— Oh ! Nicholas. Oui. J'ai appelé chez lui, pas de réponse. Ni de répondeur.

— Mais il n'a pas dit qu'il ne venait pas, si ? »

Clarke se passa la langue sur les dents. « Il n'a rien dit, déclara-t-il avec effort. Il ne dit pas grand-chose. Mais je suis sûr qu'il va venir.

— Je suppose que les Suisses n'ont pas changé, ils sont toujours à l'heure ? » demanda-t-elle.

Nicholas alla voir sa mère une dernière fois. Il n'avait jamais eu la clef de son appartement, parce qu'il n'entretenait pas avec elle ce genre de relation sans contraintes, et que Lucia, âgée mais indépendante, se serait offusquée s'il avait suggéré qu'elle pouvait avoir des urgences.

Helen avait un double, mais elle en savait tellement moins.

Il prit avec lui le dossier du procès, dans une enveloppe déchirée.

Mais il avait toujours su. Il savait comme on sait le temps qu'il va faire à cause d'une douleur dans les os ou d'une sensation d'oppression dans la tête, sans en être conscient, mais totalement. Il avait su que l'argent était bloqué, qu'un procès avait lieu ; il entendait ces informations de la voix de son père, lors de ses visites occasionnelles, l'embarras particulier d'un homme de banque qui découvre que sa femme est une méchante de livres pour enfants, une criminelle qui fait les gros titres. Il avait une fois été emmené au tribunal avec Lucia, comme si elle voulait le montrer — ses prétentions à la maternité et à l'honnêteté. Elle l'avait impliqué.

Son père aussi s'assurait toujours qu'il connaissait les terribles accusations : extorsion, vente d'objets volés, chantage, et il se rappelait à quelle vitesse les charges avaient été abandonnées malgré les témoins vivants prêts à venir au tribunal. Sa mère avait été condamnée, un mois avec sursis, pour avoir menti aux douanes suisses, en déclarant le contenu de ces sept camions comme ses propres meubles.

En restant silencieux, il ne faisait pas qu'obscurcir les faits. Il les réduisait. Lucia elle-même serait bientôt capable d'en faire autant, tout le monde croirait qu'à son âge elle avait perdu le souvenir de ces années. Ensemble, ils estompaient l'histoire jusqu'à la rendre illisible. Il était presque sûr de n'avoir jamais voulu cela, mais Lucia était vieille, elle pouvait tordre son esprit à volonté, il devait lui rester quelque sentiment résiduel de honte même s'il était enfoui sous une justification élégante de chaque mauvaise action qu'elle avait commise.

Il lui rafraîchirait la mémoire. Il lui rappellerait Zurich à la fin de la guerre, les barbelés qu'on enlevait et les GI en permission, encore et toujours, contemplant tout ce qui scintillait dans les vitrines, le flot soudain de Coca-Cola et le chewing-gum qui vous collait outrageusement aux talons sur les trottoirs immaculés de la Bahnhofstrasse.

Puis elle se souviendrait qu'elle était toujours plus frénétique, plus occupée, qu'elle calculait à chaque heure de chaque jour. Elle s'attendait que les choses tournent mal.

Mais il lui montrerait encore l'éclat de cet été, l'éclat du soleil sur les eaux du lac, les pantalons blancs des hommes dans leurs petits bateaux, les cheveux brillants des filles. Les journées étaient remplies de fleurs, de pêche, de baignade et de canotage.

Il l'avait accompagnée une fois à un thé dansant dans une roseraie à l'hôtel Baur au Lac. Ils dansèrent ensemble le fox-trot avec des mouvements raides et distants, ce qui amusa les autres danseurs. Il était si fier d'elle, si content que personne d'autre ne l'approche, n'essaie de parler ou danser avec elle, mais il savait aussi qu'elle détestait qu'on l'ignore.

Un Américain voulut l'inviter. Elle était disposée à accepter. Mais l'un de ses amis le rappela et il sourit d'un air d'excuse, et n'essaya plus.

Il observait les couples qui dansaient dans le soleil de l'après-midi, et aussi il était content de ses gâteaux, mystérieusement conscient d'être un enfant et de ne pas être un enfant, en même temps : dans un nuage de soleil, de parfum et de sucre.

Il ne devait pas se perdre dans ses propres souvenirs. Ce n'étaient que de petits leviers susceptibles d'ouvrir le passé de Lucia. Il pourrait lui rappeler qu'à la maison elle restait dans son bain pendant ce qui lui paraissait des heures. Il trépignait d'impatience à la porte.

Il s'était même demandé, l'espace d'un bref instant d'espoir, si elle avait arrangé un rendez-vous avec son père, cet après-midi-là à l'hôtel Baur au Lac, et si elle était fâchée qu'il ne vienne pas.

Elle devait lui dire. Personne d'autre ne pouvait exiger ça, et personne d'autre n'avait de chances de réussir. Il avançait vers sa demeure comme un prêtre en quête de confessions, pour le salut des âmes, et non pas simplement pour la loi.

Puis il fut à court de rues, et à court de souvenirs, et il se retrouva debout devant sa porte, emmitouflé. Il sentait le vent froid venu du lac.

« C'est moi, annonça-t-il dans l'interphone, sous l'œil de la caméra de vidéosurveillance.

— Nicco, dit-elle. J'allais sortir. »

Mais où irait-elle par un dimanche matin glacial ? Elle n'avait pas d'appétit pour la messe, regrettait toujours un peu que les funérailles ne se fassent pas en latin.

« C'est très urgent.

— Tu ne pouvais pas téléphoner ? »

Il se demanda pourquoi elle ne le laissait pas simplement entrer dans l'appartement, s'il y avait quelque chose qu'elle ne voulait pas qu'il voie, du désordre, peut-être qu'elle ne se sentait pas bien.

« J'ai le dossier du procès, dit-il. 26 mai 1946. »

L'interphone ne fonctionnait que lorsqu'elle enfonçait le bouton. Il eut l'impression qu'elle le relâchait un moment, un léger bruit d'insecte dans le haut-parleur. Il ne voulait pas crier dans la rue, c'eût été absurde : un homme de soixante ans passés, hurlant : « Mère, mère » dans une machine.

L'interphone cliqueta encore.

« Rentre chez toi, ordonna-t-elle.

— J'ai à te parler. »

Il tenta de discuter, mais il discutait avec le silence et un nid de fils électriques et une sonnette silencieuse.

Son œil capta un jeu de lumière sur la lentille de la caméra au-dessus de sa tête et sur son petit museau noir. Il se demanda si elle le regardait toujours.

« Bien sûr que vous devez aller le voir », dit Sarah. Et Peter Clarke renchérit : « Il doit être bouleversé. »

Le téléphone était un corps, mort et lourd, entre les mains d'Helen.

Nicholas n'était pas à Zurich. Il appelait toujours avant de venir à Zurich. Mais la maison ne répondait pas non plus. Clarke s'en alarmait : on répond toujours au téléphone le dimanche, dans l'espoir qu'il s'agit d'un appel de la famille, dans l'espoir de n'être pas oublié.

Helen dit que Nicholas était peut-être dehors, parmi les arbres, parti se promener, ou s'occuper des oies. Il n'avait jamais aimé l'idée d'avoir un répondeur à la montagne. Cela paraissait incongru, d'une certaine façon.

Sarah et Clarke étaient tous deux furieux pour elle contre Jeremy, qu'ils n'avaient jamais rencontré, parce qu'il n'était pas là.

Helen commençait à apprendre certaines choses. Elle n'aurait jamais dû lui donner le dossier concernant l'« affaire Lucia Müller-Rossi ». En ce moment de vertu elle n'avait pas compris qu'elle ébranlait l'équilibre de sa vie, qui jusque-là se basait sur le fait de ne pas vraiment savoir, d'ignorer certaines choses. Il ne pourrait plus jamais supporter la réalité.

Il était viscéralement ponctuel. Elle l'avait vu une fois, par une fente entre les rideaux, debout dans le froid terrible devant leur immeuble, attendant qu'il soit exactement vingt heures pour sonner.

Il fallait qu'elle le trouve.

Le petit Henry entra, solennel, avec son train en Lego à réparer. Sarah le lui prit des mains.

Helen enfila son manteau, ne sourit qu'à Henry, claqua la porte. Elle se jeta dans sa voiture et démarra dans un rugissement.

« Elle va le trouver », assura Clarke.

Sarah alla parler à Henry. L'affaire était sérieuse, bien qu'elle trouvât difficile de se baisser.

Helen n'avait pas envie de frapper à la porte de la vieille ferme. Toute cette inquiétude paraîtrait absurde si elle n'était pas tout à fait justifiée. Ce serait comme si elle craignait que des conséquences dramatiques découlent du simple fait de rappeler à un homme des vérités qu'il connaissait déjà. Elle ne devait pas être si arrogante.

Elle avait du mal à dire si la maison était déserte ou non. Elle n'était pas éclairée, sauf là où le soleil, bas à l'horizon, se reflétait et flamboyait sur les vitres. Un vague halo de fumée montait peut-être, ou peut-être pas, de la cheminée, mais ce serait le chauffage central au fioul même s'il était chez lui ; il avait perdu l'habitude de faire du feu. Il faisait du feu pour sa mère, Nora, disait-il.

Les portes de la grange étaient fermées. Sa voiture n'était pas garée sur la route. Mais le temps était à la neige, donc il aurait mis sa voiture à l'abri.

Elle avait la clef.

Elle ne devrait pas faire irruption chez lui ainsi, sans prévenir. Et s'il avait couru pour décrocher le téléphone, avait manqué son appel et attendait maintenant, inquiet, la prochaine sonnerie ?

Elle s'assit dans la voiture et sortit son téléphone portable. Elle devait aller le voir, et discuter face à face avec lui, elle le savait. Mais elle se contenta de composer le numéro.

Elle crut entendre le téléphone sonner à travers les murs épais de la maison : dans la cuisine propre, parmi les fauteuils bas et profonds du séjour, dans la chambre à gauche en haut de l'escalier. Elle se représenta le son cherchant Nicholas.

Une idée : si elle mettait le point mort et laissait la voiture descendre la pente sans démarrer le moteur, ainsi, s'il répondait, elle ne serait pas gênée de devoir avouer qu'elle téléphonait depuis le perron.

Toujours pas de réponse.

Elle s'appuya contre son dossier. Elle ne pouvait pas utiliser sa clef, maintenant. Les sonneries sans réponse dans la maison lui avaient indiqué que Nicholas n'était pas là, pas disponible, ou ne voulait pas être dérangé.

Et voilà qu'elle se transformait en détective, descendait de voiture, tentait de ne pas marcher dans les traces autour de la maison, remarquait des empreintes qui se dirigeaient vers la porte et en repartaient, remarquait des traces qui devaient être de vieux indices, prises dans des centimètres de neige, regardait par les fenêtres aux volets non fermés.

Il avait été là. Il était parti.

Alors elle essaya de nouveau les vieilles méthodes : elle appela l'appartement. Pas de réponse.

Elle avait entièrement froid. C'était une sensation bizarre, très différente du froid qu'on sent dans sa peau, ses yeux, ses dents, c'était un froid pénétrant, dans les os.

Elle se dirigea vers les portes de la grange. Elles étaient fermées par un gros loquet de bois qu'on pouvait facilement actionner.

La voiture était là.

Elle regarda autour d'elle, jusqu'à l'horizon, en essayant de déchiffrer chaque détail, chaque tache sombre sous tel arbre qui pourrait être un homme en train de marcher, chaque trait léger dans la neige qui pourrait être une trace de pas, chaque endroit où les champs blancs étincelants disparaissaient dans l'obscurité de la forêt.

Elle le vit marcher vers elle, avec dans les mains un chou gelé et couvert de neige.

« Je suis content de te voir, dit-il. J'ai des choses à te dire. »

Elle regarda son sourire comme s'il s'agissait d'un document à étudier.

« J'ai cueilli un chou. Pour faire une salade.

— Tu te sens bien ?

— Je me sens bien. »

Mais ce n'était pas vrai. Il tenta de couper le chou gelé, la grande lame affûtée ripait sur la glace. Puis il dit : « On pourrait manger du fromage.

— C'est dimanche, objecta Helen.

— Mais je suis tout seul. »

Ils mangèrent à la table de la cuisine, en hâte, comme s'ils devaient se rendre quelque part.

« Je voulais te dire que je t'aime », reprit Nicholas.

Les mots stupéfièrent Helen, puis l'horrifièrent ; mais pas leur sens, bien sûr.

« J'avais si peur qu'on n'arrive pas à te donner un foyer, dit-il. À cause de mes propres parents. À cause du divorce et puis... et tout ce qui nous séparait.

— Mais vous avez réussi.

— Je remuais mes souvenirs. Je les ai bien trop remués. Tous les gens âgés, hommes et femmes, se souviennent, et on parle, et ça sonne comme le tonnerre mais en fait ce ne sont que des ronflements, des pets, des grognements et des récriminations. Je voulais te dire que je me rappelais certaines choses.

« Le jour où mon père m'a emmené déjeuner pour me parler du divorce. Il n'a pas donné de raisons et Lucia non plus. Mais il était devenu très droit, très convenable pendant les années de guerre ; il avait appris où était sa place, si l'on veut. Lucia ne cadrait pas. Lucia était suspecte. Lucia faisait l'objet d'une enquête. Lucia était une fausse Suisse. Je crois qu'il devait la désavouer simplement pour pouvoir s'accrocher à la place qu'il s'était trouvée.

« Enfin. On a mangé dans un restaurant élégant, hauts plafonds, boiseries, dorures et amidon. Je me rappelle que j'ai pris un *Wienerschnitzel*. Je ne me rappelle pas ses paroles, seulement sa gentillesse soigneuse. Je l'ai quitté à la porte du restaurant.

« Je me rappelle l'impression que mon visage s'était figé ce jour-là. Je ne serais plus jamais capable de changer. »

Il essaya de sourire, en vain.

« Je savais que mon père me quittait. J'ai ressenti une soudaine sensation de chaleur envers ma mère. Je voulais l'embrasser. Je voulais qu'elle sache que je l'aimais, et je trouvais urgent qu'elle le sache.

« J'ai couru à la boutique. Les portes étaient toujours ouvertes à cette époque, tout le monde faisait confiance à tout le monde. J'ai couru jusqu'à elle et je l'ai serrée dans mes bras.

« Je l'ai sentie se raidir. Alors j'ai reculé, je pensais que j'avais eu tort, que mon geste était déplacé, ou impoli, ou efféminé. J'ai reculé, j'ai toussé, je me suis redressé.

« Et là, seulement là, elle s'est relâchée. Elle m'a demandé : “Tu ne m'aimes plus ?” »

Helen frissonna. « Tu as pris une décision, n'est-ce pas ? Dis-moi. »

Après le départ d'Helen il fit la vaisselle, l'essuya et la rangea soigneusement. Il enveloppa le fromage et mit le pain dans une corbeille. Il donna à manger au chat dehors, des aliments secs qui dureraient quelque temps. Il sortit aussi la poubelle, dans le froid.

Il s'assit et écrivit une lettre à Lucia. Il avait des choses si extrêmes à dire que le premier brouillon se révéla trop pompeux et le deuxième confus, il ne réussit à obtenir ce qu'il voulait qu'à la cinquième tentative. Mais il persévéra parce qu'il ne voulait pas lui permettre de ne pas le comprendre.

Il envisagea d'écrire d'autres lettres, mais tout ce qui importait, c'était que Lucia sache.

Il prit la voiture, s'arrêta à la boîte aux lettres, puis s'engagea sur la route de montagne vers Glaubenberg. Près du sommet, devant l'une des maisons de vachers, il laissa la voiture sur le bas-côté et commença à marcher.

C'était déjà l'après-midi, et l'obscurité se levait comme une marée. Le froid vint avec elle, des branches noires enserrées dans une vitre de glace.

Nicholas avait cessé de frissonner. Le froid l'enveloppait d'une façon qu'il associait à la chaleur : la chaleur d'un lit, d'un manteau, d'une couverture, d'un berceau.

Puis le froid se glissa entre lui et sa peau, de sorte qu'il ne le sentait presque plus.

Il percevait l'odeur de l'humidité dans l'air, tout aussi reconnaissable que la fumée. En s'enfonçant dans la forêt, il avait vu les montagnes se refermer sur lui, comme toujours quand il va neiger.

Il avait l'impression que tout le monde le lâchait, partait, à la limite de son champ de vision, chacun faisant de son mieux pour qu'il ne le voie pas partir.

Un homme si gentil, se rappelait-il avoir été. Puis il ne se rappela plus qu'autrefois il regrettait de ne pas se souvenir des choses, quand un mot lui échappait, quand un visage perdait sa place.

Il trébuchait, non sur des racines, mais sur sa propre lenteur. Il s'inquiétait. Il se tint immobile entre les arbres. Il faisait si chaud, se dit-il, et il était engoncé dans ses vêtements. Il jeta son anorak, son pull-over, sa chemise. C'était un homme bâti pour les costumes de qualité, les fixe-chaussettes, les cravates de soie, les salles à manger urbaines et capitonnées, la compagnie, et il avait l'air idiot, là, dans sa peau luisante.

Yeux grands ouverts. Il ne voulait pas être surpris par quelque chose dans la pénombre.

Maintenant il connaissait le sens du mot « seul ». Même le mot « seul » était trop faible, car ceci n'était certainement pas la solitude banale d'une soirée dans sa propre maison, avec un bol de soupe et un livre ; celle-là, il pouvait la réparer en téléphonant, en marchant jusqu'au café, simplement en attendant le lendemain matin.

Les petits bruits derrière un mur ou dans la rue, la proximité d'un téléphone, lui manquaient. Les autres, qui pouvaient lui dire qui il était, lui manquaient. Même sa mère criminelle lui manquait, en un sens.

Il n'entendait rien sinon un vent léger qui lissait la neige.

Il pouvait lâcher prise désormais.

Il n'avait pas ses lunettes pour voir de loin, si

bien que le sommet n'était qu'une tache rose sur le ciel, et lui-même était entouré de verticales grossières et charbonneuses qui devaient être des troncs d'arbres, sur un sol luisant qui ressemblait à une peinture blanche.

Il s'étonna d'être à genoux.

Il perçut une légère agitation dans la neige, comme une éclaboussure, puis un jet noir de plumes vers son épaule. Il ne savait pas que les oiseaux sortaient la nuit. Il crut qu'il se posait sur son œil gauche.

Puis un autre oiseau bougea.

Il sombra. Sa tête tomba en arrière, comme celle d'un pendu. Il tenta de faire entrer de l'air dans ses poumons, il n'y pouvait rien. Il essaya même de crier, mais il ne put produire qu'un râle.

Il aspira de l'air si glacé que sa poitrine parut geler de l'intérieur. Il n'y pouvait rien. Il voulait échapper à la glace coupante et tranchante qui l'enserrait.

Il lança un cri bref.

L'oiseau s'envola, affolé, mais se posa sur une branche proche.

Le sang ne coulait pas de son œil. Il sut donc que son cœur l'abandonnait.

Mais il entendait quelque chose, un mouvement au loin, à mi-chemin entre grondement et craquement, un monde de neige et de roche qui se mettait en route. Il pensa que son hurlement avait dû ébranler la poudreuse profonde qui s'étendait sur le vieux miroir gelé de la vieille neige. Il savait tout sur le sujet. Il entendit la neige fraîche chuter, se rassembler, couler comme de l'eau. Elle attaquait les arbres, arrachait de petits rochers, se fabriquait ses propres rocs avec la glace, les flocons, la pierre.

Il savait ce qu'il convenait de faire dans une avalanche. On crache ou on pisse pour savoir où est le bas. Puis on nage dans les cristaux moelleux comme de fins copeaux de métal dotés de leur propre éclat, et avec de la chance on peut survivre. Et encore la neige tient chaud si elle ne vous noie pas. Il savait tout cela depuis qu'il était enfant. C'était une seconde nature chez lui.

Il crut un instant s'être sauvé : vertu involontaire. De sorte qu'en mourant il éclata de rire.

10

La boutique ouvrit à l'heure habituelle. Les vendeuses s'activèrent avec l'unique trousseau de lourdes clefs brillantes, puis se répandirent dans les pièces et parurent se fondre dans le décor.

Lucia, elle aussi, arriva à l'heure. Les vendeuses lui ouvrirent la porte et la gratifièrent d'un « Bonjour ! » vif et poli, aux accents appropriés.

Elle prit son fauteuil habituel. Avec une vendeuse, elle s'extasia sur un petit groupe en porcelaine de Meissen, en insistant sur la teinte très légère de la peau : « Comme du sucre, dit-elle, c'est le même rose pâle que sur les petits cochons en sucre. Et les cheveux, regardez-moi ces cheveux. On voit que la forme est moulée, mais ils ne sont presque pas colorés. Juste des petits traits de brun très fins. On dirait presque de la dorure. » Son intérêt parut s'évanouir un instant. « Dix-huitième siècle », déclara-t-elle d'un ton sans appel.

Les vendeuses se groupèrent autour d'elle, munies de dossiers et de documents, de petites questions, de détails à signaler, à l'affût de tout indice sur leur avenir immédiat. Elles savaient que Lucia Müller-

Rossi ne perdait pas son temps, habituellement, à enseigner.

« Nous sommes ravies de vous voir rétablie », dit sa vendeuse favorite.

C'était de toute évidence une incongruité ; toutes les autres le comprirent.

« Je vais toujours bien les jours d'ouverture », répondit Lucia.

Elles se dispersèrent, reprirent leur rôle habituel d'ombres.

Le petit voyant rouge de son téléphone clignotait. Lucia répondit. La ligne resta un instant silencieuse, comme si quelqu'un attendait d'entendre une respiration.

« C'est la police », annonça une voix.

*

Trois chasseurs, petit groupe dramatique : des bottes, du gris, du vert, des pantalons de laine et des chapeaux de feutre. Ils trouvèrent Nicholas suspendu telle une carcasse de boucherie à la fourche d'un bouleau argenté. Il riait avec tant de fraîcheur qu'un instant ils le crurent vivant.

Ils entassèrent leurs fusils et leurs sacs au pied des arbres et s'avancèrent dans la neige profonde. Ils se demandèrent un moment s'il était convenable et légal de toucher le corps, puis ils le tirèrent à eux jusqu'à ce qu'il tombe et se brise comme du verre.

Ils savaient qu'on enlève souvent ses vêtements en mourant de froid — apparemment, l'homme s'impatiente en attendant la mort. Donc, tous trois décidèrent de ne pas s'étonner de la nudité grise et impudique du corps.

Ils eurent l'idée de chercher des vêtements aux alentours. Ils trouvèrent un anorak avec un portefeuille dedans, de sorte que l'identification fut facile : Herr Professor Niccolo, parfois Nicholas, Müller-Rossi, un nom connu, distingué par un livre réputé sur les premières tragédies de Shakespeare.

En l'absence de tout signe de coercition, avec la voiture garée au col, sans autres traces dans la neige — et les chasseurs s'enorgueillissaient de l'avoir vérifié —, une version officielle fut concoctée sur-le-champ. C'était un vieil homme qui avait eu un accident en se promenant dans la forêt, et était mort d'hypothermie.

Les policiers du coin cherchèrent sa famille proche. Ils appelèrent d'abord Helen, parce que c'était le genre d'appel auquel ils étaient habitués : annoncer la mort d'un père chéri. Ils se sentaient capables de tout lui dire.

« Je vais appeler Lucia, annonça Helen.

— Pardon, Lucia ? demanda l'inspecteur.

— La mère de mon père. Je vais le lui dire.

— Elle est encore en vie ? bredouilla l'inspecteur.

— Évidemment. Vous la trouverez à sa boutique. Mais laissez-moi l'appeler d'abord.

— Elle tient un commerce ?

— Oui, répondit Helen d'un ton sec. Sous un autre nom. »

*

Deux policiers de la ville, raffinés et de rang élevé, rendirent visite à Lucia. On s'était demandé en haut lieu s'ils devaient se présenter en tenue, avec une voiture banalisée ou non. S'ils venaient en uniforme, Lucia Müller-Rossi risquait de les prendre pour des enquêteurs qui l'accusaient de quelque chose. Vu sa classe, et son passé, le malentendu serait facile.

De sorte qu'ils se présentèrent en tenue civile, avec une voiture banalisée.

« Il était suisse, expliqua l'inspecteur pendant le trajet. Il a presque toujours vécu dans le même canton. Son père venait de l'endroit où il est mort. Il savait très bien qu'on ne va pas se promener tout seul, de nuit, en montagne à cette époque de l'année. Il devait savoir ce qu'il faisait.

— Il avait soixante-six ans, objecta le conducteur, profil de médaille frappée quelque part dans une ferme. Quelle raison peut-on avoir de se suicider à soixante-six ans ? »

Ils se garèrent juste au-delà du long étalage des vitrines de la Bahnhofstrasse et s'insinuèrent dans la cohue.

« Il avait la peau toute blanche de givre, dit le conducteur.

— Je ne vais pas entrer dans les détails. »

L'inspecteur, seul, sonna pour qu'on le laisse entrer.

Tout au fond de la boutique scintillante, Lucia Müller-Rossi l'étudia.

L'interphone bourdonna. L'inspecteur entra. Frau Müller-Rossi dit : « *Grüetzi*. Bienvenue. »

Elle était seule.

« *Grüetzi* », répondit poliment l'inspecteur.

Il traversa la boutique, entre les ravissants objets que l'éclairage faisait paraître intacts. Il s'approcha de Lucia.

De sa vie il n'avait jamais été si près d'une personne aussi âgée, se dit-il. Il savait que son visage devait être une illusion, et il eut peur qu'un changement de lumière puisse faire disparaître la peau, le sang, la couleur des yeux.

« Je suis désolé d'apporter de mauvaises nouvelles, dit-il.

— Je sais », répondit la vieille dame.

Il se tenait près d'une table très proche du fauteuil, sur laquelle étaient disposés des objets qu'elle ne voulait pas quitter des yeux, des appareils en réalité : deux demi-sphères de métal, l'une surmontée d'une sorte de cœur et l'autre d'une tige munie d'une vis, un cadre en bois délicat, comme l'extrémité d'un pont suspendu, avec des sillons là où les câbles devaient passer, et une carriole de bois découverte, aux roues gigantesques. Il y avait aussi une belle vis dorée et décorée d'incrustations qu'il reconnut : la vis d'Archimède, pour puiser l'eau.

« Archimède, dit-il.

— Et les hémisphères de Magdebourg. Et un appareil capable de déterminer la trajectoire de divers objets en mouvement. » Elle prit un cylindre recouvert de métal poli qui se terminait en une sorte de mamelon. « Regardez », dit-elle. Elle sortit une boîte pleine de papiers décorés de cercles semblables à des yeux et des pupilles ; autour des cercles étaient dessinées des scènes colorées et distordues en anamorphoses. Elle en trouva un qui était tout en noir et gris, avec un trait de rose. Elle plaça le cylindre sur le papier et dans le reflet il vit un barbu vêtu de noir. « Pas celui-là », dit-elle. Elle choisit un papier portant le dessin curieux d'un cochon à angles droits entre deux tourbillons de draperies. « Maintenant, regardez. » Les angles se décomposèrent dans le miroir, le rose du cochon se fit soyeux et flexible, il regardait une femme nue entrant dans un lit.

« Mon fils aimait beaucoup celui-ci, dit la vieille antiquaire. Mais il ne l'a jamais dit.

— C'est charmant.

— Et bien trop cher pour vous.

— Madame, reprit-il, j'ai le regret de vous annoncer que votre fils a été retrouvé mort.

— Je ferme, annonça-t-elle.

— Nous tenions à vous informer personnellement... » Il essaya de paraître purement officiel, parce que dans son esprit se confondaient sa compassion pour une dame qui venait de perdre son fils unique, le respect dû à une citoyenne importante, le respect dû à son grand âge, et l'impression que Lucia Müller-Rossi utilisait tout cela pour arrêter les questions avant qu'elles se forment.

« Il était vieux, non ?

— Je suppose.

— Et il est mort de mort naturelle ?

— Oui.

— Je vous suis très reconnaissante d'avoir pris la peine de venir m'en informer. » Elle avait, presque à portée de main, un téléphone, un fax, un ordinateur, un terminal pour les cartes de crédit, mais elle utilisait la pièce comme s'il s'agissait de son salon privé. « Ce sont des problèmes personnels, vous le comprendrez.

— S'il y a quelque chose...

— Je ne crois pas que j'aie besoin d'en savoir plus, pour le moment. »

Le policier n'avait jamais été domestique, mais il comprit parfaitement qu'il venait d'être congédié.

En partant il laissa le froid de la nuit entrer dans la boutique. Il espéra que la porte allait se coincer en position ouverte et que le vent emporterait la vieille dame comme une poussière.

Helen prit les choses en main parce que personne d'autre ne le pouvait. Jeremy avait dit qu'il reviendrait plus tôt de Boston, bien sûr. Cela ne regardait pas Sarah Freeman ni Peter Clarke, même s'ils restaient désormais à ses côtés comme une sorte de famille, faisant de leur mieux pour ne s'imposer en rien, pour l'aider tout simplement. Et elle ne voulait pas parler à Lucia, pas tout de suite.

« Le prêtre doit savoir », avait-elle dit à Jeremy.

Mais il paraissait ne pas comprendre pourquoi. Ils avaient en commun cet univers, les ventes, les emplois du temps, les aéroports, mais à la base ils étaient si différents que ce qu'elle lui disait le dépassait.

« Parce que, dit-elle, fâchée qu'il l'oblige à énoncer le problème à haute voix, il ne peut pas être enterré dans un sol consacré s'il s'est suicidé. Donc il ne peut pas être enterré avec ma mère. »

Elle voulait qu'il avoue des sentiments. Elle comprenait qu'il se trouvait dans une chambre fonctionnelle d'une chaîne d'hôtel quelque part, loin, avec peut-être la télé de la salle de bains diffusant CNN, rideaux fermés, air conditionné au maximum, deux bouteilles vides d'eau minérale du minibar, mais elle voulait quand même des sentiments.

« C'est vraiment ambigu, dit Jeremy d'un ton raisonnable. C'était peut-être un accident.

— Je ne crois pas. Personne ne le croit. Il connaissait la montagne.

— Il n'a pas laissé de lettre ? Tu n'es pas obligée de répondre.

— Je devrai raconter au prêtre que c'était un accident. Il voudra que je le lui dise.

— Dis ce que tu peux.

— Il faut qu'il soit enterré avec maman. Je ne pourrais pas les séparer.

— Je vais rentrer aujourd'hui, dit-il alors. Je parlerai au prêtre. »

C'était un début, pensaient-ils tous deux.

L'absence de Nicholas devenait aussi bruyante dans la maison que l'avait jamais été sa présence, et cela suffisait à leur faire baisser la voix à tous.

Sarah Freeman voulut tout savoir, puis elle demanda des interprétations et des explications, tout de suite.

« Je ne comprends pas où on l'a trouvé.

— Dans la montagne au-dessus de Glaubenberg, dit Helen. Il a dû aller se promener en forêt et se perdre. Ou alors il n'a pas vu l'heure, je suppose. »

Henry arpentait l'appartement avec solennité. Il demanda une fois où était Jeremy ; il appelait son père « Jeremy ». Helen, toujours si agile et déliée, gardait les mains près de son corps pour se réconforter en se touchant les flancs.

« Vous croyez vraiment qu'il aurait pu faire une erreur ? »

Helen haussa les épaules.

Sarah éleva la voix. « Je ne lui voulais aucun mal.

— Bien sûr que non. Vous n'y êtes pour rien.

— Comment est-ce qu'on peut mourir gelé ? Est-ce qu'on n'essaie pas d'échapper au froid ?

— Je crois que quand on est vraiment glacé, on renonce, intervint Clarke. Je crois. Je vais vous faire du thé.

— Ne prenez pas cette peine, dit Sarah. J'ai envie de savoir, c'est tout. »

On sonna une fois à la porte, et Clarke s'éloigna, reconnaissant. Il voulait qu'Helen pleure un moment. Il voulait que Sarah se taise. Il voulait que tout soit convenable, et ce n'était pas le cas. Alors il arrangea ses manchettes, parce qu'il ne se sentait jamais assez correct pour les Suisses, même pour les livreurs suisses.

Quelqu'un avait envoyé des fleurs : une masse de tubéreuses blanc-vert au parfum de chapelle.

Il revint lentement dans la pièce. Il remarqua comme tout brillait dans cette cuisine. Tout était à sa place.

Il décida qu'Helen ne voudrait peut-être pas voir les fleurs tout de suite. Il les mit à tremper dans l'évier.

Puis il se dit : « Ça ne va pas. Un péché tel que le suicide ne peut répondre des crimes de Lucia. La réponse doit avoir sa propre valeur morale. Nous nous laissons distraire. »

Il s'assit à la table de cuisine et fit entrer son esprit dans une église. Il avait appris cette astuce quand il était bien plus jeune, pour mémoriser les choses, en entassant mots et idées dans un bâtiment imaginaire : une serre, un entrepôt, une église. Ensuite il pouvait se déplacer entre les instructions et la morale stockées contre les murs, contourner les faits qu'il était censé affronter.

Il avait l'esprit aussi confus que les autres. Une centaine de sermons lui dirent que Lucia trouverait peut-être la rédemption ; il voulait la voir punie. Il était censé pardonner, il le savait. Il se le rappelait sans cesse, comme une phrase du catéchisme. Il ne pensait pas avoir le droit de se montrer magnanime, pourtant, parce que alors il faudrait mettre de côté les crimes qu'elle avait commis envers d'autres personnes. Ce n'était pas à lui de pardonner.

Leur attention, précise comme une lame, devait se tourner vers Lucia. La mort de Nicholas remplissait la maison entière de chagrin alors qu'ils auraient tous dû déborder de colère.

Il se stupéfiait lui-même.

Il avait toujours imaginé que son sens moral profond était fragile, flexible. Il était bien certain de sa propre faiblesse. Il n'avait jamais parlé de Grace, il la gardait comme son plus grand secret. Il avait fui Grace, qu'il aimait, puis la mort de l'enfant de Grace, parce qu'il avait peur de ne pouvoir rassembler assez de compassion pour rester. Il se rappelait, aussi, la tentation de quitter Frances.

Il devait trouver un vase pour les tubéreuses. C'était une fleur si spéciale, si lourde, il n'était pas sûr qu'Helen en voudrait. Puis il se dit : « C'était toujours les jardiniers, les hommes, qui arrangeaient les fleurs chez nous. »

La nuit du retour de Jeremy, personne ne dormit bien.

Helen se battit contre les draps, puis se battit contre Jeremy, puis s'éveilla les yeux grands ouverts. Jeremy la veilla pendant de longues heures. Une fois elle s'éveilla frissonnante, en larmes : elle avait rêvé que tout s'était annulé, que tout le monde était neutre, qu'aucun tort ne pouvait être redressé dans l'enchevêtrement des droits de chacun. Une fois elle s'assit dans le lit et se mit à argumenter en silence, en parlant avec les mains. Elle ne se permit pas de se dissoudre dans son chagrin, elle avait encore à faire.

Dans sa chambre d'hôtel, Peter Clarke lisait, mais il ne lisait pas correctement, il ne faisait que parcourir des lignes de texte. Il ronchonnait tout haut contre les lampes de chevet, jamais assez puissantes. Il pensait au passé, le sujet qu'il partageait avec Nicholas.

Ils avaient parlé du passé de Shakespeare, et parfois du leur. Parfois c'était une image de la guerre qu'ils avaient tous deux traversée, mais ils n'avaient pas besoin d'entrer dans les détails ; il suffisait qu'ils partagent tous deux le souvenir et la connaissance d'une guerre.

Si bien que plus tard ils avaient pu parler de choses confortables : les défilés, le goût des pommes, leurs jouets préférés — un train d'Europe centrale avec des passagers et des lumières, quelques soldats de plomb dans une boîte sculptée en forme de fort, des anniversaires, des pièces d'eau où nager, une pelouse et un lac avec des cygnes pour Nicholas, des oiseaux violents, et une mince rivière noire tapissée d'herbes folles et de boue onctueuse pour Peter. Nicholas avait prêté à Peter son livre sur les premières tragédies de Shakespeare, qui lui paraissait écrit dans un soigneux pastiche d'anglais ; Peter, dans un jardin public, lui avait montré une plate-bande de grands lupins en expliquant qu'il s'agissait des siens, qu'il les avait repérés, choisis, multipliés et sélectionnés pour en faire une variété nouvelle.

Clarke se demanda si Nicholas était simplement parti dans la neige pour s'éloigner de Lucia. Il avait l'habitude de la quitter, puisqu'elle l'expédiait ailleurs pour les audiences au tribunal — à l'école, dans le Piémont pour une quinzaine de jours avec un cousin, dans un hôtel à la montagne une fois, pour lui faire évacuer ses soucis par la marche à pied. Mais ensuite il se dit : « C'est moi qui ai l'habitude de m'éloigner. » Il se mit à transpirer.

Et Sarah Freeman, dans sa chambre, regardait sa petite valise, rangée contre le mur avec ses étiquettes de la compagnie aérienne. Elle avait défait la valise, libéré tous les démons.

Elle ne pouvait supporter de penser à Nicholas, si gentil et si attentionné, dans la forêt froide, ni de penser à Nicholas mort. Il n'aurait pas dû mourir. Il n'y était pour rien.

Puis lui vint une pensée dont elle eut un peu honte. Si Nicholas s'était tué, il n'avait rien réparé. Il n'avait pas, même maintenant, souffert comme elle. Donc il n'avait pas le droit d'éclipser son histoire et sa douleur, ni, pis encore, de l'annexer et insister pour être pleuré.

Enfin, comme les autres, elle sombra dans un sommeil superficiel. Elle rêva, mais son rêve ressemblait à des souvenirs d'un autre rêve : elle était dans une belle maison cossue avec un grand aquarium ouvert qui occupait tout un mur, décoré d'algues et d'un récif de corail. Elle s'asseyait pour regarder les poissons et, dans son rêve, ils tournoyaient tous ensemble, bleus, verts et gris, scintillants, miroitants ; ce n'étaient ni des poissons clowns ou scorpions ni des perroquets exotiques, mais de simples harengs.

Lucia avait reçu la lettre de Nicholas. Elle envisagea de ne pas l'ouvrir. Elle l'ouvrit avec les doigts, ce qu'elle ne faisait presque jamais : elle avait un coupe-papier en argent tout à fait pratique sur son bureau.

Elle regarda un moment l'enveloppe déchirée. Elle aima l'irrégularité des bords. Ce n'était pas une lettre ordinaire, qu'elle tirerait immédiatement de son enveloppe nettement coupée. C'était quelque chose de particulier, de dangereux.

Ses doigts n'étaient ni enflés ni tordus, mais ils avaient perdu de leur agilité. De sorte qu'en tirant le feuillet couleur crème elle déchira l'enveloppe sur les côtés. Elle la laissa tomber par terre.

Et elle lut le recto et le verso, l'écriture nette comme s'il avait réfléchi longtemps, intensément, et l'avait recopiée plusieurs fois jusqu'à obtenir la plus belle des belles copies.

Elle posa la lettre sur son bureau.

Ainsi donc il ne pouvait le supporter. Ainsi donc il ne pouvait vivre avec tout cela. Ainsi donc il ne pouvait la remercier d'avoir su et supporté tout ce qu'il y avait à savoir, et d'avoir vécu avec, aussi. Il semblait penser qu'il avait protégé Helen, mais il ne pensait pas qu'elle, en retour, l'avait protégé.

Rien n'avait été prouvé. Les charges avaient été abandonnées.

Ils croyaient que Berlin était une ville, et fonctionnait comme une ville, alors qu'en réalité elle formait une sorte de monde souterrain, que tout citoyen raisonnable évitait dans la mesure du possible. Les passants avaient de la suie sur le visage comme des voleurs, et des masques à gaz, et il ne suffisait pas d'être soi-même ; personne n'y voyait rien. Chacun avait besoin de protection. Il fallait que quelqu'un d'important connaisse votre nom et votre sort, et s'en soucie. Et même ainsi on s'inquiétait. Les ambassadeurs s'inquiétaient. Les chargés d'affaires à la légation suisse s'inquiétaient. On pouvait mourir le lendemain et pourtant il fallait se conduire comme si le monde avait encore un sens.

Elle décrocha le téléphone pour appeler Helen. Nicholas lui avait épargné l'histoire. Lucia lui raconterait tout.

Mais qu'y avait-il à raconter ? Ils n'avaient jamais trouvé de preuves contre elle, rien qui eût le moindre sens, comment auraient-ils pu ? C'était de la jalousie et du dépit. Qui était-elle, cette étrangère, pour posséder de si belles choses ? Qui était cette nouvelle venue qui refusait la vie de province, refusait de s'habiller discrètement, de se taire et de rentrer chez elle ? Les banques, on ne sait pourquoi, pouvaient se permettre d'être à cheval sur la loi, d'exiger des certificats de décès pour les personnes mortes dans les camps, et des numéros de compte, des documents officiels, avant même d'envisager de se séparer de ce qui appartenait sans l'ombre d'un doute aux personnes décédées, mais si elle se retrouvait avec les biens d'autres personnes, si ces autres personnes ne pouvaient plus venir les réclamer, elle était, on ne sait pourquoi, une voleuse.

Elle n'avait rien à avouer.

Et les autres, ces salauds qui s'en fichaient. Elle se rappela son dégoût quand son ami des studios lui avait fait remarquer qu'il était étrange de voir des Allemands circuler chargés de sacs, comme autrefois les Juifs.

Quant à Helen, elle cherchait désespérément à s'occuper, à faire n'importe quoi qui l'empêcherait de voir le corps de son père brillant de givre, ou lui éviterait de tourner en rond en se demandant ce que cela pourrait bien signifier de traîner une femme si vieille en justice. Lucia ne pouvait être privée de ses biens, elle avait si peu de temps pour en profiter.

Alors Helen alla immédiatement trier les biens de Nicholas, pour transformer la maison et son souvenir en héritage mort. Elle se comporta en détective, en médecin légiste, pour qui chaque document représente un indice : les lettres classées avec leurs en-têtes étranges, les carnets à couverture noire, les programmes de conférences, les polycopiés, les cartes postales portant des titres de livres, parfois des épreuves ou des manuscrits roulés sur eux-mêmes par la pression de l'élastique qui les retenait.

Elle tria de son mieux : ce qui ferait partie d'une collection Müller-Rossi offerte à la bibliothèque d'une université, ce qui était visiblement privé, ce dont un biographe aurait besoin si jamais son père avait un biographe.

Il n'en aurait pas, bien sûr, sauf peut-être si on lui consacrait une notice polie dans quelque savante revue trimestrielle. Il se retrouverait aussi poussiéreux que ces documents. Un millier de souvenirs de sa gentillesse ne suffiraient pas à le maintenir en vie, bien que l'ombre d'un crime pût lui conférer une certaine notoriété.

Elle rangea les livres par tailles et non par sujets, et elle les fourra dans des cartons à l'intention de quelqu'un d'autre. C'était comme une autopsie de l'esprit, ce processus, ou un agencement géologique : des couches superposées de vieilles pensées, de vieilles connaissances maintenant bien rangées et remisées.

Elle entendit les oies récriminer dans la neige.

Elle alla faire du café à la cuisine. Il y avait une machine italienne trop compliquée, avec une manette à tirer et une tendance à asperger la pièce de grains chauds, donc elle n'y toucha pas. Elle se prépara un café filtre.

C'était la neige qui rendait tout si calme. La maison n'était jamais bruyante mais l'été on n'avait pas cette impression de vie immobilisée. Elle eut envie que le printemps arrive.

Elle s'assit à la table de la cuisine.

Elle se dit que Nicholas n'était pas censé mourir. Il était simplement censé savoir, et c'était censé tout changer. Sa mort n'était pas raisonnable.

Le téléphone sonna.

L'espace d'une minuscule seconde, elle se rappela avoir appelé la maison depuis l'extérieur. Elle allait décrocher et entendre sa propre voix, anxieuse, penaude.

Tout le monde savait que Nicholas était mort. Sa mort avait été annoncée dans les rubriques nécrologiques, avec des commentaires sur les dangers des Alpes, et un peu de sensation dans les journaux à scandale parce qu'il était nu.

Le téléphone tranchait toujours le silence, trois sonneries différentes : cuisine, salon et chambre.

Elle posa la tasse blanche sur le marbre, brutalement. La tasse résista, puis craqua, et le reste de café s'écoula sur la pierre blanc-rouge.

Il lui faudrait nettoyer. Elle devait répondre au téléphone.

Elle saisit le combiné et il lui glissa des mains, se balança contre le mur. Elle entendit une voix qui disait : « Professeur Müller-Rossi ? Docteur ? Professeur ? »

Elle reprit le combiné. « Oui », dit-elle.

La voix à l'autre bout du fil était une voix de secrétaire, revêche. « Pourriez-vous dire au professeur Müller-Rossi que le séminaire a été reprogrammé... »

C'était elle qui avait tué Nicholas.

Elle raccrocha, épongea le café avec du papier absorbant, et retourna examiner les documents. Elle espérait trouver un pardon sur un feuillet A4, une explication qui effacerait sa conscience d'avoir causé la mort de son père.

Elle se mit à rire à cette idée : causer la mort de quelqu'un. On aurait dit une sous-clause dans quelque contrat tarabiscoté, gothique, un euphémisme, quelque chose qu'on voudrait empêcher quelqu'un de faire, sans oser même suggérer que ce quelqu'un pourrait le tenter. Elle avait aussi conscience, et à cette pensée elle se sentait coupable, de dénier à son père les décisions qu'il avait prises.

Il faisait aussi froid que le jour de sa mort. Elle se demanda comment il avait pu être assez sûr de lui pour s'enfoncer dans la forêt par un tel froid. Il devait considérer son geste comme une affirmation à l'intention de Lucia, après que tout le reste avait échoué. Il était trop bon pour supporter ces informations. Mais comment pouvait-il avoir tiré de Lucia un tel instinct de bonté, alors que c'était elle, pendant toute l'enfance de Nicholas, qui faisait le mal ?

Pour la première fois, et en réfléchissant sur un suicide, l'idée lui traversa l'esprit qu'il pouvait exister quelque chose comme la bonté foncière.

Ce devait être le silence.

Le téléphone sonna de nouveau. Elle l'ignora. Elle se dit que c'était sans doute encore une secrétaire, ou un démarcheur.

Elle crut entendre une voiture sur la route, l'entendit s'arrêter, une portière se fermer doucement. Puis ce fut comme si la porte d'entrée s'ouvrait, un rayon d'air froid, un mouvement dans le vestibule ; un manteau qu'on suspend, peut-être.

Elle continuait de regarder par la fenêtre, fixement. Elle ne voulait pas voir d'intrus. Elle se dit qu'il s'agissait peut-être de la femme de ménage, mais Nicholas n'en avait pas, ou alors un voisin rendu curieux par la lumière. Ou quelque chose de pire.

Son esprit était plein de fantômes, de fantômes froids.

Elle sentit des mains sur sa taille, chaudes et profondément familières : les mains de Jeremy.

« J'ai fermé la galerie, dit-il. Je suis venu t'aider. »

Et l'emboîtement parfait de leurs corps la fit sourire.

La messe de funérailles serait célébrée à Glaubenberg, dans la petite chapelle, et l'enterrement aurait lieu dans le cimetière de la petite ville en contrebas, près du lac, là où reposait déjà Nora.

Helen s'occupa de tout, fit venir un prêtre de la petite ville au bord du lac, commanda les fleurs, organisa le déjeuner à l'auberge du col. Puis elle invita Sarah Freeman, et bien sûr Peter Clarke. Ensuite, elle alla voir Lucia.

« J'ai tout préparé », annonça-t-elle.

Lucia paraissait trouver la chose évidente. Elle n'était pas de celles qui font elles-mêmes les démarches ennuyeuses.

« J'ai invité Sarah Freeman. Parce que c'était une amie de mon père. » En parlant elle se demanda si elle aurait dû dire « de Nicholas », si elle se montrait trop possessive, coupait Lucia de son fils.

« Ça alors », dit Lucia.

Helen fit un geste, comme si elle chassait de la poussière sur ses mains.

« Tu crois que c'est convenable ? » s'enquit Lucia.

Helen ne répondit pas.

« C'est à cause de cette femme, reprit Lucia, que mon fils est mort. » Elle aussi refusait de dire « Nicholas ». Elle aussi déclarait que cet homme lui appartenait.

Helen posa près d'elle une feuille de papier, avec l'heure de l'enterrement et de la messe.

Lucia ne toléra pas son silence. Elle avait de nouveau l'air d'une comédienne, qui peut répéter une histoire et en faire un monologue, et s'attendre à être écoutée attentivement.

« Je pourrais te raconter tant de choses, dit-elle. Si tu étais prête à écouter. »

Helen l'étudia, du regard qu'un agent de sécurité réserve aux étrangers. Elle savait que ce moment viendrait : le récit des histoires, après toutes ces années. Mais elle n'était pas sûre que Lucia la chargerait du poids de chaque mauvaise action, s'assurerait que, comme son père, elle vivrait dans l'ombre de sa carrière, ou si était venu pour elle le moment de se justifier, d'essayer de faire d'Helen sa complice.

De sorte qu'Helen n'avait pas envie d'écouter, et ne pouvait pas partir.

« Ça ne m'a jamais ennuyée que Nicholas s'éloigne, dit-elle. Je pouvais encore le voir. Je pouvais te voir. J'étais une observatrice. Je pouvais vous aider. Au moins il n'était pas sorti de ma vie. »

Une vieille habitude de bienséance enracinée l'empêcha de poursuivre sur cette voie, elle n'avait aucun moyen de montrer son chagrin. Elle n'était pas du genre à manifester des sentiments violents. Elle avait mené une vie si étudiée, si contrôlée qu'une telle démonstration apparaîtrait comme une crise de folie. Et pourtant il pouvait paraître encore plus fou de parler avec raison et politesse du fait qu'à plus de quatre-vingt-dix ans on survivra quand même à son enfant.

Elle avait du travail. Par calcul, elle attaqua.

« Tu lui as donné le dossier du procès, je crois ? C'est toi qui as déterré tout ça. »

Mais Helen était imperméable à ce reproche, elle se l'était fait trop souvent.

« C'était odieux, reprit Lucia. Je n'ai fait qu'aider des gens. J'ai fait passer de l'argent en Suisse, et ils pouvaient le récupérer dès qu'ils arrivaient à Zurich. Je prenais une commission. Les banques aussi. Mais les banques refusaient de rendre ce service directement aux Juifs. Ils devaient trouver quelqu'un comme moi, prêt à prendre des risques, avec des relations à l'ambassade de Suisse. Et j'ai essayé de protéger les beaux objets que possédaient ces gens. Ce n'étaient pas seulement des objets, ou des noms tels que Meissen ou les Gobelins, ou des biens à vendre. C'étaient leur vie, le but de leur vie. J'ai gardé un Bruegel une fois, et ça me brisait le cœur que quelqu'un soit contraint de s'en séparer.

« J'ai fait de mon mieux. Et puis Berlin s'est effondré, les Russes arrivaient, les Américains bombardaient, bombardaient, alors je suis partie. Il a fallu de l'astuce, mais ça voulait dire que j'avais les preuves de toutes ces vies, à l'abri en Suisse. À ma façon, je maintenais les propriétaires en vie.

— Si tu ne te sens pas assez bien pour venir à l'enterrement, tout le monde comprendra, dit Helen.

— Ne me parle pas comme ça », s'insurgea Lucia. Puis elle baissa la tête, sourit, gémit presque. « J'aimais Nicholas. »

Et si c'était vrai ? pensa Helen. Quelle différence cela faisait-il si cette femme était capable de l'amour maternel le plus parfait, le plus désintéressé ? Helen savait, depuis qu'elle avait Henry, que c'était également gratifiant, une vie qui comblait les vides de votre vie : une présence constante.

« Ils n'ont pas arrêté de m'interroger quand nous sommes arrivés à Zurich, dit Lucia. Autant que tu le saches. Nicholas devait le savoir. »

Helen avait envie de défendre son père, mais Lucia se faisait l'avocate de sa propre vie.

« Ils n'arrêtent pas de m'interroger. Encore et encore. D'abord, sur l'argent. Combien d'argent est-ce que j'ai apporté en Allemagne en 1932, et bien sûr ce n'était pas grand-chose ; combien est-ce que j'ai sorti d'Allemagne en 1944, et bien sûr c'était plus. Et puis tous les fonctionnaires des douanes, et ceux qui recherchaient des biens allemands en Suisse, ils sont venus. Je leur ai dit que je n'avais emporté que mes meubles. Mais ils reviennent sans arrêt à l'appartement. Je les connais, ces gens-là, ils sont petits, ils ne savent rien sur la vie des gens. On dirait qu'ils récitent tout bas : "Ce sont des Meissen, ce sont des tableaux, c'est une tapisserie, c'est de l'argenterie, c'est ancien, c'est ravissant." »

Helen entendit le passage au temps présent, mais elle l'écarta de son esprit parce que Lucia restait lucide, elle parlait sans hésitation, fort.

« Ils passent des journées entières à compter les choses dans mon appartement. Tout dans mon appartement. Je vois bien que ça les fait enrager. Ils n'arrêtent pas de demander : "D'où ça vient ?" Je suis comme un professeur d'histoire de l'art. Je n'arrête pas d'expliquer. Je leur dis que la plupart des objets viennent d'Italie, parce que c'est vrai, tu sais, ce sont les choses que j'avais quand j'étais enfant, c'est la maison de Milan avec ses grosses abeilles en cuivre, c'est ce que je sais. Je dois expliquer qui sont les Rossi, tu te rends compte ? » Helen se demanda si elle jouait la comédie, si ce flot de paroles était étudié plutôt que compulsif, si elle essayait simplement de s'assurer que personne ne puisse lui gâcher son histoire. « J'achète des marchandises aussi, à mon associée de la boutique, le nom au-dessus de la porte. Et ils vont voir la banque et cette fichue banque leur dit que je suis à découvert et que je n'ai jamais eu assez d'argent pour acheter quoi que ce soit. À ce qu'ils disent. Et on parle de la discrétion suisse. »

Le souvenir était vivace, c'était visible, mais

Helen n'aurait pu dire s'il était vivace comme s'il datait de la veille, ou comme s'il se produisait à l'instant même.

« Tu sais, ils sont allés voir Müller. Un homme si convenable, si ordonné. Il avait fait l'inventaire de chaque babiole que nous avions quand nous étions amoureux, et il l'a donné aux autorités.

« Je ne sais vraiment pas quoi faire. J'ai Nicholas, bien sûr, je dois m'occuper de lui. Il doit aller dans une bonne école. Je ne peux pas ouvrir ma propre boutique, elle est toujours au nom de quelqu'un d'autre. Je gagne de l'argent, mais ce n'est vraiment pas assez. Pas assez. Je suis pauvre. Je ne veux pas être pauvre. Je ne suis pas douée pour être pauvre. »

Le temps présent. La menace présente.

« Le divorce n'arrange rien. Müller a laissé entendre toutes sortes de choses, et le tribunal a eu l'air de s'y intéresser aussi. Je crois vraiment qu'ils avaient envie de me traiter de femme légère. » Elle se leva. « Cette ville est si petite. Ce pays est si propre.

« Il veulent des preuves, des preuves, des preuves. » Elle ne parlait pas à Helen en particulier. On aurait dit, vu l'étrange douceur de sa voix, l'attitude déférente de son corps, qu'elle s'adressait à une personne influente. « Ils disent que j'ai vendu des objets appartenant à l'ambassade d'Italie à Berlin. Mais c'est l'ambassadeur italien lui-même qui me les avait donnés à vendre. Est-ce que je suis censée le traiter de menteur ?

« Je leur ai dit que j'avais acheté certains objets. Mais qu'est-ce que je pouvais dire d'autre ? Ils avaient l'air de croire que Berlin était, comme Zurich, un endroit bien ordonné.

« On est censé être en sécurité ici. Tout le monde vient ici pour la sécurité. Je cherche la sécurité. Mais je suis italienne, je suis seule avec un enfant, en Suisse. Les Suisses se méfient des Italiens, tu sais. Ils se méfient des étrangers. Ils veulent garder tous leurs secrets.

— L'enterrement est pour demain », dit Helen. Elle voulait voir si le mot « enterrement » secouerait Lucia, l'arracherait à ce présent historique.

« Et puis ces gens, les Bernstein, ils se sont mis à réclamer de très jolies assiettes de Meissen qu'ils disaient m'avoir confiées : bronze doré sur fond blanc, je me rappelle. Ils ne voulaient pas s'en aller. Ils insistaient. Et moi je n'étais qu'une Italienne, seule avec un enfant, en Suisse, au moment où les Suisses recherchaient tous les faux Suisses pour les jeter dehors.

« Alors je leur ai donné de l'argent. Ils n'auraient jamais pu me poursuivre en justice, ils n'avaient pas de papiers, rien. Les Suisses ne voulaient rien savoir de ce qui s'était passé en Allemagne. La loi n'était pas de leur côté, et les assiettes étaient à moi, désormais, mais j'ai dû leur donner de l'argent. C'était scandaleux », dit-elle.

C'étaient donc de nouveau les souvenirs, et non plus la réalité urgente. Le temps semblait aller et venir dans l'esprit de Lucia. Les choses auraient peut-être été plus faciles pour elle si elle avait eu des convictions, une grande idée à défendre plutôt que cette liste de petits actes, dont chacun risquait de faire l'objet d'une enquête. Elle n'avait pas une vie, elle avait des détails, et elle ne pouvait en perdre un seul.

« Ils vont mettre mes biens aux enchères, dit-elle.

Ils vont vendre tout ce que j'ai. S'ils trouvent un moyen. Je crois qu'ils sont prêts à enfreindre la loi pour y arriver. Je ne peux utiliser aucun de mes comptes bancaires, ils sont tous bloqués, même à la banque de Müller. Je n'ai pas de boutique. Je n'ai pas d'argent. On est à mi-trimestre et je dois aller chercher Nicholas à l'école parce que je n'ai pas l'argent pour payer sa pension. Lui faire quitter ses amis, ses livres. Sa vie. »

Puis brusquement, la revoilà à la veille d'un enterrement, dans le souvenir. « Parfois, reprit-elle, je me dis que c'est pour ça qu'il était devenu si solitaire : on m'a forcée à le séparer des autres. »

Elle parut se rendre compte qu'il y avait quelque chose d'étrange dans son récit, parce qu'elle se mit à quêter la compassion, une réaction chaleureuse de la part d'Helen en particulier.

« Ma santé a souffert, poursuivit-elle. Je l'ai dit au tribunal. J'avais des créanciers à ma porte. Même mon avocat m'a abandonnée parce qu'il disait que mes histoires ne tenaient pas debout. Et puis il a dit que d'après la rumeur nous étions amants. » Elle ricana de mépris. « Tu vois ce qu'ils pensaient de moi ? Ils ne pouvaient même pas déclarer franchement qu'ils me désiraient. »

Elle quêta l'approbation d'Helen : « D'autres ont commis des délits. Ils n'ont rien fait d'aussi constructif.

« Je n'ai jamais eu la mesquinerie de dire toute la vérité à Nicholas, comme ça. Je ne voulais pas lui faire porter ce fardeau. Je ne voulais pas qu'il déteste l'argent qui payait ses diplômes et son confort. » Des yeux, elle testait Helen. « Si j'avais été seule, j'aurais pu m'en sortir sans tout ce marchandage, j'en suis sûre. Mais avec Nicholas je n'avais pas le choix. »

Elle tremblait un peu. Helen lui mit un châle sur les épaules. « Je vois leur visage, dit Lucia. Parfois. Débordant de haine et de soupçon. Je vois Eva, elle a grossi en Amérique. Je vois Richard, il a dit que j'ai causé directement la mort de sa mère, je les vois tous faire la queue pour profiter de la situation. J'étais malade, j'étais ruinée, j'étais épuisée. Ces sales types du service de restitution, qui étaient supposés traquer les bien nazis en Suisse, c'est moi qu'ils ont traquée. Mais ils n'avaient pas les documents. Et pourtant, ils ne m'ont pas acquittée. Ils m'ont simplement laissée partir, et on n'a plus jamais reparlé de cette affaire. »

La profession respectait trop Lucia pour lui proposer, par exemple, un joli grès rouge de Böttger, en un moment aussi pénible.

Les employées ne trouvaient rien à lui dire. À leurs yeux, le fils était assez vieux pour mourir, et la mère trop vieille pour le pleurer. Les vendeuses la laissèrent dans la lumière chaude et dorée à l'avant de la boutique, jusqu'à ce que la voiture vienne la chercher, à dix heures. Et alors une des employées proposa de fermer en signe de respect, et Lucia lui demanda pourquoi elle jugeait cela nécessaire ou approprié. La jeune femme recula.

« C'est un commerce », dit Lucia.

Elle se rendit seule à l'enterrement. Le Turc à la conduite précise ne comptait pas.

Elle contempla des paysages gris-vert qui défilaient à toute allure : netteté, propreté, précision, angles droits. « Je suis coupable de ne pas me contenter de ça, se dit-elle. Je refuse la routine. Je fais commerce de choses magnifiques. » Elle aperçut de la verdure immaculée, un peu de neige, des avenues bien nettes de maisons basses, le dôme doré en forme de bulbe au sommet de l'église, le blanc éblouissant de ses murs, à travers les vitres fumées dc la voiture.

Elle allait revoir Sarah Lindemann. Comme au bon vieux temps, comme dans le passé et le présent. Elle révisa son répertoire de petits gestes polis et minimaux, de petites déclarations. Elle pensait que la cérémonie ne serait pas perturbée, par respect pour Nicholas, et peut-être un peu par respect pour elle aussi, la mère éplorée.

La boutique devait rester ouverte, selon elle. C'était évident. Le commerce n'avait rien à voir avec son histoire, ses faits et gestes ou ses sentiments personnels. Elle maintenait cette séparation depuis cinquante ans.

Elle ne devait pas être fâchée contre Sarah Lindemann, se dit-elle. La pauvre Sarah arrivait trop tard. Sarah était la petite souris tapie dans son coin, qui passait toujours ses mains l'une sur l'autre, une petite chose sans ossature, sans vie. Max Lindemann se rengorgeait toujours quand Lucia venait lui rendre visite ; sans elle il s'avachissait. Et Sarah ne sortait jamais.

Pendant toute sa vie capitonnée et organisée, Lucia avait conservé son talent pour la rancune. Elle la ranimait facilement. Elle n'avait jamais pu se fier à sa famille, jamais. Elle était affreusement vive et intelligente et visible pour une grand-mère, et ils voulaient lui trouver un défaut, pour pouvoir se montrer gentils avec elle, la rendre ordinaire. Ils aimaient Sarah pour ses accusations, et non malgré elles.

Peut-être que Sarah Lindemann ne viendrait pas. Peut-être qu'elle n'aimait pas les enterrements chrétiens.

Tous les autres, la famille, les amis, les collègues les plus anciens d'une longue vie de travail, s'étaient rassemblés près de la petite chapelle du cimetière, ils avaient déposé leurs cartes de condoléances dans le réceptacle de pierre, avaient défilé un par un devant le cercueil et vu pour la dernière fois le visage de Nicholas Müller-Rossi. La lumière froide faisait briller les fleurs blanches : chrysanthèmes, asters en couronnes.

Et après avoir fait ce qu'on fait toujours, il ne leur resta plus qu'à attendre Lucia. Leur affection pour Nicholas, leurs souvenirs de tutorats, de dîners, d'après-midi en montagne, leur désir de se rappeler sa bonté, son intelligence, étaient pervertis par cette attente nerveuse d'une unique vieille dame, résolue à arriver très exactement à l'heure.

Sarah Freeman se tenait près de Peter Clarke. Elle s'était crue prête à affronter ce moment : elle savait maintenant qu'elle ne l'était pas. Lucia serait près d'elle, assez près pour la toucher, pour la frapper. Lucia risquait de parler ; elle répondrait.

Il était onze heures, exactement.

Sarah se dit qu'elle ne devait pas leur enlever le moment des adieux. Mais c'était comme si Helen le lui offrait, tel un sacrifice, une sorte de récompense. On peut agir ainsi envers les dieux, se dit Sarah, mais pas envers les vieilles dames. Nous ne savons pas comment recevoir de tels présents.

Lucia descendit de voiture. Helen envisagea de s'avancer pour l'aider. Mais Lucia ne voulait pas d'aide, n'en avait pas besoin, n'en accepterait pas et n'en méritait pas. Toutes ces pensées défilèrent dans l'esprit d'Helen. Elle s'accrochait avec reconnaissance à la main de Jeremy, tous deux se tenaient si près que les autres pouvaient à peine apercevoir ce contact particulier, peau contre peau.

Lucia s'avança sans embarras. Elle était en noir, et discrètement voilée : une personne comme les autres dans le cortège. Mais elle savait très bien que personne ne pouvait la quitter des yeux.

Sarah Freeman la vit comme elle aurait pu voir les vestiges d'une histoire : vieille et pittoresque. Puis elle se souvint de tout, en une seconde, un grondement dans les oreilles, les yeux, l'esprit. Elle sentit dans le vent le goût de Berlin : les chevaux, la fumée de bois, les feux de charbon.

Le prêtre s'approcha : « Frau Müller-Rossi », dit-il.

Helen attendit de voir qui allait répondre : la Lucia qui tenait encore boutique sur la Bahnhofstrasse, ou celle qui commençait à vivre dans son histoire. La vieille dame en noir, presque imposante sur ses petits pieds, pouvait être l'une ou l'autre.

Elle se contenta d'une inclinaison de tête avant de prendre sa place, en mère pleurant son fils.

Sarah se détourna légèrement et s'engagea dans le cortège aux côtés de Peter Clarke, jusqu'au trou sombre creusé entre les tombes plus anciennes.

Lucia ouvrait la marche, mais seule. Elle fut la première à asperger la tombe d'eau bénite, la première à jeter son bouquet de fleurs blanches dans le trou. Elle regarda les ouvriers descendre la dépouille de Nicholas dans l'emplacement préparé, cinq ans plus tôt, pour sa femme Nora.

Elle ne pleurait pas. Elle était soutenue par la colère des autres.

Elle se signa deux fois. Pas par respect ; elle voulait se protéger contre tous les morts.

Elle avait vaguement conscience de la présence des autres autour de la tombe, elle préférait ne pas les regarder trop attentivement. Leurs visages, solennels et pâles, tranchaient sur leurs manteaux foncés ; ils parlaient très bas mais leurs paroles étaient renvoyées par l'étrange acoustique de la neige. Ils restaient groupés, ce qui la poussa à les considérer comme des conspirateurs.

Mais le prêtre se montra très gentil, à cause de son âge et de son chagrin. Il monta avec elle en voiture pour rejoindre la chapelle montagnarde où la messe serait célébrée.

Derrière, sur le long chemin, Jeremy conduisait Helen, Sarah et Peter, tous anxieux à leur façon : Sarah s'inquiétait à l'idée de se retrouver en petit groupe dans un endroit isolé et de devoir, sûrement, parler à Lucia ; Peter Clarke se demandait comment protéger Sarah et faire en sorte que tout finisse bien ; Helen, dans une veine mélodramatique très inhabituelle, pensait que son père était mort pour dénoncer depuis l'au-delà les crimes de Lucia, et que personne ne l'écoutait.

Lucia et le prêtre arrivèrent en premier. La chapelle était minuscule, une petite boîte blanchie avec un haut retable à un bout, des bancs solides en bois clair, de petites fenêtres ornées de vitraux. Sur le côté de l'autel, une porte donnait sur une sacristie ; le prêtre la laissa seule.

Lucia se retourna. Au mur, là où la porte s'ouvrait sur la route, une centaine de minuscules images colorées était fixée sur un panneau. Là, une vache guérie, noir et blanc ; là, une femme qui avait survécu à un accouchement, toutes deux sauvées par la prière et racontées en peinture. Autrefois elle se régalait de ces beautés portatives.

Elle tenta de reprendre son calme pour la messe. Elle serait dite en allemand. Elle n'était pas en état de grâce, elle ne pourrait pas vraiment communier, elle s'en souvenait.

« Seigneur, dans Ta miséricorde, entends notre prière. Nous prions le Seigneur, Seigneur, entends notre prière. » Mais elle l'entendit en latin dans sa tête.

Elle ne comprenait pas pourquoi la chapelle devait paraître tellement plus intime que le rassemblement autour de la tombe, pourquoi elle devait soudain prendre peur. Ce n'était pas une question de péché, cet endroit était un lieu d'absolution. Ce n'était pas le jugement des autres, parce qu'elle l'avait déjà affronté, et Sarah Freeman ne pouvait plus lui faire grand tort. Quant à Dieu, elle n'avait pas l'habitude de penser aux noms abstraits.

Mais elle se rappela une phrase de la messe : « En mourant tu as détruit la mort. »

Elle ne pouvait pas continuer éternellement. Pas maintenant.

« Je ne suis pas la victime idéale, dit Sarah. Ce ne devrait pas être moi. Je ne peux pas la prendre à partie en un tel moment.

— Expliquez-vous, demanda Jeremy.

— Ce devrait être quelqu'un d'autre. Il y en a tant d'autres.

— Nous allons nous souvenir de Nicholas », intervint Clarke, calmement.

Helen s'étonna de la certitude dans sa voix, l'autorité de celui qui croit en quelque chose.

Ils gravirent les marches de la chapelle, et poussèrent la porte à double battant.

*

La vision périphérique baisse avec l'âge. Lucia le savait parfaitement, et pourtant elle sentait quelqu'un s'approcher derrière elle. Elle se dit que ce devait être Nicholas. Nicholas lui expliquerait cette étrange rumeur à propos de sa mort. Il serait le Nicholas organisé, raisonnable, professoral, et non ce suicidé romantique qui marchait dans la neige. Il ne la jugerait pas du tout. Rien n'allait changer, et elle pourrait continuer jusqu'à sa mort — qui ne pouvait être très longue à venir — à condition de maintenir une façade parfaite. Elle resterait figée dans cette discrétion hermétique qu'elle avait endurée si longtemps.

Pour le moment, elle se tenait aussi droite que ses vieux os, bien entretenus, le lui permettaient. Elle ne laisserait pas le moindre avantage à cette Sarah Freeman. Elle garderait l'espace de la chapelle comme son territoire.

Elle se retourna. Elle devait se retourner : elle devait savoir.

Elle vit Sarah Freeman s'incliner et faire le signe de croix.

Elle regarda fixement. Elle avait l'intention de ne pas montrer d'intérêt pour cette femme et ses actes, mais c'était totalement inattendu. Peut-être que la croisée avait fait un petit compromis en chemin. Peut-être était-ce un signe de faiblesse.

Elle se redressa.

Sarah Freeman prit son temps, sur les dalles irrégulières, pour gagner son siège.

Il n'y avait pas de musique dans la chapelle, aucun son en provenance de la sacristie, et personne d'autre n'était encore arrivé pour la cérémonie. Quelques chants d'oiseaux pétillaient au-dehors. Rien ne pouvait maintenant éviter aux deux femmes de se rencontrer.

Alors Lucia, pour conserver son avantage, s'avança vers la rangée de bancs. « Frau Lindemann, dit-elle, pensant l'honorer. Sarah. »

Sarah sourit. Lucia enragea.

« Sarah Freeman », dit Lucia.

Sarah s'assit sur un banc et lissa sa jupe.

Lucia voulait qu'elle dise quelque chose. Tout ce qu'elle pourrait dire avait une chance de mal tourner, d'être gâché, de paraître équivoque. Et alors Lucia saurait mieux ce qu'elle devait faire.

Helen et Jeremy restaient au fond de l'église. Clarke se tenait près de Sarah, mais en retrait. Le silence pesait sur eux tous.

« Je n'avais pas le choix, Frau Lindemann », dit Lucia.

Sarah parut intéressée, mais semblait considérer que Lucia pouvait faire mieux.

« Je n'avais pas le choix, répéta Lucia, et la table est à vous, si vous la voulez. »

Le silence de Sarah était parfaitement maîtrisé.

Lucia criait maintenant. « Je n'avais pas le choix. C'était Berlin. La Gestapo. Le... »

Sarah se leva. « Je sais que vous aviez le choix. »

Elle avait l'air d'une grand-mère respectable maintenant, petite, silencieuse et patiente : une personne intervenant dans une réunion, la voix de la raison.

« Je le sais, dit Sarah, parce que même moi, j'ai eu le choix. »

Lucia la dévisagea.

« Je n'étais pas obligée d'être juive. Je n'étais pas obligée de vivre dans les maisons juives ou de manger les rations juives ou d'aller aux travaux forcés jusqu'à ce qu'on puisse m'assassiner. Je n'étais pas obligée de vivre une année entière dans un appentis en bois, avec un adolescent qui se mourait sous mes yeux. J'ai fait un choix. »

Lucia n'avait pas besoin de dire qu'elle ne comprenait pas. Ses yeux s'écarquillaient sous le choc.

« Les nazis avaient une façon de calculer à quelle race vous apparteniez. Je n'avais qu'une arrière-grand-mère juive. Mais j'avais Max Lindemann et j'ai refusé de le quitter. »

Lucia entretenait sur la fidélité des épouses les doutes de toutes les maîtresses, mais elle savait qu'elle devait se taire.

« Ma race était une erreur administrative, dit Sarah. Un employé aurait pu la corriger, l'aurait fait bien volontiers. Il se serait même excusé, je pense. »

Et Lucia arriva au bout de ses défenses. Elle répéta, très fort bien qu'elle n'eût pas l'intention de crier : « Je n'avais pas le choix. »

Sarah Freeman s'agenouilla un moment, très calme. Les portes s'ouvrirent en grand à l'arrivée de nouveaux fidèles. Le prêtre entra en hâte.

Lucia resta assise tout au long de la cérémonie. Elle ne s'agenouilla pas, ne se leva pas pour les répons, ne s'avança pas pour la communion. Elle regarda Sarah Freeman qui, elle, s'agenouillait, se levait, allait communier.

Puis elle commanda sa voiture immédiatement. Elle se dit que les autres avaient peut-être une journée de liberté, mais qu'elle avait du travail.

Peter Clarke avait toujours aimé marcher. Chaque kilomètre était un but en soi, inutile d'imaginer plus long ou plus grandiose. La marche donnait un rythme à sa vie. Il était heureux, et soulagé aussi, d'utiliser de nouveau son corps et de sentir le sang revenir dans des membres sainement élastiques.

Maintenant il se tenait bien au-dessus des autres, groupés tête basse. Tout était tranquille, l'air frais et humide, le froid blanc des montagnes qui l'entouraient commençait à se réchauffer d'un rose léger déposé par le soleil couchant. Il serait bientôt temps de revenir sur ses pas.

Mais pour l'instant il restait dans l'odeur des bois, oreille tendue. Il n'entendait rien de discordant, même pas l'écho d'une guerre. Il n'avait pas laissé les choses en plan, se dit-il, pas cette fois.

Il était suspendu au grand réconfort du silence. Il savait qu'il devait être tout près du but.

Derrière lui, Sarah, hors d'haleine, s'était arrêtée pour s'asseoir sur un abreuvoir en bois à sec. Elle fit mine de s'intéresser de très près au paysage.

« Il y en a tant d'autres, dit-elle à Helen, qui auraient dû être là, qui auraient dû témoigner contre Lucia. Et il a fallu que ce soit moi. Et je n'étais même pas une vraie Juive selon les critères des nazis, qui ne s'intéressaient qu'au sang et à la race. J'avais une arrière-grand-mère juive, mais elle était si déterminée à être allemande que je ne suis pas sûre qu'elle vous l'aurait dit. Je ne suis même pas une *Mischling* au premier degré, comme ils disaient. »

Elle fronça les sourcils. « C'était un raisonnement absurde, évidemment. Mais c'est pour ça que c'était si fort, on ne pouvait pas le mettre à l'épreuve de la réalité. Et c'était arbitraire, tout ne marchait pas. On avait l'habitude de rassembler toutes les cartes de rationnement dans les maisons juives, en même temps. Tout le monde voulait avoir des cartes aryennes, on avait moins de mal à acheter ce qu'on voulait. Et à manger. Mais quand j'ai eu ma carte, elle était tamponnée avec un J et je n'ai pas protesté.

— Pourquoi ? » demanda Helen.

Sarah se rappela un instant les soirées, vers huit heures, après le couvre-feu, assise avec Max dans leur unique pièce, désirant un livre qui leur était interdit, désirant sortir, désirant manger des légumes aryens, comme les asperges.

« Je dois vous dire, reprit Sarah, que j'ai épousé Max par amour. Simplement, je n'ai pas continué à l'aimer. Ça arrive. Mais ce n'est pas censé arriver pendant une guerre, un cauchemar, je le sais bien.

« Je préférerais vous raconter presque tout le reste. Avant, je me rappelais toujours dans quel ordre les choses se sont passées. Quand on nous a dit qu'on ne pouvait plus conduire pour s'amuser, puis qu'on ne pouvait plus conduire, puis qu'on ne pouvait plus s'asseoir dans les tramways. Pas de cigarettes. Pas de coupons de vêtements. Nos livres vérifiés, censurés, brûlés. Le déménagement de notre appartement dans une maison qu'on devait partager, et puis il a fallu se battre et négocier pour conserver nos deux malheureuses pièces. Les nouveaux impôts. J'ai appris tout ça comme une litanie, pour pouvoir toujours le réciter dans l'ordre.

« Et c'est plus facile de se rappeler ça que de se rappeler Max. »

Elle tendit la main vers Helen, elle demandait quelque chose, une part de sa certitude, peut-être. « J'aurais dû sauver sa machine à écrire, dit-elle. Au bout d'un moment ils ont confisqué les machines à écrire. Mais il écrivait son histoire. Ils étaient si nombreux à écrire leur histoire. Ils voulaient vivre sur le papier, avoir une trace de ce qu'ils avaient été, de qui ils étaient, et nous savions tous que les seules traces seraient les impôts et les confiscations et... ce qui allait se passer ensuite, quand il ne nous resterait plus assez de vie à vivre. »

Elle vit la compassion de Jeremy, qu'il avait la subtilité de ne pas mimer. Elle se demanda, en présence de ces gens pratiques qui s'affairaient dans un nouveau monde, s'il servait à quelque chose de raconter ces histoires, ou si elle était condamnée à la sainteté à perpétuité : tout ce qui lui était particulier s'était effacé à cause de ses souffrances, elle n'était plus qu'une survivante. Puis elle se dit : « Mais je peux essayer encore. »

« Nous étions toujours ensemble dans une seule pièce, dit-elle. Nous faisions une sorte de trêve. On peut faire des trêves dans une guerre, alors pourquoi pas dans un mariage ? J'étais toujours loyale. Il était toujours là.

« Comment aurais-je pu le quitter ? Comment aurais-je pu partir ? J'étais supposée l'aimer.

« Pas de cigarettes, pas de cinéma, les courses à heures fixes et dans des endroits fixes pour certaines choses que tous les autres pouvaient avoir, et ainsi de suite. Vous ne pouvez pas imaginer comme la vie s'est refermée sur nous, jusqu'à ce que les choses les plus simples deviennent une part de la prison. Et nous ne nous sommes jamais rebellés, comme les hommes plus jeunes faisaient souvent, en allant se promener, en achetant des billets pour un spectacle. Nous avions été des citoyens, vous comprenez, nous savions ce que c'était. Eux, non. »

Elle ferma les yeux un instant, mais quand elle les rouvrit, elle était toujours dans les montagnes, toujours habillée de noir, elle regardait toujours un torrent débordant d'eau hivernale.

« Nous remplissions des demandes pour avoir du fil. Pour avoir un pantalon. J'ai dû demander trois fois, et supplier à la fin, pour que Max puisse avoir de nouvelles pantoufles. Je le lui devais. »

Elle s'était mise à se balancer légèrement.

« Il y avait des arrestations, des accusations, des disparitions. La nourriture manquait. Navets et laitue. Impossible d'exercer la médecine. Beaucoup étaient malades, des gens que nous connaissions, et Max ne pouvait rien faire, rien du tout, sauf que parfois un diagnostic les réconfortait — il leur disait que ce n'était pas encore pire que ce qu'ils imaginaient. Et on nous faisait déménager sans arrêt.

— Dieu merci vous avez survécu, dit Jeremy.

— Non, répondit Sarah. Pas tous les jours. »

Il ne voulait pas la presser, mais il voulait savoir.

« Cette fichue carte est arrivée. J'aurais pu la refuser, mais je l'ai prise. Vous savez pourquoi ? Parce que je voulais souffrir avec Max, si je ne pouvais plus l'aimer. Je me disais que c'était le moins que je puisse faire. Je ne voulais pas de la honte de partir simplement. Je n'allais pas me faire une nouvelle vie pendant qu'il perdait la sienne. Je ne pouvais pas demander aux fonctionnaires de vérifier mes papiers et m'en aller, peut-être épouser un blond et élever des garçons pour la mère patrie.

« Je suis restée avec ma vie et avec mon mari. J'ai choisi. Par nature, une bureaucratie aime que tout soit cohérent. Et donc toutes mes cartes portaient la lettre J.

« Les autres occupants de la maison ne savaient pas que j'avais eu à choisir. Mais Max ne m'a jamais posé de questions, et il savait. Il n'a jamais dit qu'il m'en était reconnaissant. »

Elle se demanda un instant si Max entendait ces reproches, soixante ans après.

« Je n'ai pas fait le bon choix, poursuivit-elle. Vous voyez, si j'avais refusé la carte j'aurais pu sauver Max. D'autres femmes non juives l'ont fait. Elles se sont battues pour leur homme. Toutes ces femmes qui ont marché dans la Rosenstrasse en 1943, quand leurs maris ont été arrêtés, et qui ont refusé de partir avant qu'on les libère. La Gestapo ne pouvait pas combattre une rue pleine de femmes en colère. Et d'autres hommes ont réussi à survivre à la guerre grâce à leurs femmes non juives. »

Tout le corps de Sarah lui faisait mal à ce souvenir, comme des os brisés.

« Mais je ne pouvais pas. Et à cause de ça Max est mort.

« Je faisais des réussites toute la journée. Je ne lisais pas, je ne parlais pas. Je retournais les cartes, je les mélangeais, et je les retournais encore. Voilà ce qui s'est passé. D'abord vous mourez, et ensuite vous vous ennuyez, simplement. »

Sur le trajet de retour vers Zurich, Helen vit des images parce que ses yeux n'étaient pas complètement fiables.

La pile de cartes de rationnement avec leurs couleurs bizarres. Celles marquées d'un J. Attendant sur une table de vestibule, peut-être, pour être prises par chaque ménage de chaque pièce. L'ordinaire, parce que marquer les gens et les couper du monde était devenu ordinaire.

Les cartes que Sarah mélangeait, jour après jour, pour avoir quelque chose à faire, quelque chose dans les mains pendant que son esprit remuait encore et encore les mêmes incidents, les mêmes moments, les mêmes faits.

Une image inventée : Sarah retournant la dame de pique.

Quand Sarah et Peter Clarke partirent, elle prit la main de Jeremy et ils allèrent se coucher pour se rappeler, dès que possible, combien leurs corps se connaissaient et s'aimaient. Le reste, ils le régleraient plus tard.

Pour leur dernière soirée à Zurich, Jeremy réserva des billets pour l'opéra, et y envoya Sarah Freeman et Peter Clarke afin qu'ils soient ensemble sans trop avoir à se parler. Helen adorait ce genre d'attentions abruptes.

À l'Opéra régnait la faible odeur habituelle de beau bois, peau saine, parfum coûteux partout, l'éther sans ostentation que l'argent lâche dans l'air. Une femme avec des béquilles, un homme au visage émacié jusqu'à l'os, c'était choquant dans un endroit si plein de bien-être.

Clarke aperçut Lucia Müller-Rossi.

Il se demanda si Sarah pouvait vraiment la distinguer sans ses lunettes, qu'elle chausserait pour la représentation ; il lui serra davantage le coude et Sarah sentit la pression.

Elle le dévisagea, mais ne posa pas de questions.

« Regardez, dit Clarke, là-bas. »

Sarah s'accrocha férocement à son petit sac scintillant.

Ils ne voyaient que la tête de Lucia, et parfois la foule qui s'écartait sur son passage digne, devant son autorité de doyenne, de grande dame de sa profession, de propriétaire de la boutique devant laquelle les touristes passaient avec un sentiment de révérence pour tout l'argent du monde, et de Zurich en particulier.

Elle était seule, sans même une escorte de convenance, remarqua Sarah. Mais ses cheveux, où jouait la lumière, étaient couleur de vin, et sa tenue noire élégante.

« Maintenant je me souviens », dit Sarah.

Personne n'adressa la parole à Lucia. Personne ne l'ignora, mais personne ne fit mine de la remarquer, sauf en s'écartant pour la laisser passer dans l'escalier menant au premier balcon, et en conservant ces sourires vagues que tous dirigeaient aussitôt ailleurs.

Clarke avait envie de dire qu'il était choqué. La mort du fils unique de Lucia avait été annoncée dans les journaux ; érudit distingué, mort accidentelle. Dans le monde de Peter Clarke, les gens s'interrogeraient, hésiteraient, fabriqueraient une histoire et s'y cramponneraient ; ils seraient curieux. Ils liraient la notice nécrologique plusieurs fois pour en pénétrer le véritable sens. Ils voudraient plaindre, compatir. Mais ici, on épargnait à Lucia tout embarras, ou tout sentiment. Chaque robe, chaque châle, chaque costume élégant, chaque nuage de parfum, protégeait soigneusement les autres de la possibilité qu'elle puisse en public manifester la moindre douleur, le moindre chagrin.

« Nicholas l'amenait souvent ici, remarqua Clarke. Helen me l'a dit. »

Lucia se laissait observer, tête haute, dos droit.

Elle avait dû décider longtemps auparavant de l'emplacement idéal, non pas les loges près de la scène, à la vue de tous, mais au centre du premier balcon, avec une vue sur la foule du parterre et la protection du balcon du dessus, et la sensation d'être convenablement discrète mais entourée d'amis.

À la huitième marche, en montant, elle trébucha légèrement. Elle s'arrêta.

Les personnes, alentour, même les gens âgés, ceux qui auraient dû comprendre, retinrent leur souffle imperceptiblement. Elle avait enfreint la loi de l'invisibilité. Ils risquaient maintenant de devoir la soutenir, l'encourager, la toucher, l'aider.

Lucia reprit son ascension. Mais le souvenir de

son faux pas parut rester dans l'escalier comme une ombre.

À la fin de la soirée, après le départ de la bonne, Lucia resta assise, parfaitement immobile, sur le bord de son lit.

L'âge l'avait immunisée contre l'idée du deuil, elle n'était pas prête à affronter un véritable deuil. De plus, cette mort était un geste, un slogan. Elle était vulgaire dans ses intentions, et terrible dans les faits ; elle avait pour but de l'insulter, non de l'émouvoir.

Elle connaissait par cœur chaque autre acte de sa vie, mais pas celui-là.

Maintenant qu'elle avait traversé l'épreuve, elle ne savait plus comment elle avait pu supporter l'heure passée sur la route dans les montagnes, la marche dans le village où Nicholas avait choisi d'habiter, les minutes près de la tombe dans son joli manteau noir. Elle savait quelles techniques elle utilisait pour se défendre : se taire, observer, attendre que les autres viennent à elle. Mais elle savait aussi, là-bas, que cette fois rien d'autre ne lui était permis. Elle était obligée d'être une vieille femme ; les grands sentiments, à son âge, n'étaient pas convenables, ni possibles.

Bien sûr, elle aurait pu choisir. Elle le savait. Simplement elle ne pouvait supporter de le savoir. Son esprit en était désorganisé.

Elle regrettait que M. Müller ne fût plus en vie pour apprendre la nouvelle. Il lui aurait fallu pleurer.

Assise sur le lit, elle fixait le mur. Sans ses lunettes le mur devenait, comme dans une chambre noire, aussi souple qu'une étendue d'eau. Ce devait être une grande quantité d'eau, se dit-elle, mais c'était une eau prisonnière, stagnante, avec parfois à la surface le minuscule tourbillon d'un poisson avalant une goulée d'air. Elle ne paraissait pas profonde.

Son esprit se vidait, jour après jour, comme l'entrepôt d'une entreprise qui commence à couler.

Il y avait eu sept messages sur son répondeur ce dimanche-là : « Mère, il faut que je te parle. » Sept fois elle n'avait pas décroché, même pas pour dire qu'elle ne pouvait pas lui parler pour l'instant. Elle se disait que le chiffre sept avait une certaine importance, et elle en était contrariée.

Mais dans le souvenir, le bord de l'eau était semé de grandes fleurs jaune vif. Elle ne savait pas leur nom. Certaines étaient fermées et sentaient mauvais, d'autres étaient ouvertes et élégantes. Elles poussaient dans des gravats, et cachaient les dessous pourris de carcasses de voitures carbonisées.

Elle se rappelait avoir couru au bord de cette eau. Elle courait, et elle cherchait quelqu'un ou quelque chose. Elle leva les yeux et vit, juste derrière ce nouveau lac sombre, les vestiges du Reichstag.

Il y avait trois enfants sur l'eau. L'un d'eux était Nicholas.

En gelant vif, il lui disait de se souvenir. Elle se souvenait. Vraiment.

Il devait avoir neuf ans.

Les enfants dérivaient dans la lumière argentée reflétée par l'eau, leur radeau tanguait s'ils tentaient, avec crainte et précaution, de changer de position, l'eau s'insinuait entre les planches, venait mouiller et salir leurs chaussures. Ils avaient fixé une chemise en guise de voile. Nicholas était torse nu sous le soleil.

Elle ne voulait pas qu'il nage. Il pouvait y avoir absolument n'importe quoi dans l'eau, du poison, des explosifs, des couteaux, des saletés rejetées par les égouts. Elle voulait le voir couvert, protégé. Elle vit le radeau et il paraissait très loin au large, mais s'il revenait vers le rivage, il n'y avait plus que ces fleurs sauvages jaune vif retentissant de couleur et de vie, des fleurs sauvages hostiles qui dévoraient les restes d'une ville, et les vieilles voitures rouillées, maculées, et l'énorme masse déchiquetée des murs du Reichstag.

Elle resta au bord de l'eau. Elle dut écouter de toutes ses oreilles pour être sûre qu'elle n'était pas encore en train de crier.

Puis elle cria tout fort dans sa chambre. Elle avait peur pour Nicholas. Elle devait le sauver.

Et ensuite, il n'y eut plus de mur entre le souvenir et la vie.

11

Elle est anonyme à nouveau. Personne n'est plus anonyme qu'une femme en manteau de drap, avec un enfant qui s'accroche à elle et une paire de grosses valises, dans la vapeur et la sueur de tous les hommes et femmes pressés autour d'elle sur le quai. Elle se faufile dans Berlin. Les trains sifflent et hurlent.

Elle ne restera pas anonyme une minute de plus. Elle le jure.

« Ce doit être Berlin », se dit-elle. Elle en était presque sûre. Ou alors, ç'aurait pu être Paris. Elle pouvait être juchée sur les épaules de son père. Mais elle pensait être à Berlin.

Personne ne l'aide à trouver un taxi. Mauvais signe. Mais aussi elle n'est qu'une mère, une jeune mère, et toute cette chevelure rousse ne compte pas. Elle fera en sorte qu'elle compte, plus tard. Dans le taxi, elle se demande lesquels de ses noms garder, et dans quel ordre.

Elle a une liasse rassurante de petits mots écrits sur des cartes épaisses, adresses, numéros de téléphone, qui veut quoi. Le Herr Doktor Professor a des relations, c'est certain. Elle a quelqu'un à contacter aux studios de la Ufa et les coordonnées d'un des assistants personnels d'Himmler. Quelqu'un à l'ambassade d'Italie pense qu'elle pourrait donner des cours d'italien à des germanophones, puisque son accent est celui de la bonne société milanaise et que sa famille est connue.

Elle baisse la vitre du taxi. Elle respire la ville comme d'autres respirent la forêt ou la mer ; savon, gaz d'échappement, et les lumières lui vont droit au sang, lui font briller les yeux. Plus tard, en marchant dans la rue, en remarquant les coups d'œil d'hommes qu'elle ne connaît pas, ne connaîtra jamais, elle se prélasse dans leurs regards. Elle s'assoit dans un café et tous ceux qui sont attablés autour d'elle sont des personnages de l'histoire qu'elle commence.

Mais quand elle se rend à l'ambassade d'Italie, elle n'est que cette Italienne mariée à un Suisse, abandonnée peut-être en Allemagne, qui a du mal à joindre les deux bouts à Berlin avec son petit garçon. Elle rassemble son courage, se fait briller, au cas où elle aurait à affronter l'irrespect facile d'un fonctionnaire en costume mal coupé.

Elle passe par une porte de service. Elle attend un moment. Mais les hommes la regardent, les femmes la regardent, et on ne peut l'ignorer. Son apparence lui sert d'introduction. Et les invitations commencent à pleuvoir, et elle ne saura jamais vraiment qui les a inspirées — mais pourquoi devrait-elle s'en soucier tant que les invitations arrivent ?

Un soir : un attaché de l'Air dans une minuscule Topolino, le restaurant Ciro, du champagne. Elle aime le fait du champagne français, rien à voir avec le *Sekt*, ou le *spumante*, ou pire encore. Assise à une table amidonnée, elle fait confiance à ses yeux brillants, à ses jambes galbées, et elle réussit : les regards la soulèvent constamment. Elle aime les bonnes manières, la musique, le vin.

Elle a envie de danser, mais il est interdit de danser en public. Au moment où le vin la libère, où les rires fusent autour d'elle, où elle a vraiment envie de se lever, envie que l'attaché la touche, envie de parcourir la salle au rythme de la musique, elle sait qu'elle doit se retenir, rester à sa place. Elle s'agite sur la chaise impeccablement peinte. Tout autour d'elle s'étale un océan de visages célibataires, de jeunes gens dotés d'un rang, d'une mission, d'une ambassade, tous brillants, immaculés, étincelants, et elle a envie que tous la remarquent, que tous soient séduits, pourquoi pas ?

Pourtant elle danse. Ce doit être au San Martino. Il lui est difficile d'expliquer ce qu'était le San Martino. Ou alors c'était à l'ambassade du Chili. Ils donnaient des bals magnifiques.

Elle danse, elle danse.

Quand elle rentre Nicholas dort. Elle l'aime tant. Il la protège, à sa façon, bien qu'il ne le sache peut-être même pas : en dormant, en ne gâchant pas ses soirées, il lui donne une vie. Tous deux sont de véritables conspirateurs, qui respirent ensemble.

Ce soir : cocktail avec des Suédois pleins d'esprit. Demain : souper au Roma, parce qu'on n'a pas besoin de tickets pour les pâtes et qu'on peut y retrouver la presse italienne, apprendre les toutes dernières nouvelles. Puis : les obligations absurdes, comme cette petite fête où elle se joint à une rangée de femmes italiennes, certaines élégantes, d'autres résignées, aucune mère de famille, qui toutes tricotent des chaussons et des gilets pour le nouveau-né de Goering.

Elle enseigne : comment chanter correctement une phrase, l'emploi de *benzi* avec le subjonctif, les pluriels irréguliers, et les différentes sortes de pâtes. Elle aime ces entrées quotidiennes à l'ambassade, cette sensation de privilège en quittant la rue pour pénétrer dans cette enclave privée et bien gardée, avec ses valets de pied, ses bouquets dans les recoins, ses lustres en verre rose de Venise, la sensation d'être à sa place, sans l'encombrement de sa propre famille, de son propre milieu. Elle contemple les tableaux et parfois elle se demande si elle aurait pu en hériter, si les choses avaient été différentes.

Le vieux M. Goldstein, le voisin du dessous, à la porte. Il explique qu'il ne peut plus avoir de téléphone personnel, et qu'il se sent mal à l'aise dans les cabines publiques.

Elle rêve ce qu'elle rêvera encore soixante ans plus tard : les souvenirs éparpillés des soirées, apportez votre bouteille, des bals aux réserves inépuisables d'officiers blonds et propres, des ruses pour aller au théâtre alors que les places sont réservées aux soldats en permission. Une pièce à propos d'une truie, qu'Hitler avait beaucoup aimée ; pas elle.

Parfois elle apporte quelque chose de l'ambassade à ses nouveaux amis juifs, ceux avec qui elle peut vraiment parler, ceux qui n'avaient d'autres sujets de réflexion que la peinture, la musique, les livres et la fin du monde. Elle apportait de la confiture, du chocolat une fois, du beurre, du papier toilette, un salami, et parfois des légumes de la cuisine, et elle se sentait héroïque, bienveillante, charitable envers les infortunés qui sans cesse déménagent d'un petit appartement dans un autre encore plus petit, puis dans les chambres d'une Maison juive, en laissant derrière eux leur intimité et leur tranquillité.

Tout cela a un rapport quelconque avec Max Lindemann. Max Lindemann n'est pas encore mort.

*

Lucia s'agiterait en se réveillant, prévint le médecin, comme un dormeur qui rêve, comme un chat qui étire ses pattes. Elle avait commencé à réclamer les rouges à lèvres qu'elle utilisait à Berlin, en 1940, et une poudre qu'elle aimait à l'époque, et elle ne comprenait pas du tout pourquoi elle ne pouvait plus les obtenir.

Elle croit ce qu'on lui dit, mais par principe : parce que plus rien n'est incroyable. À l'ambassade, un fonctionnaire lui raconte, devant un café, que tout le monde s'imaginait que tous les téléphones étaient sur écoute, tout le temps (« Et maintenant, ajoute-t-il, on sait que c'est vrai ») et qu'on refusait de parler près d'un téléphone, même raccroché, au cas où. « Les Polonais, poursuit-il, mettent des cache-théière sur tous leurs téléphones. » Elle doit demander ce qu'est exactement un cache-théière, puis elle se met à rire. « Non, non, proteste le fonctionnaire. C'est la vérité, vous pouvez demander à qui vous voudrez. » Mais il rit, lui aussi.

Elle ne croit pas que la guerre va continuer. Mais à Londres Churchill devient Premier ministre, et bientôt un nouvel ambassadeur d'Italie s'installera à

Berlin, et dans la rue, tentant d'acheter un second pot de confiture pour le mois d'avril — ce qui ne vaut la peine que parce que ce n'est pas tout à fait légal —, elle croit à la guerre, tout à coup. Il n'y aura pas de retraite facile vers la Suisse, sûrement pas vers Milan, vers une quelconque normalité. Elle devra se débrouiller comme elle pourra.

Une des femmes de ménage de l'ambassade tente de lui parler. Elle n'apprécie guère, n'encourage pas l'idée que femmes de ménage et professeurs soient sur un pied d'égalité, mais la femme de ménage veut raconter son histoire. Il semble qu'elle soit passée devant le vieux cimetière juif de Weissensee, ait regardé par la grille et vu des enfants jouer à cache-cache entre les mausolées de marbre, ou faire semblant de tirer au pistolet parmi les tombes, courir et crier dans la vaste cité des morts entourée de murs. Elle entendait leurs voix qui se réverbéraient sur les grandes maisons du cimetière.

« Ils n'ont aucun respect, conclut la femme de ménage. Sales Juifs. »

Lucia n'a rien de drôle à faire ce soir. Elle reste avec Nicholas jusqu'à ce qu'il aille se coucher et ensuite, assise dans le fauteuil près du poêle carrelé, elle commence une sorte de rêve fiévreux : Nicholas, jouant au milieu des morts, dansant sur les pierres tombales, bombardant un camarade de neige ou d'eau, écrivant dans la poussière sur les monuments, marchant lentement dans une rue de tombes, se baissant, regardant de tous côtés, à l'affût d'une embuscade qui ne vient jamais.

Elle s'éveilla, consciente de se rappeler le rêve d'un rêve. Un instant elle fut désorientée. Elle n'aimait pas du tout se sentir désorientée. Elle préférait la certitude du passé toujours présent.

L'ambassade bouillonne d'impatience, mais prend soin de montrer une façade d'indifférence, comme si ses habitudes étaient si ancrées qu'aucun nouvel ambassadeur n'avait le pouvoir de les déranger. Le nouvel arrivant donne sa première réception. Lucia, dans une ville sans femmes, est invitée, cela va de soi. Dans son esprit, elle saisit le carton d'invitation, de sorte qu'elle en connaît la date : 22 mai 1940.

Cet ambassadeur est un homme massif, ni grand ni petit, une moyenne musclée, revêtu de tout le pouvoir perpétuel du Grand Conseil fasciste, de sorte qu'il n'éprouve pas le besoin de plastronner ou se pavaner pour se mettre en valeur. Elle apprécie qu'il soit capable de rester immobile.

Quelques jours plus tard, un des attachés militaires l'emmène au cinéma, voir un film rococo intitulé *Hotel Sacher*, long souvenir édulcoré de la Vienne des Habsbourg, des moustaches, uniformes, défilés et salles de bal. Elle et l'attaché militaire détestent tous deux le film. Elle s'attend plus ou moins à voir cet attaché-là franchir le pas, mais il l'informe que le nouvel ambassadeur aimerait beaucoup la rencontrer.

« Et sa femme ?

— Sa femme, probablement pas.

— Mais il n'est pas seul.

— Vous êtes seule, rétorque l'attaché, c'est ce qui compte. »

Des jeunes filles dans le jardin humide et chaud près du lac, des roses, de grandes agapanthes bleues, de la musique s'échappant des haut-parleurs, une pelouse couverte de jupes qui se lèvent comme des tutus de théâtre sur les longues jambes nues des danseuses ; puis la pluie douce devient plus forte ; puis tout le monde virevolte sur l'herbe mouillée, chacun a conscience de pouvoir glisser à tout moment, mais personne ne glisse, tous sont rapides, tous sont gracieux, tous chantent.

Des hommes en uniforme comme des mâts enrubannés, des femmes qui attendent leur bon vouloir. Des uniformes incrustés d'or et de bronze, brillant sous la pluie. La pluie qui devient soudain féroce.

Lucia crie : « Autant aller se baigner ! »

Les jeunes filles bien habillées, les hommes torse nu, tous courent vers l'eau. La pluie crépite sur le lac.

Les hommes complotent sans parler. Les bateaux sont amarrés au bout des pelouses. Tous sautent à bord.

Le tintamarre, la fumée, les hoquets des moteurs. Les bateaux rugissent sur le lac, en découpant de grands cercles blancs dans l'eau, certaines des femmes se cramponnent maintenant aux hommes, comme l'ont prévu les hommes : les femmes euphoriques, inquiètes, ravies des bouffées d'air, des bateaux qui rugissent et se cabrent, les hommes enchantés de leurs risques calculés.

Ce jour-là avait eu lieu une sorte de cérémonie du souvenir : un maréchal tué dans un accident d'avion au-dessus de l'Afrique du Nord. Puis, cette « rapide baignade » en l'honneur du ministre des Affaires étrangères, Ciano, un après-midi diplomatique plein de jolies filles et de musique, chez l'ambassadeur d'Italie, près du lac de Wannsee.

Et après la baignade et le bateau, la peau chauffée et séchée par le soleil, un salon dans la résidence de l'ambassadeur, rideaux tirés. Ciano est là, avec une femme. L'ambassadeur est là, et Lucia. Dehors, l'après-midi est encore ensoleillé et ruisselant, mais les deux couples tournent ensemble, très près l'un de l'autre.

On frappe à la porte de l'appartement, doucement mais avec insistance. Un couple d'une soixantaine d'années, d'apparence agréable, l'homme est presque militaire, la femme a les cheveux serrés comme un casque.

« C'est M. Goldstein qui nous envoie, annonce l'homme.

— Vous savez, votre voisin du dessous », s'empresse d'ajouter la femme.

Assis dans le salon de Lucia, ils se tiennent parfaitement immobiles, comme s'ils répugnaient à occuper plus d'espace que nécessaire.

« Je ne sais pas très bien par où commencer, dit l'homme. Vous savez comment vont les choses. Pour être franc, je ne sais même pas si nous devons vous faire confiance.

— M. Goldstein dit que vous êtes une femme bien. Il dit que vous avez des relations. Vous êtes italienne, non ?

— Et suisse, dit Lucia.

— Donc, vous n'êtes pas allemande ? Nous, nous sommes allemands. Apparemment, cela ne nous sert pas à grand-chose.

— Le problème, reprend le mari, c'est que nous devons prendre certaines mesures. Nous ne pouvons rester ici, à attendre. Comme vous êtes suisse, je suppose que vous avez le droit d'expédier certains objets de l'autre côté de la frontière, non ?

— Je suppose.

— Et vous êtes italienne, aussi, dit la femme. J'aimais beaucoup Florence.

— Nous avons de l'argent, pour des visas, dit l'homme, et quelques objets qui ont une certaine valeur. Pour avoir de l'argent si nous arrivons à partir. Bien sûr, nous ne pouvons rien prendre avec nous, on nous confisquerait tout.

— De toute façon, on nous prendra bientôt nos biens, intervient son épouse. Je ne voulais pas vous demander cela, je sais combien ce doit être difficile, mais M. Goldstein nous a dit que vous étiez quelqu'un de bien, et nous n'avons plus le temps.

— Je vais voir ce que je peux...

— Si vous pouviez nous aider, reprend la femme. Bien sûr, nous vous dédommagerions.

— Certains de nos amis ont déposé de l'argent à l'ambassade de Suisse, qui l'a transmis en Suisse, et ils en ont récupéré une partie plus tard.

— Il faut que j'y réfléchisse, dit Lucia.

— M. Goldstein nous a dit que vous vous intéressiez à la musique et à la peinture, dit l'homme, debout maintenant, dans une attitude de soldat, exactement droit. Parfois quand je sors je voudrais être aveugle. »

Sa femme examine Lucia. « Je suis sûre que Frau Müller-Rossi n'a aucune envie d'entendre...

— Je comprends, coupe Lucia, en remplissant le mot de tout ce dont ses visiteurs pourraient avoir besoin.

— Nous avons des bijoux. Pas beaucoup, mais entre autres un beau diamant. De l'or : les alliances.

Nous avons quelques meubles. Maintenant que nous devons à nouveau déménager dans quelque chose de plus petit, inutile de les garder. Ils ont une certaine valeur. Apparemment, les gens achètent encore des meubles, non, s'ils sont anciens et français ?

— Mais je ne peux pas les vendre. Les acheteurs voudront savoir où je les ai eus.

— Vous avez tant de relations », objecte la femme.

Donc, M. Goldstein avait dû remarquer les longues voitures noires qui parfois la ramenaient chez elle.

Par la vitre d'une voiture : les eaux du lac aussi encombrées qu'une rue de ville, hérissées de corps dénudés, de familles et de couples qui se chevauchent et s'emmêlent dans le continuum miroitant. Des hommes se pressent autour d'un toboggan mouillé. Elle aperçoit une jeune fille au visage ingrat, coiffée d'un bonnet de bain, aux épaules de déménageur, qui balance les bras d'avant en arrière comme une danseuse massive, éblouie par le soleil et les rires, qui sourit elle-même d'une oreille à l'autre, qui voudrait ne jamais atteindre l'eau, qui voudrait voler pour toujours sur les cris et les encouragements.

*

L'amour d'un bon ambassadeur signifie, au mieux, le ressentiment de sa femme. Lucia commence à se sentir légèrement menacée à l'ambassade, comme lors d'une bousculade dans la foule au théâtre ; c'est inconfortable, inutile de guetter les couteaux pour l'instant. Alors elle commence à contacter tous ces autres noms que le Herr Doktor Professor mentionnait toujours dans ses lettres, entre deux tirades enflammées sur l'âme et l'avenir de la nation, et ce qu'il lui ferait parmi les ours, dans un coin du zoo de Berlin.

Elle connaît un homme à l'ambassade d'Équateur très capable de fournir un passeport, contre paiement immédiat, à ceux qui pourraient en avoir besoin, et un conseiller à l'ambassade de Suisse qui pourrait l'aider à déplacer des fonds, et les Italiens, pour les questions pratiques, restent nettement déférents ; mais elle a besoin d'amis allemands. Elle s'installe dans un café du Kurfürstendamm, éclairé de grands globes blancs : un café et un gâteau avec l'assistant d'Himmler, rien de définitif, un début, sans engagement.

« Il a été mon professeur à moi aussi », dit l'assistant d'Himmler, en parlant du Herr Doktor Professor. Lucia, l'espace d'un instant, l'imagine initié comme elle l'a été.

« C'est un homme remarquable », observe Lucia parce que cela paraît anodin.

Ils bavardent un peu. Le fonctionnaire, nommé Hans, dit qu'il est fier de travailler pour un serviteur du Reich aussi honnête, un homme qui a pour ambition de mourir pauvre. Lucia ne voit pas l'intérêt, mais elle se tait.

« Il est si honnête, insiste Hans, il a calculé les quantités exactes de vitamines et de calories nécessaires à chaque personne dans un camp de concentration. Malheureusement, il n'est pas toujours possible de s'assurer que les employés, sur place, font ce qu'on leur dit. Certains ne sont pas... » Il s'interrompt un moment, se demandant si ses paroles pourraient être considérées comme obscurément déloyales. « ... totalement honnêtes, conclut-il.

— Non », dit Lucia. Elle voit bien que Hans veut que leur conversation soit entendue.

« Et il travaille tout le temps. Moins d'une heure pour déjeuner. De la soupe et du poisson, rien d'autre. Un souper rapide, rien qu'un verre de vin rouge. Et ensuite il travaille jusqu'à deux ou trois heures du matin.

— J'ai de la chance que vous ayez pu vous échapper. »

Et elle chante son aria personnelle : son amour de Berlin, l'excitation, la sensation d'être au cœur de l'histoire, elle emploie cette expression.

Puis elle déclare : « Parfois c'est difficile d'être étrangère.

— Sur quel plan ? »

Elle n'est pas forcée d'en dire plus. Même maintenant, elle sait qu'elle pourrait exprimer un regret poli et social de n'être pas elle-même née allemande.

Elle préfère dire : « Les gens posent des questions extraordinaires. Un couple est venu me voir la semaine dernière, pour me demander de faire sortir de l'argent d'Allemagne. Enfin, je sais que j'ai des passeports étrangers, mais je ne penserais jamais à...

— Des Juifs, je suppose.

— Oui, oui, probablement.

— Vous avez leurs noms ? »

Elle se rappelait toujours les noms. On lui avait inculqué la politesse.

M. Goldstein est à la porte.

« Je n'aurais pas dû envoyer mes amis, dit-il. Je ne savais pas quoi faire. Vous avez l'air d'une femme bien et vous connaissez tout le monde...

— Aujourd'hui j'ai pris un café avec un des assistants d'Himmler. » Mais elle n'avait pas besoin de se vanter.

« Vous connaissez tout le monde, Frau Müller-Rossi. » Il sort un instant ses mains des poches de sa veste. « Vous savez, j'ai vu Himmler une fois. J'étais dans la rue, devant un cinéma, et il était là avec sa grosse femme courtaude. Ils n'avaient pas de gardes du corps, aucune protection. Ils allaient voir *Broadway Melody*.

— Tout le monde aime le cinéma.

— J'aimais ça », confirme M. Goldstein.

Une petite camionnette aux vitres masquées arrive ce jour-là, et décharge une horloge, de jolies assiettes de Meissen, plusieurs anneaux en or, un service à café en argent qui a l'air anglais, quelques chaises austères et un lit de repos inattendu qui évoque irrésistiblement les odalisques.

Et maintenant — le temps semble la presser — M. Goldstein attend devant chez lui quand elle rentre. Il est désolé, mais inutile de faire quoi que ce soit maintenant, parce que ses amis ont été emmenés. Ils avaient dû tenter quelque chose de stupide, parce que, dans l'immeuble, on parle de trafic de devises, ce qui est passible de pendaison.

« Je vous serai toujours reconnaissant, dit M. Goldstein en soupirant. De ce que vous alliez faire. »

Lucia monte l'escalier, elle ne veut pas paraître pressée.

Le violoniste vient un dimanche, en plein jour, et laisse son violon. Il dit qu'il ne peut plus en jouer, et il ne peut supporter l'idée qu'il finisse comme bois de chauffage. Lucia aura peut-être la bonté de le lui garder ? Un jour il jouera pour elle.

Il n'a aucun droit à revenir, mais il revient. Octobre, il fait déjà froid, il annonce qu'il veut simplement le dire à quelqu'un, quelqu'un qui ne soit pas juif. Il doit faire ses bagages pour son temps de travail obligatoire : deux paires de chaussettes, deux chemises, deux slips, deux couvertures de laine, un pull-over, des draps. Il doit faire virer son compte en banque pour payer son logement et son entretien.

« Ce doit être un travail pénible, dit-il à Lucia. Non ? »

Puis des jours passent, elle est dans un tramway. Quelques-uns des passagers — une demi-douzaine — ont des bagages. Elle trébuche sur une valise posée dans le passage. Tous ceux qui ont des bagages portent une étoile jaune.

À Levetzowstrasse, ils descendent. Ils pénètrent dans les vestiges calcinés d'une synagogue.

Elle entend un bébé pleurer dans une valise en carton.

Le violoniste ne montre pas qu'il reconnaît Lucia. Il veut probablement éviter de lui causer des ennuis, ou alors, obscurément, il a honte. Elle voit qu'il n'est plus un jeune homme désormais.

L'espace d'un instant, elle se rappela presque ce que c'était que se rappeler.

Voilà une belle énigme, de celles qui conviennent

à sa façon de penser : le présent perpétuel est envahi par un sens de la perspective qui ne peut venir que du passé.

Elle sait maintenant, comme elle savait à l'époque, que beaucoup désiraient lui faire confiance. Elle savait où s'adresser pour se procurer des passeports, même après l'entrée en guerre de l'Amérique, quand il devint illusoire de s'inscrire sur une liste d'attente pour partir aux États-Unis. Elle comprenait le prix des choses, leur valeur marchande et affective. Parfois un malentendu survenait : quelqu'un revenait et découvrait que ses valises avaient été ouvertes. Mais il était rare que quelqu'un revienne.

Elle savait quelle quantité d'argenterie pouvait être exportée, quel métrage de tapis, avant que les autorités réclament leur part ; et elle se faisait un plaisir de s'occuper de ce qui ne pouvait être expédié à l'étranger. Elle était extrêmement serviable dans ce domaine.

Une fois, elle sauva une femme juive de la déportation, et sa réputation en fut ternie. Une femme, qui était partie pour la Suisse, envoyait de l'argent tous les mois parce qu'elle ne comprenait pas comment Lucia, si raffinée, pouvait s'en sortir à Berlin.

Elle savait aussi faire passer de l'argent par des banques de province, sur ses propres comptes et à l'ambassade de Suisse ; puis en Suisse où, avec une réduction, ses propriétaires légitimes le réclameraient, s'ils pouvaient. Des non-juifs étaient intéressés, eux aussi ; les personnes les plus inattendues avaient des comptes en Suisse, des comptes secrets.

Effectivement, tant de personnes avaient confiance en elle que leur confiance devint un problème pratique.

Elle se rappelle tout cela : et puis elle ne peut plus continuer à se rappeler. Elle y est.

Elle porte une jupe longue et terne, elle a les bras couverts et un foulard sur la tête : l'uniforme de la femme sérieuse, de la mère. Elle est dans un train arrêté, qui reste immobile, heure après heure, mais personne n'ose descendre au cas où le suivant serait pire. On ne voit rien à travers les vitres. Plus personne n'essaie de garder ses distances ou de conserver sa respectabilité. On s'empile comme des chats ou des chiots.

Elle rentre à Berlin. Elle s'était dit qu'elle s'en remettrait à la générosité de saintes femmes, qu'elles ne pourraient que l'aider dans sa grande œuvre de charité, car il aurait pu s'agir de cela, se dit-elle. Il aurait pu s'agir de cela.

Alors elle s'était dirigée vers les terrains sablonneux qui jouxtent la ville au sud et mènent à un couvent moderne et pratique, dépourvu de grandioses touches monastiques. Des murs pour prier, rien d'autre. Elle n'a pas rendez-vous ; elle suppose que les nonnes la prendront en pitié. Elle avance dans l'allée gravillonnée comme si elle traversait une église pour aller allumer des cierges.

Le visage de la sœur tourière rit, bien qu'elle soit singulièrement maigre. Un fusil tonne tout près. Lucia sursaute, ce n'est que le père Gerhard qui chasse les écureuils, lui dit la sœur. Et son visage rit à nouveau, en silence.

Lucia attend dans un couloir. Ce pourrait être un sanatorium, un hôtel bon marché, ou même une caserne, sans les crucifix noirs au mur.

Enfin, l'abbesse la reçoit. L'arrivée imprévue de

Lucia est si étrange qu'elle réclame l'attention d'une personne de haut rang. Un piège est toujours possible.

Lucia n'a pas encore tiré ces conclusions. Elle ne croit pas que les nonnes se méfieront du monde extérieur. Elle s'attend à les voir accepter. Elles sont au-delà du monde, de sorte qu'elles devraient êtres complices dans le monde, sans culpabilité.

L'abbesse prend un aspect formidable quand elle décide de rester immobile : un visage de rigide vertu durable.

Lucia est une petite fille, une coquette, une femme estimable, une citoyenne plus troublée par sa vertu que par ses péchés, tour à tour. L'abbesse reste immobile.

Lucia explique qu'elle a du mobilier qu'elle doit mettre en réserve pour des amis, des amis juifs, et la mère supérieure pourrait peut-être l'aider ?

« Nous vivons des temps difficiles », observe l'abbesse.

Lucia explique qu'elle tente d'aider ces gens, mais qu'elle n'a plus de place.

Plus Lucia parle, plus elle se sent obligée d'agiter les bras, de trop sourire, de mentionner un saint de temps en temps.

« Je crains que votre retour vers Berlin ne soit long et inconfortable », dit l'abbesse.

Elle n'oppose aucun argument, ne donne aucune justification pour les caves vides qu'un nouveau couvent doit posséder ; elle se contente d'offrir un sandwich au porc froid pour le trajet de retour. Puis elle dit : « Ceux qui viennent ici sont poursuivis par leurs péchés. Rares sont ceux qui viennent parce qu'ils ont fait trop de bien. » Et Lucia ne sait si elle doit lire un jugement sur ce visage d'albâtre.

Mais dans le train, elle comprend. Elle se demande ce que mijotent les nonnes, ce qu'elles cachent, elles doivent cacher quelque chose. Elles ont oublié tous leurs devoirs chrétiens, leurs devoirs envers elle.

Il lui semble se remémorer cet épisode tout en écartant d'elle un marin, un employé de bureau, un athlète du dimanche qui respire trop près d'elle dans le train plein à craquer et toujours immobile.

Bizarrement, elle se rappelle le reste comme un souvenir, bien qu'il s'agisse d'événements survenus après sa visite au couvent. Si elle ne pouvait mendier de la place, il lui faudrait en trouver par d'autres méthodes et, compte tenu de ses ressources limitées, le mieux était de l'obtenir en baisant. L'ambassadeur avait un drôle de cottage hollandais vers Potsdam, une maison dont il ne parlait jamais. Il y avait des caves sous le cottage. Elle y était allée une fois avec lui, était descendue dans les réserves avec une bougie, avait vu tout un empire de caves en briques rouges qui ne demandaient qu'à servir, la servir.

Elle le masturba dans un coin à la lueur vacillante de la bougie. Il fut ravi de lui donner les clefs des caves.

Elle remplit les premières pièces de bois simple pour dissimuler le reste car elle savait que la Gestapo aimait prendre sa part de tous les trésors, et elle n'était pas disposée à payer beaucoup pour les protéger. Mais une fois les premières pièces traversées, elle avait davantage que des objets dans ses réserves, elle avait son enfance, son droit aux dorures, au marbre, à l'ostentation. Parfois, le week-end, elle descendait dans ses entrepôts avec une lampe torche, faisait ressortir le reflet d'un verre ici, une moulure de bronze là, le marbre, ou l'argent, parfois même l'or. Elle se sentait protégée par tous ces objets.

Elle a besoin d'un nouveau travail officiel. Les attentions de l'ambassadeur sont parfaites à Wannsee, à l'heure du thé, parfois dans une alcôve privée du restaurant Horcher, n'importe où sauf à l'ambassade, où sa femme voit, entend, et aussi imagine tout. Lucia a besoin d'avoir ses entrées à l'ambassade, mais pas d'y travailler tous les jours.

Le Herr Doktor Professor, dans une lettre pleine d'étrange tendresse qui pour une fois ne contenait pas la moindre allusion pornographique, lui rappelait la Ufa. « En temps de guerre, écrivait-il sentencieusement, le *Volk* doit être distrait. »

La Ufa : son premier jour. Elle passe le portail des studios avec toute l'autorité d'une star parce que personne ne sait qu'elle n'est personne d'important, et elle veut que tout le monde pense qu'elle aura du poids.

Le deuxième jour est plus difficile. On lui a assigné une place, un bureau et un grade. Elle est censée savoir où elle va, sans avoir besoin de s'arrêter pour interroger un employé qui passe, et elle a une tâche à accomplir à heures fixes. Personne n'a le devoir de la reconnaître ou de s'occuper d'elle.

Elle aime se perdre, quand elle peut. Elle se dit que si elle n'a pas d'importance, personne ne la rabrouera. Elle se glisse dans des hangars remplis de tenues gitanes, de manteaux de hussards, et toute une étagère de coiffes de danseuses de revue, de guêtres, d'escarpins et de fourrures. Les costumes les plus diaphanes sont couverts de poussière. L'oubli est puritain, semble-t-il. Dans un coin s'étalent des restes d'Afrique. Et de contes de fées, de mondes impériaux, tous rangés par ordre de taille et de pointure.

Elle se fait rabrouer une fois. Elle s'excuse et s'éloigne d'un pas vif.

Des armées passent devant elle, des paysans qui plaisantent avec des aviateurs, des dizaines de Bohémiens, espèce nouvelle pour Lucia, tous débraillés, sauvages, maculés de peinture, se prélassent jusqu'à ce que quelqu'un aboie : « Action ! » Chacun est quelqu'un d'autre, comme dans une usine d'articles de carnaval. Sous le chaud soleil printanier, elle arpente des rues et des ponts dans un monde qui s'arrête au moment précis où il ne peut plus être vu par les caméras bourdonnantes qui, ici, sont Dieu. Elle longe de grands bunkers et d'énormes réservoirs remplis d'eau.

Nicholas connaît des bribes de cet univers. Il a décidé qu'il y avait des lions vivants à la Ufa, et un homme noir, et une maquette de train. Mais elle ne peut pas emmener son enfant à son travail, malgré l'envie de Nicholas d'être avec elle et de voir les lions.

Un dimanche, il demande : « Tu ne pourrais pas rester ici aujourd'hui ? Juste une journée ?

— Je dois travailler.

— Un dimanche. Toute la journée.

— J'ai des choses à faire.

— On pourrait faire de la voile. Tu pourrais amener tes amis, et moi les miens.

— On ira dîner dehors. »

Katya, la bonne, dépose un énorme plat de pommes de terre bouillies sur la table, avec un bol de yogourt. « C'est tout ce qu'on a ? » demande Lucia.

Katya hausse les épaules.

« J'aime ça », dit Nicholas. Il cherche à la rassurer. Ou alors il s'est ligué avec Katya, parce qu'elle est toujours disponible. « C'est bon.

— Mais tu devrais manger de la viande, du fromage, des pâtes, du poisson, du chocolat...

— Je n'aime pas le chocolat.

— Mais si, tu aimes le chocolat.

— Non », dit Nicholas. Il sort de la pièce en courant.

Elle fronce les sourcils un instant. Elle dit à Katya : « Je ne serai pas là ce soir. »

Lucia sur la terrasse de l'hôpital, les yeux ouverts sur quelque chose à deux mètres d'elle. Mais il n'y avait rien à cet endroit. Helen prononça son nom, très bas. Lucia repoussa l'air.

« Lucia, c'est moi », dit Helen.

Les yeux de Lucia s'ouvrirent d'un coup.

« C'est moi, répéta Helen. Je suis réelle. »

Elle lut un conflit sur le visage de Lucia. Elle s'attendait à voir sa main se lever pour la tester.

Mais Lucia se leva brusquement de son siège, se tint debout, bien droite, et cria : « Tu es réelle. Quelle merveille ! Tu es réelle et tu crois que c'est important. »

Helen recula. Par réflexe, les infirmières formèrent un écran autour d'elles.

« Qu'est-ce qu'il a de si merveilleux, le réel ? s'enquit Lucia, un peu plus calmement, mais d'un ton sec. On fait du beurre avec du charbon. On fait du cuir avec de la peau de poisson. On fait des robes avec de la pulpe de bois. Tu trouves ça réel ? » Elle tendit la main pour agripper Helen, comme une enfant qui a besoin d'être guidée. Peu importait qu'elle manquât son coup, apparemment.

« La ville entière n'était qu'illusion. Tu l'as vue. Les espaces libres, on y construisait des rues en contreplaqué, comme des décors de cinéma. Du ciel, on ne voyait pas la différence. On posait des filets sur les avenues pour qu'elles aient l'air de jardins publics. On transformait les réverbères en sapins. On remplissait les lacs d'échafaudages et de bâches qu'on peignait pour faire croire à des maisons.

« Les bombardiers venaient, et les pompiers étaient prêts. Leur travail consistait à allumer de vrais incendies et à les entretenir encore et encore. Tu sais tout ça. Tu crois que le réel t'aurait sauvé la vie ? »

Helen sut que désormais elle parlait à Nicholas. Elle adoucissait sa voix. Elle lui pardonnait tout ce qu'il avait pu lui rappeler, quoi que ce fût. Et elle s'assit.

« Tu te rappelles les publicités, disait Lucia. Il en passait une au cinéma, avec des kangourous adorables, et un taureau en belle veste de smoking brillante, et une vache, avec les cornes exactement en forme de lyre. Je ne me souviens plus du tout de ce qu'ils vendaient. »

Helen se demanda si Lucia remarquait ses réactions, et les transposait simplement sur Nicholas, et si Nicholas était désormais un enfant, ou un homme, ou une froide carcasse blanche. Elle réagirait si cela pouvait aider la vieille dame ; elle lui devait cette bonté. Mais elle était soulagée de n'être pas reconnue, soulagée que rien de tout cela ne la concerne vraiment, elle, Helen. La distance rendait la situation tolérable.

« Les kangourous dansaient, poursuivit Lucia. Ils avaient l'air plutôt *modernes**. Arts déco, je veux dire. Je crois que c'était une publicité pour des chaussures. »

Lucia s'adressait peut-être aux morts, mais au moins elle savait qu'elle parlait de souvenirs.

« Moi, dit Lucia, je m'y connaissais en dessins animés. »

Elle se reprit. Tous purent observer le processus : visage sous contrôle, dos redressé, mais dans des positions qu'elle pouvait maintenir.

« On refusait absolument que la population manque de quoi que ce soit. C'était la guerre, et tout le monde faisait presque comme si la vie civile n'avait pas changé du tout. Les bombes tombaient et les cinémas avaient besoin... je ne sais pas. De jolies grenouilles et de sauterelles. D'histoires d'oies stupides. On ne pouvait plus filmer la réalité. Puis les Américains sont entrés en guerre, on ne pouvait plus se procurer les Walt Disney, donc il a fallu des chasseurs cruels, de méchantes reines et des princes charmants aryens.

« Alors ils ont fait venir les animateurs à Berlin, sans leur laisser le choix, mais quand ils sont arrivés ils étaient solitaires, pensifs et lents. Ça n'allait pas. C'était la crise et les studios devaient montrer qu'ils réagissaient. Alors ils ont bâti des bureaux, attribué de l'espace, promu des cadres censés animer les animateurs. Et ils ont embauché des personnes inutiles. Comme moi.

« J'écrivais des scénarios. Je travaillais dans un bureau, entre Berlin et Potsdam, et parfois j'allais aux studios de la Ufa à Babelsberg. Ils avaient engagé un dessinateur humoristique de presse, je travaillais avec lui. Ensuite on envoyait nos histoires à Herr et Frau Untel, qui faisaient les films. »

Elle sourit. « Herr et Frau Untel accusaient réception bien poliment, ils classaient nos histoires. On était payés, et on était ignorés. »

Helen se représenta Lucia, entourée de cigarettes qui se consumaient, inventant des plaisanteries pour distraire l'Allemagne entière des morts qui marchaient dans ses rues. Ce n'était pas un travail sans importance.

« Ç'a été un choc la première fois que j'ai vu un de nos films, reprit-elle. Je m'en souviens très bien. Ils avaient de petites salles de projection, avec des fauteuils en cuir durs. Quelqu'un fumait un cigare, assis au fond. Donc il fait noir, et on voit une lumière blanche qui clignote, et puis l'écran se remplit de chiffres, et puis. Et puis. Une abeille, tout à fait ordinaire, elle descend du ciel, elle vole dans une prairie en fleurs, puis elle passe entre des tiges et des fleurs dessinées une par une. Très près, très réaliste. Puis l'abeille tourne autour du gramophone posé par terre. Et puis elle utilise son dard comme aiguille.

— Bien trouvé », commenta Helen, sans sincérité.

« On a l'abeille, le disque, l'aiguille, et puis vient la musique. C'était une chanson qui disait que la semaine ne serait rien sans le week-end. Du swing. »

Elle regardait devant elle, l'air triomphant. « Tu ne comprends pas ? Le swing était interdit. »

Elle ne percevait pas de réactions.

« Le swing était interdit en Allemagne, dit-elle. Les paroles répétaient sans arrêt que la nature est une bonne chose, ce qui était presque bien. Le sang, le sol, le retour à la terre. Mais en même temps elle répétait que toute une semaine passée à servir la patrie ne servait à rien sans loisirs. Et c'était la guerre, les objectifs de production, les femmes au travail. On frisait la subversion. »

Lucia avait-elle encore besoin de son public ? C'était peut-être par bonté que d'autres restaient, écoutaient, pour autoriser le flot intarissable de ses souvenirs.

Elle ne se laisserait certainement pas interrompre. « On apercevait les restes d'un pique-nique, reprit-elle, et aussi une jarretière. Une jarretière égarée. Avec un trèfle à quatre feuilles qui poussait au milieu. On était tous tellement décents et convenables. C'était la ligne officielle. Une bonne jeune fille allemande n'égarait pas ses jarretières.

— Je n'ai jamais vu ce film », intervint Helen. Elle se demanda si Nicholas l'avait vu.

« Il a été perdu, répondit Lucia. Après la guerre. »

Sans le dire, Helen pensa : alors comment savoir s'il a vraiment existé ?

C'est vers cette époque qu'elle perd le contact avec Max Lindemann. Un ami commun lui apprend qu'il est parti pour Riga, ou une autre ville sur la Baltique, mais ce n'est qu'une vague allusion, même pas une rumeur, l'ami veut avoir l'air de savoir et d'avoir quelque chose à dire.

Elle emmène Nicholas à l'aquarium parce qu'il ne peut qu'aimer cet endroit. Il s'avère qu'il y est déjà venu. Elle est un peu contrariée, mais elle prend quand même plaisir à le regarder regarder les tortues glisser et tourner dans l'eau.

Elle aperçoit Sarah Lindemann sur le chemin du retour, qui fait un signe de tête, mais pas dans sa direction, comme si elle n'avait plus envie de faire un geste aussi explicite.

Lucia traverse.

« Comment va Max ? demande-t-elle, en emboîtant le pas à Frau Lindemann, qui trottine.

— Max n'est pas là, enfin, plus là.

— Vous voulez dire qu'il a quitté Berlin ?

— C'est très compliqué. On ne doit pas me voir parler avec des étrangers.

— Mais vous et Max... »

Sarah Lindemann voudrait tellement qu'elle ne soit pas là, qu'elle la laisse tranquille. « Max est si têtu, dit-elle doucement en souriant à des étrangers, en feignant de s'intéresser à une vitrine, et il a pensé qu'il vaudrait mieux...

— Vous êtes seule ?

— Il vaut mieux ne pas être chez soi. Ils s'en vont si l'on n'est pas chez soi.

— Mais vous êtes toute seule ?

— Pas vraiment. Il n'y a plus assez de place pour être tout seul.

— Il va bien ?

— C'est très difficile d'avoir du savon. Il n'arrive pas à rester propre. » Elle baisse la tête, la secoue comme si elle s'adressait à tous sauf à cette femme visiblement étrangère avec son enfant.

« Mais il avait de si belles mains, si propres, dit Lucia. Pouvez-vous lui dire que...

— Tout est fini. Fini. Laissez-moi maintenant. »

Elle s'élance pour traverser, surprenant les automobilistes, laissant Lucia et Nicholas immobiles sur le trottoir.

Mais elle téléphone le soir venu, ce qui signifie qu'elle doit séjourner chez des amis non juifs, qui ont encore un téléphone légal.

« Je suis descendue au rez-de-chaussée, dit-elle, et ils sont déjà venus. Déjà. Ils ont enlevé la plaque à la porte de Frau Bernstein.

— Ils font toujours ça, répond Lucia.

— Lucia, dit Frau Lindemann, et Lucia entend l'effort que lui coûtent les mots. Je vous serais très reconnaissante...

— Oui ?

— Si vous pouviez passer prendre quelques objets. Comme la table que Max voulait que vous gardiez pour nous. Quelques objets qui ont de l'importance maintenant.

— Bien sûr », dit Lucia. Elle est douée pour ça : rien dans sa réponse ne trahit la femme d'affaires.

« Des porcelaines de Meissen.

— C'est charmant.

— Si vous pouviez les garder jusqu'à ce que la situation s'améliore. Ensuite, je viendrai les chercher.

— Mais cet appartement aussi risque d'être bombardé.

— Je ne crois pas que la Gestapo s'approchera de vous.

— J'aimerais pouvoir apporter quelques petites choses à Max...

— Allez prendre un café sur le Kurfürstendamm, dit Frau Lindemann. Je passerai, et vous pourrez venir me parler. »

Et là, entre les globes de lumière et les tables blanches amidonnées, elle donne à Lucia le nom de quelqu'un qui pourrait trouver Max et lui transmettre un message. Elle donne aussi à Lucia un petit sac à provisions, rempli de papier et d'objets lourds.

« J'apporterai le reste, dit Sarah Lindemann.

— Merci.

— On les appelle les sous-marins, vous savez, reprend Sarah Lindemann. Ceux qui se cachent.

— Je ne savais pas, répond Lucia.

— Je suis descendue chez les Bernstein, dit Sarah Lindemann. Il y avait une vente aux enchères. Et figurez-vous qu'il y avait encore des tasses sur la table. Avec du thé dedans. »

Helen rentra de l'hôpital avec de nombreuses questions ; elle éprouva la résistance de Sarah, encore et encore. Chaque question raisonnable déterrait un souvenir épouvantable.

« Mais pourquoi lui avoir parlé ? s'étonna Helen. Pourquoi lui avoir fait confiance ?

— Ce n'était pas une question de confiance, répondit Sarah.

— Je ne comprends pas.

— On ne pouvait faire confiance à personne. On s'arrangeait, c'est tout. Tout le monde faisait comme ça. Personne ne vous a parlé des trains spéciaux qui faisaient la navette entre la Belgique et la France, avec les doubles plafonds pour faire passer des cigarettes en contrebande ? Ou de la gare de Prague, et des dizaines de milliers de dollars qu'on y changeait tous les jours ? Ou de l'argent qui entrait à l'ambassade d'Équateur pour obtenir des passeports ou...

— Vous vous êtes arrangée avec Lucia.

— Il n'y avait personne avec qui s'arranger, sinon des voyous. Certains appartenaient au gouvernement, d'autres non. Parfois je me dis » — elle prit grand soin de ne pas regarder Helen en face — « que vous avez trop de respect pour les nazis. Leurs crimes étaient énormes. Ils ont été les premiers assassins et voleurs vraiment modernes. Ils montaient des spectacles gigantesques. Mais c'étaient aussi des criminels à la petite semaine, qui géraient un racket de protection à l'échelle du continent. Ils n'avaient pas de vision, rien que des clichés : des projecteurs pour traquer les fuyards, des colosses teutons, toutes ces fadaises. Même l'Holocauste était un échec de l'imagination. Ils ne pouvaient imaginer tout seuls leur nouveau monde, alors ils devaient le rendre nouveau en éradiquant un des faits qui définissaient le vieux monde.

— Comment avez-vous pu lui téléphoner ? s'enquit Helen. Ils devaient avoir mis les téléphones sur écoute.

— Je devais déjà savoir qu'il n'arriverait rien à Lucia », dit Sarah.

Elle n'entend que de la musique dansante, mais elle ne fredonne pas l'air, ne bat pas la mesure. Elle entend de la musique dansante sur chaque station de radio, il n'y a rien d'autre. Où qu'elle tourne le bouton, quelque station qu'elle choisisse, elle sait que le moral du pays a grand besoin d'être remonté.

Lucia, la vieille dame, savait qu'il y avait quelque

chose qu'elle ne voulait pas savoir. Elle ne saisissait pas exactement l'ordre des événements, ou le lien entre eux, de sorte qu'elle craignait toujours l'arrivée impromptue d'un épisode qu'elle ne voulait pas revivre, et l'obligation de le revivre. Elle se retrouverait derrière ce visage contrôlé, rendu immaculé par la poudre de riz, et elle vivrait quelque chose d'intolérable.

Elle se méfiait de la facilité avec laquelle elle se rappelait la Ufa.

Elle fait la queue à la cafétéria, avance, considère le menu du jour : croquettes de poisson-pierre. Elle n'a jamais su ce qu'était le poisson-pierre, mais haché et aplati cela n'a rien d'un festin. Il y a du chou rouge, du chou blanc et des pommes de terre. Il y a du pudding à la vanille, comme toujours.

Quelqu'un qu'elle connaît vaguement, l'assistant de l'assistant d'un réalisateur, qui l'a vue manger là, lui dit : « J'ai quelque chose à vous montrer. »

Elle pouvait encore se demander pourquoi elle se trouvait dans ce moment particulier, devant une assiette de chou blanc-vert et bleu violacé. Quelque chose obscurcissait ce souvenir, tous les souvenirs, tout ce qu'elle voyait et savait.

« On fait voler un homme vers la lune en ballon, en direct, devant vous, disait l'homme. Et il chevauche un boulet de canon, il devient invisible, et...

— Et tout, coupe Lucia.

— Je vais vous montrer comment on fait », dit l'assistant de l'assistant du réalisateur.

Il est plein d'ardeur, bien qu'il ait près de quarante ans, le cheveu rare et des lunettes aux verres d'une épaisseur impressionnante, ce qui explique peut-être pourquoi il n'est pas en uniforme. Il essaie de toutes ses forces d'être charmeur.

« Je dois retourner au bureau, objecte-t-elle.

— Ils ne remarquent même pas votre présence. Comment est-ce que vous pourriez leur manquer ? »

Ils se dirigent sans se presser vers les hautes tours fortifiées des studios de prise de son, la distance entre eux devient plus significative à chaque pas : il se rapproche. Ils se faufilent entre deux immenses portes de métal coulissantes, le long du rai de soleil qui passe par l'interstice.

À l'intérieur, l'espace est sombre jusqu'à ce qu'il s'illumine de lampes à arc, poussiéreux et plein de poutrelles entassées, de panneaux de décors inclinés, jusqu'à ce qu'il devienne la peau d'un palais ou d'un jardin.

Ils se trouvent sous une immense potence de bois, qui va jusqu'au plafond, éclairée par des ampoules nues, avec des échelles qui montent vers le support de la caméra. La potence permet à la caméra de se placer au-dessus d'un grand cylindre, en équilibre sur le flanc, entre des échafaudages. Il sent la peinture, la térébenthine, le bois fraîchement scié.

« Vous voyez », dit l'homme.

Vieille, sous le soleil, Lucia ne croyait pas se rappeler ce qui avait suivi. Mais cela n'empêcha pas l'événement de se produire à nouveau : nettement, et maintenant.

L'homme grimpe aux échelles calées sur le côté du cylindre. Il dit à Lucia de grimper vers le support de la caméra, ce qu'elle fait avec difficulté, en jupe longue, et il observe chacun de ses mouvements.

« Ça va vous plaire », assure-t-il d'une voix presque plaintive.

Elle s'assoit, si haut qu'elle est prise de vertige. Elle se demande quand reviendront les autres membres de l'équipe. Ses jambes se balancent dans le vide, rien ne les maintient, et son dos s'arc-boute contre le siège du caméraman. Elle n'ose bouger de peur que le grand échafaudage ne bouge et se balance sous elle.

Elle n'est pas assez fascinée pour ne plus être anxieuse. Et cette anxiété rimait exactement avec la certitude qu'elle avait, là, assise dans son siège d'hôpital, de ne pas vouloir se trouver à cet endroit une seconde fois.

En dessous, devant elle, l'homme colle son épaule contre l'immense cylindre et commence à le faire tourner.

« Regardez dans la caméra », lui enjoint-il.

Elle regarde. L'espace d'un instant elle perd le monde, elle ne voit qu'un carré de verre et le viseur à l'intérieur.

« Regardez », dit-il encore.

Et à travers l'objectif elle distingue une route. Elle pourrait être en train de la survoler. Sur la peau du cylindre est peint un paysage, puis un palais qui se dresse, tout de sucre rose, avec des remparts où s'alignent des canons, une tour qui s'élève en couches monumentales jusqu'à rejoindre sa propre ombre peinte sur le ciel peint.

Le cylindre cesse de tourner, le palais s'immobilise. Il est juste en face de la caméra.

« Maintenant, imaginez... »

Elle a une conscience aiguë de regards.

« ... que vous volez, vous volez, et soudain vous heurtez le sommet du palais... »

En dessous, autour de l'échafaudage carré, des hommes se sont rassemblés en silence. Elle ne les a pas vus venir, elle était occupée par un palais fantastique, qui frissonnait légèrement pendant que l'assistant de l'assistant du réalisateur parlait. Mais elle sent la présence des hommes. Il lui faut descendre parmi eux. Il lui faut se frayer un chemin entre eux.

Le palais bouge à nouveau. Il vient vers elle sans à-coups, plus proche, plus gros, seule la régularité du mouvement lui indique qu'elle n'est pas réellement en train de voler dans un monde peint.

« Et boum ! »

Elle voudrait tirer sur sa jupe, pour se couvrir, mais elle est assise à califourchon sur le siège du caméraman et elle ne peut que contempler le grand cylindre en dessous d'elle et essayer d'imaginer qu'elle est encore presque seule. Elle ne veut pas se tortiller pour atteindre l'échelle et se laisser glisser devant cette assemblée hétéroclite de machinistes et d'éclairagistes. Elle reste assise, immobile.

« Boum ! » Le cri de l'homme est un défi. Elle doit être émue, impressionnée. Elle ne peut rester figée.

Elle agrippe le métal froid de la caméra. Elle croit entendre, très loin, le sifflement assourdi d'une bombe, mais elle se dit que c'est impossible, que les salles de prise de son ne laissent pas entrer le monde extérieur. Elle pourrait aussi bien être installée dans le vide. Puis elle n'entend plus le sifflement. La bombe a touché le sol.

Elle aperçoit la lumière entre les portes coulissantes.

L'échafaudage se déplace sous elle, comme une chaise qui, sans ses barreaux, cesse non seulement d'être solide, mais d'être une chaise.

Elle reste assise dans les hauteurs désertes, immobiles, sous les grands projecteurs du plafond, et elle sent une sueur froide lui couler très lentement dans le dos.

Elle entend le bruit mat d'une explosion. Elle entend tout par la fente entre les portes.

Elle espère un moment que le bruit et l'impact ne sont qu'un trucage de cinéma, que peut-être les hommes, en bas, poussent l'échafaudage et le font osciller, pour l'inquiéter, la dérouter, et que quelqu'un, armé d'une grosse caisse et d'une couverture, émet ce bruit pour la tromper. Mais si c'est le cas, il est encore plus important qu'elle quitte cet endroit très vite.

Elle se projette d'un coup de reins au sommet de l'échelle, descend à reculons sans savoir qui l'attend en bas.

Les hommes se rapprochent, spectateurs de chacune des courbes et des lignes de ses hanches pendant qu'elle descend.

Elle ne peut bouger.

Elle n'est qu'à mi-hauteur de l'échelle, bras et jambes écartés pour pouvoir s'aplatir contre les barreaux, et elle ne peut ni monter ni descendre. Et elle doit être hors d'ici, ailleurs.

Elle sent les yeux des hommes.

Elle voit, à travers les barreaux, que son nouvel ami se tient toujours près du cylindre, le retient, attend qu'il se bloque.

Elle abaisse un pied, prudemment. Un homme l'acclame. Elle glisse un peu.

Elle abaisse les mains d'abord, puis les pieds. Elle a envie d'être proche du sol pour qu'ils puissent tous la soutenir, la porter, la protéger. Mais elle refuse absolument qu'ils la touchent.

Elle atteint le sol, ses yeux reprennent leur place, elle est aussi imprévisible qu'un animal inquiet.

Les hommes s'écartent devant elle, mais pas beaucoup. Alors elle les repousse.

Lucia prévient la direction qu'elle prend son après-midi. Le directeur, qui paraît amusé à l'idée que Lucia ait besoin de demander la permission de ne rien faire pour un moment, dit qu'il lui prête sa voiture.

La vieille femme s'agitait dans son lit, d'un côté à l'autre, tirait sur les draps en parlant avec politesse comme dans une réunion mondaine.

Les médecins décidèrent qu'il ne servirait à rien de lui administrer des sédatifs. Le temps viendrait où elle en aurait bien plus besoin.

*

Un papier dans sa poche : l'adresse que Sarah Lindemann lui a donnée. Elle ordonne au chauffeur de l'y conduire.

Elle se dit que tout ce qu'elle désire, c'est avoir une conversation sensée, et se trouver au milieu d'autres marginaux qui n'auront pas simplement envie de la baiser ou de la regarder fixement, qui ne vivent pas dans un roman d'amour et lui permettront de penser à haute voix. Elle a faim de différences dans un monde rempli d'horreurs normales.

Le chauffeur l'emmène dans des rues qu'elle ne connaît pas, chaque pâté de maisons est bordé de cinq étages d'appartements sans fioritures, chaque groupe de logements obscurs contient un autre petit immeuble à l'intérieur, des carrés dans des carrés, séparés seulement par des tunnels voûtés ou des entrées. Il y a un petit café au coin, à l'entrée garnie d'épais rideaux de cuir, pour le black-out.

Elle dit au chauffeur de l'attendre.

Max ne peut pas être là. Ce doit être quelqu'un qui pourrait connaître quelqu'un qui pourrait transmettre un message de la part d'une amie qui a des relations, qui pourrait même lui venir en aide.

Elle quitte le trottoir ensoleillé et s'engage dans un des tunnels. L'air change. Le tunnel est interrompu, cinq fois, par un rai de lumière diffuse là où une cour s'adosse à une autre. Se dégage une odeur de suie, d'égouts défectueux, d'huile de vidange et de faux savon, de bière parfois, de viande pourrie à un endroit. Elle baisse les yeux pour voir sur quoi marchent ses jolies chaussures en paille : sur un terrain de chasse pour les rats, couvert de crasse, de vieux papier, de vieille poussière.

Elle n'a jamais pénétré en pareil endroit, ça ne ressemble pas du tout aux ruelles de Milan, qui étaient vieilles, familières, ouvertes même quand du linge y était suspendu et que des enfants y jouaient ; ceci est aussi exotique qu'un souk. Elle se demande avec crainte qui peut bien l'attendre, la suivre, si les enfants sont des pickpockets. Mais elle s'inquiète encore plus à l'idée que l'odeur pourrait demeurer pour toujours sur sa peau : l'odeur de gens qui n'ont rien à perdre, même pas le soleil blanchissant, purifiant.

Max Lindemann ne peut pas être là. Cet endroit ne peut se trouver à Berlin.

Elle avance avec précaution, mais elle essaye d'éviter de montrer de la délicatesse ; elle essaye de ne pas paraître différente, ou même riche.

Elle trouve la bonne porte, frappe encore et encore, attend, frappe encore. Elle veut donner l'impression qu'elle connaît un code, ce qui signifie savoir qu'un code est nécessaire.

Elle a l'impression qu'il y a quelqu'un derrière la porte, un enfant, un chien, un attardé, elle ne s'en soucie plus.

« Est-ce que Max est là ? » demande-t-elle à travers la porte.

Pas de réponse.

« Est-ce que je peux laisser un message ? »

Pas de réponse.

Elle crie : « Max, Max, vous êtes là ? » Et sa voix se dédouble dans l'étroit tunnel, lui revient depuis les cours éloignées, s'entrecroise sur elle-même.

« Max ! »

La discrétion de Max l'exaspère. Il est censé s'avancer, se montrer, il est censé tout risquer pour elle.

Son chauffeur s'éloigne de la voiture un moment et vient lui dire, doucement : « Signora. Peut-être pourrions-nous partir maintenant... »

Une voiture officielle se gare à l'entrée du tunnel.

« Max ! » crie Lucia.

Trois hommes vêtus de noir descendent de la voiture. Lucia avance vers eux, furieuse que Max ne brûle pas d'impatience de la voir, que ceux qui se trouvaient derrière la porte ne lui fassent pas confiance. Et elle est aussi consciente, instinctivement, prudemment, que trois hommes armés de revolvers et de mandats se dirigent vers elle.

Quand Frau Lindemann vient apporter le reste de la vaisselle, des plats et des vases qu'elle veut préserver, elle dit qu'elle n'a plus de nouvelles de Max depuis une semaine. Personne n'a de nouvelles de Max.

Berlin se referme autour de Lucia. Ils ont fermé Horcher, et le Quartier Latin, le Neva Grill, l'Atelier de Peltzer et le Tuskulum, si bien qu'elle ne sait où aller chercher, ce soir, demain soir, toute cette venaison, ce sanglier, ce poulet, la viande pour laquelle on ne demande pas de tickets, qu'on mange arrosée des flots de vin rouge qui emplissent toujours les grandes caves berlinoises.

Elle a vu le marché de l'art, lui aussi, fermer, en tout cas le marché officiel. Donc, les boutiques restent closes, mais les prix continuent de grimper. Peintures brunes, vernies : les prix ont augmenté d'un tiers au moins. Son ami assistant d'Himmler, qui s'attend à sortir de la guerre en bonne santé, raconte qu'il a vu un tableau à la salle des ventes de Lange, dont il savait pertinemment qu'il ne valait que quatre mille Reichmarks, que Lange a mis en vente pour vingt-cinq mille, ce qui était déjà franchement abusif, et qui a été acheté soixante-quatre mille par un marchand de Munich. « Et Dieu sait combien il le vendra lui-même. »

Alors elle lui parle de meubles. « Tout ce qui est Louis XV, Louis XIV, répond-il. Il en vient beaucoup de Paris, pourtant les prix ne baissent pas. Mais les coussins se perdent toujours, et on a du mal à les assortir maintenant que toutes les bonnes boutiques ferment. »

Elle le remercie poliment.

Elle entend les bombes qui se rapprochent. On ne peut plus faire confiance à personne. Les gens attendent que les bombes éventrent un immeuble, puis ils volent tout ce qu'ils voient. La Gestapo emmène une femme sur un brancard. La ville est soit dévastée par la chaleur, soit blanche de gel, deux saisons, tout aussi lugubres.

Elle réfléchit, les yeux toujours grands ouverts sur le monde, à l'affût de la moindre possibilité.

Tous ceux qui ne sont pas partis se préparent à partir : chacun remue ciel et terre pour mettre l'argenterie en sûreté dans une banque, les enfants à la campagne, les vêtements inutiles à la poubelle, on cherche un endroit sûr pour les meubles avant que les bombes frappent la maison. Même ses amis diplomates sont à court de réponses magiques. Ils peuvent encore danser, voyager un peu, mais désormais ils se disputent les maisons de campagne encore debout. Des délégués italiens, en rentrant, découvrent que leur propriétaire a cédé le bail à des Gitans, de sorte que la propriétaire est maintenant en prison, racontent avec satisfaction les délégués.

Elle engrange chaque rumeur, chaque fait, tout ce qu'elle voit, pour pouvoir calculer sa survie, ce qui, commence-t-elle à se dire, implique la fuite.

Elle se dit qu'elle n'a pas dénoncé Max Lindemann. Les gens disparaissent, c'est comme ça. Tout le temps.

Elle gère sa petite affaire, son service de stockage, c'est ainsi qu'elle voit les choses. Tout le monde a un travail d'appoint maintenant.

Elle fait tout cela pour protéger Nicholas. Elle aime cette sensation de chaleur, de bonté chez les autres devant une mère qui protège son enfant. Elle va s'échapper d'ici, et Nicholas avec.

Mais elle n'est pas avec Nicholas. Elle est sortie se faire de nouveaux amis. Elle sort pour sa petite affaire, pour trouver un moyen de quitter Berlin, de mettre Nicholas en sûreté. Mais elle aime aussi les soirées.

Elle aime les diplomates espagnols, en particulier Federico Díaz. Il a des alcools corrects dans une maison correcte. Et aussi des cadeaux, et elle aime les cadeaux.

De jolies lumières. On entend de la musique mariachi, elle aime le tintamarre et l'élan des morceaux. Elle se demande où Díaz a déniché des musiciens mexicains à Berlin, mais elle a vu des acteurs noirs sur la scène à Neubabelsberg : il y a de tout dans les recoins du grand Reich blanc.

Elle a très envie de danser.

Il n'y a pas d'ambassadeur, bien sûr. C'est le genre de soirée où il se présenterait probablement avec sa femme, ce qui ces derniers temps signifie qu'il préfère ne pas se présenter du tout.

« Presque une fois par mois, dit une petite femme ravissante en parlant d'une amie. Elle va en Suisse presque une fois par mois. Je trouve ça très courageux. On ne sait jamais ce qu'on rencontrera sur la route.

— Pourquoi y va-t-elle ? demande Lucia, qui n'a pas vraiment saisi les noms.

— Elle est dame de compagnie de l'infante, quand elle peut la rejoindre.

— C'est extraordinaire, commente Lucia.

— Je ne vois rien d'extraordinaire là-dedans », rétorque la femme avant de s'éloigner.

Ces gens devraient être ses amis. Elle s'étonne que tant d'entre eux l'aient vue, la sachent liée à l'ambassadeur d'Italie, mais aussi qu'ils connaissent si bien la nature de ce lien. Une certaine Herschel est présente, elles sont toujours aux mêmes fêtes.

Elle parle un moment avec un chargé d'affaires de l'ambassade de Suisse. Elle reprend un verre.

Elle est la fille d'un banquier milanais distingué, après tout ; elle pourrait encore être proche du début d'une dynastie. Sa valeur — maintenant enflammée par le cognac que Díaz a rapporté de ses vignobles de Jerez — égale celle de toutes ces femmes.

Elle s'arrête devant une porte à deux battants qui ouvre sur un bureau. Elle voit un revolver pointé sur elle.

« Pan ! » dit une créature furieusement souriante.

Elle se demande si cette femme est sobre, si elle connaît l'existence du cran de sûreté et, si oui, si elle l'a ôté ou non.

« Bang ! » dit la créature, qui s'offusque que Lucia ne présente pas le sourire qui convient. Le cran de sûreté se relève avec un clic.

« *Prego*, dit Lucia.

— Ah ! vraiment », dit la femme. Elle décrit un demi-cercle. L'arme est maintenant braquée sur un joli petit bureau au fond de la pièce, sur une étrange figurine blanche représentant un nain à moustaches de chat.

Elle tire.

La balle creuse un sillon dans le bureau, se loge dans le mur.

« Flûte », fait-elle.

Elle tente de donner le revolver à Lucia, de la faire entrer dans son jeu. Flattée, Lucia s'avance.

« La première qui atteint la cible gagne un parfum. Ou des bas », dit Federico Díaz.

Maintenant, il les aligne : sept femmes, noms prestigieux, bonnes manières, qui toutes attendent leur tour.

Lucia vise, ferme les yeux, tire et regarde. Elle ne sait pas où s'est logée la balle. Díaz se frotte le coude, avec une pantomime ironique. Les autres femmes rient.

Elles tirent sur une ravissante petite pièce de Böttger, début du dix-huitième siècle ; elle sait combien ce genre de chose serait utile en cas d'urgence, comme l'urgence que constituerait une guerre perdue.

« Je vais chercher une cible », annonce Díaz.

Il refuse de parler politique avec elle. À dire vrai, l'ambassadeur n'est guère porté sur la conversation. Parler appartient au genre de vie sociale qu'il mène chez lui.

Mais elle ne peut ignorer certains détails. Mussolini vient s'entretenir avec Hitler, et rien n'en sort, même pas une grandiose proclamation solennelle. C'est mauvais signe. Les Anglais et les Américains sont en Sicile. Puis les grandes villes du nord de l'Italie frémissent et brûlent sous les raids des bombardiers.

L'ambassadeur vient la voir, pour une fois. Il dit : « J'ai quelques papiers, de l'argent. De la vaisselle et de l'argenterie. Je sais que tu as des relations. Tu pourrais les faire passer en Suisse. »

Elle a envie de crier et de rire. Elle dépendait de lui pour ses invitations aux soirées, pour sa place étrange et équivoque parmi les diplomates. Maintenant, il dépend d'elle pour la moitié de sa vie.

Puis l'ambassadeur déguerpit, c'est son expression à lui. Apparemment il se rend à une session du Grand Conseil, à Rome.

Elle attend. Que peut-elle faire d'autre ? Même l'ambassadeur ne peut plus estimer avec précision ses propres chances de survie et son utilité.

Un jour il lui avait dit, tandis qu'ils démêlaient leurs membres sur un petit lit du quartier des domestiques de la résidence officielle : « Je me demande ce qui se passerait si l'Italie changeait de camp. »

Elle l'avait regardé d'un air perplexe. D'abord, elle était contrariée qu'il parle de politique quelques secondes seulement après avoir joui — ne l'occupait-elle pas suffisamment ? Ensuite, elle ne comprenait pas ce qu'il disait. L'Italie et l'Allemagne étaient alliées, certainement, il était impensable que l'une ou l'autre change de camp.

Il marmonna quelque chose à propos des ouvriers de Turin. Elle dit qu'elle ne comprenait pas, et s'enveloppa dans le drap, tâche difficile puisqu'il était allongé dessus. Il expliqua que les ouvriers de Turin étaient à nouveau en grève, et à Milan aussi, et qu'une révolution risquait d'éclater. Mieux vaudrait perdre la guerre que subir une révolution.

Sur le moment, elle s'était demandé pourquoi il avait, cette fois seulement, laissé échapper ses pensées sur l'oreiller : mieux valait être toujours discret, ou toujours bavard. Elle comprend lorsqu'il quitte Berlin brusquement : il l'a simplement prévenue qu'il était temps pour lui de partir.

La chaleur l'écrase. Les agréables pelouses de l'ambassade lui sont fermées. Elle emmène Nicholas sur les plages publiques, où il lui sert d'escorte et de protection. Elle est si absorbée par son fils que personne ne la dévisage ou ne l'ennuie. Elle peut parcourir la promenade parmi les soldats encore en uniforme, traverser la ville de cabines en osier sur la plage, elle le fait en tant que mère, elle n'est une tentation pour aucun d'eux.

C'étaient les mères qui envoyaient les soldats au front avec fierté. Peut-être que les soldats détestaient les mères.

Les femmes et les enfants doivent quitter Berlin. Les écoles fermeront le 1er août. Elle s'inquiète, veut partir, mais elle ne peut pas partir, à cause des caves de Potsdam et de tout ce qui y est entreposé.

Une gare, même pas une gare centrale, assiégée par des femmes coiffées d'un foulard et accompagnées d'enfants emmitouflés malgré la chaleur étouffante, toutes chargées de valises. Elles ne trouveront pas de place assise dans le train. De toute façon, il n'y a pas de train.

Un coup de fil de la légation suisse. On leur ordonne de quitter Berlin le 15 août au plus tard. Son ami le chargé d'affaires dit : « Mais je sais bien que vous avez vos propres ressources. C'est à vous de décider si vous nous accompagnez ou non. » Il ajoute : « Je ne puis vous conseiller de partir. » Puis : « Mais autant vous préparer. »

Elle remarque les queues devant les magasins de fleurs au marché de la Frankfurter Allee : des femmes et des hommes qui recherchent des symboles de la vie estivale.

Elle entend dire que beaucoup de diplomates sud-américains s'en vont, enfin. Elle les imagine rangeant fêtes et bals dans leurs malles, musique comprise, toute une vie sociale prête à être déballée et réorganisée dans une autre ville.

Elle entend aussi parler des réalités politiques de l'Italie, fragment par fragment, parfois lors de bavardages à l'ambassade même. Le Grand Conseil fasciste s'était réuni, avec son ambassadeur. Par dix-neuf voix contre sept, le Conseil avait demandé au roi d'Italie de « prendre le commandement des forces armées et la totalité de ses pouvoirs constitutionnels ». Mussolini n'était pas présent. En rendant visite au roi, le lendemain, il avait été fort surpris d'apprendre que sa démission était déjà acceptée. À la sortie on le fourra dans une ambulance et on l'emmena dans une caserne de la ville.

Elle est seule.

Elle se débrouillait si bien à Berlin, pour une femme. Elle s'était montrée d'une neutralité ingénieuse. Elle est suisse, ce qui autrefois était au moins une nationalité confortable, et italienne, ce qui faisait d'elle une alliée, et accompagnée d'un enfant né en Allemagne, ce qui lui donnait certains droits aux yeux des autorités en cas d'urgence.

Mais maintenant « italien » est une insulte. Ses

alliés italiens sont du mauvais côté. L'Italie est scindée entre les Alliés qui avancent dans le Sud et les Allemands qui occupent le Nord. Quant au confort suisse, elle entend raconter que les citoyens conspuent si fort les actualités filmées allemandes qu'on interrompt les projections.

Elle dit à Nicholas qu'il est temps pour lui de partir. Les employés de l'ambassade devront bientôt partir, elle en est sûre. Elle ne peut déterminer la date exacte de leur départ, mais ce sont les fascistes qui ont répudié Mussolini, et Mussolini est l'homme que les Allemands ont sorti de sa prison pour le remettre à la tête d'un petit moignon rabougri de république.

Elle va à l'ambassade. C'est une journée froide dans une ville en lambeaux : sol jonché de feuilles, rues nues.

Elle tourne au dernier coin de rue, et les trottoirs sont encombrés de voitures garées. L'ambassade est assiégée ce matin, comme autrefois les soirs de grande réception, mais à la lumière du jour elle voit des ambulances qui attendent.

Sur les marches du perron, les femmes qui autrefois la regardaient de haut. Elles portent leurs manteaux les plus épais, comme une armure. Des hommes qui savent vaguement qui elle est, ou plutôt ce qu'elle était pour l'ambassadeur, hésitent à la saluer. Certains font un signe de tête. D'autres se surprennent à regarder de l'autre côté, de n'importe quel autre côté. Tous ont cette expression désemparée, inerte, de ceux qui n'ont rien d'autre à faire qu'attendre, et tous ont des valises autour d'eux.

« Ils vont nous mettre une raclée, c'est sûr, dit un

des attachés militaires. C'est sûr. Mais aussi ils auront d'autres chats à fouetter.

— Vous savez où vous allez ? demande Lucia.

— On part en vacances. On va tous dans les Alpes.

— Ah bon ? fait Lucia. Vous savez où ? » Elle a la vision d'une traversée nocturne vers la Suisse, peut-être vers les bras de son mari perdu, elle se représente toutes sortes de lieux sûrs, elle pourrait au moins se réfugier dans le confort protecteur de la nationalité de Müller.

« Garmisch, répond l'attaché. C'est drôle, non ? On aurait tous tué pour passer l'hiver à Garmisch. On a pris nos skis, mais on ne sait pas s'il y aura assez de place dans le train.

— Ce n'est pas près de la Suisse ?

— Pas assez », répond l'attaché d'un air finaud.

Et elle poursuit son chemin. Elle voit qu'une bombe a tordu quelques grandioses décorations de bronze et boiseries anciennes, écaillé l'or des angelots et fait tomber les grands lustres de verre ; ce qui reste n'a plus rien de la splendeur d'antan. De-ci de-là, rassemblés contre un tableau de maître, un bois d'église noirci, une pièce de marbre ou des doubles portes peintes, des groupes se tiennent, s'agitent, valise sous le bras ou en guise de siège, déjà comme des réfugiés. Tous baissent la tête.

Alors qu'elle sort par la porte principale, une femme, une secrétaire au visage dur, aux ongles encore longs et vernis, l'apostrophe : « C'est un message à tous les Italiens, vous savez. Tous les Italiens doivent partir.

— Mon Dieu, je suis navrée, répond Lucia. Je suis suisse. »

« J'ai parlé de la boutique, raconta Helen. Elle n'a même pas eu l'air de comprendre. Et puis elle s'est fâchée. On voyait qu'elle savait qu'elle aurait dû se rappeler quelque chose, mais elle n'y arrivait pas. Ça fait un demi-siècle, disparu.

— Je ne veux pas savoir, protesta Sarah.

— Elle est toujours en colère, disent les médecins. Elle s'inquiète de quelque chose, quelque chose qu'elle doit faire. Mais elle se tient très tranquille.

— On s'habitue tous à ça.

— Vous croyez qu'elle se croit à Berlin ?

— Vous savez, j'ai très peur de devenir comme Lucia, dit Sarah. De perdre complètement le présent, toutes les possibilités, les odeurs et les goûts et... et l'espoir. Comment peut-on espérer si l'on est pris dans une boucle sans fin de temps, de temps passé, d'un temps qu'on a déjà vécu ? On sait comment ça va finir.

— Parfois, elle a l'air de parler avec un enfant, dit Helen.

— Alors elle est repartie en arrière », conclut Sarah.

Mais Lucia s'éveilla à nouveau dans une chambre d'hôpital. C'était déjà arrivé. Elle avait très nettement conscience de l'odeur que dégageait cet endroit.

Elle se rappelait mal comment elle savait les choses, mais elle savait très bien que l'ambassadeur s'enfuyait vers la Suisse, demandait aux Suisses de sauver la vie de sa famille et de lui trouver un endroit tranquille dans un canton discret, de préférence germanophone. Il aimait Zug.

Elle savait des choses. Elle avait entendu des rumeurs en provenance de Garmisch disant que la situation était épouvantable, si affreuse que personne ne se souciait de savoir qui prenait le pouvoir ou le perdait.

Elle marche dans une rue le long d'une voie ferrée. Elle entend parler italien dans un wagon à bestiaux. Des prisonniers de guerre, évidemment. Un matin froid, glacé.

Brusquement, elle éprouve de la gratitude pour l'existence des Suisses.

Le médecin vint l'examiner. Elle lui déclara : « Je me sens très fatiguée. C'est extraordinaire, vous ne trouvez pas ? Comme on se retrouve brusquement sans ressources. On ne peut plus lever le bras ni prononcer tel mot. On ne peut plus.

— Je suis content de vous voir si lucide.

— Je crois vraiment que j'ai besoin de repos. » Mieux valait se reposer que se retrouver trempée de regrets, prête à s'excuser pour toutes sortes de crimes.

Donc elle décida que le médecin était Nicholas. Elle rassembla ses forces un moment pour être une mère : un regard affectueux, déterminé et plutôt averti, un ordre donné avec les yeux.

Il n'y avait pas de crime, seulement des circonstances, elle en était sûre.

Tous les marchands d'art avaient perdu leur stock, sauf le vieux Grosse à l'hôtel Esplanade, simplement parce qu'il avait eu de la chance. On voyait des gens charrier des meubles dans les rues, et on ne pouvait savoir s'ils sauvaient leurs propres meubles ou s'ils venaient de les trouver. Certains tiraient des matelas. Quand le zoo fut bombardé, on trouva, dit-on, des serpents dans les haies, des tigres dans les pâtisseries et des crocodiles dans les canaux. Et les couleurs : on aurait dit des néons de parc d'attraction, mais en permanence, bleu phosphore, rouge flamme, et parfois un vert acide, artificiel.

Impossible de faire des affaires selon les règles dans cette ville déréglée. Les tribunaux attendirent que la guerre soit finie pour exiger des « contrats en bonne et due forme ».

Elle tentait de s'accrocher à cette idée justificatrice qui lui échappait sans cesse. Lucia la fixait du regard, comme si elle était écrite, comme si c'était un objet solide, mais elle n'y voyait rien. Puis elle ne se rappela plus. Puis...

*

L'hôtel Adlon, étrange île de commerce dans une ville naufragée. Des repas dans des assiettes en plastique, ce qui ne paraît plus scandaleux. C'est un signe de privilège, pourtant, un scandale, aux yeux des malchanceux, d'obtenir une table.

Les clients paraissent très élégants, les uniformes dissimulent tout désordre comme ils dissimulent une bedaine qui s'arrondit ; une mallette faite dans le cuir voulu donne à un homme l'air utile, et un pantalon sur une femme qui prend soin de son visage et de son corps lui donne l'air utile à elle aussi, indique qu'elle a nettoyé une maison ou une ville, et qu'elle a bien mérité un verre.

Elle est seule, elle a froid, elle n'a pas de nationalité utile, dans une ville encerclée par les envahisseurs. Elle sait qu'elle est en train de perdre. Elle veut mesurer l'étendue de ses pertes.

La réponse arrive rapidement, sans drame. Son ami Hans du bureau d'Himmler lui présente une femme qui s'appelle Magrit Huber, qui connaît tout le monde à la légation suisse. Lucia y a des amis, mais pas assez.

Magrit attend, assise à une table, à l'Adlon. Hans est avec elle.

« Mon Dieu, dit Magrit. Ce doit être difficile. »

Lucia a une présentation impeccable, elle est totalement calme. Elle ne peut acquiescer. Mais elle risque d'avoir besoin de cette femme, donc elle ne peut pas non plus la contredire.

« Quand l'ambassadeur est parti, reprend Magrit, certaines difficultés sont apparues concernant les caves de Potsdam. Alors, depuis, je paye le loyer. »

Lucia se demande si cela peut être vrai et, dans ce cas, quelle importance cela peut avoir. Les propriétaires ont été bombardés, ils ont disparu voilà longtemps, ils ne sont pas en position de réclamer leur paiement.

« Et donc j'ai les clefs », dit encore Magrit.

Lucia voit son entrepôt vidé par une salope imprévoyante qui se trouve détenir le bail. Mais elle sourit.

« Vous avez une collection remarquable », dit Magrit. Elle est très grande, une vraie cigogne. « Trop remarquable pour être en sûreté à Berlin, j'en ai peur. »

Donc elle a déjà tout emporté, tout expédié. Mais Lucia sourit.

« Ne vous inquiétez pas, poursuit Magrit. Hans et moi avons discuté de vos problèmes, nous voulons vous aider. J'ai une boutique à Zurich, une petite galerie. La collection y serait bien plus en sécurité. Il y a là-bas des gens qui ont les moyens d'acheter. »

Le sourire de Lucia n'est plus calme, il est seulement immobile.

« Bien entendu, vous y trouverez votre intérêt. Vous passerez toute la journée à la boutique. Vous percevrez un pourcentage sur les ventes. »

Lucia sait bien qu'un pourcentage se dissout facilement. Les contrats n'ont plus le poids qu'ils avaient autrefois. Alors elle se met à parler. Elle fait comprendre à Magrit ce qu'elle sait sur les porcelaines de Meissen : les finesses, les marques, ce qui est faux et ce qui ne l'est pas, ce que cela signifie quand un détail semble clocher, ce qui signifie parfois que l'objet est authentique mais mal réparé.

Elle se concentre. Elle ne s'est jamais concentrée ainsi auparavant, ni en amour ni avec Nicholas. Elle tisse de l'expertise avec de l'air, noms prestigieux, objets ravissants, tous ordonnés dans une hiérarchie d'époque et de valeur. Elle donne à Magrit l'envie d'avoir la connaissance de ces objets en plus des objets eux-mêmes. Elle explique pourquoi on ne trouve jamais le monogramme AR sur une scène d'amour, et que les apprentis, à la fin, appliquaient eux-mêmes la marque aux épées, si bien qu'on ne savait jamais de qui était réellement une pièce. Quels artistes signaient leurs œuvres de quatre points, ou de deux étoiles. Tout un savoir délicat et complexe qui transformait ces objets délicats et complexes en marchandises à vendre.

Et ainsi le marché change. Visiblement, Lucia n'a pas pour seul talent d'acquérir des objets.

« Nous serons associées, propose gaiement Magrit. Vous savez vendre ces objets, pas moi. C'est vous qu'on verra dans la boutique. »

Lucia se dit : « Elle est heureuse de ces petites vacances pendant que je parle : pas de bombes, pas d'incendies, pas de victimes, juste l'éclat du luxe. »

« Je ne peux pas m'imaginer en commerçante, dit-elle.

— Vous y survivrez, dit Magrit, sourcils froncés.

— Vous n'avez pas gagné ces objets. Vous n'avez rien fait pour les avoir.

— Dieu merci », rétorque Magrit.

Lucia refuse d'être jugée, mais elle ne peut se permettre de se plaindre. Alors elle se tait. Mais Magrit continue : « Hans a peut-être quelque chose à vous dire à ce sujet.

— Une ou deux choses, confirme Hans. Vous pouvez venir me voir à mon bureau. »

La pièce tremble légèrement. Les bombardiers arrivent juste à ce moment, sans intervalle de temps, dans un rugissement abominable, ils aplatissent l'air au-dessus d'eux en un mur aveugle. Il y a déjà eu des raids auparavant, mais jamais les avions ne s'étaient succédé sans interruption.

Elle pense à Nicholas dans l'appartement, à ce qui reste dans l'appartement, aussi. Elle ne peut rentrer maintenant, pas dans le feu et la pluie qui tombent. Elle doit attendre parmi les gentlemen à mallette, en se demandant quelles affaires ils trouvent encore à traiter, et les femmes en pantalon bien net, souriantes, dont les affaires prospèrent encore, et quelques belles filles demandant des huîtres à grands cris et de très rares hommes en uniforme qui ne paraissent pas morts de fatigue.

Elle dit à voix haute : « Nicholas.

— Qui est-ce ? s'enquiert Magrit d'un ton inquisiteur. Un ami ?

— Oui, répond Lucia.

— Un ami proche ?

— Oui. Je m'inquiète pour lui.

— Écoutez, dit Magrit, nous prenons tous des risques. »

Auparavant, les rugissements arrivaient toujours par vagues, mais ce soir ils sont impitoyables et continus.

« C'est mon fils, reprend Lucia.

— Vous venez dans l'abri ou non ? » demande Magrit en la fusillant du regard.

Dans les pièces exiguës de l'abri souterrain, l'abri des diplomates sous ses trente pieds de béton, avec son entrée particulière, Magrit reste tout près de Lucia. « N'y pensez pas, répète-t-elle. N'y pensez pas, ma pauvre. »

Lucia regarde ses jambes. Elle n'avait pas de bas ce matin, alors elle a dessiné au charbon une couture à l'arrière de chaque jambe, et voilà que Magrit a étalé le trait.

Elle préférerait n'avoir pas de lieu, pas de moment, plutôt que ce lieu et ce moment. Sa mémoire semble partir en avant aussi bien qu'en arrière, pour englober la suite alors même qu'il lui semble éprouver le confinement de l'abri profond, la sollicitude osseuse de Magrit, le goût de respiration dans l'air. Elle respire le souffle de Magrit.

Leur alliance ne dura pas. Quand les marchandises de Berlin commencèrent à se vendre et que Magrit sentit venir les ennuis judiciaires, elle se sortit de l'affaire, laissa Lucia endosser toute la responsabilité. Magrit était désormais tout à fait respectable, elle avait reçu sa part du capital tiré des trésors de Berlin, touchait encore une rente annuelle pour le loyer de la boutique, et avait son nom sur la porte. Lucia ne put jamais s'opposer aux exigences de Magrit, quel qu'en fût le poids sur sa propre vie, elle ne pouvait qu'attendre sa mort, qui eut lieu assez soudainement en 1956.

Et voilà un souvenir à l'intérieur d'un souvenir. Ses efforts, dans l'abri, pour essayer d'être ailleurs. Sa surprise lorsqu'elle hérita de la boutique, comme si Magrit avait eu de l'affection pour elle, et son bonheur d'être enfin indépendante. Combien Magrit aimait l'idée de toucher.

Frau Bartels descend au rez-de-chaussée à quatre heures du matin, elle sort prendre les journaux qu'elle déposera à la porte des clients à six ou sept heures. Rien ne l'arrête.

Lucia regarde par la fenêtre de l'appartement.

Frau Bartels contourne avec précaution les ruines et les incendies. Elle peut se permettre de ne pas remarquer la dévastation autour d'elle. Elle a sa petite affaire.

Des fenêtres se sont détachées des murs, des portes ont disparu. Des arbres ont les racines à l'air, massives, bizarres. Là où des conduites de gaz se sont brisées, un feu perpétuel brûle, comme un trucage de cinéma.

Nicholas se réveille. Il réclame Gattopardo. Elle n'a pas vu ce foutu chat. Il demande encore. Puis il raconte qu'il a vu Gattopardo escalader le ciel. Elle lui ordonne de ne pas dire de bêtises.

Elle ne voulait pas le tirer d'un sommeil si tiède, si profond, mais elle se dit maintenant qu'il est temps de descendre dans la rue à la rencontre des services d'urgence. Elle obtient du pain, du beurre, de la saucisse, de la soupe épaisse, du café. Elle ne comprend pas pourquoi soudain il y a assez de tout pour les gens ordinaires, peut-être qu'il y a toujours eu assez, qu'elle n'a jamais eu besoin de toutes ces ruses et de toute cette concentration.

Elle prend des cigarettes, bien qu'elle ne fume pas, parce qu'elle aura besoin de faire du troc, et elle veut quelque chose à porter, qu'elle n'aura pas besoin de stocker, que Magrit et Hans ne pourront pas lui prendre.

Nicholas était là. Nicholas est avec elle. Et voilà qu'elle tourbillonne dans le temps, elle n'est plus ancrée à la chambre d'hôpital du présent, ou à cette rue de Berlin, mais elle est assise dans un salon avec Nicholas.

Tout cela, elle l'a fait pour lui, avait-elle envie de dire. Elle n'aurait jamais pu le lui dire, il serait parti immédiatement. Elle plaida soixante froides années d'apparences parfaites sans jamais se vanter de son succès : sa première punition.

Sans lui, elle n'aurait jamais pu faire ce qu'elle avait fait. Ç'aurait été inutile. D'une certaine façon, il était son complice, que cela lui plaise ou non.

Mais non. Il était mort. Il était parti.

Alors elle remercierait Dieu de ne jamais lui avoir dit toute la vérité. Après tout, peut-être qu'il ne comptait pas tellement pour elle.

Elle se mit à remarquer l'ombre dans les angles de la pièce, plutôt que les lumières.

Le temps la pressait, ne la laissait pas s'arrêter pour se réconforter. Berlin a mal tourné. Cette ville a de l'énergie, mais l'énergie d'une machine qui crachote et cliquette sur elle-même. Et les lumières, elles étincelaient partout autrefois, de jolies lumières sur les grands magasins, des lumières magnifiques sur des façades quelconques ; des piliers, des disques, des tours de lumière, et même une tour qui disait : « *Licht ist Leben* », la lumière, c'est la vie, sans parler des globes blancs autour des terrasses de cafés du Kurfürstendamm. Maintenant des rues entières restent obscures. Le théâtre de la ville a fermé, il n'y a plus de spectacle.

Les studios tournent au ralenti : une heure à peu près de travail chaque matin avant le début des raids, et souvent les prises sont gâchées par l'expression tendue sur le visage des acteurs. On transfère les tournages à la campagne, qui paraît moins dangereuse, puis dans les Alpes bavaroises, puis en Poméranie, en Prusse-Orientale, dans le Mecklembourg, partout au loin.

Mais elle ne peut pas partir. Elle travaille pour les animateurs, et les animateurs restent près de leur table à dessin, ils n'ont pas d'excuse pour paraître tendus ou partir tourner dans des lieux moins dangereux. Son patron pense que les Alliés ne prendront pas la peine de s'occuper de Babelsberg. La ville est déjà en ruine, et ce qu'il en reste est bien trop fragile pour qu'on puisse reconstituer les histoires et les rêves qu'elle contenait.

Elle va voir une dernière projection dans les

locaux de la Ufa en ville : un dessin animé, avec son nom en petits caractères. Elle s'installe dans le noir.

Elle voit une toute jeune oie amoureuse de la ville, de la chance qu'elle a de porter des plumes voyantes, de danser langoureusement, de rencontrer des animaux exotiques. L'oie se pare de tout ce qu'elle peut voler : des poils de cochon sur les cils, une toile d'araignée en guise de voilette. Elle éconduit une sorte de jars persévérant, et file faire un tour. Elle rencontre un renard au dos lisse, dans un bel uniforme gris, chaussé de bottes lustrées, et qui dispose de longues voitures noires. Elle cède. Elle défaille. Elle va même chez lui. Et alors, elle voit le piège : elle voit des oies en cage prêtes à être égorgées, elle voit la ménagerie d'esclaves et d'ossements.

Lucia sait que si ce film peut être diffusé, c'est que tout est fini.

Elle est à son bureau, elle écrit sur un beau papier à lettres pris dans le stock de l'ambassade. Elle écrit à Himmler, lui demande son aide pour un problème de papiers. Elle fera passer la lettre par Hans.

Elle est sortie dîner avec des diplomates suédois, qui ont du homard et des exemplaires de *Vogue*. Elle va rendre visite au nouvel ambassadeur d'Italie, puisqu'elle est toujours citoyenne italienne, mais se fait refouler dès l'accueil par un des petits gratte-papier qui brûlent de donner l'impression qu'ils ont, personnellement, une guerre à mener et l'âme d'une nation à sauver.

Hans l'appelle. Il dit que Himmler s'intéresse beaucoup à son problème et se rappelle l'avoir rencontrée à plusieurs réceptions. Mais il ajoute qu'Himmler préfère les blondes.

Elle ne peut vérifier ses dires. Ils sonnent vrai. Peut-être que Hans veut l'humilier, peut-être qu'il veut l'aider, mais de toute façon elle ne peut se passer de lui.

Elle essaie de se présenter chez une coiffeuse. Celle-ci éclate de rire : « Je peux vous verser une casserole d'eau sur la tête si vous voulez. Je ne peux même pas la faire chauffer. Si vous voulez une coloration, vous devrez vous débrouiller toute seule. »

Elle retourne à l'appartement. En chemin, elle voit une maison devenue folle, comme une vieille attraction de foire, poutres inclinées, porte de guingois. Ce spectacle ne la terrifie plus.

Elle secoue le flacon d'eau oxygénée. Elle n'aime pas l'odeur âcre et chimique qui se dégage du produit. Elle n'aime pas l'idée de traiter ses cheveux comme une plaie.

Elle ne sera plus jamais ballottée par les événements, dépendante des autres. Plus jamais. Elle sortira de Berlin, et ensuite ce sera la croix et la bannière pour prouver à qui appartiennent ces caves pleines de trésors. Elle jouera le jeu de Magrit aussi longtemps que nécessaire, puis elle montera sa propre affaire.

Il n'y a pas assez de produit. Elle n'a jamais fait ça, mais elle sait qu'il n'y en aura pas assez.

Elle va voir ses voisins, le couple à la bienséance rigide qui a repris l'appartement de M. Goldstein et l'a rempli d'un buste d'Hitler en bronze et d'une multitude de petits drapeaux. Ils n'ont pas d'eau oxygénée. Un antiseptique impliquerait l'existence d'imperfections dans leur monde. Pensée indigne de patriotes.

Alors elle essaie le concierge. Elle lui dit que Nicholas s'est fait une profonde coupure, et le concierge répond que Nicholas allait très bien quand il est parti à l'école. Il sort un flacon presque vide. « Vous pouvez utiliser du cognac, suggère-t-il, ou du whisky, ou de la grappa. Vous autres, vous avez toujours quelque chose, je le sais bien. »

Elle n'est toujours pas sûre d'en avoir assez. Elle essaie chez Frau Werner, au rez-de-chaussée. Frau Werner craint toujours la réalité et, dans sa crainte, elle a certainement pris ses précautions, des années à l'avance, pour faire face à toutes les catastrophes imaginables. Et en effet, elle a de vieux cachets d'aspirine dans une boîte à thé, des bandages et des compresses rangés dans ce qui était autrefois la boîte à outils de son mari, et de l'eau oxygénée cachée au fond d'un placard, derrière une rangée de bouteilles d'alcool, où s'est formée, à force d'oubli, une croûte de sucre.

Lucia sourit. Lucia supplie.

Frau Werner explique qu'elle voit tout le temps des gens qui ne se sont pas préparés au pire, et regardez ce qui leur arrive.

« Je paierai, dit Lucia.

— Ce n'est que justice. »

De retour dans la salle de bains, devant un miroir propre, Lucia plonge ses cheveux dans l'eau oxygénée diluée. Elle sait qu'elle doit attendre. Elle ne sait pas combien de temps.

Elle se demande ce qu'elle ressentirait si elle devait aller aux réceptions avec des lunettes, ou portait des fausses dents et devait expliquer pourquoi à un amant, ou était obligée de se teindre les cheveux pour cacher la grisaille de l'âge. Elle doit prendre ses précautions pour toutes ces situations à venir.

À l'heure du petit déjeuner, elle a réussi à coiffer et maintenir en place une masse de cheveux jaunes et cassants.

Nicholas paraît choqué. Elle est furieuse. Elle est allée jusqu'à renoncer à son apparence.

« Il paraît qu'on se retrouve coincé dans un unique moment, déclara Clarke. On y reste. On n'a plus de passé ni de présent.

— On n'a plus de biographie, ajouta Sarah. D'autobiographie, devrais-je dire, l'histoire qu'on se raconte. Et, du coup, on n'a plus de personnalité.

— Est-ce qu'elle existe encore ?

Elle est là, alerte, précise, attentive. Dans le bureau d'Henrich Himmler, elle s'attend à déployer son charme, comme d'habitude. Mais les choses prennent tout de suite un tour professionnel.

« Magrit s'assurera que vous puissiez emporter la marchandise en Suisse, dit Hans. Mais il vous faudra des papiers pour la faire sortir d'Allemagne.

— Je vois. » Elle prévoit des dîners, des coups tirés sur un lit de camp.

« Vos informations nous ont parfois été précieuses. »

Lucia ne se considère pas comme une informatrice, mais comme une marchande d'informations.

« Nous aimerions juste quelques détails supplémentaires. On prend facilement les hommes juifs parce que tous les hommes allemands convenables sont en uniforme, donc tous les hommes en civil sont contrôlés dans la rue. Ce n'est pas aussi facile pour les femmes. »

Hans a une épaisse enveloppe, sur son bureau. « Un *laissez-passer** et une autorisation pour le carburant et les camions. Vous nous aidez, nous vous aidons.

— Je suis venue voir Herr Himmler, dit Lucia.

— Il est si honnête », répond Hans. Ce qui veut dire qu'il est trop honnête pour voir Lucia.

Elle est à court de stratégies. Elle ajuste ses gants.

Elle l'entend crier derrière elle. « Rappelez-vous, nous apprécierions votre aide. »

Sa porte donne sur un long couloir ciré, et un groupe d'hommes pressés se dirige vers elle. Au milieu d'eux marche un homme de petite taille, muscles tendus, visage tordu de douleur, pince-nez pendant à son cou, absurdement crucifié entre les épaules de ses gardiens trapus. Le visage de cet homme est rond, et presque asiatique sous le rictus. Il se bat avec sa dignité et la douleur au ventre.

Le groupe passe.

« Herr Himmler, dit Hans à travers la porte. Vous avez vu Herr Himmler. »

Dans la rue les passants la dévisagent. Elle sait exactement pourquoi : des cheveux d'un blond si cru ne peuvent être qu'un déguisement.

Soixante années dans une ville solennelle : soixante années de commerce, pour l'essentiel honnête, elle payait toujours ses impôts scrupuleusement et ponctuellement, elle procurait de beaux objets à des personnes qui les désiraient vraiment, passait ses journées au milieu des reflets et du scintillement de ce qui était superflu mais souvent parfait.

Mais soixante années, aussi, sans mémoire, si bien qu'elle n'avait pas pu être elle-même pendant ces soixante longues années. Elle était seule même avec ses amants.

Elle sort dans la rue. Elle est déjà contaminée par cette perte. Les autres le voient dans ses yeux. Mais, étant donné les circonstances, ils pensent que ce qu'ils voient, c'est la mort, et ils pensent que ce ne sera pas celle de Lucia.

Elle ne va pas renoncer maintenant. Il ne lui faudra que quelques péchés supplémentaires.

Elle est dans la mauvaise rue. Ce n'est pas le genre d'endroit où elle aimerait qu'on la trouve, elle aimerait encore moins y rester. C'est un lieu brisé, un trou entre des constructions encore debout.

Elle rencontre toujours Sarah Lindemann, elle voit toujours que sa robe est déchirée mais raccommodée.

Sarah ne la voit pas comme une amie. Elle voit en elle un atout, une légère variation des circonstances qui pourrait l'aider quand rien d'autre n'aurait ce pouvoir.

Sarah dit : « On me répète qu'il n'y a plus de cartes de rationnement. Plus pour moi, en tout cas. Vous avez des relations, non ? Vous savez qui pourrait m'aider ? »

Les deux femmes, dans une rue, une seconde qui ne finira jamais. Puis, Sarah regarde toujours Lucia dans les yeux, elle y voit le froid des morgues et des entrepôts, et une passion pour ces choses.

La main de Lucia est tendue. « Venez avec moi », dit-elle. Mais Sarah s'enfuit toujours, court en zigzag entre les voitures, ses bras et ses jambes s'agitent en tous sens, elle passe toujours par cette même boutique d'angle qui donne sur deux rues. Elle court pour sauver sa vie.

« Venez avec moi, crie Lucia. Je peux vous aider. »

Elle est furieuse, humiliée, elle chasse dans sa mémoire, cherche une piste dans son esprit, et elle reste dans cette rue brisée, dans l'espoir de retrouver Sarah, ou une autre.

Et cet endroit est son dernier lieu de non-repos, le dernier endroit qu'elle connaîtra jamais.

Sources

J'ai entendu parler d'Andreina Schwegler-Torré d'abord par Thomas Buomberger, qui, dans son ouvrage sur le marché de l'art suisse durant la Seconde Guerre mondiale, *Kunstraub, Raubkunst* (Zurich, 1998), fait un récit complet des activités de cette personne à cette époque. Sans l'aide généreuse de Thomas, ce roman n'aurait pu être écrit. Toutefois, il raconte l'histoire de Lucia Müller-Rossi, qui n'existe que dans la fiction.

Ce livre s'est élaboré grâce à de nombreuses conversations avec des témoins de cette période, et plusieurs historiens qui l'ont étudiée. Je dois beaucoup de ces rencontres à Mario Pelli et Anna Ehrensperger. Mon travail s'est nourri de douzaines de mémoires, journaux intimes, biographies et études, parmi lesquelles *Skeleton of Justice* d'Edith Roper et Clara Leiser (New York, 1941), *Between Dignity and Despair : Jewish Life in Nazi Germany* de Marion A. Kaplan (New York, 1998), *Berlin Diaries : 1940-1945*, de Marie Vassiltchikov (New York, 1987), *The Klemperer Diaries 1933-1945*, de Victor Klemperer (Londres, 2000), paru en France et en français, Paris, 2001, *Guns and Barbed Wire : A Child Survives the Holocaust*, de Thomas Geve (Chicago, 1987), *Diary of a Nightmare : Berlin 1942-1945*, d'Ursula von Kardorff (New York, 1966), *While Berlin Burns : The Diary of Hans-Georg von Studnitz 1943-1945* (Englewood Cliffs, New Jersey, 1964), *Blood and Banquets : A Berlin Social Diary*, de Bella Fromm (New York, 1990), *Shadows Over My Berlin*, d'Heidi Scriba Vance (Middletown, Connecticut, 1996), *Mixed Blessings : An Almost Ordinary Life in Hitler's Germany*, de Heinz R. Kuehn (Athens, Géorgie, 1988), *Albert Speer : His Battle With the Truth*, de Gitta Sereny (Londres, 1995), *The Architect of Genocide : Himmler and the Final Solution*, de Richard Breitman (Hanover, New Hampshire, 1992), *The Kersten Memoirs 1940-1945*, de Felix Kersten (Londres, 1956), *The Fall of Berlin*, d'Anthony Read et David Fisher (New York, 1995), *Berlin im Zweiten Weltkrieg*, de Hans Dieter Schäfer (Munich, 1985) ; *Resistance of the Heart : Intermarriage and the Rosenstrasse Protest in Nazi Germany*, de Nathan Stoltzfus (New York, 1996), *The UFA Story*, de Klaus Kreimeier (New York, 1996), *Opel at War* d'Eckhart Bartels (West Chester, Pennsylvanie, 1991) et d'autres volumes de cette collection sur Ford, Mercedes et Volkswagen, *Il faut encore avaler la Suisse*, de Klaus Urner (Genève, 1996), *The Lifeboat Is Full*, d'Alfred A. Häsler (New York, 1969), *Journal 1946-1949*, de Max Frisch (Paris, 1964), *Correspondance* de Max Frisch et Friedrich Dürrenmatt, présentée par Peter Rüedi (Genève, 1999), *Ces messieurs de Berne 1939-1945*, de Claude Mossé (Paris, 1997), des articles de Malcolm Pender, Regina Wecker, Gianni Haver et Joy Charnley rassemblés par Joy Charnley et Malcolm Pender dans *La Suisse et la guerre* (Berne, 1999), des articles de Luc Van Dongen, Josef Mooser, André Lasserre et Rudolf Jaun rassemblés par Georg Kreis dans *Switzerland and the Second World War* (Londres, 2000), des articles de Wilfried Fiedler, Georg Kreis et Mathias Frehner rassemblés par Mathias Frehner dans *Das Geschäft mit der Raubkunst : Fakten, Thesen, Hintergründe* (Zurich, 1998), *Revendication de biens spoliés*, de Jean-Pierre Grenier (Berne, 1946) et autres rapports du gouvernement suisse sur le vol d'œuvres d'art (Berne-Prague, 1948), *Le banquier noir*, de François Genoud (Paris, 1996), *L'ombre rouge : Suisse-URSS 1943-1944* ; *Le débat politique en Suisse*, de Sophie Pavillon (Lausanne, 1999), *The Book of Zurich*, d'Edwin Arnet et Hans Kasser (Zurich, 1954), *Il Banchiere eretico : la singolare vita di Raffaele Mattioli*, de Giancarlo Galli (Milan, 1998), *Le Donne nel regime fascista*, de Victoria de Grazia (Venise, 1993, publié à l'origine en anglais), *Italian Industrialists from Liberalism to Fascism*, de Franklin Hugh Adler (Cambridge, 1995), des extraits de textes de Vincente Blasco Ibàñez, Karel Čapek et André Suarès dans *Milano e l'Europa*, rassemblés par Attilio Brilli (Milan, 1997).

Je dois une gratitude particulière au personnel du Nederlands Instituut voor Oorlogsdocumentatie d'Amsterdam, au ministre Lukas Beglinger, division politique du département fédéral des Affaires étrangères (Eidgenössisches Departement für Auswärtige Angelegenheiten) de Berne, et au Dr Peter Pfrunder, directeur de la Schweizerische Stiftung für die Photographie de Zurich.

Bien sûr, aucun d'eux n'est responsable de ce que j'ai fait de mon histoire. Mais puisqu'elle se fonde sur des événements terribles, dont certains continuent de nier l'ampleur et même l'existence, je me suis assuré qu'aucun événement public de ce livre, c'est-à-dire aucun procès, aucun crime, et aucune trahison, n'allait sans contrepartie précise et factuelle.

DU MÊME AUTEUR

Au Mercure de France

L'ANTIQUAIRE DE ZURICH, 2006 (Folio n° 4532)

Chez d'autres éditeurs

DESTINS VIOLÉS, *Seuil,* 2000

LES ENFANTS TERRIBLES DU CINÉMA AMÉRICAIN : OU COMMENT LES JEUNES CINÉASTES ONT PRIS LE POUVOIR À HOLLYWOOD, *L'âge d'homme,* 1983

COLLECTION FOLIO

Dernières parutions

4186. Jean-Noël Pancrazi — *Tout est passé si vite.*
4187. Danièle Sallenave — *La vie fantôme.*
4188. Danièle Sallenave — *D'amour.*
4189. Philippe Sollers — *Illuminations.*
4190. Henry James — *La Source sacrée.*
4191. Collectif — *«Mourir pour toi».*
4192. Hans Christian Andersen — *L'elfe de la rose et autres contes du jardin.*
4193. Épictète — *De la liberté* précédé de *De la profession de Cynique.*
4194. Ernest Hemingway — *Histoire naturelle des morts* et autres nouvelles.
4195. Panaït Istrati — *Mes départs.*
4196. H. P. Lovecraft — *La peur qui rôde* et autres nouvelles.
4197. Stendhal — *Féder ou Le Mari d'argent.*
4198. Junichirô Tanizaki — *Le meurtre d'O-Tsuya.*
4199. Léon Tolstoï — *Le réveillon du jeune tsar* et autres contes.
4200. Oscar Wilde — *La Ballade de la geôle de Reading.*
4201. Collectif — *Témoins de Sartre.*
4202. Balzac — *Le Chef-d'œuvre inconnu.*
4203. George Sand — *François le Champi.*
4204. Constant — *Adolphe. Le Cahier rouge. Cécile.*
4205. Flaubert — *Salammbô.*
4206. Rudyard Kipling — *Kim.*
4207. Flaubert — *L'Éducation sentimentale.*
4208. Olivier Barrot/Bernard Rapp — *Lettres anglaises.*
4209. Pierre Charras — *Dix-neuf secondes.*
4210. Raphaël Confiant — *La panse du chacal.*
4211. Erri De Luca — *Le contraire de un.*
4212. Philippe Delerm — *La sieste assassinée.*

4213.	Angela Huth	*Amour et désolation.*
4214.	Alexandre Jardin	*Les Coloriés.*
4215.	Pierre Magnan	*Apprenti.*
4216.	Arto Paasilinna	*Petits suicides entre amis.*
4217.	Alix de Saint-André	*Ma Nanie,*
4218.	Patrick Lapeyre	*L'homme-sœur.*
4219.	Gérard de Nerval	*Les Filles du feu.*
4220.	Anonyme	*La Chanson de Roland.*
4221.	Maryse Condé	*Histoire de la femme cannibale.*
4222.	Didier Daeninckx	*Main courante* et *Autres lieux.*
4223.	Caroline Lamarche	*Carnets d'une soumise de province.*
4224.	Alice McDermott	*L'arbre à sucettes.*
4225.	Richard Millet	*Ma vie parmi les ombres.*
4226.	Laure Murat	*Passage de l'Odéon.*
4227.	Pierre Pelot	*C'est ainsi que les hommes vivent.*
4228.	Nathalie Rheims	*L'ange de la dernière heure.*
4229.	Gilles Rozier	*Un amour sans résistance.*
4230.	Jean-Claude Rufin	*Globalia.*
4231.	Dai Sijie	*Le complexe de Di.*
4232.	Yasmina Traboulsi	*Les enfants de la Place.*
4233.	Martin Winckler	*La Maladie de Sachs.*
4234.	Cees Nooteboom	*Le matelot sans lèvres.*
4235.	Alexandre Dumas	*Le Chevalier de Maison-Rouge.*
4236.	Hector Bianciotti	*La nostalgie de la maison de Dieu.*
4237.	Daniel Boulanger	*Tombeau d'Héraldine.*
4238.	Pierre Clémenti	*Quelques messages personnels.*
4239.	Thomas Gunzig	*Le plus petit zoo du monde.*
4240.	Marc Petit	*L'équation de Kolmogoroff.*
4241.	Jean Rouaud	*L'invention de l'auteur.*
4242.	Julian Barnes	*Quelque chose à déclarer.*
4243.	Nerval	*Aurélia.*
4244.	Christian Bobin	*Louise Amour.*
4245.	Mark Z. Danielewski	*Les Lettres de Pelafina.*
4246.	Marthe et Philippe Delerm	*Le miroir de ma mère.*
4247.	Michel Déon	*La chambre de ton père.*
4248.	David Foenkinos	*Le potentiel érotique de ma femme.*

4249. Éric Fottorino — *Caresse de rouge.*
4250. J. M. G. Le Clézio — *L'Africain.*
4251. Gilles Leroy — *Grandir.*
4252. Jean d'Ormesson — *Une autre histoire de la littérature française, I.*
4253. Jean d'Ormesson — *Une autre histoire de la littérature française, II.*
4254. Jean d'Ormesson — *Et toi mon cœur pourquoi bats-tu.*
4255. Robert Burton — *Anatomie de la mélancolie.*
4256. Corneille — *Cinna.*
4257. Lewis Carroll — *Alice au pays des merveilles.*
4258. Antoine Audouard — *La peau à l'envers.*
4259. Collectif — *Mémoires de la mer.*
4260. Collectif — *Aventuriers du monde.*
4261. Catherine Cusset — *Amours transversales.*
4262. A. Corréard/H. Savigny — *Relation du naufrage de la frégate la* Méduse.
4263. Lian Hearn — *Le clan des Otori, III : La clarté de la lune.*
4264. Philippe Labro — *Tomber sept fois, se relever huit.*
4265. Amos Oz — *Une histoire d'amour et de ténèbres.*
4266. Michel Quint — *Et mon mal est délicieux.*
4267. Bernard Simonay — *Moïse le pharaon rebelle.*
4268. Denis Tillinac — *Incertains désirs.*
4269. Raoul Vaneigem — *Le chevalier, la dame, le diable et la mort.*
4270. Anne Wiazemsky — *Je m'appelle Élisabeth.*
4271. Martin Winckler — *Plumes d'Ange.*
4272. Collectif — *Anthologie de la littérature latine.*
4273. Miguel de Cervantes — *La petite Gitane.*
4274. Collectif — *«Dansons autour du chaudron».*
4275. Gilbert Keeith Chesterton — *Trois enquêtes du Père Brown.*
4276. Francis Scott Fitzgerald — *Une vie parfaite* suivi de *L'accordeur.*
4277. Jean Giono — *Prélude de Pan* et autres nouvelles.

4278. Katherine Mansfield — *Mariage à la mode* précédé de *La Baie.*
4279. Pierre Michon — *Vie du père Foucault — Vie de Georges Bandy.*
4280. Flannery O'Connor — *Un heureux événement* suivi de *La Personne Déplacée.*
4281. Chantal Pelletier — *Intimités* et autres nouvelles.
4282. Léonard de Vinci — *Prophéties* précédé de *Philosophie et aphorismes.*
4283. Tonino Benacquista — *Malavita.*
4284. Clémence Boulouque — *Sujets libres.*
4285. Christian Chaix — *Nitocris, reine d'Égypte T. 1.*
4286. Christian Chaix — *Nitocris, reine d'Égypte T. 2.*
4287. Didier Daeninckx — *Le dernier guérillero.*
4288. Chahdortt Djavann — *Je viens d'ailleurs.*
4289. Marie Ferranti — *La chasse de nuit.*
4290. Michael Frayn — *Espions.*
4291. Yann Martel — *L'Histoire de Pi.*
4292. Harry Mulisch — *Siegfried. Une idylle noire.*
4293. Ch. de Portzamparc/ Philippe Sollers — *Voir Écrire.*
4294. J.-B. Pontalis — *Traversée des ombres.*
4295. Gilbert Sinoué — *Akhenaton, le dieu maudit.*
4296. Romain Gary — *L'affaire homme.*
4297. Sempé/Suskind — *L'histoire de Monsieur Sommer.*
4298. Sempé/Modiano — *Catherine Certitude.*
4299. Pouchkine — *La Fille du capitaine.*
4300. Jacques Drillon — *Face à face.*
4301. Pascale Kramer — *Retour d'Uruguay.*
4302. Yukio Mishima — *Une matinée d'amour pur.*
4303. Michel Schneider — *Maman.*
4304. Hitonari Tsuji — *L'arbre du voyageur.*
4305. George Eliot — *Middlemarch.*
4306. Jeanne Benameur — *Les mains libres.*
4307. Henri Bosco — *Le sanglier.*
4308. Françoise Chandernagor — *Couleur du temps.*
4309. Colette — *Lettres à sa fille.*
4310. Nicolas Fargues — *Rade Terminus*
4311. Christian Garcin — *L'embarquement.*
4312. Iegor Gran — *Ipso facto.*
4313. Alain Jaubert — *Val Paradis.*

4314.	Patrick Mcgrath	*Port Mungo.*
4315.	Marie Nimier	*La Reine du silence.*
4316.	Alexandre Dumas	*La femme au collier de velours.*
4317.	Anonyme	*Conte de Ma'rûf le savetier.*
4318.	René Depestre	*L'œillet ensorcelé.*
4319.	Henry James	*Le menteur.*
4320.	Jack London	*La piste des soleils.*
4321.	Jean-Bernard Pouy	*La mauvaise graine.*
4322.	Saint Augustin	*La Création du monde et le Temps.*
4323.	Bruno Schulz	*Le printemps.*
4324.	Qian Zhongshu	*Pensée fidèle.*
4325.	Marcel Proust	*L'affaire Lemoine.*
4326.	René Belletto	*La machine.*
4327.	Bernard du Boucheron	*Court Serpent.*
4328.	Gil Courtemanche	*Un dimanche à la piscine à Kigali.*
4329.	Didier Daeninckx	*Le retour d'Ataï.*
4330.	Régis Debray	*Ce que nous voile le voile.*
4331.	Chahdortt Djavann	*Que pense Allah de l'Europe?*
4332.	Chahdortt Djavann	*Bas les voiles!*
4333.	Éric Fottorino	*Korsakov.*
4334.	Charles Juliet	*L'année de l'éveil.*
4335.	Bernard Lecomte	*Jean-Paul II.*
4336.	Philip Roth	*La bête qui meurt.*
4337.	Madeleine de Scudéry	*Clélie.*
4338.	Nathacha Appanah	*Les rochers de Poudre d'Or.*
4339.	Élisabeth Barillé	*Singes.*
4340.	Jerome Charyn	*La Lanterne verte.*
4341.	Driss Chraïbi	*L'homme qui venait du passé.*
4342.	Raphaël Confiant	*Le cahier de romances.*
4343.	Franz-Olivier Giesbert	*L'Américain.*
4344.	Jean-Marie Laclavetine	*Matins bleus.*
4345.	Pierre Michon	*La Grande Beune.*
4346.	Irène Némirovsky	*Suite française.*
4347.	Audrey Pulvar	*L'enfant-bois.*
4348.	Ludovic Roubaudi	*Le 18.*
4349.	Jakob Wassermann	*L'Affaire Maurizius.*
4350.	J. G. Ballard	*Millenium People.*
4351.	Jerome Charyn	*Ping-pong.*

4352. Boccace — *Le Décameron.*
4353. Pierre Assouline — *Gaston Gallimard.*
4354. Sophie Chauveau — *La passion Lippi.*
4355. Tracy Chevalier — *La Vierge en bleu.*
4356. Philippe Claudel — *Meuse l'oubli.*
4357. Philippe Claudel — *Quelques-uns des cent regrets.*
4358. Collectif — *Il était une fois... Le Petit Prince.*
4359. Jean Daniel — *Cet étranger qui me ressemble.*
4360. Simone de Beauvoir — *Anne, ou quand prime le spirituel.*
4361. Philippe Forest — *Sarinagara.*
4362. Anna Moï — *Riz noir.*
4363. Daniel Pennac — *Merci.*
4364. Jorge Semprún — *Vingt ans et un jour.*
4365. Elizabeth Spencer — *La petite fille brune.*
4366. Michel tournier — *Le bonheur en Allemagne?*
4367. Stephen Vizinczey — *Éloge des femmes mûres.*
4368. Byron — *Dom Juan.*
4369. J.-B. Pontalis — *Le Dormeur éveillé.*
4370. Erri De Luca — *Noyau d'olive.*
4371. Jérôme Garcin — *Bartabas, roman.*
4372. Linda Hogan — *Le sang noir de la terre.*
4373. LeAnne Howe — *Équinoxes rouges.*
4374. Régis Jauffret — *Autobiographie.*
4375. Kate Jennings — *Un silence brûlant.*
4376. Camille Laurens — *Cet absent-là.*
4377. Patrick Modiano — *Un pedigree.*
4378. Cees Nooteboom — *Le jour des Morts.*
4379. Jean-Chistophe Rufin — *La Salamandre.*
4380. W. G. Sebald — *Austerlitz.*
4381. Collectif — *Humanistes européens de la Renaissance.* (à paraître)
4382. Philip Roth — *La contrevie.*
4383. Antonio Tabucchi — *Requiem.*
4384. Antonio Tabucchi — *Le fil de l'horizon.*
4385. Antonio Tabucchi — *Le jeu de l'envers.*
4386. Antonio Tabucchi — *Tristano meurt.*
4387. Boileau-Narcejac — *Au bois dormant.*
4388. Albert Camus — *L'été.*
4389. Philip K. Dick — *Ce que disent les morts.*
4390. Alexandre Dumas — *La dame pâle.*

4391. Herman Melville — *Les Encantadas, ou Îles Enchantées.*
4392. Pidansat de Mairobert — *Confession d'une jeune fille.*
4393. Wang Chong — *De la mort.*
4394. Marguerite Yourcenar — *Le Coup de Grâce.*
4395. Nicolas Gogol — *Une terrible vengeance.*
4396. Jane Austen — *Lady Susan.*
4397. Annie Ernaux/ Marc Marie — *L'usage de la photo.*
4398. Pierre Assouline — *Lutetia.*
4399. Jean-François Deniau — *La lune et le miroir.*
4400. Philippe Djian — *Impuretés.*
4401. Javier Marías — *Le roman d'Oxford.*
4402. Javier Marías — *L'homme sentimental.*
4403. E. M. Remarque — *Un temps pour vivre, un temps pour mourir.*
4404. E. M. Remarque — *L'obélisque noir.*
4405. Zadie Smith — *L'homme à l'autographe.*
4406. Oswald Wynd — *Une odeur de gingembre.*
4407. G. Flaubert — *Voyage en Orient.*
4408. Maupassant — *Le Colporteur* et autres nouvelles.
4409. Jean-Loup Trassard — *La déménagerie.*
4410. Gisèle Fournier — *Perturbations.*
4411. Pierre Magnan — *Un monstre sacré.*
4412. Jérôme Prieur — *Proust fantôme.*
4413. Jean Rolin — *Chrétiens.*
4414. Alain Veinstein — *La partition*
4415. Myriam Anissimov — *Romain Gary, le caméléon.*
4416. Bernard Chapuis — *La vie parlée.*
4417. Marc Dugain — *La malédiction d'Edgar.*
4418. Joël Egloff — *L'étourdissement.*
4419. René Frégni — *L'été.*
4420. Marie NDiaye — *Autoportrait en vert.*
4421. Ludmila Oulitskaïa — *Sincèrement vôtre, Chourik.*
4422. Amos Oz — *Ailleurs peut-être.*
4423. José Miguel Roig — *Le rendez-vous de Berlin.*
4424. Danièle Sallenave — *Un printemps froid.*
4425. Maria Van Rysselberghe — *Je ne sais si nous avons dit d'impérissables choses.*
4426. Béroalde de Verville — *Le Moyen de parvenir.*

4427. Isabelle Jarry — *J'ai nom sans bruit.*
4428. Guillaume Apollinaire — *Lettres à Madeleine.*
4429. Frédéric Beigbeder — *L'Égoïste romantique.*
4430. Patrick Chamoiseau — *À bout d'enfance.*
4431. Colette Fellous — *Aujourd'hui.*
4432. Jens Christian Grøndhal — *Virginia.*
4433. Angela Huth — *De toutes les couleurs.*
4434. Cees Nooteboom — *Philippe et les autres.*
4435. Cees Nooteboom — *Rituels.*
4436. Zoé Valdés — *Louves de mer.*
4437. Stephen Vizinczey — *Vérités et mensonges en littérature.*
4438. Martin Winckler — *Les Trois Médecins.*
4439. Françoise Chandernagor — *L'allée du Roi.*
4440. Karen Blixen — *La ferme africaine.*
4441. Honoré de Balzac — *Les dangers de l'inconduite.*
4442. Collectif — *1,2,3... bonheur!*
4443. James Crumley — *Tout le monde peut écrire une chanson triste* et autres nouvelles.
4444. Niwa Fumio — *L'âge des méchancetés.*
4445. William Golding — *L'envoyé extraordinaire.*
4446. Pierre Loti — *Les trois dames de la Kasbah* suivi de *Suleïma.*
4447. Marc Aurèle — *Pensées (Livres I-VI).*
4448. Jean Rhys — *À septembre, Petronella* suivi de *Qu'ils appellent ça du jazz.*
4449. Gertrude Stein — *La brave Anna.*
4450. Voltaire — *Le monde comme il va* et autres contes.
4451. La Rochefoucauld — *Mémoires.*
4452. Chico Buarque — *Budapest.*
4453. Pietro Citati — *La pensée chatoyante.*
4454. Philippe Delerm — *Enregistrements pirates.*
4455. Philippe Fusaro — *Le colosse d'argile.*
4456. Roger Grenier — *Andrélie.*
4457. James Joyce — *Ulysse.*
4458. Milan Kundera — *Le rideau.*
4459. Henry Miller — *L'œil qui voyage.*
4460. Kate Moses — *Froidure.*

4461. Philip Roth — *Parlons travail.*
4462. Philippe Sollers — *Carnet de nuit.*
4463. Julie Wolkenstein — *L'heure anglaise.*
4464. Diderot — *Le Neveu de Rameau.*
4465. Roberto Calasso — *Ka.*
4466. Santiago H. Amigorena — *Le premier amour.*
4467. Catherine Henri — *De Marivaux et du Loft.*
4468. Christine Montalbetti — *L'origine de l'homme.*
4469. Christian Bobin — *Prisonnier au berceau.*
4470. Nina Bouraoui — *Mes mauvaises pensées.*
4471. Françoise Chandernagor — *L'enfant des Lumières.*
4472. Jonathan Coe — *La Femme de hasard.*
4473. Philippe Delerm — *Le bonheur.*
4474. Pierre Magnan — *Ma Provence d'heureuse rencontre.*
4475. Richard Millet — *Le goût des femmes laides.*
4476. Pierre Moinot — *Coup d'État.*
4477. Irène Némirovsky — *Le maître des âmes.*
4478. Pierre Péju — *Le rire de l'ogre.*
4479. Antonio Tabucchi — *Rêves de rêves.*
4480. Antonio Tabucchi — *L'ange noir.* (à paraître)
4481. Ivan Gontcharov — *Oblomov.*
4482. Régine Detambel — *Petit éloge de la peau.*
4483. Caryl Férey — *Petit éloge de l'excès.*
4484. Jean-Marie Laclavetine — *Petit éloge du temps présent.*
4485. Richard Millet — *Petit éloge d'un solitaire.*
4486. Boualem Sansal — *Petit éloge de la mémoire.*
4487. Alexandre Dumas — *Les Frères corses.* (à paraître)
4488. Vassilis Alexakis — *Je t'oublierai tous les jours.*
4489. René Belletto — *L'enfer.*
4490. Clémence Boulouque — *Chasse à courre.*
4491. Giosuè Calaciura — *Passes noires.*
4492. Raphaël Confiant — *Adèle et la pacotilleuse.*
4493. Michel Déon — *Cavalier, passe ton chemin !*
4494. Christian Garcin — *Vidas* suivi de *Vies volées.*
4495. Jens Christian Grøndahl — *Sous un autre jour.*
4496. Régis Jauffret — *Asiles de fous.*
4497. Arto Paasilinna — *Un homme heureux.*
4498. Boualem Sansal — *Harraga.*

Composition Graphic Hainaut
Impression Novoprint
à Barcelone, le 20 mars 2007
Dépôt légal : mars 2007

ISBN 978-2-07-034331-7./Imprimé en Espagne.

147880